T0270271

La guardiana de las
habitaciones encantadas

Primera edición: mayo de 2024
Título original: *Keeper of Enchanted Rooms*

© Charlie N. Holmberg, 2022
© de la traducción, María Eugenia Montenegro, 2024
© de esta edición, Futurbox Project, S. L., 2024
Todos los derechos reservados.
Esta edición se ha publicado mediante acuerdo con Amazon Publishing, www.apub.com, en colaboración con Sandra Bruna Literary Agency.

Diseño de cubierta: Faceout Studio, Lindy Martin
Ilustración de cubierta: Christina Chung Illustration
Adaptación de cubierta: Taller de los Libros
Corrección: Paula Blàzquez, Sofía Tros de Ilarduya

Publicado por Wonderbooks
C/ Roger de Flor n.º 49, escalera B, entresuelo, despacho 10
08013, Barcelona
info@wonderbooks.es
www.wonderbooks.es

ISBN: 978-84-18509-80-3
Thema: FMH
Depósito Legal: B 9437-2024
Preimpresión: Taller de los Libros
Impresión y encuadernación: Liberdúplex
Impreso en España – *Printed in Spain*

Cualquier forma de reproducción, distribución, comunicación pública o transformación de esta obra solo puede ser efectuada con la autorización de los titulares, con excepción prevista por la ley. Diríjase a CEDRO (Centro Español de Derechos Reprográficos) si necesita fotocopiar o escanear algún fragmento de esta obra (www.conlicencia.com; 91 702 19 70 / 93 272 04 47).

CHARLIE N. HOLMBERG

La
GUARDIANA
de las
HABITACIONES
ENCANTADAS

Traducción de
María Eugenia Montenegro

wonderbooks

Para Jeff Wheeler.
Gracias por tu ayuda, tu carisma,
las oportunidades que me has dado y
el permiso para ser una diva
una vez a la semana

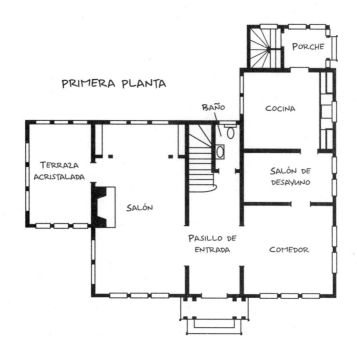

PRIMERA PLANTA

PORCHE

COCINA

BAÑO

TERRAZA
ACRISTALADA

SALÓN DE
DESAYUNO

SALÓN

PASILLO DE
ENTRADA

COMEDOR

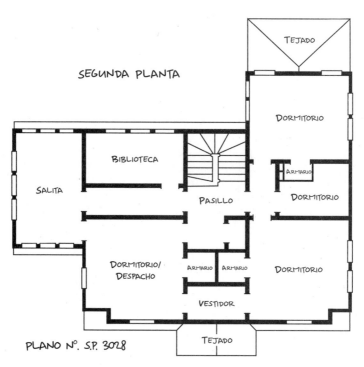

SEGUNDA PLANTA

TEJADO

DORMITORIO

BIBLIOTECA

ARMARIO

SALITA

DORMITORIO

PASILLO

DORMITORIO/
DESPACHO

ARMARIO   ARMARIO

DORMITORIO

VESTIDOR

PLANO Nº. S.P. 3028

TEJADO

Doctrinas mágicas

Premonición: adivinación, clarividencia, sortilegio, suerte
1. Repercusión: olvido
2. Mineral asociado: amatista

Psicometría: leer mentes, alucinaciones, empatía, intuición
3. Repercusión: entumecimiento de los sentidos
4. Mineral asociado: azurita

Invocación: creación, conjuración de componentes naturales
5. Repercusión: pérdida del mismo valor que el elemento conjurado
6. Mineral asociado: pirita

Nigromancia: magia de la muerte/vida, fuerza vital, enfermedad/curación
7. Repercusión: náuseas
8. Mineral asociado: turquesa

Protección: escudo, protección, inversión de hechizos
9. Repercusión: debilidad corporal
10. Mineral asociado: turmalina

Elemento: manipulación de fuego, agua, tierra o aire
11. Repercusiones: fuego, frío; agua, sequedad; tierra, vértigo; aire, falta de aliento
12. Mineral asociado: cuarzo blanco

Alteración: cambio de forma/cambiante, cambio, metamorfosis
13. Repercusión: mutación física temporal
14. Mineral asociado: ópalo

Llamada: traducción, comunicación con plantas/animales
15. Repercusiones: mutismo, pitidos en los oídos
16. Mineral asociado: selenita

Pánico: manipulación de emociones, dolor
17. Repercusiones: dolor físico, apatía
18. Mineral asociado: cornalina

Cinético: movimiento, fuerza
19. Repercusiones: rigidez, falta de movilidad
20. Mineral asociado: heliotropo

Caomática: manipulación del caos/orden, destrucción, reparación.
21. Repercusión: confusión
22. Mineral asociado: obsidiana

Prólogo

17 de mayo de 1818. Londres, Inglaterra.

Silas cogió el cepillo y empezó a peinar el pelaje de Marybelle, aunque el personal del establo ya se hubiera ocupado de ella. Era tarde, el sol se había puesto hacía tiempo y los sirvientes ya habían terminado el día, pero a Silas le gustaba estar en los establos. Se había acostumbrado al olor. Había algo relajante en esos animales que se quedaban de pie en aquellos pequeños espacios sin apenas quejarse. Eran como él.

El caballo de la caballeriza de al lado le olisqueó la nuca y le echó el aliento en el cuello. Silas sonrió y le acarició el pelo aterciopelado del hocico al animal.

—Luego te toca a ti.

Pasó el cepillo de cerdas cortas por el costado de Marybelle, respiró el olor a piel de caballo y a heno, y se relajó todo lo que su cuerpo de dieciséis años le permitió. Todavía había algunas luces encendidas en la casa; supuso que en ese mismo instante enrollaban el pelo de su madre en rulos de papel. Él también debería entrar a casa. Su nuevo profesor de aritmética llegaría mañana temprano para prepararlo para ingresar en Oxford, o a lo mejor en Cambridge.

Escuchó cómo entraba otro caballo antes que los pasos tambaleantes del hombre que lo dirigía. Se le encogió el estómago.

Miró hacia la parte de atrás de la caballeriza de Marybelle, había sitio suficiente para agacharse y esconderse, pero si lo veían no tendría oportunidad de escapar. En vez de eso, Silas dejó el cepillo y abrió con cuidado la puerta de la caballeriza con la esperanza de huir y entrar en la casa por la puerta del servicio.

Casi había conseguido mezclarse entre las sombras cuando oyó la voz de su padre.

—¿Quién anda ahí?

Silas se encogió al oír sus palabras. Su padre estaba borracho, pero si seguía caminando a lo mejor pensaría que era alguien del servicio…

—¡Silas! —ladró.

Las entrañas de Silas se llenaron de miedo.

—¿Quiere que lo ayude con el caballo? —Tenía un poco de suerte en sus venas, lo había heredado de su abuela, y rezó para que ahora lo amparara.

Su padre dirigía al animal, pero parecía que la yegua era la que lo mantenía de pie. Tenía una botella en la mano y sus mejillas colgaban como si hubiera envejecido hasta tener papada. Nunca llegaba a estar «tan» borracho. Silas no sabía si eso era bueno o malo.

El padre de Silas no le quitó los ojos de encima y lo señaló con un dedo. El cerrojo de una de las caballerizas vacías hizo clic y la puerta se abrió. Silas no podía culpar a su padre por utilizar magia, en ese estado seguramente eso era más fácil que guardar al caballo él mismo.

Pero su padre no guardó al caballo. Una mano invisible empujó a Silas por la espalda y lo acercó tanto a su padre que podía oler el *whisky* que emanaba como la neblina del mar. Y cuando la mano lo metió en la caballeriza, todos los nervios de Silas se activaron hasta que su sangre se aceleró y su piel empezó a arder.

—De-deje que lo lleve a la cama —dijo él.

Su padre entró en la caballeriza y cerró la puerta mientras apoyaba todo su peso en ella por la rigidez que la magia había causado en sus piernas.

—Me han echado —gruñó—. Me han «echado» —se rio— por conducta ebria.

Silas lo miró desde el otro lado del establo. Rezó para que algún criado, su madre, su hermano o «cualquiera» pasara por allí.

—¿Quién lo ha echado?

—La Liga del Rey.

Se le revolvió el estómago.

—¿Lo han echado? —Normal que estuviera tan borracho. Los padres de Silas eran miembros de la Liga de Magos del Rey. Prácticamente se los preparó para eso desde que nacieron.

«Oh, no». Esto no iba a terminar bien. Silas levantó las manos mostrando las palmas como si quisiera calmar a un perro rabioso.

—Vamos a buscarle algo de comer...

Su padre lanzó la botella contra el hombro de Silas. Un hechizo —el mismo que su padre había utilizado para empujarlo ahí— ardía en la sangre de Silas y deseaba salir, pero no lo utilizó. Su padre «siempre» se enfadaba más cuando practicaba magia. Odiaba que Silas tuviera más magia que él, gracias al pedigrí de su madre.

Silas no se defendió cuando le dio el primer puñetazo, ni tampoco con el segundo. Era normal para ellos y se pasaba más deprisa cuando no se defendía. Otro golpe, y otro. En cualquier momento, su padre acabaría y Silas podría arrastrarse hacia la casa para encontrar algo con lo que curarse los moratones.

La patada en las costillas le rompió un hueso y lo dejó sin aire.

Su hechizo más débil, el de la suerte, no lo estaba ayudando.

Silas se dio con la pared de atrás. «Esto no está bien». Su padre nunca le había roto un hueso antes, y...

Empezó a marearse. Le golpeó la cabeza. Silas no recordaba haberse caído de rodillas. Su cráneo irradiaba dolor. ¿Le había dado con la botella o había sido un pulso cinético?

—Padre... —Intentó hablar, pero le dio un puñetazo en un lado de la boca que hizo que se mordiera la mejilla. Silas no pudo evitarlo, se cubrió la cabeza. Tenía que hacerlo.

—¿Crees que eres mejor que yo? —dijo su padre con furia y le dio con el pie en la cadera—. ¿Crees... que puedes ocupar mi lugar?

—¡No! —gritó Silas, que notaba cómo su columna irradiaba fuego. Su padre se tambaleó hacia atrás, pero lanzó una ráfaga cinética que parecía querer aplastar el cuerpo de Silas. La sangre brotó de sus labios y empezó a ver estrellas detrás de sus párpados. Algo se rompió y le dolió.

Su padre nunca le había hecho tanto daño. Nunca.

—¡Por favor! —suplicó Silas.

Una segunda ráfaga de magia hizo que la bilis subiera por la garganta de Silas. El ácido salpicó su camisa.

«Voy a morir. Voy a morir».

—Te voy a enseñar…

La sangre de Silas ardió con fuerza.

La cinesis salió disparada de su cuerpo y lanzó a su padre contra la puerta de la caballeriza. Hizo que se soltara de las bisagras. Mandó puerta y hombre derrapando hacia el césped bien cortado. Los caballos relincharon y se encabritaron en sus caballerizas mientras los dedos sangrientos de Silas buscaban algo de apoyo. Sus articulaciones dejaron de funcionar al utilizar la magia, pero se valió de sus manos. Sus nudillos crujieron e hicieron fuerza para mantenerse de pie. Respiraba con dificultad y levantó la cabeza para mirar a través de unos mechones llenos de sudor que cubrían sus ojos.

Su padre estaba inmóvil.

Silas cruzó la distancia que los separaba cojeando y sujetando su abdomen. Notaba que la rigidez iba desapareciendo poco a poco. El pecho de su padre subía y bajaba. Su respiración sonaba fuerte en medio de la noche tranquila. ¿No los había oído nadie? ¿O es que el personal simplemente no «quería» oír porque sabía que no podía hacer nada para detener al señor de la casa? Nunca habían intervenido para salvar a Silas o a su hermano.

Una mano de su padre se agarró al césped y con la otra se levantó la cabeza. Miró fijamente a Silas a los ojos.

—Te… voy… a… matar…

Una mano invisible se enroscó en la garganta de Silas.

Silas ni siquiera se lo pensó. Si lo hubiera hecho, a lo mejor podría haber rechazado el hechizo de su cuello o podría haber dormido a su padre y pasar otro día más en su sombra, pero no fue así.

Había heredado la nigromancia de su madre. Parecía deseosa de servirlo, de entrar en la piel de su padre borracho y mezclarse con su alma. De drenarlo hasta que su hechizo cinético se rompiera y su cabeza volviera a descansar sobre el suelo. Pero otros hechizos se pusieron celosos y siguieron el mismo camino, se mezclaron con el primero amoldando las líneas invisibles entre padre e hijo…

Silas despertó con la cara sobre el césped. ¿Cuándo había…? Le dolían las costillas con cada respiración. El lado izquierdo de su cuerpo, en el que había recibido todos los golpes cinéticos, ardía y palpitaba por los nuevos cardenales. Notaba sabor a hierro en la boca. Tenía costras en el pelo.

Su padre todavía respiraba a su lado como si hubiese caído en un sueño muy profundo.

Pero a pesar de sus heridas, a pesar de la miseria que se enredaba en su cuerpo y los gritos de dolor de sus huesos, Silas se sentía… diferente. Se sentía en cierto modo… más fuerte. No en un sentido físico, sino metafísico. Su magia… Su magia parecía que brillaba como mil velas dentro de él. Como si… ¿hubiera crecido?

Se quedó mirando la cara de su padre. Su lenta respiración todavía apestaba a alcohol.

Usó la mano que tenía libre y presionó sobre la tráquea de su padre. «Nunca más».

Dejó de respirar.

Y la fuente de fuerza se apagó. Fue tan de repente que Silas notó que jadeaba por haberla perdido. Se quedó mirando al cadáver de su padre. ¿Lo había…? Pero no era posible que lo hubiera hecho… ¿Verdad?

Silas se volvió a levantar con cuidado, articulación por articulación, y se dio cuenta de una cosa.

«Nadie» volvería a controlar su poder.

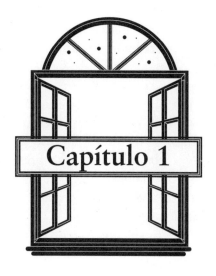

Capítulo 1

4 de septiembre de 1846. Baltimore, Maryland.

La lectura de un testamento era mucho más emocionante cuando a uno no lo habían desheredado trece años antes. Desde luego, Merritt Fernsby no estaba seguro de por qué el abogado se había puesto en contacto con él.

No había acudido con su familia, claro. Hacía una década que no hablaba con ningún pariente, no se le había permitido. Al principio hubo alguna que otra carta, todas suyas, en las que contaba el principio de su carrera como escritor con un toque melancólico, pero lo melancólico siempre creaba grandes historias de ficción. La gente mimada y feliz rara vez cuenta buenas historias. Y aunque el pasado marzo cumplió treinta y un años, todavía no había creado su propia familia, por varias razones que podía explicar, pero que nunca daba.

Así que se interesó mucho cuando recibió un telegrama del señor Allen, el abogado de su abuela materna. Interesado y confuso, hizo el viaje hasta Baltimore para saciar su curiosidad. Por lo menos, podría ser material para un artículo, o para su proyecto en proceso.

—Iré al grano, señor Fernsby. —El señor Allen se inclinó sobre su escritorio con los papeles en la mano. Parecía acechar a Merritt y a la silla desgastada en la que estaba sentado, como un buitre que olisquea un cadáver fresco, lo que era una metáfora un poco fuerte, dado que, hasta ahora, el señor Allen había sido educado y profesional.

Merritt se preguntó si también había pedido a sus padres y hermanos que fueran a la oficina o si el señor Allen había hecho el viaje hasta Nueva York para leerles el testamento allí. La verdad es, y Merritt odiaba tener que admitirlo, aunque solo fuera a sí mismo, que esperaba que estuvieran presentes. La muerte muchas veces acercaba a la gente y...

Tragó saliva y mantuvo la boca cerrada hasta que esa decepción familiar ardió en su estómago.

Intentó pensar objetivamente. A lo mejor todos habían venido a Baltimore para ver a la abuela antes de que muriera. Aunque era cierto que, con suerte, Merritt había visto a su abuela una vez al año durante su infancia y no recordaba cuánto se apreciaban su madre y su abuela.

Se preguntó qué aspecto tendría ahora su madre. ¿Le habrían salido patas de gallo? ¿Llevaría un peinado distinto y su pelo habría empezado a volverse gris? A lo mejor había ganado o perdido peso. Merritt dejó de preguntarse esas cosas avergonzado; cuanto más lo hacía, menos se acordaba de ella.

Entonces se dio cuenta de que el señor Allen todavía estaba hablando.

—... no estaba incluido en el resto, pero se añadió un anexo hace un tiempo —dijo.

Merritt ató cabos.

—¿Hace cuánto?

Comprobó sus papeles.

—Hace unos veinticinco años.

Antes de que lo desheredaran, entonces. Se preguntó si su abuela se había olvidado de quitarlo del testamento, aunque el distanciamiento había sido cosa de su padre. A lo mejor la abuela seguía preocupándose por él, si bien nunca intentó ponerse en contacto. Esa explicación le gustaba más. Pero claro, también existía una tercera posibilidad: que la culpa no le dejara quitar su nombre del testamento.

—«A mi nieto Merritt Fernsby le dejo Whimbrel House y todo lo que haya en su interior, junto con su terreno».

Merritt se enderezó en la silla.

—¿Whimbrel House? —Cuando el señor Allen no respondió, al segundo añadió—: ¿Eso es todo?

El señor Allen asintió.

Merritt no estaba seguro de qué esperaba, pero la mención de una «casa» lo distrajo.

—Nunca he oído hablar de ella. ¿Es una casa de verdad?

—Creo que las de mentira no se pueden heredar. —El señor Allen dejó los papeles en la mesa—. Pero lo he investigado yo mismo, todo está en orden.

—¿Cómo es que mi abuela tenía una segunda casa?

El señor Allen se echó para atrás para abrir un cajón de su escritorio. Revolvió unas cosas antes de sacar un sobre grande.

—La propiedad llegó a la familia Nichols hace un tiempo —dijo mientras sacaba otros documentos del cajón—. Antes de eso... Bueno, hace mucho que no tiene inquilinos.

—¿Cuánto es «mucho tiempo»?

Dio la vuelta al papel.

—El último «residente» registrado fue en 1737.

Merritt parpadeó. Eso fue hace casi un siglo.

—Es comprensible —siguió el señor Allen—. La casa está lejos, en Blaugdone Island, en Narragansett Bay. —Levantó la vista—. En Rhode Island.

Eso quería decir que estaba en la marisma.

—Sí, lo sé. —Una casa abandonada durante cien años en medio de una isla pantanosa... Debe de estar en un estado horrible.

—Ir hasta allí cada día sería difícil, a no ser que tenga usted alguna embarcación mágica.

Merritt negó con la cabeza.

—Por suerte no tengo necesidad de desplazarme al trabajo. —Aunque se había creado una reputación como periodista, Merritt acababa de vender una segunda novela a su publicista, la primera fue relativamente exitosa, y se podía escribir novelas desde cualquier sitio en el que hubiese disponible tinta y papel.

Se frotó la barbilla y notó que había olvidado afeitarse esa mañana. Como había vivido solo desde los dieciocho, había aprendido a poner tejas, tarima, engrasar bisagras y esas cosas.

Tendría mucho trabajo que hacer, pero a lo mejor podría arreglar la casa.

«Estaría bien no tener que compartir piso ni pagar alquiler. Y por fin podría alejarse de los Culdwells».

El señor Culdwell era el casero de Merritt. El hombre parecía un alce con nariz de gancho, y era espeluznante incluso cuando tenía un buen día. Y aunque Merritt siempre pagaba el alquiler a tiempo, el nieto del tipejo se acababa de mudar a la ciudad para estudiar, así que, claro está, Culdwell quería que se quedara en el apartamento que ocupaba Merritt. Cuando Merritt se negó a irse a cambio de que se le devolviera el alquiler de un mes, Culdwell le dijo sin miramientos que no iba a renovarle el contrato en octubre. Lo que hizo que Merritt estuviese en un pequeño lío.

Además, la mujer de Culdwell era una cotilla que olía a brócoli.

Así que las preguntas importantes ahora eran: ¿en qué condiciones estaría Whimbrel House? Y ¿cuánto le importaba eso a Merritt?

—Puede… que deba conocer un dato que figura aquí. —La boca del señor Allen se torció hacia un lado como con aversión. Se formó una línea gruesa entre sus cejas.

—Oh.

Se encogió de hombros.

—No soy supersticioso, señor Fernsby, pero aquí pone que el último inquilino afirmaba que la casa estaba encantada.

Merritt se rio.

—¿Encantada? Esto es Rhode Island, no Alemania.

—Estoy de acuerdo. —Pese a que era posible que la magia arraigara en objetos inanimados, era algo sumamente raro, sobre todo en sitios tan nuevos como los Estados Unidos, así que esa afirmación parecía increíble—. Encantada o no, la parcela es suya.

Merritt entrelazó las manos.

—¿De qué tamaño es la parcela?

El señor Allen miró a los papeles.

—Creo que ocupa la isla entera. Más o menos siete hectáreas.

—Siete hectáreas —exhaló Merritt.

—Le recuerdo que son marismas.

—Sí, sí. —Agitó la mano—. Pero ¿no se construyó Jamestown en una marisma? La gente siempre está multiplicándose y expandiéndose. Aunque la casa fuera insalvable todavía queda el terreno. Podría vender la tierra.

—Podría hacerlo si encuentra al comprador adecuado. —El señor Allen no ocultó su escepticismo cuando le pasó los papeles—. Enhorabuena, señor Fernsby, ahora es propietario.

A pesar de su creciente curiosidad, Merritt no pagó más para ir en el tranvía cinético hasta Rhode Island; cogió el tren, una camioneta y luego un barco. Para cuando cruzó buena parte de la Narragansett Bay y llegó a Blaugdone, entendió por qué nadie tenía interés en vivir ahí. Estaba tremendamente lejos. Había algo muy incómodo, pero también atractivo, en lo alejado que estaba.

Porque después de que el barco que había contratado lo dejase allí con la bolsa que llevaba, escuchó algo precioso.

Silencio.

Bueno, Merritt no odiaba el ruido. Se había criado en un pueblo de tamaño considerable y había vivido en una ciudad atestada durante más o menos una década. Estaba acostumbrado. Le resultaba familiar. Pero el único momento en el que las ciudades estaban en silencio era cuando caía una gran nevada, por lo que resultaba raro que un sitio fuese cálido y silencioso a la vez. Había algo en el silencio sepulcral que hizo que se diese cuenta de que estaba completamente solo en una isla que seguramente ningún otro ser humano había pisado en… años. Puede que un siglo. Pero eso no lo molestaba precisamente. Al fin y al cabo, Merritt llevaba mucho tiempo solo.

El grito de un pájaro rompió el silencio momentáneamente para anunciar a los otros que Merritt había llegado. Se protegió los ojos del sol con la mano y miró lo que parecía ser una garza en una zona de césped entre unos árboles. Todavía no habían cambiado las hojas de los olmos y los robles que se divisaban en la tierra, pero estaban en ello. Un poco más allá había una sombra, seguramente sería la casa. Se dirigió hacia ella y la garza salió volando con sus largas patas estiradas hacia atrás.

La tierra estaba húmeda bajo sus zapatos, y la flora y la fauna crecía salvaje y tranquila. Reconoció algunas plantas: cerezos, margaritas amarillas y olivos de otoño. También le había parecido oler crisantemos, lo que relajó sus hombros. No se había dado cuenta de que los tenía tensos. Se agachó y cogió una pizca de tierra con los dedos. Parecía rica; si empezaba a plantar un huerto ahora, podría conseguir algunos ajos, cebollas y zanahorias antes de que llegaran las heladas.

Un conejo de cola de algodón hizo un ruido sordo y salió rápidamente del camino, tendría que cortar parte de este césped, y una bandada de golondrinas lo miró desde un *ulmus rubra*. La casa aumentó de tamaño, lo suficiente como para ganar algo de color; ¿el tejado era de color azul? Las tejas azules fueron una sorpresa, dada la antigüedad de la casa. Los colores se desgastaban con el tiempo, además, casi todos los primeros tejados en Estados Unidos eran de paja.

La casa siguió creciendo hasta que se vieron las dos plantas y sus costados empezaron a tener un tono amarillento. Merritt aceleró el paso y asustó a un pájaro, un zarapito, que bebía en un charco. Casi había esperado que la casa estuviese inclinada hacia un lado, con agujeros en la madera desgastada y que fuese el hogar de grandes familias de ratones. Por eso solo preparó una bolsa de viaje. No tenía intención de quedarse, esa visita era para explorar.

Se acercó a la casa desde el norte; estaba orientada hacia el este. Cuando llegó a la fachada principal, sus labios se abrieron al notar que el aire marino le echaba el pelo hacia atrás.

La casa estaba... bien.

Estaba muy bien. Estaba en perfectas condiciones, al menos por fuera. La madera no estaba desgastada, no faltaban tejas ni había ventanas rotas. La naturaleza del alrededor era salvaje, pero seguro que *alguien* había vivido ahí porque el sitio estaba impoluto. Podría parecer nueva, aunque el estilo fuera claramente colonial.

—Vaya —dijo y silbó, lo que le pareció apropiado. Intentó echar un vistazo a través de una ventana, pero no vio mucho del interior. Le extrañó, pero se acercó a la puerta y llamó. No supo cómo sentirse cuando nadie contestó. ¿Esperaba que abriesen?

—Alguien ha tenido que estar manteniéndola... —A lo mejor dejaron la casa cuando se la legaron a él, pero el señor Allen dijo que no había habido inquilinos recientemente. ¿Habrían sido okupas? ¿Unos okupas muy apañados?

Había una llave dentro del sobre que llevaba en la bolsa, pero cuando Merritt usó el pomo, la puerta se abrió con un ligero crujir de bisagras. Era primera hora de la tarde, así que el sol entraba por las ventanas, que solo tenían unas ligeras manchas de lluvia. El pequeño recibidor estaba tan bien cuidado como la fachada. Al fondo había unas escaleras intactas y una puerta. Merritt dejó la puerta abierta y entró maravillado. Cuando fue a abrir la segunda puerta, se distrajo con las habitaciones a ambos lados de la entrada: un comedor a la derecha con una mesa ya preparada para una cena de ocho personas, y un salón a la izquierda con muebles de color burdeos y verde bosque.

Merritt se quedó sin respiración. Sí que se había planteado, en caso de que el testamento de su abuela fuera a encasquetarle una parcela que no quería, que tendría que dejar que se pudriera o venderla, pero esta casa parecía... estupenda. Era más de lo que se podría permitir a no ser que consiguiese llegar al nivel de Alejandro Dumas y que su editor lo hiciese rico.

—Gracias, Anita. —Murmuró cuando palpó la pared. Había un retrato de una mujer británica, aunque no había nada que le diese una pista de quién era. Parecía que lo miraba mientras se preguntaba cómo iba a ser el cambio de propietario tanto como él.

Se giró hacia el salón y entró con respeto. Todo estaba en orden, como si lo hubiesen preparado para él, aunque había una densa capa de polvo en las superficies y los muebles estaban algo desgastados. Pero no había ni rastro de roedores, ni siquiera de una mosca. Pasó la mano por el respaldo de un sofá antes de echar un vistazo a otro pasillo, que daba a la terraza acristalada. Las plantas estaban muertas o habían crecido sin control, como si la persona que cuidaba de la casa no tuviese mucha mano con ellas. Pero ahora Merritt tenía una terraza acristalada. Esa idea hizo que tuviese una curiosa presión en el pecho que no terminaba de entender.

Se giró y, cuando hubo recorrido un cuarto del salón, algo le llamó la atención. Se dio la vuelta hacia la ventana y miró el sillón tapizado con terciopelo de color burdeos con hojas de arce talladas en los reposabrazos y patas.

Se estaba derritiendo.

Merritt entrecerró los ojos, se los frotó y se acercó un poco.

Estaba… derritiéndose. Sin duda. Como una vela bajo una llama demasiado fuerte. El asiento goteaba sobre la alfombra, aunque esta no absorbía ni repelía las gotas, simplemente desaparecían. La madera brillaba como con sudor y temblaba lista para romperse con el más ligero toque.

—Por dios —murmuró Merritt, que dio un paso atrás. Se golpeó con el sofá y su mano atravesó el turbio exterior.

Gritó, retiró la mano rápidamente y cayó sobre la alfombra al intentar huir. Los restos del sofá quedaron pegados a sus dedos y luego desaparecieron como si nunca hubiesen estado ahí. Cuando las paredes empezaron a deformarse, Merritt volvió corriendo a la entrada con la respiración acelerada y con la mano que antes estaba llena de pringue sobre el pecho.

—Pero ¿qué demonios? —preguntó, girándose sobre sí mismo.

Los ojos del retrato lo siguieron.

Algo hizo un ruido sordo arriba.

Merritt tragó saliva y fue corriendo hacia la puerta principal.

Esta se cerró antes de que pudiese alcanzarla.

Capítulo 2

6 de septiembre de 1846. Boston, Massachusetts.

Hulda Larkin se sentó en el pequeño vestíbulo de la parte trasera del hotel Bright Bay, que estaba reservado específicamente para el Instituto para la Conservación de Lugares Encantados de Boston, o ICLEB por sus siglas. El banco no tenía respaldo, pero estaba apoyado contra la pared así que se compensaba, tenía un rosal de mentira a un lado y un helecho de verdad en una maceta al otro. Hojeaba su última adquisición, un libro de recetas de marisco, y estaba poniendo papelitos para marcar las comidas más adecuadas. Justo ayer volvió a Boston después de un trabajo de seis semanas en Canadá, en el que supervisó la conservación de una casa comunal bien protegida frente a la costa del lago Ontario. La habían llamado de la oficina hacía solo una hora.

No tuvo que esperar mucho. La señorita Steverus, la joven recepcionista, entró cuando Hulda ponía el tercer papelito.

—La señora Haigh la verá ahora —anunció.

Hulda cerró el libro y lo guardó, se levantó y se sacudió la falda del vestido antes de asentir educadamente y dirigirse a la oficina. Era una sala más o menos amplia, con grandes ventanas tras un escritorio pesado en el que se sentaba una mujer pequeña y elegante. Una de las paredes estaba cubierta con una biblioteca, la otra, completamente vacía.

—Myra —dijo Hulda asintiendo y con una sonrisa.

—Has llegado justo a tiempo. —Myra Haigh se levantó de su silla y caminó hacia ella mientras cogía el archivo de la esquina de su escritorio con la gracia de una bailarina. Su pelo negro era rizado y estaba sujeto de una forma meticulosa para coronar su piel ligeramente bronceada, una de las pocas cosas que delataba su origen español. Aunque se estaba acercando a los cincuenta parecía más joven, puede que porque siempre estaba lista, disponible y atenta. Nunca se iba de vacaciones ni faltaba por enfermedad, menos una vez que tuvo fiebre en 1841, lo que hizo que el instituto le suplicara que se recuperara pronto. Myra Haigh *era* el ICLEB, más que cualquier biblioteca o sala.

—Tengo un trabajo para ti —dijo Myra.

Hulda parpadeo.

—¿Tan pronto? ¿En el extranjero? —Sus baúles habían llegado justo esa mañana. Aunque el ICLEB tenía la sede en Boston, también hacía trabajos internacionales, sobre todo cuando su oficina madre, el ICLEL (el Instituto para la Conservación de Lugares Encantados de Londres), estaba falta de personal. Las casas mágicas eran mucho más comunes en Europa que en los Estados Unidos.

—En realidad no. Un nuevo inquilino ha heredado Whimbrel House. —Abrió el archivo y se lo pasó—. Mis fuentes me dicen que se mudó ayer.

Tenía delante unas huellas dactilares y una sola hoja de información.

—¿Whimbrel House? No he oído hablar de ella. —Leyó la hoja—. ¿Rhode Island?

—Pues sí. Lleva tiempo abandonada por razones evidentes. Fue un refugio para nigromantes durante todo el lío de Salem. —Chasqueó la lengua con desagrado—. Me llegó un telegrama anoche, tarde. El nuevo propietario se llama Merritt Fernsby.

Hulda analizó la hoja de información. Había heredado la casa de Anita Nichols.

—Parece ser que ha pasado a él sin más —añadió Myra.

Hulda dejó escapar un suspiro.

—Oh vaya. Esas situaciones siempre son interesantes. —Una persona sin magia que se muda a una casa encantada siempre es una situación delicada. Le dio la vuelta a la página—. Es un archivo muy corto.

—Eso es obra de mi predecesor —dijo con un tono de disculpa—. Es una casa sola, alejada de todo, habitada de forma intermitente a lo largo de los años, los inquilinos no han llegado a dejar huella en la casa. —Entrelazó las manos—. Sé que acabas de volver, pero ¿podrías ir hoy? Son solo dos horas en tranvía y barco. No me gustaría dejarla de lado.

Dejarla estar es arriesgarse a que el residente dañe la casa o que la casa dañe al residente. Hulda asintió.

—No he deshecho las maletas todavía, así que no hay problema. —Aunque para la primera revisión solo llevaría su bolso negro. Nunca iba a ninguna parte sin él.

Myra dio una palmada.

—Que Dios te bendiga. No podía mandar a nadie más, Hulda. Eres la mejor del equipo.

Hulda puso los ojos en blanco, aunque el cumplido la animó.

—Solo lo hago porque la señora Thornton sigue en Dinamarca.

—Bah. —Myra posó las manos sobre sus hombros—. Está un poco lejos. Coge la línea cinética hasta Providence. El ICLEB te lo reembolsará.

Hulda asintió y se giró hacia la puerta con la mirada puesta en el pequeño archivo.

—Y Hulda.

Se detuvo.

Myra entrelazó las manos.

—Ten cuidado.

—Siempre lo tengo —dijo al mismo tiempo que se subía las lentes en la nariz.

Whimbrel House era una casa encantadora. Los edificios encantados tendían a serlo, pero el atractivo de este era mayor porque estaba rodeado de naturaleza, con las briznas de césped salpicadas por el sol de la tarde y el graznido de una garza que sonaba en la distancia. El olor del océano se pegaba a todo y enfriaba la brisa, lo que sería muy agradable durante el calor veraniego. Es cierto que ya era septiembre y Hulda no se quedaría hasta el siguiente julio, pero era un pensamiento bastante agradable.

La casa tenía un tejado a dos aguas y distintas ventanas: grandes, pequeñas, redondas, con la parte de arriba circular y rectangulares. La sombra de los robles proyectaba manchas oscuras sobre las tejas azules con brillos de color turquesa bajo el sol. No era una casa especialmente grande, lo que quería decir que necesitaría poco personal. Lo cierto es que eso facilitaría las cosas, tanto a la hora de contratarlo, como para el bolsillo del propietario. Para el ICLEB ya resultaba difícil encontrar gente que estuviese familiarizada con la magia y aún más complicado que estuviera disponible para trabajar.

Mientras se acercaba a la puerta con su pesado bolso de herramientas colgando del brazo, levantó la aldaba y llamó cuatro veces a la puerta. Con fuerza. Hulda prefería no repetir las cosas.

Durante un momento todo estuvo en silencio. Entonces escuchó el sonido de algo pesado cayendo al suelo, varios golpes, seguidos de un corto chillido. Sacó el archivo y miró la información una vez más para estar segura. Merritt Fernsby.

—¿Hola? —Su voz sonaba aguada desde el otro lado de la puerta y la desesperación goteaba por las fibras de la madera.

Hulda se subió las gafas.

—¿Señor Fernsby?

—¡Por favor, ayúdeme! —gritó—. ¡No me deja salir!

«Oh vaya». Hulda abrió su bolso.

—¿Cuánto tiempo lleva en la vivienda?

El pomo de la puerta tembló.

—¿Quién es usted? Intenté romper la ventana, pero... Oh Dios, me está mirando otra vez.

—Por favor, intente no dañar las instalaciones. —Sacó su pata de cabra—. ¿«Qué» le está mirando?

—¡La mujer del retrato!

Hulda suspiró. Las casas como esta deberían ser investigadas por el ICLEB antes de ser entregadas a ciudadanos normales.

—Aléjese de la puerta, señor Fernsby. —Metió la pata de cabra entre la puerta y el marco y luego murmuró—: En serio, casita. Si eres tan infantil, él nunca va a cuidar de ti.

Tiró unas cuantas veces antes de que el pestillo cediera y la puerta se abriera un poco, y luego metió la pata de cabra en el bolso.

Cuatro dedos agarraron la puerta y tiraron para abrirla del todo.

Casi llegaba al metro ochenta. El documento decía que era un hombre de treinta y un años, tres menos que Hulda, aunque con las ojeras que tenía parecía mayor. Tenía el pelo castaño claro, le llegaba hasta los hombros y necesitaba que lo peinaran. Su nariz era recta, pero se ensanchaba en el puente. Llevaba ropa buena y una bufanda de colores en vez de corbata, pero la bufanda desde luego había vivido tiempos mejores. Los dos primeros botones de la camisa de color amarillo pálido estaban desabrochados. No, todos los botones estaban rotos menos uno, lo que irritó el cerebro de Hulda, que le decía que tenía que arreglarlos, pero ella era una ama de llaves, no un ayuda de cámara. El pobre hombre tenía un pie descalzo y el otro con un calcetín y sus ojos azules llenos de pánico la miraban con unas ansias que parecían que no habían visto a otro ser humano en años.

No era del todo inesperado.

—Hola, señor Fernsby. —Le extendió la mano—. Me llamo Hulda Larkin. Vengo en nombre del ICLEB, o Instituto de Conservación de Lugares Encantados de Boston. Como ha heredado una casa encantada recientemente…

—Oh, gracias a Dios. —El señor Fernsby quiso estrechar su mano, pero en cuanto sus dedos intentaron pasar el umbral de la puerta, parte del quicio se desenganchó y se dobló, cortándole el paso. Cerró los ojos y se dejó caer contra la madera—. No me deja salir.

—Sí, ya lo veo —señaló Hulda. Estiró la mano y entró fácilmente en la casa.

—Si quiere poder irse a casa, yo no haría eso —le advirtió. Le sonrió con confianza.

—Le aseguro que soy una profesional. ¿Puedo pasar?

Fernsby la estudió con la mirada.

—¿Quiere entrar? Desde luego, ¡es toda suya! Solo. *Sáqueme. De. Aquí.*

—Me temo que no podré hacerlo hasta que haya llevado a cabo una evaluación de la vivienda.

Él parpadeo, como si fuera ella la que se estaba volviendo loca.

—¿Evaluación de la vivienda? —Acercó su mano con fuerza hacia ella—. ¡Solo tire de mí!

Ella frunció el ceño.

—Quiero suponer que prestó suficiente atención en el colegio como para saber que la magia no funciona así.

Fernsby parpadeó.

—¿A qué colegio fue usted?

Hulda frunció el ceño. Es cierto que muchos consejos de educación en los Estados Unidos incluían clases solo sobre la importancia histórica de la magia, no del arte en sí, como cuando se capturaron los barcos cinéticos británicos durante el infame Motín del té de Boston. Hulda pasó muchos años estudiando en Inglaterra, donde la categorización y uso de la magia estaban mucho más presentes tanto en las escuelas como en el país en general.

El señor Fernsby se frotó los ojos.

—Está poseída...

—Puede ser, pero posiblemente no —interrumpió ella—. La posesión es solo una de las posibilidades de una casa...

—Centellas, mujer. —Se pinzó el puente de la nariz—. ¡De acuerdo! Entre, a ver cómo la trata a usted. —Se apartó para dejarla pasar, pero miró preocupado el retrato que había en la pared norte.

La casa gruñó cuando entró, sus zapatos golpeaban el suelo de madera. Si la casa iba a encerrarla o no todavía estaba por ver. Miró a su alrededor. Fuera había luz, pero le costaba entrar por las ventanas. Las sombras se pegaban a las escaleras y a las paredes y hacían que las habitaciones, por lo que ella podía ver, estuvieran envueltas en oscuridad. Los ojos del retrato a su derecha la seguían y como lo notó, asintió para saludar.

—Parece estar en muy buen estado dada su historia. Ciertamente es algo típico de las estructuras con hechizos fuertes.

El señor Fernsby se pasó la mano por la cara.

—Y-y ¿cómo ha conocido este lugar?

—Es nuestro trabajo saber que estos sitios existen. —Se metió la mano en el bolsillo, sacó una tarjeta y se la dio. Tenía escritos su nombre y la información del ICLEB, todo menos la dirección, que se daba pocas veces.

—¿Le ha hablado la casa? —preguntó.

Él la miró.

—¿Que si me ha *hablado?*

Ella sacó sus guantes.

—No tiene por qué estar tan horrorizado, señor Fernsby. La magia es poco común en esta era, pero no es algo desconocido. Vine hasta aquí en el tranvía cinético. —Un tranvía propulsado con cinesis, una de las once escuelas de magia.

—Sí, sí. —Se frotó los ojos. Seguramente no había dormido la noche anterior, si la pasó allí—. Soy consciente, pero es especialmente... —agitó la mano intentando encontrar la palabra adecuada—. Densa aquí.

—Exacto, como suele pasar en los domicilios. Los encantamientos que existen fuera de un cuerpo no suelen sufrir los efectos de estar lanzando hechizos de forma constante.

Él se movió.

—¿Perdón?

—Tendré que ver toda la casa si quiere que haga un diagnóstico —siguió ella—. Una casa encantada no puede mantenerse correctamente sin un diagnóstico exhaustivo.

El señor Fernsby se pasó la mano hacia atrás por el pelo. No era de extrañar que estuviese tan despeinado.

—¿Quiere decir diagnosticar el tipo de magia?

—Entre otras cosas. Hay muchas razones por las que una casa puede estar encantada. —Se subió las gafas—. Podría simplemente estar bajo un hechizo o construida en un sitio en el que se produce una cantidad anormal de magia. Podría haber sido construida específicamente para estar encantada, lo cual es común. O podría haber una docena de explicaciones. A lo mejor los materiales que se utilizaron fueron hechizados o la ha poseído un mago, o es muy antigua y ha adquirido su propia conciencia, lo que es muy poco probable dado el estilo colonial.

A veces las casas simplemente no están contentas con el patrón de su suelo, así que se embrujan ellas mismas para poder cambiar...

Algo dio un golpe seco en el piso de arriba. El señor Fernsby dio un respingo.

Hulda inclinó la cabeza para poder escuchar mejor, pero no oyó nada más.

—¿Hay alguien más en la vivienda?

Él negó con la cabeza.

Hulda se aclaró la garganta.

—Será mejor que vea la casa y averigüe la fuente de la magia, si no le importa —terminó de decir Hulda.

El señor Fernsby miró la casa, casi como si le tuviera miedo. Hulda no podía culparlo; las paredes de la entrada estaban empezando a derretirse. Seguramente era caomática, la undécima escuela de magia.

—Lo que sea con tal de salir de aquí —musitó.

—Mi propósito es hacer que esté bien acomodado. Las casas encantadas pueden domarse. —Cuando él la miró con incredulidad y los ojos inyectados en sangre, ella señaló a la derecha—. ¿Y si empezamos por el comedor?

El señor Fernsby cambió de dirección.

—L-la mesa del comedor se comió mi cartera. Debe de sonarle totalmente absurdo...

—Para nada.

—Casi me come a mí.

Hulda empezó a rebuscar en su bolso y sacó un colgante de cuerda con un saco de color rojo bordado colgando y se lo dio.

—Esto es un amuleto. —Sacó otro para ella—. Póngaselo, le protegerá un poco mientras nos movemos por la casa...

—¿Me protegerá «un poco»?

—Nada es infalible. —Se puso su propio amuleto antes de mirarlo a los ojos—. Es peligroso llevarlos demasiado tiempo; los hechizos portátiles como estos pueden tener efectos extraños en el cuerpo, pero de todas formas es seguro tenerlos dentro de casa.

El señor Fernsby cogió el saquito y le dio la vuelta.

—¿Cómo funciona?

—Es una magia de primera categoría. Muy cara. —Lo miró de una forma que esperó que entendiera como «por favor, no lo rompa»—. Este amuleto en particular es un amuleto de caomática. Concretamente para el orden y reparación. Muy poca gente corre el riesgo de tener demasiado orden en sus vidas, así que dudo que la casa lo utilice contra nosotros. —Estaban llenos de polvo de obsidiana, pero cada saquito también llevaba dentro algo de sangre y una uña del mago que los creó. Sin embargo, el señor Fernsby parecía impresionable, así que decidió que era mejor no mencionar eso.

—¿Puedo? —Hizo un gesto hacia el comedor.

El señor Fernsby asintió y la siguió. Las sombras se oscurecieron significativamente cuando entró, como si intentaran ahogar la luz que se colaba por la gran ventana del este. Hicieron un buen trabajo.

—Cuando llegué no era así —dijo el señor Fernsby de camino a la mesa.

—¿Cómo era?

—Una casa normal.

—Hm. —Puso las manos en el respaldo de la silla; había ocho en total. Era un comedor pequeño, aunque el anfitrión podría sentar a doce invitados si se encontraba en un apuro. La mesa ya estaba puesta, aunque tenía polvo.

Dio unos golpes con los nudillos en la mesa.

—Venga, devuélvesela. ¿Qué sentido tiene? No puedes hacer nada con su cartera, ¿verdad?

El suelo chirrió como si estuvieran en la cubierta de un barco que navegaba por aguas turbulentas.

Hulda metió la mano en el bolso y sacó su estetoscopio, se metió las olivas en los oídos y puso la campana en la mesa. La movió por unos cuantos sitios, dando golpecitos con la mano que tenía libre, hasta que encontró un punto en el que la madera sonaba compacta. Sacó un amuleto más pequeño, lo dejó caer sobre la mesa y el mueble escupió la cartera de cuero desgastada.

—Es una santa. —El señor Fernsby agarró la cartera antes de que la mesa volviese a tragársela.

—¿Y por aquí? —preguntó Hulda señalando la puerta oeste.

El señor Fernsby agarró el amuleto de su cuello con la mano que tenía libre.

—La verdad es que no he explorado por ahí todavía.

Hulda no se sorprendió, el pasillo estaba totalmente oscuro.

Cogió el amuleto y se lo metió en el bolsillo. Luego, sacó una lamparita. Giró una pequeña rueda en ella y se iluminó.

—¿Qué es eso? —preguntó el señor Fernsby.

—Una lámpara encantada. Es invocación y elemento. Fuego. —La sujetó delante de ellos y marcó el camino.

—¿No usa cerillas? ¿Por qué no utilizan eso para iluminar las calles?

—Porque son caras, señor Fernsby.

—Pues como todo.

Hulda se acercó a la puerta con la luz. Según el plano, el salón del desayuno no tendría que estar muy lejos…

La puerta se cerró de golpe. Hulda dio un salto hacia atrás pero no fue suficiente…

Dos manos la cogieron de la cintura y la arrastraron hacia el comedor. La puerta por poco se llevó la lámpara. Habría roto el cristal —y los hechizos— completamente.

El señor Fernsby la soltó, pero eso no evitó que la vergüenza enrojeciera las mejillas de Hulda. Alejó un poco la luz de su cara para ocultarla y luego se alisó la falda.

—Gracias, señor Fernsby.

Él asintió.

—Una puerta de arriba casi me deja sin nariz —dijo con el ceño fruncido, mirando hacia la puerta.

Esta casa parecía ser más problemática de lo que Hulda había previsto. Puso un pequeño amuleto en el suelo junto a la puerta. Solo había traído ocho, lo que le pareció un exceso de indulgencia en su momento.

La puerta no se resistió cuando la atravesó esta vez, aunque tuvo que hacerlo rápidamente, y el señor Fernsby la siguió enseguida. La sala del desayuno era casi la mitad de grande que el comedor y tenía otra mesa puesta para cuatro.

—Podría tirar esta pared si quisiera montar grandes fiestas —dijo Hulda mientras rodeaba la mesa.

La casa gruñó como si fuese un estómago y ellos la comida.

—Ni siquiera pretendo quedarme aquí. —Se giró de repente buscando algo entre las sombras—. Aquí no se puede vivir.

—Sería una gran pérdida para usted si se rinde tan deprisa —le advirtió Hulda—. Nadie ha vivido en Whimbrel House en mucho tiempo, lo que puede ser el motivo de que la casa se porte tan mal. Ni siquiera podría venderla en este estado. En todo caso sería perder dinero.

Parecía que se lo estaba planteando.

Hulda se paró en la siguiente puerta.

—Supongo que la cocina está por aquí. —La puerta no se resistió. Había un poco más de luz en esta habitación por las llamas titilantes de la lámpara de araña de hierro que había en el techo. La cocina tenía tanto una chimenea como un horno de leña, además de una encimera de buen tamaño y un fregadero con una bomba de agua—. Muy bien. ¿Tiene un taburete?

—¿Bien? —repitió el señor Fernsby—. ¿Estamos en la misma casa? —Miró su alrededor y encontró un taburete de tres patas en el otro lado de la chimenea. Lo cogió, pero solo iba por la mitad del camino de vuelta cuando se puso a gritar—. Quítemelo, ¡quítemelo!

Empezó a agitar las manos, pero el asiento del taburete se le había pegado, se estaba derritiendo y estaba trepando por su brazo. Aunque parecía que no podía pasar del codo gracias a que el amuleto que llevaba cumplía su función.

—¿Y esto en qué te ayuda? —preguntó Hulda al techo.

Las luces de la lámpara de araña parpadearon.

Hulda suspiró de camino al señor Fernsby y lo cogió del hombro.

—Intente calmarse.

—¡Me está comiendo!

—Solo está teniendo una pataleta. —Cogió una de las patas del taburete, que era tan suave como la cera caliente, y tiró. A pesar de su estado líquido, el taburete todavía era una «cosa» y se fue deslizando poco a poco por el brazo del señor Fernsby. Cuando Hulda lo soltó, se estampó contra el suelo como una tarta de barro. Metió la mano en el bolso para coger un amuleto, pero el taburete volvió a su forma solo.

Antes de que pudiera cambiar de opinión, lo puso bajo la lámpara de araña.

—¿Podría vigilar que no me caiga, señor Fernsby? —No quería que esta cosa se transformase en líquido con ella encima.

Él se puso a su lado y vigiló al taburete.

—Parece usted muy despreocupada con este tema, señorita Larkin.

—Es señora Larkin —intervino ella.

Él miró su mano izquierda sin anillo.

—¿Está casada entonces?

Ella se centró en la lámpara de araña.

—Lo apropiado es llamar a las amas de llaves «señora» sin importar su estado civil. —Sacó una lupa y pasó un dedo por el borde. También estaba hechizada, y se reenfocó para que pudiera observar correctamente. El señor Fernsby se estiró detrás de ella para ver mejor y silbó suavemente.

Hulda le ignoró y se concentró en las llamas.

—¿Ve cómo no se apagan? Seguramente Whimbrel House no tiene magia elemental. —Se aseguró de recordar eso y se bajó del taburete. Había un porche cubierto justo detrás de la cocina, pero como el suelo estaba burbujeando como alquitrán, decidió que no era un buen momento para ir a verlo.

La casa chirrió con fuerza cuando se dieron la vuelta hacia la entrada. Con la lampara en alto, Hulda abrió la puerta junto a las escaleras y encontró el baño. Entró y examinó el espejo, pero era normal.

Cuando fue hacia la esquina del fondo, el señor Fernsby la siguió y la puerta se cerró de golpe, lo que los sobresaltó, y las seis paredes, incluyendo el suelo y el techo, empezaron a replegarse, aplastando el retrete y el lavabo a su paso como si fueran de arcilla. Las tuberías empujaron a Hulda contra el señor Fernsby, que la cogió por los hombros cuando a la pared que tenían detrás empezaron a salirle pinchos.

Por primera vez desde que llegó, el miedo empezó a crecer en las entrañas del ama de llaves.

—¡Para esto de una vez! —gritó Hulda, pero la casa ya había demostrado que no era razonable. El lavabo los empujó; ella intentó girarse, pero la habitación no le daba espacio y seguía encogiéndose, lo que forzó a encorvarse al señor Fernsby cuando el techo empezó a rozar su pelo.

En la pared opuesta empezaron a formarse pinchos que se clavaron en la esquina del bolso de Hulda y crecían más, y más...

El señor Fernsby siseó entre dientes cuando uno empezó a presionar su trasero. Intentó desesperadamente abrir la puerta, pero el cerrojo se había atascado. La golpeó con su hombro una, dos veces...

A la puerta le crecieron pinchos tan finos como agujas.

—¡Señor Fernsby! —gritó Hulda.

Merritt se alejó tambaleándose antes de clavárselos, en dirección a ella. Unos pinchos empezaron a crecer contra su cuello.

«¡Piensa, piensa!». Hulda respiró hondo para calmarse y notó que el señor Fernsby olía a tinta, clavo y un toque de *petitgrain*.

Buscó por su bolso y notó que sus rodillas iban a ceder ante el suelo que seguía subiendo. Un pincho le dio en el codo y...

Se había olvidado de que había traído una cosa.

—¡Espere, señor Fernsby! —gritó cuando la sacaba.

Y lanzó la bomba a una de las paredes llena de pinchos.

El cuarto de baño entró en erupción. El espacio se llenó de humo falso. Las paredes, el suelo y el techo volvieron a su sitio, y la fuerza de la explosión expulsó a Hulda y al señor Fernsby de la habitación. Ella aterrizó con fuerza sobre el suelo de la entrada, tan solo con un cardenal en la rodilla. Empezó a toser y dejó caer su bolso para comprobar su pelo. Con o sin oscuridad, no iba a parecer desaliñada en su lugar de trabajo.

El señor Fernsby tardó un poco más en levantarse. Parpadeó rápidamente y se quitó el pelo de la cara.

—¿Qué demonios ha sido eso?

Dadas las circunstancias, Hulda no lo regañó por su lenguaje.

—Una mina caomática. Muy...

—Cara —añadió por ella. Agitó su camisa y se puso de pie. Le ofreció ayuda para levantarse, la cual Hulda aceptó y luego volvió a mirar el cuarto de baño. La lámpara, que todavía seguía encendida, estaba en el suelo justo fuera del cuarto e iluminaba un baño que parecía muy normal.

Él negó con la cabeza.

—Caomática… El baño debería estar hecho un desastre.

—Es un error muy común. —Se aclaró la garganta para que no le temblara la voz—. Caos es desorden, pero si algo ya es caótico, su desorden es el orden.

Se la quedó mirando.

—¿Para quién dijo que trabajaba?

—ICLEB. Está en mi tarjeta.

Rescató la tarjeta de su bolsillo al mismo tiempo que Hulda cogía la lámpara. Se tomó un momento para calmarse. A lo mejor debería volver a Boston y pedir una segunda opinión… No, ella podía solucionar esto. Las casas encantadas rara vez eran malvadas y esta no era ni de lejos el peor caso que se había encontrado.

Simplemente era un reto. Y nunca convencería al señor Fernsby de que le diera una oportunidad a la casa si ella no lo superaba.

Así que sacó su estetoscopio y escuchó la pared de fuera del baño.

—¿Eso qué hace? —preguntó el señor Fernsby—. ¿Es para hablar con la pared?

—La llamada solo funciona con la flora y la fauna, señor Fernsby. —Era la octava escuela de magia—. Esta herramienta es noética, tiene psicometría. También actúa generalmente solo sobre seres vivos, pero las casas encantadas cumplen uno o dos de los requisitos.

La verdad es que casi podía oír un latido. Mientras Hulda guardaba el estetoscopio, pasó por su lado y se fue hacia la entrada para después ir al salón.

Whimbrel House se empeñaba en mantener sus sombras y crujidos, pero ahora había añadido telarañas.

—Ayer el mueble se derretía. —Merritt pinchó el sofá con el dedo y se alejó rápidamente, como si pensara que lo iba a atacar igual que el taburete de la cocina.

Hulda subió su luz.

—Me preocupa más el esquema de colores. —Chasqueó la lengua y observó la sala. Todo era de tonalidades de rojo y verde oscuro, como una Navidad triste. Si el presupuesto del cliente lo permitía, podría cambiarlo. Por el rabillo del ojo, vio al señor Fernsby sonreír durante un segundo y lo ignoró.

Fue hacia la siguiente puerta, pero se paró cuando algo cayó del techo.

Una cuerda de telarañas. O más concretamente...

—Una horca. —Merritt carraspeó. Entonces, con humor ácido, añadió—: Al menos no hay nadie colgando de ella.

—Todavía —dijo Hulda, quien no pudo evitar sonreír cuando el señor Fernsby puso los ojos como platos. Se regañó a sí misma en su mente. El humor negro no iba a ayudarla ni daría una buena imagen del ICLEB.

La horca estaba hecha de telarañas así que se deshizo cuando pasó la mano por ella.

—Si le consuela, nunca he oído que una casa haya matado a un hombre —le dijo.

—¿Y han mutilado a alguno? —respondió él.

Hulda avanzo hacia la siguiente puerta, atenta por si escuchaba algo más.

—La terraza acristalada está por ahí —dijo el señor Fernsby.

La puerta estaba cerrada con llave.

—Yo no la he cerrado —añadió.

Hulda suspiró.

—¿Tiene la llave?

Empezó a palpar su abdomen, a lo mejor se había olvidado de que no llevaba chaleco, luego sus pantalones, de los que sacó una llave de su bolsillo delantero derecho. Se acercó a la puerta y metió la pequeña llave.

La cerradura la escupió.

—Venga. —Hulda regañó a la casa.

El señor Fernsby lo volvió a intentar. Esta vez no pudo ni meter la punta de la llave. La casa estaba cambiando la cerradura.

Hulda dio unos golpecitos en la puerta.

—¿Vamos a estar todo el día así?

La casa no contestó.

Hulda puso los ojos en blanco, aunque sabía que no debía, y buscó en su bolso su pata de cabra.

—¿Y eso qué hechizo tiene? —Casi parecía que el señor Fernsby se divertía.

—Es una pata de cabra, señor Fernsby. Nada más. —Metió la punta entre la puerta y el marco, y con un solo golpe de cadera abrió la puerta a la fuerza. El espacio era estrecho, estaba bien iluminado —la casa no había oscurecido las ventanas— y lleno de plantas muertas o descontroladas. Hulda esperó a que pasara algo y respiró tranquila cuando no fue el caso.

—Las plantas no atacan, lo que es una buena señal —comentó Hulda.

—Ah bien. No me gustaría irme a dormir con miedo a que me estrangulen los narcisos. —Se echó el pelo para atrás otra vez—. No quiero tener que preocuparme por ello, señorita-señora Larkin. Pero la casa no me deja salir...

Hulda dio un paso hacia el salón y esperó a que él la mirara.

—Nunca he fracasado a la hora de hacer habitable una casa. Le garantizo que verá compensada su inversión.

Fernsby suspiró con cara de desesperación y Hulda se preguntó cuál sería su historia.

—¿Puede de verdad?

—Sí. —Se cambió el bolso de hombro—. Vamos a ver arriba...

Hulda fue consciente de que la madera se astillaba y de que algo blando producía un golpe sordo, antes de ver qué era con luz. Cuando lo hizo, un escalofrío le recorrió la espalda. Al señor Fernsby le dio una arcada.

La casa había tirado ratas muertas al suelo.

La mente de Hulda buscó patrones en los cadáveres y ella se estremeció cuando un poco de su pequeña magia tomó el control. La premonición hacía eso de vez en cuando, predecir sin que ella quisiera. En su mente vio la sombra de un gran animal, como si la luz de la luna lo iluminara. Un perro, a lo mejor un lobo.

Puede que el señor Fernsby pensara que se iba a desmayar y por eso la sujetó por el codo y la apartó de las ratas muertas. Parecían recientes, como si la casa hubiese estado coleccionándolas hasta este momento.

Su estómago se tensó al pensarlo. «Colecciones». «Cuerpos».

Ahora no era el momento de recordar esos horrores. Por el amor de Dios, caminaría por cadáveres de ratas cada día si eso le hiciese olvidar...

—¿Señora Larkin?

El señor Fernsby la estaba observando con el ceño fruncido. Ella se alejó de él y asintió mientras caminaba rápidamente hacia las escaleras.

El saliente del primer escalón se separó de la tarima e intentó morderla.

Sacó otro amuleto, lo colgó del remate de la barandilla y la boca se cerró de repente. Se dio la vuelta hacia el señor Fernsby, que se había quedado mirando con los ojos como platos la boca de madera.

—Muévase deprisa —dijo ella enderezándose para transmitir valor a los dos.

Y eso hicieron, pero cuando iban a llegar al segundo piso, el señor Fernsby casi se cae por las escaleras. Su cara palideció bajo la luz del farol.

—Esto otra vez no.

Empezó a gotear sangre del techo del pasillo.

Hulda suspiró agradecida al ver algo que le era familiar.

—Este truco es viejo.

El señor Fernsby se quedó sin respiración.

—¿Cómo puede estar tan tranquila con algo así?

—Se lo dije, señor Fernsby. —Se agachó y acercó la luz para ver cómo la «sangre» caía en la alfombra y desaparecía—. Soy una profesional.

Él murmuró algo que Hulda no entendió. Ella se levantó y alzó todavía más la lámpara.

—Creo que es pintura. La casa necesitaría tener invocación para producir sangre y, a pesar de las ratas, dudo que así sea. De lo contrario, esta es, sin duda, la casa más impresionante que he tenido el placer de allanar.

La casa gimió y chasqueó como cuando el cuarto de baño se empezó a cerrar sobre ellos. Hulda ignoró la piel de gallina que empezó a cubrir sus brazos.

El señor Fernsby se acercó y dejó que algo de la pintura cayera en su mano.

—¿Ah sí?

—¿Hay algo pintado de este tono de rojo en la casa? Podría haberla cogido de ahí, la «derretiría» como pasó con el mueble.

Él la miró como si fuese la primera vez que la veía.

—Yo... No estoy seguro. Todo estaba... oscuro.

Hulda exhibió lo que ella llamaba su «sonrisa laboral», y sus hombros se relajaron.

—Lo confirmaré cuando termine mi informe. ¿Cuántas habitaciones hay? —preguntó con la mano metida en el bolso. Sacó el paraguas, y lo abrió sobre sus cabezas antes de ir a la izquierda.

—C-cuatro, creo.

La primera, por suerte, tenía la puerta abierta. Menos mal, porque le faltaba el suelo.

Hulda levantó la lámpara, pero el pozo, que parecía no tener fondo, se tragó toda la luz.

El señor Fernsby se tambaleó al retroceder. Ella cerró el paraguas.

—Estoy segura de que el suelo reaparecerá. A las casas no les gusta estar incompletas.

—¿Conque no? —La pregunta estaba llena de sarcasmo, pero Hulda lo ignoró.

Fueron a la siguiente habitación y de nuevo la casa cerró la puerta de golpe, aunque Hulda ya lo esperaba. Siguió adelante. La habitación al final del pasillo era supuestamente el dormitorio principal.

Hulda miró dentro de la habitación después de asegurarse de que la puerta no la decapitaría. En un principio parecía un dormitorio totalmente normal. Sin sombras ni telarañas ni ratas... Uno de los dos tendría que deshacerse de ellas porque, a juzgar por el olor, no eran una ilusión, lo que formaría parte de la segunda escuela de magia: psicometría. En realidad, el espacio era agradable. El sol brillaba por la ventana con manchas de lluvia, la cama estaba hecha, el suelo parecía relativamente limpio...

El señor Fernsby soltó una palabrota, lo que sorprendió a Hulda.

—¿Qué ocurre?

Entró en la habitación con mucha más seguridad que cuando abrió la puerta.

—¡Mis cuadernos estaban en esta mesita de noche! —Pasó la mano por el mueble. Abrió un cajón, lo que reveló algún tipo de pistola dentro. Miró por los cuatro postes de la cama, metió la mano por debajo y sacó un mosquete. Por dios, ¿cuántas armas necesitaba? ¡Y todavía no se había mudado!—. Sé que estaban ahí. Estuve escribiendo en uno antes de que usted llegara.

Hulda metió la mano en el bolso para sacar unas varillas de zahorí y las levantó suavemente con dedos firmes. Caminó despacio, primero hacia el señor Fernsby, y luego hacia el otro lado de la habitación. Las dos varillas empezaron a separarse lentamente.

Notó un bulto en la alfombra con el pie.

—Creo que están aquí.

Merritt se quedó mirando al bulto como si le faltaran las gafas y luego fue hacia él para inspeccionarlo.

—Pero… ¿Cómo? ¡Esta alfombra está fija con clavos! ¿Cómo voy a recuperarlos?

—Creo que tiene tres opciones: arrancar la alfombra, cortar un trozo y sacarlos, o esperar a que la casa se los devuelva.

Se la quedó mirando, pero antes de que pudiera hablar, ella añadió algo más:

—Yo le recomiendo que se contenga a la hora de hablarle mal a la casa. Necesitamos que sea nuestra aliada.

—Cierto. Aliada. —Se frotó los ojos con las palmas y dejó escapar un suspiro.

Hulda le dio un momento más para que se recuperara.

—¿Y el resto de la casa? A parte del cuarto dormitorio.

Fernsby se alejó lentamente de los cuadernos.

—Hmm. Dormitorios, sí. Hay una salita y una biblioteca. Tenga cuidado con la biblioteca.

—¿Ha pasado algo allí dentro?

—Me lanzó libros.

Hulda se mordió el labio para contener una sonrisa. Cuando el señor Fernsby la vio hizo lo mismo. Al menos todavía le quedaba algo de humor al pobre hombre.

—¿Se los lanzó a usted? —Se dirigió de vuelta a la oscuridad y al espeluznante pasillo—. ¿O estaba en medio del lanzamiento de libros?

El señor Fernsby no contestó.

Con el paraguas pasaron por el pasillo que todavía estaba goteando, las escaleras y se fueron directos a la biblioteca. Ciertamente los libros volaban de una repisa a otra y lo hacían más deprisa ahora que Hulda estaba mirando. Había más cuadros en las paredes; uno de un barco en una bahía que parecía que goteaba agua. Otro de un campo de amapolas con flores moviéndose por la brisa, pero el único viento que soplaba era el que creaban los libros al volar. Otra señal de que la casa seguramente no tenía hechizos elementales.

—Venga —dijo Hulda en un último intento de razonar con la casa—. Relájate. Esta no es forma de tratar a un invitado.

Los libros siguieron volando.

Entró en la habitación.

—Puede que él no te guste, pero yo soy razonable, ¿no?

Por un momento pareció que los libros iban más despacio. Solo fue un instante, pero eso ya era una victoria para Hulda.

El señor Fernsby también se dio cuenta.

—Eso me ofende —dijo él.

La puerta de la cuarta habitación estaba abierta, se veía una alfombra que burbujeaba.

—Esto sería un despacho estupendo.

—Ojalá tuviera su optimismo.

—Pronto lo tendrá. —Se dio la vuelta hacia la última puerta—. Entonces supongo que esto es la salita, ¿verdad?

—Solo la he visto de pasada.

—¿De pasada? —Intentó abrir con el picaporte.

—Puede que recuerde que le dije que casi perdí la nariz…

Necesitó todos sus últimos amuletos, pero Hulda consiguió abrir la puerta. La salita estaba tan a oscuras como el resto de la casa, pero no por las sombras.

—Las ventanas han desaparecido —dijo el señor Fernsby con perspicacia.

—Exacto. —Le pasó la lámpara para poder sacar su estetoscopio y un pequeño martillo, y empezó a rastrear por la pared, dando golpecitos aquí y allá. No había oído el tintineo de ningún cristal, lo que confirmaba que no era una ilusión. Posiblemente era alteración, la séptima escuela de magia. Lo que también explicaría muchas de las otras… excentricidades de la casa.

Hulda quitó un amuleto de la puerta y señaló dos sillas en la salita. La puerta se cerró de golpe para protestar cuando se sentaron. Hulda dejó el amuleto a su lado, luego se quitó el que llevaba al cuello y lo puso a sus pies. Aunque tenía dudas, el señor Fernsby hizo lo mismo poco después y colocó su amuleto detrás de ellos.

—Eso debería amansar la zona unos momentos. —Cogió la lámpara y la encendió al máximo para revelar una habitación con una decoración simple, llena de paneles de madera de roble que conjuntaban con las persianas, una alfombra india, un sofá rojizo y un par de sillones a juego. En la pared contraria había una chimenea de color blanco junto con el busto de un niño aburrido. Hulda se preguntó si esa era la obra original del artista o si la casa intentaba decirle algo.

Puso en el suelo su bolso de herramientas y sacó el archivo del señor Fernsby, un bloc de notas y un lapicero.

—De acuerdo, señor Fernsby, hablemos de su casa.

Capítulo 3

2 de diciembre de 1820. Londres, Inglaterra.

—Una carta para usted, lord Hogwood.

Silas parpadeó para dejar de mirar el paisaje nevado y gris de fuera de su ventana. No recordaba haberse levantado de su silla y haber ido hacia ahí, pero se había llevado su té, que ahora ya estaba templado. Se giró y vio a su mayordomo, que una vez fue el de su padre, esperando una respuesta acerca del sobre de color lechoso que había en la bandeja de plata que sujetaba. Le había dado la vuelta para que Silas pudiera ver el sello. El sello real.

Cogió la carta y dejó la taza en la bandeja mientras asentía para darle las gracias. El mayordomo se fue sin decir nada. Cuando ya estuvo solo en su estudio, le dio la vuelta a la carta dos veces antes de romper el sello, leerla y confirmar sus sospechas.

La enviaba el propio regente, que, como gobernante en funciones de Gran Bretaña, también era el líder de la Liga de Magos del Rey. La misma liga a la que su madre había pertenecido antes de que su enfermedad la obligara a retirarse. La misma liga que había expulsado a su padre aquella horrible noche.

—«Invitado personalmente» —leyó en voz alta. Ahora tenía dieciocho años. La verdad es que le había sorprendido que la invitación no llegara el mismo día de su cumpleaños. El pedigrí de su familia era casi tan impresionante como el del regente. Por las venas de Silas corrían hechizos de caomática, alteración, nigromancia, premonición y cinética. Y durante un breve instante, tuvo incluso más. Él sabía que fue así, pero la muerte de su padre le arrebató esas habilidades prestadas.

No se había investigado ese fenómeno, Silas lo había buscado con diligencia. Siempre con discreción, porque no quería atraer atención indeseada. Fue fácil que la familia, amigos y autoridades creyeran que Henry Hogwood había bebido demasiado después del fin de su carrera, pegado a su hijo y luego muerto por intoxicación etílica. Pero Christian, el hermano menor de Silas, sospechaba que había ocurrido algo más. Eso, o Silas estaba demasiado paranoico. Pero mejor paranoico que desprevenido.

Durante un segundo se lo planteó. La Liga del Rey podía tener documentos que los demás no. Podría llevarlo a las respuestas que buscaba.

Y aun así, Silas caminó hacia el fuego ardiente y tiró la carta dentro, incluido el sobre. Se acercó para ver cómo el sello de cera se derretía y siseaba hasta que no pudo distinguirlo entre las cenizas.

—Nunca me tendréis —susurró a las llamas. Todavía conservaba las cicatrices que su padre le había dado, dentro y fuera. Unas cicatrices que le recordaban lo que fue, y lo que «nunca volvería a ser».

Porque nadie, ni siquiera el viejo rey George, tendría autoridad sobre Silas. Nadie volvería a superarlo en poder.

Y Silas estaba dispuesto a hacer cualquier cosa para que así fuese.

Capítulo 4

6 de septiembre de 1846. Blaugdone Island, Rhode Island.

Merritt se hundió en el sillón frente al de Hulda, la señorita Larkin, la «señora» Larkin, y empezó a hacerse preguntas sobre ella. Dos días antes, le habría parecido muy extraño que una desconocida apareciese de repente en su puerta, entrase por su cuenta y le enseñase «su» casa. Pero eso fue antes de que casi se lo tragase una casa encantada, malvada, que hizo que lloviera sangre falsa y ratas de verdad, y cuyo cuarto de baño casi lo ensarta por varios sitios.

Parecía que todo se había calmado. Al menos podía fingir que así era, por los amuletos colocados a su alrededor y por el ama de llaves claramente competente en magia que hacía que las habitaciones sin suelo y las horcas de telarañas parecieran algo corriente. Y tenía una tarjeta. ¿Quién era él para cuestionarla? Necesitaba ayuda desesperadamente. Además, había recuperado su cartera.

Podría ver todo esto como un material excelente para una historia, si no fuera porque la casa le había quitado sus cuadernos.

Y el cuarto de baño. Que Dios lo ayude, no volvería a hacer de vientre.

Hulda Larkin estaba escribiendo algo bajo la luz de su farol, lo que le daba tiempo para estudiar la habitación en la que estaban. Y cuando terminó, la observó a ella. Parecía estar en la treintena y tenía aspecto de institutriz, con su vestido de color salvia cerrado hasta el cuello y la severidad de su nariz aguileña, que seguramente era su rasgo más llamativo. Sobre ella llevaba un par de gafas de montura plateada, de las más delicadas que Merritt había visto, como si las hubiese elegido para que destacaran lo menos posible. Tenía el pelo castaño oscuro, recogido de manera simple con un toque moderno y un par de rizos acariciaban sus pómulos. Eran unos pómulos altos que enmarcaban sus ojos almendrados y que también reflejaban la forma cuadrada de su mandíbula.

Ella lo miró. Sus ojos eran de color marrón o verde, no estaba lo suficientemente cerca para saberlo, y sus iris habían sido el menor de sus problemas durante la aventura en el cuarto de baño.

—He llegado a la conclusión de que la casa padece hechizos de alteración y de caomática, lo que explica —señaló al aire— la «severidad» de los encantamientos.

—Cambio de forma y destrucción. Qué maravilla. —La magia no había formado parte de su vida hasta ahora, aunque la recordaba de sus días en la escuela. La alteración incluía cambios de algún tipo, ya sea en objetos, la apariencia física u otros hechizos. Y la caomática simplemente era un caos.

—Más o menos —concedió Hulda—. Ahora tenemos el asunto de contratar al personal.

Merritt levantó una mano, lo que hizo que ella parara mientras él sacaba la tarjeta que le había dado otra vez para examinar la letra negra bien marcada.

—Así que, en su instituto, ICLEB —«un acrónimo extraño»—, ¿son «domadores de magia»?

Se formó una fina línea entre los ojos de Hulda.

—El ICLEB forma a individuos autorizados con habilidades mágicas para el servicio y la gestión de edificios encantados.

El labio de Merritt tuvo un pequeño tic.

—Habla como un diccionario, «señora» Larkin. Como un diccionario británico, aunque el acento no es el que debería.

Ella lo miró con superioridad ante ese comentario.

—No me disculparé por haber tenido una buena educación.

52

—¿En Londres?

—A lo mejor.

La verdad es que hablar con otra persona, de lo que fuera, le hacía sentir mejor por la situación. Y quizá era una locura pensar en quedarse, pero sí, quería que la situación mejorara. En primer lugar, este sitio podría inspirar una novela fantástica, y no es que tuviera adonde volver. Le habían quitado el piso de Nueva York y tendría que dedicar todo su tiempo a buscar otro sitio en el que vivir. Preferiría escribir.

—¿Y qué hace que usted sea «diestra»? Que lo es, no me malinterprete. —Se guardó la tarjeta—. Pero ¿es usted una bruja o algo?

Ella soltó un largo suspiro por la nariz.

—Pues para su información, soy vidente.

Él parpadeó. Lo había preguntado casi de broma, la magia se había diluido tanto a lo largo de los años que era raro encontrar a alguien con alguna habilidad especial. Muchos historiadores coinciden en que la magia apareció durante «el cambio del mundo» asociado con la vida de Cristo, porque había once escuelas —el mismo número que de apóstoles, menos Judas—. La magia se transmitía por la sangre, pero se diluía cada vez y hacía que los hechizos y las habilidades se dividieran hasta que ya apenas había algo que dividir. Durante la Edad Media se había mantenido con vida gracias a los matrimonios concertados, sobre todo en la sociedad aristocrática. Lo cierto es que los reyes ingleses eran unos de los magos más fuertes del mundo.

La magia se crea con magia, así que una madre y un padre mágicos podrían mejorar su linaje con descendencia mágica. Pero la disolución había llegado a tal punto que muchos de los que tenían magia eran resultado de un matrimonio concertado o pura suerte. En esta época, ambas opciones tenían habilidades limitadas.

Si la memoria no le fallaba, la premonición fue la primera escuela de magia.

—¿Así que va a leerme la fortuna? —preguntó.

Hulda lo miró como una institutriz cansada.

—En el tema de la casa, señor Fernsby, le recomiendo encarecidamente que contrate personal. Para poder llevar esta casa en condiciones, necesitará una criada y un cocinero como mínimo.

Él se recostó en el sillón.

—¿Es que usted no cocina?

—Señor Fernsby, si estuviéramos en Inglaterra tendría que haberme sorprendido ante tal suposición —respondió reposando las manos sobre el archivo.

Él sonrió, aunque la expresión de Hulda no cambió ni un ápice.

—Se entrenará al personal específicamente para esta casa —continuó ella—. Cuanto más personal tenga para gestionarla, más podrá disfrutar de la residencia.

Él frunció el ceño.

—¿No le parece aceptable? —preguntó Hulda.

Merritt pensó su respuesta.

—Soy consciente de que no sé cómo mantener... esto. —Señaló la pared por donde una sombra pasaba e hizo que la madera crujiera—. De todos modos..., me he ocupado de mí mismo durante más o menos una década. Sé cómo hacer la colada y la comida. Sería... raro tener a extraños que lo hagan por mí. Y eso en el caso de que me lo pudiera permitir.

Ella lo miró por encima del borde plateado de sus lentes.

—Y desde su llegada ¿cuándo ha podido hacer esas cosas?

Hizo una pausa.

—Yo... no he podido. —La verdad es que apenas había dormido.

—El cuidado de esta casa será la prioridad del ICLEB, incluyendo la mayor parte de la inversión pecuniaria —siguió la mujer—. Queremos asegurarnos de que prospera para las futuras generaciones. Las casas encantadas son una especie en vías de extinción.

«La casa, pero no el inquilino» casi se le escapó a Merritt, pero decidió morderse la lengua. Merritt suspiró.

—Digamos que le sigo la corriente con la tontería del personal. No me va mal, pero no soy un hombre rico.

Volvió a abrir el archivo.

—¿Y a qué se dedica?

—Soy escritor.

Hulda solo asintió y lo anotó. Curioso. Estaba acostumbrado a que le hicieran más preguntas sobre su carrera. Preguntas como «¿y qué escribe?», «¿ha publicado algo?», «no redactará artículos políticos ¿verdad?».

—La conservación y la protección de residencias encantadas es muy importante para el ICLEB —repitió Hulda—. La organización pagará mis servicios entretanto usted los necesite. Mi diagnóstico ayudará con los encantamientos desbocados. Dado el tamaño de la casa, puede que no exija mucho personal.

El piso de abajo gruñó y Merritt se lo replanteó rápidamente.

—¿Trabaja usted con muchas casas pequeñas? —preguntó. Estaba intentando ignorar las sombras.

—Esta es la segunda estructura permanente más pequeña que he supervisado personalmente. —Entonces levantó la vista, no a él, sino a un punto en la alfombra y más allá. Una expresión melancólica se posó sobre su rostro hasta que desapareció revoloteando. Merritt se preguntaba qué estaría recordando.

—¿Y la más grande?

Se puso recta como si hubiese olvidado por un momento dónde estaba.

—Una propiedad cerca de Liverpool. —Fue todo lo que dijo. Sacó una hoja de papel del archivo, cerró la carpeta, la dobló y luego se la pasó a Merritt.

Él se inclinó para cogerla.

—¿Qué es esto?

—Es mi currículum. Estoy dispuesta a supervisar personalmente la propiedad hasta que usted esté totalmente instalado. Debería incluir un ama de llaves en el personal, a no ser que encuentre a una criada que sea capaz de hacer todo el trabajo.

El currículum era muy largo y la letra muy pequeña.

—Aunque el ICLEB se encargue de mi tarifa, necesitaré una habitación y las dietas.

—¿Se va a mudar? —dijo en el momento que bajaba el currículum.

—Solo si usted lo desea, señor Fernsby, pero tengo muy buenas referencias.

Él la miró, luego al currículum y a ella otra vez.

—Lo siento, todavía estoy intentando hacerme a la idea de que se pueda vivir en este sitio.

—¿Duda usted de mis habilidades? —preguntó ella con una ceja levantada.

Él negó con la cabeza.

—Desde luego que no, pero no sé cómo traerá sus cosas si la casa no la deja salir.

—Eso ya lo veremos.

Él asintió.

—Pero sí, si puede controlar a esta bestia... Por supuesto que aceptaré la ayuda. Yo... voy a tener problemas con el alojamiento. Madre mía «ya» tengo problemas de alojamiento —dijo con la mirada fija e ignoró cómo la piel de gallina cubría su brazo—, y... bueno, no quiero ver cómo la casa y el terreno se echan a perder.

La verdad es que, si los hechizos no lo hubiesen encerrado en la casa, la habría quemado hasta los cimientos y habría vuelto a Nueva York. Pero ver la habilidad de Hulda para controlar la casa y su calma durante todo el proceso le había dado esperanza para el futuro. A lo mejor esta situación era una especie de bendición. A lo mejor sí que podía convertirse en algo genial.

Y pensar que iba a ser propietario. Un terrateniente. Podría cambiar su suerte y prosperar. Escribiría su próximo libro y luego otro.

El suelo tembló y se agarró al reposabrazos.

—Excelente elección. —Cogió los amuletos y se levantó. Se colgó unos en el cuello y le dio otros a Merritt—. Debería conservarlos. Tenga cuidado, son caros.

Él asintió.

Caminó con confianza hacia la puerta, aunque tuvo que utilizar la pata de cabra otra vez para abrirla, y luego volvió a sacar el paraguas para pasar por debajo de la... pintura. El amuleto de la escalera hizo que el pasamanos se quedara quieto. Merritt se centró en la nuca de Hulda para no ver cómo el cuadro del pasillo de la entrada lo miraba.

Para su sorpresa, la casa permitió que Hulda abriera la puerta, que dejó entrar el sol de la tarde..., un sol hermoso.

Llenó el pasillo de la entrada y desterró las sombras. Merritt respiró con calma por primera vez desde que llegó.

Hulda atravesó el umbral de la puerta primero con el paraguas y luego lo cruzó mientras agarraba su amuleto.

Y no pasó nada.

—Gracias al cielo —dijo Fernsby con un suspiro, pero cuando intentó ir tras ella, la puerta empequeñeció de golpe hasta la altura de su torso y le impidió salir.

Casi se le escapa un gemido.

—¡Maldita cosa! —Empujó uno de los amuletos contra la madera, pero no se movió.

—No debe contrariar a la casa, señor Fernsby —le advirtió Hulda. Pasó la mano por el marco con delicadeza—. Hay una gran cantidad de magia en estas paredes y, por la razón que sea, no quiere que salga. —Le dio unas palmaditas a la puerta deformada—. También le sugiero que no intente salir arrastrándose por aquí.

En su mente apareció la imagen de su cuerpo partido en dos y le dio un escalofrío.

—La cuestión es —continuó Hulda—, que solo he venido para echarle un vistazo a la casa. No tengo mis pertenencias, solo un pequeño bolso. —Se dio unos golpecitos en la barbilla—. Tengo su dirección actual de Nueva York en el archivo. Haré que le traigan sus cosas. Me llevará unos dos días gestionar eso y coger el resto de mis pertenencias.

«Dos días».

—No sobreviviré tanto tiempo.

—Sea amable con la casa. Y conserve los amuletos. —Se quedó pensando—. Puede que tarde un día. ¿Tiene suficiente comida?

Sus hombros se desplomaron cuando recordó lo que había traído.

—Tengo algo de queso y galletas de jengibre. —Al menos no se moriría de hambre. Merritt hizo una pausa—. Espere ¿puede enviar algo por mí? —Había empezado una carta para su amigo Fletcher, que ahora vivía en Boston, pero estaba en su cuaderno, debajo de la alfombra...

—Por supuesto.

Cuando no se movió, Hulda cogió un cuaderno de su bolso y lo abrió por una página en blanco antes de dárselo. Estuvo tentado de leer lo que ella había escrito, pero... prioridades.

Con el marco de la puerta como apoyo, escribió una carta rápidamente en la que informaba a su amigo del problema, aunque terminó por restarle importancia. Una mala costumbre suya. La firmó y devolvió todo a Hulda.

—Por favor, dese prisa —suplicó.

—Yo no pierdo el tiempo —respondió con la barbilla levantada, pero sus ojos se suavizaron—. Y por supuesto, intentaré volver mañana por la noche.

Se dio la vuelta para irse, pero se detuvo de golpe y se giró hacia él mientras hurgaba en su bolso hasta que sacó una pequeña fiambrera. La pasó por la puerta sin decir nada y se fue hacia la costa.

Dentro había una manzana y un sándwich de jamón.

Merritt se sentó a comer y la puerta principal se cerró de golpe.

Capítulo 5

7 de abril 1827. Londres, Inglaterra

La madre de Silas se estaba muriendo.

Llevaba dos días sin abrir los ojos. Su respiración era áspera y superficial, su cara estaba hundida y pálida.

No era una sorpresa. Llevaba años envejeciendo a un ritmo constante. Su luz se había vuelto tan tenue que Silas se preguntaba si se daría cuenta cuando se apagase del todo.

En el fondo, sabía que ese sería el caso.

Mientras tensaba y relajaba las manos, miró hacia la puerta de la habitación de su madre. Christian acababa de salir del cuarto. Silas ya había echado a los sirvientes y cerrado con llave. Su madre no iba a llegar al final de la semana. Puede que ni tan solo al final del día.

En cierto modo era misericordioso probar esto con ella.

En enero, Silas había encontrado una cabaña encantada en Cotswolds. Una casa simple, impregnada con un hechizo elemental para controlar el agua, en la que vivía un hombre mayor a quien no le importaba, o no se había dado cuenta, de que Silas estaba fisgando. Al recordar aquella noche con su padre, Silas consiguió descifrar los hechizos en su sangre; aquellos que había aprendido que eran la combinación perfecta para *quitar*. La nigromancia para conectar con la fuerza vital..., una casa no era algo vivo, claro, pero la magia sí. La caomática para romper la magia y reorganizarla. La cinética para moverla de un recipiente a otro —de la casa a él—. El proceso con su padre fue rápido y colérico. Con la casa fue calculado y cuidadoso.

Y había funcionado.

Una casa no era un ser vivo, por lo que no podía morir. Esa cabaña en Cotswolds todavía seguía en pie y lo estaría durante un tiempo. Así que, aunque la muerte de su padre le había arrebatado los hechizos a Silas, nada podría quitarle el hechizo elemental del agua. En cuanto al residente…, una instalación de fontanería moderna o una criada podría reemplazar los daños.

Ahora una de las nigromantes más poderosas de Inglaterra yacía moribunda en una cama frente a él. Y cuando muriera, su magia, que se había criado y cultivado con cuidado, moriría con ella.

A no ser que la nueva teoría de Silas fuese cierta.

Silas poseía un hechizo de alteración de su lado paterno: la habilidad de condensar, de reducir. La cabaña le había dado la habilidad de controlar el agua. La había probado una y otra vez, y ya podía usarla.

La magia estaba unida al cuerpo así que, si pudiera «preservar» el cuerpo, la magia seguiría viva. En cierto modo, su madre seguiría viva. Dentro de él.

Volvió a echar un vistazo hacia la puerta. Escuchó atentamente. Parecía que no iba ni venía nadie. Observó el viejo reloj en la repisa de la chimenea. La segunda manecilla hacía demasiado ruido.

Silas se quitó los guantes y miró a su madre por última vez antes de ponerle las manos encima, una en la frente y la otra en el pecho. La nigromancia primero. Con cuidado enrolló el hechizo para buscar su magia, reuniéndola y sujetándola. Estaba tardando mucho más que con su padre. A lo mejor porque había mucho más que absorber, pero durante su experimento con la cabaña, también se había dado cuenta de que en esa noche en los establos solo había robado una parte de la magia de su padre. Para llevarse toda la magia de su madre necesitaría tiempo.

Miró a la puerta y empezó a sentir cómo las náuseas lo atravesaban, eran la consecuencia de la nigromancia. ¿Vendría alguien a pesar de sus órdenes? ¿Intentarían ver si estaba cerrada la habitación? Si Christian aparecía, ¿cómo se lo explicaría?

«Céntrate». La segunda manecilla hacía tic, tic, tic. Cambió a la caomática y rompió los hechizos de su madre, había heredado gran parte de ellos, lo que lo hizo fácil. Tuvo que concentrarse mucho porque la caomática causa confusión y, si titubeaba, podría perder su magia para siempre. Había pasado demasiado tiempo antes de que se sintiera listo para cambiar a la cinética, para transferirse la magia, y sus articulaciones se iban poniendo rígidas a medida que empujaba el hechizo. El sudor le goteaba por la frente del esfuerzo, pero...

«Sí». Su cuerpo se estremeció cuando la nueva magia empezó a arder dentro de él, fortaleciendo los hechizos de su interior y dando paso a los nuevos. Las náuseas se intensificaron. ¿Dónde estaba? «Céntrate». Tenía que terminar. Tenía que...

«Madre». Pero se estaba muriendo de todas formas. Se recordó a sí mismo que ya estaba casi muerta.

«Agua». «Reduce». «Condensa». Su boca se secó a medida que pasaba el tiempo y un pequeño maullido salió de la garganta de su madre. Notó cómo sus hombros mutaban, al contrario que el cuerpo de su madre, que iba retorciéndose y se marchitaba lentamente, adquiriendo un tono verde oscuro. Sus huesos crecían y empujaban contra su piel mientras los de ella menguaban y se atrofiaban, hasta que los hechizos no pudieron exprimirla más.

Silas parpadeó con los ojos secos y recuperó la consciencia. Recordó dónde estaba. Lo que estaba haciendo. El reloj de la repisa de la chimenea marcaba... Pero no era posible que hubieran pasado dos horas...

Su madre estaba irreconocible. No solo no se la reconocía, sino que no parecía humana. Su cuerpo era negro y cadavérico, del tamaño de su antebrazo y estaba arrugado como lo están las puntas de los dedos después de bañarse durante horas. Sus extremidades se habían metido en su cuerpo y solo quedaban unos pequeños colgajos. Su cara se había retraído hasta que ya no quedaba rastro de ella.

Y los nuevos hechizos, su magia, todavía ardían con fuerza dentro de él.

Lo había conseguido. Una risa afilada salió de su garganta. «Lo había conseguido».

Unos pasos lo devolvieron a la realidad. Cogió a su madre y la envolvió en una de las toallas limpias que había junto a la cama. Se aflojó los botones del abrigo para ocultar sus hombros deformados, ese efecto secundario se pasaría con el tiempo, pero si alguien lo veía sabría que ocurría algo. Meditó su huida con cuidado y salió de la habitación por la bodega, donde podría esconder a su madre y conservarla mejor.

Cuando volviera, tendría que parecer sorprendido y confuso por la desaparición del cuerpo. No podría explicarle nunca a nadie lo que había hecho.

Nadie lo entendería.

Capítulo 6

7 de septiembre de 1846. Blaugdone Island, Rhode Island.

Merritt se quedó esperando con los amuletos a su alrededor, no los llevaba puestos porque empezó a sentirse mareado, se dijo a sí mismo todos los beneficios de quedarse en Blaugdone Island.

No más alquileres. No más caseros. No más vecinos molestos. Un despacho en el que escribir. Mucho espacio. Mucha lectura disponible, al menos cuando los libros parasen de lanzarse solos. Y la isla era preciosa, aunque Whimbrel House no le dejase disfrutarla.

Y seguro que no se iba a «aburrir».

Básicamente, esta casa era un reto, superarlo significaba progresar y progresar era un éxito para Merritt. Podía avanzar solo, sin importar qué había perdido o quién lo hubiera abandonado por el camino.

Algo se movió arriba. Se preguntó si el salón del desayuno se había caído. Anoche se había movido para remplazar el agujero sin fondo del primer dormitorio.

Merritt había dormido en el recibidor.

Con los amuletos colgados, fue arrastrando los pies por la cocina para coger un cuchillo con la esperanza de que la casa no lo utilizara en su contra y le sorprendió lo calmada que estaba. Las sombras todavía acechaban en las esquinas y ocultaban la luz de las ventanas, pero por lo demás estaba… no se atrevió a decir tranquila, pero sí tolerable.

Y, aun así, Merritt sintió cómo la casa lo observaba al subir las escaleras.

«Respira hondo. Volverá hoy». Se sentía más seguro si no se enfrentaba a la casa solo, sobre todo con alguien que la entendía mucho mejor que él. Pero era… interesante pensar que Hulda Larkin sería básicamente su compañera de piso.

No la llamaría compañera de piso, claro. No a la cara. Se imaginaba que ella lo regañaría.

Cuando entró en el dormitorio principal, se paró para acostumbrarse a los rayos de sol que entraban por la ventana. La luz olía a polvo y al ambiente afable del lugar.

—¿Sabes? —dijo al techo. Se mantuvo alejado de la puerta por si daba un portazo otra vez—. Nos llevaríamos a las mil maravillas si pudieras hacer que toda la casa fuera así. Hasta quitaría las malas hierbas del terreno.

La casa no respondió.

Tragó saliva y se acercó al bulto de la alfombra.

—Necesito los libros. —Hulda había hablado a la casa, así que, ¿por qué no podía hacerlo él también?—. Es muy importante que los recupere. Tengo un manuscrito y notas ahí. —Se arrodilló—. Voy a hacer un corte muy limpio, ¿de acuerdo? Despacito.

Tocó la alfombra con la punta del cuchillo. Contuvo la respiración y esperó. Agarró el amuleto que llevaba en el cuello con la otra mano. Hulda dijo que no lo llevara puesto mucho tiempo, pero también quería vivir.

Bueno.

Clavó el cuchillo poco a poco en la alfombra y cortó lo justo para poder recuperar los libros. Al intentar sacarlos por un agujero tan pequeño, sintió como si estuviese ayudando a una vaca a dar a luz. Era una buena metáfora porque sí había ayudado a una vaca a dar a luz. En Cattlecorn, después de haberse mudado con la familia de Fletcher.

Se le escapó un suspiro cuando recuperó el último libro y alisó la alfombra. Apenas se notaba el corte.

Con un grito, Merritt se echó hacia atrás al mismo tiempo que el cajón se cerró de golpe; por poco no le dio en la cara, pero enganchó la bufanda de su cuello. No la llevaba muy apretada, así que, en vez de ahogarlo, se la arrancó de golpe.

Merritt se enfureció.

La bufanda no.

—¡Devuélvemela! —Se lanzó hacia la cómoda, que bailó fuera de su alcance con lo que parecían patas móviles. Merritt se olvidó de los cuadernos y fue a perseguirla. La cómoda no cabía por el marco de la puerta, así que...

El marco de la puerta se abrió como la boca de una serpiente para que el mueble pasara.

—¡No! —rugió, agarrándose a la parte de arriba. La cómoda lo arrastró hacia el pasillo—. ¡Por favor, para! ¡Llévate cualquier cosa! ¡Los cuadernos! ¡Solo devuélveme la bufanda!

El cajón con la bufanda se abrió de golpe. Durante una milésima de segundo, Merritt pensó que la maldita casa iba a hacerle caso.

Pero el cajón simplemente fue deslizándose, utilizó su tirador como si la lengua de una almeja, y se fue corriendo hacia las escaleras, dejando que la cómoda impidiera el paso a Merritt.

—¡CASA! —Empujó a la cómoda y saltó por encima—. ¡Lo digo en serio! ¡Devuélvemela!

El cajón cayó por la escalera protegida con los amuletos.

Merritt lo miró fijamente mientras se agarraba a la barandilla y fue a por él, aunque casi se tropieza con los escalones.

El cajón escapó rápidamente por el pasillo de la entrada hacia el comedor.

El pánico lo asfixiaba. «Labufandanolabufandanolabufandano».

—¡Por favor! —gritó al entrar de golpe en el comedor y ver que el cajón se deslizaba hacia el salón del desayuno—. Es todo lo que me queda de ella. ¡Haré lo que sea! ¡Me iré! ¡Volveré a Nueva York!

Se abalanzó hacia la sala del desayuno, que ahora estaba bien iluminada, y cayó en el suelo de bruces. Tocó el cajón con la punta de los dedos, pero este se deslizó fuera de su alcance.

Merritt se dio en el hombro con la mesa cuando se levantaba para ir detrás de él hacia la cocina.

—Casa, para...

El alfeizar se separó de la pared y el cajón lanzó la bufanda de punto multicolor en el hueco y se la tragó como si fuera una boca.

Durante un momento, Merritt no hizo nada. Se quedó ahí de pie, cerca del taburete de tres patas, con el pecho agitado y los ojos como platos. Con la mirada fija.

Entonces gritó como un vikingo y arremetió contra la ventana con toda la fuerza de su cuerpo.

—¡Devuélvemela! *¡Devuélvemela!*

Clavó las uñas en el alfeizar e intentó levantarlo, pero la casa no cedía. Cogió el amuleto que llevaba al cuello y lo empujó contra el cristal, pero la casa no se movía. El hechizo había acabado. No había nada que deshacer.

Merritt, con visión de túnel, se giró hacia los armarios y los abrió para saquearlos. Un tarro cayó al suelo y se rompió. Un saco de harina vacío fue detrás. Cucharas, cerillas y también viales de ácido, una lámpara vieja, un mazo para carne...

Cogió este último y lo estampó contra la repisa de la ventana para intentar romperla. Y, aunque no estaba hecho para golpear madera, resultó útil.

La pared tembló y repelió a Merritt lanzándolo por los aires hacia atrás. Aterrizó sobre su cadera y el mazo se escapó de sus dedos hacia la chimenea.

Merritt se levantó dolorido con los ojos fijos en el bote casi vacío de ácido sulfúrico.

El ácido que se utilizaba para encender el clorato de potasio de la cabeza de las cerillas.

Cogió las dos cosas y agarró el saco vacío de harina.

—¿Quieres retarme? —dijo furioso—. *Vale.*

Empapó las cerillas y las encendió. Las llamas prendieron rápidamente en el saco de harina.

Entonces lo lanzó al armario vacío.

El fuego acarició las paredes del armario y durante un segundo, parecía que no iba a prender.

Hasta que lo hizo.

Toda la casa se agitó. Los sonidos del cristal rompiéndose y del metal deformándose se clavaron en sus oídos. El suelo gruñó y se «abrió» para lanzar un chorro de agua empantanada hacia la cocina que salpicaba —y embarraba— los armarios.

Pero la casa no paró ahí, ¿por qué iba a hacerlo?

El gran abismo en la cocina se agitó y empezó a abrirse más hasta que se tragó a Merritt.

Merritt gruñó. El frío se le metió por la ropa hasta llegar a su piel. Le dolía la espalda y la cabeza y... No, todavía respiraba. Solo le costó un poco recordar cómo.

Pasó la mano por el suelo oscuro y húmedo. La otra tocó el amuleto que todavía llevaba alrededor del cuello. Estaba boca arriba y miraba hacia el agujero del suelo de la cocina. Se preguntaba por qué seguía abierto. A lo mejor su amuleto evitaba que la casa lo cerrara sobre él. A lo mejor la casa no podía hacerlo por sus propias heridas.

A lo mejor a Merritt le daba igual.

Refunfuñó y se incorporó. El pulso le palpitaba dolorosamente dentro del cráneo. Se palpó la cabeza y luego el cuello para ver si estaba herido. Supuso que solo eran cardenales. Golpes gordos, pero nadie se había muerto por algo tan insignificante.

Nada de eso lo había matado nunca.

Apoyó los codos en las rodillas y dejó caer la cabeza en las palmas de las manos. Se centró en su respiración. «Dentro, fuera. Dentro, fuera». Se quedó sentado así mucho rato para intentar contener la ira y el dolor. Justo cuando pensaba que ya se había acabado, que se había «curado», volvió a resurgir. Siempre había algo que lo hacía resurgir y lo odiaba porque nunca dolía menos, incluso después de tantos años.

Respiró hasta deshacer los nudos de su garganta. Hasta que sintió que sus pulmones estaban algo más ligeros. Entonces se levantó despacio mientras comprobaba si tenía otras heridas y por suerte solo encontró cardenales. Había caído desde unos... tres metros y medio.

La buena noticia era que tenía una despensa subterránea.

Cuando pensó en eso, miró a su alrededor para buscar cuerpos. De humanos, de ratas o de otras cosas. Pero ahí solo había tierra, raíces y algo de agua goteando.

—De acuerdo entonces —se dijo a sí mismo—. Primer paso: volver a la casa.

Si es que no lo mataba por el camino.

Por desgracia no había mucho que Merritt pudiera utilizar para subir. Había algunos tablones en los cimientos, pero ninguno estaba dentro del agujero. No había suficientes piedras para montar una torre. Y seguro que Merritt no podría saltar tan alto. Era escritor, no atleta.

Suspiró y se pasó la mano por el pelo hasta el cuello e hizo una mueca cuando notó la sensación resbaladiza del barro en su frente. Recorrió el perímetro del sombrío espacio, que se oscurecería más tras el atardecer, en busca de algo que lo pudiera ayudar. Encontró el mazo para carne y dos cerillas, que eran inútiles sin el bote de ácido.

Intentó escalar, de verdad que lo intentó. Utilizó la madera del cimiento, clavó los zapatos en el barro y probó a moverse por los bultos y grietas del suelo. Lo intentó y cayó. Lo volvió a intentar y cayó con más fuerza, así que se ganó otro cardenal. Después del cuarto intento no se volvió a levantar. Se sentó con los codos en las rodillas y respiró.

—¿Puedes bajarme algo? —preguntó a la casa con voz cansada—. Siento haberte prendido fuego. Solo quería recuperarla. La necesito.

La casa no respondió.

Un nudo se formó en su garganta.

—Si vas a dejarme aquí ¿podrías devolvérmela al menos?

Era una estupidez negociar con una casa mágica a la que había intentado prender fuego. Él «sabía» que era una estupidez. La bufanda era vieja. Empezaba a deshilacharse. Pero era lo único que tenía de ella. Su hermana Scarlet se la tejió las navidades antes de..., antes de que todo pasara, y no la había visto desde entonces. Había aceptado que no la volvería a ver.

No había podido despedirse. De ninguno de ellos.

Sin prestar atención al barro, Merritt presionó los nudillos contra sus ojos. «Exhala. Inhala. Exhala». Era lo único que le quedaba de ella. No tenía nada de Beatrice. ¿Sería capaz de reconocerla ahora? Seguramente estaría casada y tendría hijos. «Hijos». Tenía sobrinos y sobrinas que podrían no saber de su existencia. Y él no los conocía. Y maldición, debería buscarlos porque todavía eran su familia, ¿no?

Pero ¿y si...? ¿Y si Beatrice también lo odiaba?

Se rio. Presionó aún más los nudillos contra sus ojos y se rio. No tenía nada de gracioso. En todo caso estaba enfadado. Pero prefería reír a llorar. Siempre lo había hecho.

Este era un momento oscuro. Se había dado cuenta. Pero no era el peor, lo que le hizo sentirse un poco mejor. Solo un poco, pero le bastaba.

Se quedó sentado así durante un rato mientras pensaba e intentaba no pensar, procuraba olvidar la bufanda y trataba de averiguar cómo salir de ahí. Volvió a intentar la escalada. Seguía sin funcionar.

A lo mejor no había ningún esqueleto ahí abajo porque él estaba destinado a ser el primero.

Por alguna razón, Merritt acabó dormitando. Dormitando, no durmiendo, porque no hubiera sido posible oír el crujido si hubiese estado inconsciente.

Se incorporó y vio que el sol proyectaba una luz naranja oscuro por la cocina que estaba arriba, lo que quería decir que ya empezaba a ser tarde. Escuchó atentamente y luego se desplomó cuando se dio cuenta de que la casa seguramente estaba haciendo otra vez de las suyas; crujiendo, creando sombras y moviendo las paredes. Pero los crujidos se convirtieron en pasos que avanzaban hacia su dirección, y se puso de pie al mismo tiempo que oyó cómo una mujer se sorprendía por encima de él.

—Por el amor de Dios, ¿qué ha pasado?

Merritt puso los ojos en blanco cuando el alivio le inundó el cuerpo.

—Señora Larkin, tiene usted la voz de un ángel.

Los crujidos y pasos se acercaron, más despacio esta vez. Luego pararon. Una nueva luz se dejó ver por encima, seguramente esa lámpara encantada suya y dos grupos de dedos aparecieron por la tarima astillada. La cara de Hulda se manifestó después.

Sus ojos se abrieron de par en par.

—¡Señor Fernsby! ¿Qué hace ahí abajo?

Él respiró aliviado y metió sus sucias manos en sus sucios bolsillos.

—Verá, la casa y yo hemos tenido una pequeña pelea. Creo que me está dando una lección.

Ella parpadeó y se subió las gafas.

—¿Le importaría explicarme qué ha pasado?

No quería, pero lo hizo de todas formas, dando solo los datos necesarios.

Hulda chasqueó la lengua.

—Veo el cajón. De verdad, señor Fernsby. Le dije que no contrariara a la casa.

La casa gruñó para decir que estaba de acuerdo.

—En mi defensa, ella me contrarió a mí primero. —Merritt intentó mantener un tono calmado.

Las uñas del ama de llaves tamborilearon en el suelo.

—Déjeme ver si puedo sacarle de ahí. —Hulda desapareció.

—¿No puede hacerlo con un amuleto o algo? —gritó Merritt con las manos alrededor de la boca.

—Ahora mismo está *debajo* de la casa, señor Fernsby. La parte de abajo no está encantada y no puedo obligar a la casa a que le eche una mano. O… un tablón, supongo —dijo ella en la lejanía.

Su voz se oía cada vez menos, hasta que dejó de hacerlo. Tuvo que esperar un cuarto de hora antes de que volviera.

Se sentó cerca del agujero.

—Por desgracia, no pensé en traer una cuerda conmigo. —Por el tono en el que lo dijo, Merritt no estaba seguro de si la señora Larkin creía que era una situación ridícula o si se lo tomaba en serio—. Y aun así no sé si habría podido subirlo. Espero que sea capaz de escalar.

Ya le dolían los hombros y los codos por culpa de sus previos intentos.

—Desde luego lo he intentado.

Una sábana empezó a bajar por el agujero, iba atada a otra y a otra. La mujer debió de haberlas quitado de las camas de arriba. Qué sorpresa que la casa le permitiera hacerlo en vez de empujarla al sótano junto a él.

Las sábanas llegaron hasta él y esperó a que Hulda encontrara algo a lo que atarlas. Sin embargo, Merritt pronto se dio cuenta de que escalar con las sábanas era muy difícil. Seguro que se podría bajar haciendo rápel con ellas, pero para trepar no había mucho a lo que agarrarse, a parte de los nudos, y cuando consiguió subir hasta el primero, ya sin respiración, el nudo se deshizo y volvió a caer en el barro.

—¡Demonios! —murmuró Hulda.

—Deje que lo intente —propuso Merritt.

Hulda bajó las sábanas hasta que pudo llegar hasta el segundo nudo y ató la que se había caído con un nudo de cinta. Aguantó mucho mejor, pero Merritt no era capaz de subir por las malditas sábanas y, aunque lo intentó, Hulda no pudo arrastrarlo.

Merritt se quedó de pie en la despensa con las manos en las caderas mientras cavaba una tumba superficial para su desesperación y la enterraba caóticamente.

—Ha sido un buen intento.

Hulda suspiró.

—Me temo que es culpa mía. Debería haber enviado un mensaje en vez de irme.

—Entonces podríamos estar los dos aquí abajo.

Ella resopló.

—Como si hubiera dejado que se acercara a unas cerillas estando yo aquí. ¡Ay! —Volvió a desaparecer, pero esta vez solo un momento—. Tome.

Bajó un trapo enrollado. Merritt no se había dado cuenta de lo hambriento que estaba hasta que vio el sándwich que había dentro.

Se lo comió rápidamente.

—Gracias.

—También he hecho la compra y tengo el recibo de la recogida y entrega de sus cosas. Su casero estuvo bastante dispuesto a ayudar. El resto de mis pertenencias se entregarán mañana. Baúles y esas cosas. —Apretó la mandíbula—. A lo mejor si se quita el amuleto, podríamos...

—No.

Ella frunció el ceño.

—Empiezo a temer que solo la magia logrará sacarlo de ahí, señor Fernsby. Y, como ya he dicho, la casa no tiene poder, y usted está fuera. Puede que no pueda hacerle nada.

—Y también puede que la casa deje caer una de estas vigas de carga sobre mi cabeza y acabar con su cometido —respondió él.

Hulda negó con la cabeza.

—Al menos ahora ve la importancia de tener un buen personal ¿eh?

—Sí. —Su tono se endureció—. Dado que pretendo caerme en hoyos de forma constante, estaría bien contar con algunos magos en el servicio disponibles para sacarme.

—No hace falta que lo diga así —protestó ella—. El servicio es la mejor opción para que los desafortunados mejoren su posición y les da buenos sueldos para ellos y sus familias.

Merritt tiró el trapo del sándwich al suelo.

—Habla usted como un político.

—Parece que le divierte señalar mis idiosincrasias. —Sacó su bolso de herramientas y empezó a hurgar en él, pero Merritt ya sabía que no iba a haber nada ahí que pudiera ayudarlo—. A pesar de nuestro problema actual —siguió—, conseguiremos sacarlo de ahí. Entretanto, le bajaré una manta y comida. Los de la mudanza llegarán mañana y les pediremos ayuda.

—¿Pueden también derribar la puerta principal?

Hulda cerró el bolso.

—La casa solo necesita mano firme. Le aseguro de que con un poco de tiempo y esfuerzo será totalmente habitable...

—Señora Larkin.

Ella lo miró.

—¿Por qué le importa esto tanto? —preguntó Merritt tirándose del pelo.

Hulda vaciló.

—¿Por qué me importa tanto qué?

—Esta casa. Que yo me quede. Todo... —Hizo un círculo con la mano— esto.

Ella abrió la boca como si fuese a darle una respuesta, pero volvió a cerrarla para pensar. El color naranja del sol empezó a bajar y la lámpara encantada comenzó a proyectar sombras en las paredes, al menos hasta donde podía ver Merritt.

—La magia —dijo Hulda— es un arte en vías de extinción. Las casas mágicas más todavía. Son una parte crucial de nuestra historia. Conservan aquello que nosotros no podemos, hechizos que se perdieron hace mucho por caprichos genealógicos, porque cuando la magia no está unida a un cuerpo falible, no puede desaparecer ni disiparse. En el mundo moderno, las casas encantadas son inagotables fuentes de estudio tanto para académicos, como para magos e historiadores. Son museos de este arte.

Merritt se cruzó de brazos.

—Esa es la razón por la que son importantes, sí. No por la que *esta* casa es importante para usted.

Ella titubeó. Se movió incómodamente. Durante un momento, Merritt pensó que iba a irse, pero no fue así. Se alisó la falda, se ajustó las gafas y se colocó el pelo.

—Porque esta es mi vida, señor Fernsby —dijo con tono más suave—. Y porque no tengo ni tendré jamás otra cosa.

Sus brazos se aflojaron.

—Ese es un comentario muy sombrío.

—Para nada. Es realista.

A Merritt le dio un tic en el labio.

—¿No cree que alguien con poderes mágicos debería...? ¿No sé...? ¿«No» creer en el realismo?

—Solo porque la magia sea poco común, no quiere decir que no sea real —continuó ella.

Estuvieron en silencio durante varios segundos.

—Me he labrado una carrera en el cuidado de estas maravillas. —Hizo un gesto hacia la cocina—. Y cuando ya no haya maravillas, mi carrera desaparecerá. Me gusta lo que hago, señor Fernsby. Se me da bien. No le ofrecería garantías si no fuera así.

—No dudo de sus habilidades.

—¿Ah no? —preguntó ella. Merritt se incomodó y cambió el peso de un pie al otro—. ¿Quiere saber por qué me importa esta casa? Porque veo una gran oportunidad aquí. Una oportunidad que puede aprovecharse, domarse y hacer que progrese.

Esa última palabra le llamó la atención. ¿No había pensado él lo mismo?

Ella se quedó pensativa un momento.

—Señor Fernsby, si deja esta casa ¿cuál sería su siguiente paso?

Merritt se encogió de hombros.

—Podría donarla al ICLEB.

—Podría hacer eso, supongo. Podríamos encontrar a un conservador. ¿Y luego qué?

Él la miró a los ojos como pudo desde el subterráneo.

—No lo sé. Supongo que buscaría otro apartamento, puede que en Boston esta vez. Mi editor está en Boston. Encontraría un sitio tranquilo para escribir mi libro. —Saldría adelante como siempre. Pero ¿por qué le perturbaba esa idea?

—¿Compraría una casa?

—No lo sé. —La verdad es que no quería pensarlo, no mientras sentía frío y estaba de mal humor—. Tendría que ahorrar algo más para poder hacerlo. Si la construyo sería más barato, pero tendría que irme al oeste y la vida campestre no es lo mío. De todas formas, no hay raíles cinéticos hasta allí. Sería difícil ir y venir. —Su entusiasmo se iba evaporando con cada palabra.

—Denos una oportunidad, señor Fernsby —dijo Hulda con una ligera sonrisa—. Imagínese un futuro en el que tiene su propia casa llena de magia, en una isla repleta de vida. Imagínese...

Dejó de hablar de repente y Merritt intentó estirarse para verla mejor.

—¿Señora Larkin?

—Discúlpeme. He visto algo en los escombros.

Él se quedó quieto.

—¿Una araña?

Hulda puso los ojos en blanco.

—Una visión, señor Fernsby. ¿Por casualidad conoce usted a un hombre negro, elegante y con el pelo corto? Alguien que pueda tener una razón para venir a la isla.

El alivio empezó a burbujear dentro de él y la tensión de su cuerpo se calmó.

—Sí, lo conozco, señora Larkin. Y menos mal que Dios ha querido que viniera ahora.

Capítulo 7

13 de junio de 1833. Londres, Inglaterra.

—¿Esto es un cero o un seis? —preguntó Silas, inclinando el libro de contabilidad hacia su mayordomo.

Lidgett se ajustó las lentes.

—Es un cero, señor. Mis disculpas, estaba escribiendo rápido.

Silas asintió y le dio la vuelta a la página.

—Y ¿cómo está...?

La puerta del estudio se abrió de golpe y entró el hermano de Silas. Ni siquiera llevaba corbata, lo que hizo que Silas se preguntara qué estaba haciendo antes de entrar sin permiso. Llevaba días esperando esta confortación.

—¿Es cierto? —preguntó Christian.

Mientras cerraba el libro de contabilidad, Silas hizo un gesto a su mayordomo, quien inmediatamente recogió las cosas, hizo una reverencia y se fue de la habitación, aunque Christian no le dio mucho espacio para hacerlo.

Silas se reclinó en su sillón y le siguió el juego.

—¿Si es cierto qué?

—¡Que vas a vender la propiedad! —Christian cruzó la distancia entre la puerta y el escritorio con grandes zancadas.

Silas alejó un bote de tinta.

—Dada tu conducta, creo que ya sabes la respuesta.

Una vena de su frente tembló.

—¡Vas a venderla por menos de su valor! ¡Se lo arrebatas a la familia! ¿Qué pasará con tus futuros hijos, Silas? ¿O los míos? ¿Y por qué no me lo has dicho?

Silas conservó la compostura.

—Dada la naturaleza de esta conversación, ¿de verdad te sorprende?

La mandíbula de Christian se relajó.

—Eres imposible. Yo habría cogido las riendas. Nunca me diste una oportunidad.

Silas volvió a mojar su pluma y abrió el libro de contabilidad que había estado revisando para apuntar un número en una página en blanco.

—No nos quedaremos sin casa. Pretendo comprar otra propiedad que se ajuste mejor a nuestras necesidades.

—¡Que se adapte mejor...! —Christian movió las manos—. ¿Cómo? ¿Dónde?

—Se llama Gorse End. Está en Liverpool.

—¡Liverpool! —Anduvo hasta la estantería—. Eso está lejos... ¡de todo!

Silas esperó a que los números se secaran antes de girarse hacia la estantería que había detrás de su escritorio para buscar los planos de la nueva propiedad, que estaban a buen recaudo entre los volúmenes de enciclopedias.

—Lo he revisado todo personalmente...

Christian se dio la vuelta bruscamente y cogió lo planos para desenrollarlos en su lado del escritorio. Se quitó de un soplido el pelo de los ojos y los miró. El estudio se mantuvo dolorosamente silencioso durante casi un minuto.

—Es más pequeña. —Negó con la cabeza—. Es más vieja. ¿Cómo te parece esto un cambio justo?

Silas se acercó y recogió con calma los papeles, asegurándose de doblarlos por los pliegues correctos.

—Es una casa encantada.

—¿Y qué?

«¿Y qué?» Qué pregunta tan simple. Gorse End era un hogar encantado con hechizos que nunca podría haber soñado poseer. Temía coger esos hechizos porque, aunque el lugar no formaba parte de las propiedades de la Liga de Magos del Rey, estaba registrada en el Instituto para la Conservación de Lugares Encantados de Londres, una institución con la que había tenido buena relación el dueño anterior. Si Silas quería esos hechizos, su mejor opción era vivir en la residencia para que pudiera fingir que no conocía sus habilidades mágicas en caso de que las autoridades fueran a investigar. Además, en algún sitio tenía que vivir ¿no? No habría soldados cotilleando en Liverpool y la propiedad estaba aislada, era el escondite perfecto para que planeara su futuro y construyera unos muros invisibles. Era un sitio en el que podría acurrucarse y descansar. Un sitio donde se sentiría «seguro». Un sitio que le permitiría pasar página y olvidar, porque aquí, la presencia de su padre todavía lo atormentaba en las sombras. Y, a veces, también la de su madre.

Miró a su hermano. La Liga del Rey se había esforzado para reclutar a Christian. Ahora que su hermano había terminado sus estudios, solo era cuestión de tiempo que se uniera a ellos. Sin saber que se había convertido en otra cadena que Silas tendría que romper.

Frustrado porque Silas no le respondía, Christian dio una patada al escritorio e hizo que se sacudiera.

—De verdad, Chris —suspiró Silas.

—Me corresponde una parte de la propiedad. —La voz de su hermano se volvió oscura—. Está en el testamento de padre. Contrataré a un abogado y evitaré que se venda.

Las entrañas de Silas se tensaron.

—No harás tal cosa.

—No te sientas superior a mí, «lord» Hogwood. —Su nariz se torció como si oliese algo asqueroso—. No eres su único heredero. No eres...

Silas se levantó de golpe, lo que hizo que su silla rechinara contra la madera. Cogió el libro de contabilidad y se dirigió a la puerta.

—Quédate con tu parte. Puedes ponerte de rodillas en tu pequeña cabaña en el ala sur y suplicar a la Liga del Rey que te mantenga.

Casi había llegado hasta la puerta cuando un pulso cinético le dio en el hombro y la cerró de golpe.

«Su padre lo empujó contra la pared mientras gritaba obscenidades tan seguidas que Silas no pudo entender qué decía. El siguiente golpe fue en el estómago, le dio con tanta fuerza que vomitó».

Silas se giró.

Christian bajó la mano con los dedos rígidos.

—Esta conversación todavía no ha terminado.

—Oh, sí hemos terminado —gruñó Silas—. ¿Te *atreves* a utilizar la magia de nuestro padre contra mí? No he sentido ese golpe en quince años.

—No pretendía... —Christian cortó sus palabras con el movimiento de la mano. Hizo una pausa—. ¿Qué fue lo que le pasó en realidad, Silas? —Una sombra apareció en su rostro—. ¿Qué le pasó realmente a «madre»?

—¿Por qué sigues preguntándomelo? —dijo entre dientes—. ¿Por qué crees que yo lo sé? No estaba ahí. Su cuerpo nunca se encontró. No importa, estaba...

—Muriéndose de todas formas. Eso es lo que siempre dices.

—¡Y tú siempre preguntas! —Contestó Silas—. Fuiste tú el que descubrió que ya no estaba. Por qué no me dices *tú* lo que le pasó ¿eh? ¿Cómo pudieron llevársela los criados delante de tus narices?

—Siempre haces que parezca culpa mía.

—¡Tú siempre me acusas primero!

—¡Fuiste tú el último que la vio! —gritó Christian.

—¡En una casa con setenta y ocho empleados, idiota! —Silas no solía levantar la voz, pero rebotó en las paredes de roble—. ¿Y qué importa? Ella ya descansa en paz. Deja de perturbar a los muertos...

—¿En paz? —Christian avanzó hacia él—. «¿En paz?» ¿Cómo lo sabes?

Silas apretó tanto la mandíbula que pensó que se rompería un diente. Se puso justo delante de la cara de su hermano.

—No. Lo. Sé. —Y se dio la vuelta hacia la puerta.

—*Sí lo sabes.*

Silas ignoró sus acusaciones. Abrió la puerta de golpe.

—¡Sí lo sabes! —Chilló Christian y otro pulso cinético arranco la puerta de la mano de Silas y la cerró de golpe.

—¡No lo sé! —gritó Silas, quien se giró y lanzó su propio pulso cinético. Golpeó a Christian en el pecho y lo lanzó hacia la chimenea.

A Silas se le subió el estómago a la garganta, pero no fue lo suficientemente rápido para parar lo que ocurrió.

Su hermano se golpeó contra la repisa de la chimenea y se abrió la cabeza con el mármol. Se derrumbó en el suelo, dejando una mancha sangrienta en las brasas.

Por un momento, Silas solo se quedó de pie, mirándolo.

Luego, corrió junto a su hermano.

—Christian. *Christian.*

Su hermano no respondió. Respiraba, pero no abría los ojos. Silas le dio unos golpecitos en las mejillas, y luego una bofetada. Le abrió los párpados y vio que sus ojos giraban y las pupilas estaban dilatadas.

—Demonios. —Sacudió a su hermano, pero no respondía. ¿Cómo iba a explicar…?

Miró hacia el escritorio. Gorse End. Le había costado tanto encontrar esa propiedad y ahora su hermano iba a…

A no ser que él…

Silas titubeó. Su boca se secó y las manos le sudaban. Un escalofrío lo recorrió desde los brazos hasta la parte baja de la espalda.

A no ser.

Silas no recordaba haber tomado la decisión. Tampoco recordaba haber lanzado el pulso cinético para cerrar la puerta. La idea sobrevoló su mente y luego la estaba ejecutando, justo como hizo con su madre. Nigromancia, caomática, cinética, alteración, elemento. El tiempo se volvió irrelevante a medida que su hermano se consumía hasta convertirse en una cosa en forma de cacahuete envuelto en ropa y sus poderes renacieron dentro de Silas, fortaleciendo las habilidades que compartían y añadiendo las que no. Silas había nacido con el hechizo premonitorio de suerte de su abuela y Christian había heredado la magia protectora de su tío abuelo, que le permitía revertir los hechizos.

Silas nunca lo había pensado… Pero ya era demasiado tarde…

El sol cayó y la habitación se oscureció. Miró a su hermano. Lo que había sido su hermano. La confusión que causaba la caomática se disipó como el vapor y se despejó demasiado despacio.

Recuperó la fuerza a cuentagotas.

Silas atizó el fuego y quemó la ropa. Se pasó la lengua por la boca seca y después invocó algo de agua en el vaso de su escritorio para limpiar la sangre. Arropó a su hermano, «¡su hermano!», en su camisa, salió de su estudio evitando a los sirvientes y fue a toda velocidad por la casa sin prestar atención por donde pasaba. Bajó y bajó hasta la bodega, y se dirigió a la puerta secreta que había creado en la segunda bodega, donde su madre descansaba en una pequeña caja de hierro, a salvo de manos curiosas, gusanos y ratas.

Silas buscó la llave. Siempre la llevaba encima. Nadie más podía tenerla ni usarla. Encontró la llave y se le cayó. La cogió y abrió la caja para meter a su hermano dentro.

Su hermano.

Su hermano.

Se agarró el pelo con los puños y se agachó, gritando con los labios cerrados, ahogándose. Su pulso se aceleró, empezó a sudar y sus extremidades temblaban. Tenía demasiado calor y demasiado frío y *su hermano estaba en una caja.*

Retrocedió y vomitó en la fría piedra y la argamasa. Lágrimas y mocos le empezaron a caer por la cara. Se mordió el labio intentando contener los sonidos. La desesperación, la indignación, la incredulidad. El poder empezó a arremolinarse y a palpitar por su cuerpo, dándole la bienvenida, saludándole. La magia que había estado tan viva como su hermano, no se consumía en un futuro cadáver.

«Asesino».

Le volvieron a dar arcadas una segunda vez, y una tercera, y luego se volvió a agachar, manchándose de vómito desde los pantalones hasta el pelo.

«Había sido necesario».

Sí, había sido necesario, ¿verdad?

Fue en defensa propia. Se estaba defendiendo como lo hizo con su padre. Se estaba protegiendo. Lo demás fue un accidente. No, había sido el destino. Silas no había empujado a Christian contra la repisa de la chimenea. Había sido obra del destino.

Christian Hogwood tenía el poder de vencer a Silas. Le había impedido salir de la habitación y, peor aún, irse a Liverpool. Le había vigilado desde la desaparición del cuerpo de su madre. Christian se había creído superior a Silas, igual que su padre. Con el tiempo le habría hecho daño.

Silas solo dio el primer golpe.

Ahora Gorse End sería suya sin ningún problema. Sería de «ellos», porque Christian ahora era parte de Silas. Igual que su madre. Estaban juntos, combinados, protegiéndose mutuamente. Seguros. Silas los estaba «protegiendo». Los mantenía a salvo.

Y ya nadie podría pararlo. Solo tenía que avanzar un poco más, unos pasos más… Nadie sería capaz de hacerle daño otra vez.

Nunca más. Nunca más.

Denunciaría la desaparición de su hermano por la mañana.

Capítulo 8

7 de septiembre de 1846. Blaugdone Island, Rhode Island.

Y Dios así lo quiso, porque el hombre de la visión de Hulda, al que solo conocía por el nombre de Fletcher, llegó justo cuando el último rayo de sol se deslizaba sobre el oeste del horizonte.

Como no había ningún mayordomo para echar una mano y el señor Fernsby no estaba disponible, Hulda lo recibió en la puerta, no sin antes colgar un nuevo amuleto en las bisagras. No causaría buena impresión que diera un portazo y le cortara los dedos al invitado.

Fletcher levantó el farol.

—Hola… ¿Es usted la señora Larkin?

—Sí, soy yo. Y usted es Fletcher, aunque no sé cuál es su apellido, ¿señor…?

—Portendorfer. —El farol iluminó su sonrisa—. Es complicado, lo sé. Disculpe que llegue tan tarde, pero la carta que recibí… Merritt no parecía estar de buen humor. Estaba… Bueno, llena de dobles sentidos, más terribles de lo habitual.

Efectivamente, el señor Portendorfer llevaba una maleta en su otra mano. Pretendía quedarse a dormir. Hulda suspiró para sí misma, porque no habría forma de preparar un cuarto como es debido para él y menos para ella, pero en casos como estos, el protocolo podría amoldarse o hasta ignorarse completamente.

—Nos vendría bien su ayuda. Entre, por favor. —Miró el marco de la puerta—. Rápido.

Se hizo a un lado para dejar que el hombre entrara. Era casi de la misma altura que el señor Fernsby, pero tenía los hombros un poco más anchos.

El señor Portendorfer se quedó petrificado tras dar dos pasos en el pasillo de la entrada y levantó el farol.

—¿De verdad está…? ¿Encantada? —preguntó. Se había quedado analizando el retrato. Oh, debía de haberle guiñado un ojo o algo así.

—Sí, está encantada. —Hulda sacó otro colgante con un amuleto y se lo ofreció—. ¿Puedo pedirle que se ponga esto? Pero no por mucho tiempo. Llevar estos amuletos durante largos periodos tiene efectos secundarios, pero le ayudará. —Se giró hacia el comedor—. Y por favor le pido que tenga cuidado, señor Portendorfer. Esos amuletos son caros.

Articuló «amuletos» y se lo puso al cuello.

—Y ahora, si pudiera ayudarme a sacar al señor Fernsby del hoyo de la cocina, estoy segura de que los dos se lo agradeceríamos mucho.

Ya era tarde, pero había mucho que hacer. Iba a ser una noche larga para los tres.

Hulda dejó al señor Fernsby y al señor Portendorfer hablando en la cocina mientras ella recorría la casa y colocaba los amuletos que había cogido prestados del ICLEB, aunque no fueran tantos como ella hubiera querido. Básicamente estaba obligando a la casa a someterse hasta que pudiera entenderla mejor. No tenía amuletos suficientes para cada habitación, así que los puso en el comedor, en la cocina, que desafortunadamente estaba partida en dos, el pasillo de la entrada y en dos de los dormitorios de arriba, y se reservó uno para ella. El señor Fernsby le pidió al señor Portendorfer que se quedara con él, lo que le pareció bien a Hulda. Por ahora.

Cuando terminó de posicionar los amuletos, Hulda subió sus dos bolsas arriba y empezó a colocar sus pertenencias.

—Siento mucho lo de la cocina —le dijo a la casa, al mismo tiempo que sacudía sus vestidos y los colgaba en el armario—. Me voy a asegurar de que esas atrocidades no se repitan, pero agradecería mucho tu cooperación.

La casa no respondió, lo que quería decir que los amuletos funcionaban.

El señor Fernsby llamó a la puerta después de que terminara de colocar una de sus dos maletas.

—Quería… agradecerle que se haya dado tanta prisa.

Hulda asintió.

—Dije que volvería rápido. Soy una mujer de palabra. —Ella lo miró—. ¿De qué conoce al señor Portendorfer?

—Fletcher es mi amigo más antiguo. —Se apoyó cansado en el marco de la puerta—. Crecimos juntos en Nueva York.

Ella estudió su aspecto. Estaba hecho un gran desastre. Con manchas de barro en las manos, la cara, el pelo y la ropa. Parecía completamente agotado, lo que hacía que de alguna forma sus ojos azules brillaran más a la luz de las velas.

—¿Puedo sugerirle un baño y que se cambie de ropa, señor Fernsby? ¿Trajo algo consigo cuando vino? Sus pertenencias no llegarán hasta mañana.

Se encorvó y asintió con seriedad.

—Creo que vi una bañera en la cocina —dijo después de cubrirse un bostezo con el puño.

—Rece para que no vuelva a caerse. —Mientras abría la otra maleta, Hulda sacó una carpeta gruesa llena de papeles y se la dio—. Estos son los currículums de varios trabajadores del ICLEB disponibles. Verá que hay solicitudes de criadas, cocineros y mayordomos.

—¿Mayordomos? —El señor Fernsby ojeó los papeles y con cada uno que leía, su frente se arrugaba un poco más.

—Sí, alguien que supervise los asuntos financieros de la casa y de la tierra…

—No necesito un mayordomo. —Contuvo otro bostezo.

—Entonces puede empezar con las criadas. Yo voy a instalarme. He traído varias cosas que puedo utilizar para domar la casa y tengo intención de empezar a trabajar en el diagnóstico mañana a primera hora.

Él cerró la carpeta.

—Se refiere a encontrar la fuente de la magia, ¿verdad?

—Exactamente. —Normalmente no era una tarea demasiado difícil, la mayoría de las casas no eran muy misteriosas con su fuente de poder. Gorse End fue un poco complicada, porque la magia, que era antigua, había «cambiado» cuando estuvo allí trabajando de ama de llaves profesional, pero eso fue debido a la intervención del señor Hogwood...

Hulda cerró los ojos y reordenó sus pensamientos. Cuanto menos pensara en Gorse End, mejor para ella, incluso después de tantos años.

El señor Fernsby se fue murmurando algo para sí mismo, o para la carpeta. Hulda deshizo su segunda maleta rápidamente; ya estaba acostumbrada. Como la habitación olía a polvo, fue hacia la ventana, pero la encontró atascada, aunque imaginó que era cosa de la casa, no de la ventana en sí. Un amuleto no podía cubrir todo el espacio.

—¿Quieres oler a humedad? —preguntó dando unos toquecitos en la ventana—. No seas tonta, déjame que la abra.

Cuando volvió a intentarlo, el cristal se deslizó hacia arriba. Sonrió. Whimbrel House no era una casa horrible, tan solo era inmadura.

—Es sorprendente, si tenemos en cuenta tu edad —murmuró. Apoyó los codos en el alfeizar y miró la isla, confiando que la casa no dejaría caer el cristal sobre ella. Mañana llegarían sus baúles, tendría que llenar la despensa, y el reto de hacer que la casa sea funcional empezaría serio.

Una nube de mosquitos pasó por delante de la ventana y formó unos patrones extraños con sus pequeños cuerpos. Un escalofrío recorrió su espalda, aunque no sabía si era por la brisa o por su premonición. Pensó que había visto dos orbes dorados a lo lejos, más allá del pantano. Unos ojos. Entrecerró los ojos y vio la silueta de un lobo que destacaba contra la luz del desvanecido crepúsculo, una silueta casi indistinguible entre las sombras y los árboles de su alrededor.

Frunció el ceño. No había lobos en esta bahía, ¿verdad? No había oído ni un solo aullido. Se quitó las gafas, las limpió con la manga y se las volvió a poner.

El lobo ya no estaba y Hulda se quedó pensando si había sido una premonición o una sombra; no pudo asegurar cuál de las dos era.

A la mañana siguiente, Hulda trabajó en la astillada cocina con cuidado e hizo el desayuno. Lo puso en la mesa delante de los dos hombres recién levantados. El señor Fernsby tocó el comedor con la punta del pie, como si temiera que se lo fuese a tragar otra vez, y se quedó ahí.

—Pensaba que no cocinaba.

Hulda se cruzó de brazos.

—Sé cocinar, señor Fernsby, pero no está entre las funciones de mi trabajo. Teniendo en cuenta la noche que ha tenido, pensé que sería apropiado proporcionarle algo de sustento en forma de pudin de legumbres y guisantes.

Los labios del señor Fernsby esbozaron una sonrisa.

Eso hizo que apareciese un tic en el ojo de Hulda.

—Por favor, dígame qué es tan gracioso.

—«Sustento» —repitió él. Sacó una silla y el Señor Portendorfer hizo lo mismo.

—Gracias, señora Larkin —dijo el señor Portendorfer—. Tenía tanta prisa anoche que no cené y esto huele delicioso.

—De nada.

El señor Portendorfer bendijo la mesa y los dos caballeros empezaron a comer. Hulda no pudo evitar sentirse satisfecha cuando el señor Fernsby levantó las cejas sorprendido.

—Está bueno. ¿Seguro que no quiere ser mi chef?

—Sí, estoy muy segura —contestó Hulda jocosa.

El señor Fernsby hizo una pausa.

—¿No va a comer?

—Ya he comido, gracias. No es apropiado que el personal se siente a la mesa con la familia.

Merritt se encogió de hombros.

—Aquí no hay ninguna familia.

—La regla sigue aplicándose, señor Fernsby.

—Por favor, llámeme Merritt —dijo después de tragarse otra cucharada.

—Prefiero los tratamientos formales.

—Mejor haz lo que ella te diga —contestó el señor Portendorfer sonriente—. Es seria. No dejes que se te escape. A caballo regalado no le mires el diente.

—¿Caballo regalado? Le estoy pagando.

—El ICLEB me paga, señor Fernsby —le corrigió Hulda—. Usted pagará el sueldo del chef y de la criada que contrate.

—¿ICLEB? —repitió el señor Portendorfer.

—El sitio ese de Boston del que te hablé —dijo el señor Fernsby.

Hulda se marchó para dejar que comieran y fue por el pasillo de la entrada y el cuarto de baño con las varillas de zahorí. No había puesto ningún amuleto en el salón ni en la terraza acristalada, y las oscuras sombras se agitaron, como si la casa estuviera teniendo un episodio de ira por haberla forzado a comportarse. Cuando Hulda se acercó al marco de la puerta, las varillas de zahorí se separaron, lo que era de esperar, ya que la magia estaba muy condensada en esta parte de la casa. Si no podía encontrar la fuente de la magia en las habitaciones con amuletos, tendría que empezar a moverlos para mejorar la búsqueda.

Cuando volvió al comedor, los dos hombres estaban en medio de una conversación.

—... le va bien. Muy bien —decía el señor Portendorfer cuando Hulda entró para recoger los platos—. Creo que se casará pronto.

—¿Casarse? —El señor Fernsby se inclinó hacia delante—. ¿No tiene como quince años?

El señor Portendorfer se rio.

—¿En serio, Merritt? ¡Tiene veintitrés!

El señor Fernsby silbó, lo que parecía ser una costumbre suya.

—Veintitrés. En mi mente siempre tendrá doce.

—Para ser un hombre que se gana la vida recopilando datos, se te escapan los más simples. —El señor Portendorfer miró a Hulda—. ¿Sabía que este hombre una vez hizo que lo contratara la compañía de acero Reese Brothers, solo para poder escribir una precisa historia sobre sus negocios ilegales?

Hulda puso la mano en el marco de la puerta.

—No tenía ni idea.

El señor Portendorfer dio una palmada.

—Estuviste trabajando ahí cuatro meses, ¿verdad?

—Solo tres. Era horrible.

—Te crecieron los brazos, eso seguro.

Hulda los interrumpió.

—Tengo intención de hacer otra lista de la compra para esta tarde, señor Fernsby. Necesitamos carne, por si tiene alguna preferencia.

El señor Fernsby respiró despacio, al parecer de alivio.

—De cualquier tipo está bien, siempre que tenga un precio razonable. Gracias.

Ella asintió.

—¿Y alguna bebida alcohólica en especial?

Entonces sonrió, pero la sonrisa no le llegó hasta los ojos.

—Yo, eh, no. Quiero decir, por mi parte no hace falta que compre.

—¿Sigues sin beber? —preguntó el señor Portendorfer.

El señor Fernsby se encogió de hombros.

—Evito lo que pueda meterme en problemas.

El hecho de que lo dijera de una forma tan sobria llamó la atención de Hulda; también podía verlo en la cara del señor Portendorfer. Como si los dos amigos compartieran un secreto que no se atrevían a revelar entre estas paredes encantadas.

Y aunque la etiqueta se había amoldado a la situación, no se había roto tanto como para que Hulda preguntara.

Cuatro días después de haber heredado Whimbrel House, y después de que un instituto de Boston del que no había oído hablar hubiera vaciado su apartamento de Nueva York y traído sus pertenencias hasta una isla remota en la Narragansett Bay, Merritt sacó las herramientas que había coleccionado durante los últimos trece años y entró dudoso a la cocina que más o menos había intentado matarlo.

Hulda había puesto pequeños sacos rojos por la casa, amuletos del ICLEB. Desde que los colocó, la casa parecía... una casa. Las sombras y los crujidos se habían reducido al mínimo, siempre y cuando se quedara, entre los límites de los amuletos. Hacía días que Merritt no dormía tan profundamente. Casi le parecía normal.

Sin embargo, la cocina estaba hecha un desastre. A su lado, Fletcher silbó como si hubiera escuchado lo que estaba pensando y quisiera enfatizarlo.

La casa a lo mejor podría repararse sola si quitaban los amuletos. Merritt no estaba seguro. O a lo mejor volvería a abrir el suelo, se tragaría a Fletcher y a él, y los atraparía para siempre, lo que convertiría la despensa en una tumba. Eso hizo que tragara saliva. Realmente no quería volver al agujero. Por varias razones. Y Fletcher tenía que volver a trabajar para el mayorista agrícola. No sabía cómo se lo tomaría si le dijese que «se lo ha comido una casa» para justificar su ausencia.

Igual que ayer, el suelo tenía una apertura de metro y pico en su parte más ancha y la más pequeña era del tamaño de su pie. Los lados de los tablones estaban astillados, y el segundo armario desde donde él miraba estaba chamuscado y tenía la puerta colgando de sus bisagras, seguramente combada por la exposición al agua.

El horno estaba bien, así que podría haber sido peor.

—¿Primero el suelo? —preguntó Fletcher.

Merritt asintió y se acercó con cuidado. Pisó la parte más estrecha del agujero y esperó a ver si el suelo se agitaba y le golpeaba otra vez. La casa gruñó ligeramente. Sabía que estaba ahí.

—De acuerdo. —Se notaba la duda en su voz—. Voy a intentarlo, ¿te parece bien?

—Ya has hecho suelos antes —dijo Fletcher.

—Estoy hablando con la casa.

Merritt puso las herramientas en la encimera antes de mirar los armarios. Examinó las bisagras: no podía cambiarlas sin ir a la ciudad, pero podría apretarlas y engrasarlas, y limar la parte de debajo de la puerta para que cerrara mejor.

Y resulta que justo los de la mudanza habían metido sus pertenencias en dos cajas grandes de madera. Seguramente sería suficiente material para reparar el suelo.

—¿Te importa traerme esas cajas? —pidió sin apartar la vista de las fauces de la cocina. Imaginó que Fletcher había asentido porque oyó cómo sus pasos se alejaban y un momento después, la puerta delantera se abrió y cerró. Igual que a Hulda, a Fletcher se le había concedido la libertad de entrar y salir cuando quisiera. Merritt era el único que lo tenía prohibido.

Merritt se arrodilló poco a poco con el ceño fruncido como si su hogar fuera un toro dispuesto a embestir. Contuvo la respiración cuando tocó la primera tabla astillada.

La casa gruñó como la tripa de un dragón. Pero no lo golpeó, ni se torció ni le tiró ratas.

Así que, con mucho cuidado, Merritt sacó una sierra y se puso a trabajar.

La premonición de Hulda era básicamente inútil.

Tenía *algo* de control sobre la magia, y utilizaba esa palabra con cuidado. Su único hechizo de premonición era la adivinación, es decir, la habilidad de ver el futuro de alguien a través de los patrones que la persona había creado. En el caso de esta casa, deseaba que le enseñara el momento exacto en el que descubriría sus secretos, para así revelarlos antes. Pero eso cambiaría el futuro, y su premonición rara vez le daba la oportunidad de hacer algo tan importante. Si no, ya la habría aprovechado, eso seguro. Hasta ahora, lo único que había hecho la premonición es informar de la llegada del señor Portendorfer, de lo que se habría enterado igualmente, y de la posible presencia de un lobo, lo que, aunque curioso, parecía muy poco relevante.

Sus varillas de zahorí tampoco le habían comunicado mucho sobre la casa, así que recogió con cuidado los amuletos de su habitación y los puso en la biblioteca para poder investigarla. Hizo un uso reducido de los amuletos con la esperanza de que, si los libros empezaban a volar de nuevo, a lo mejor formaban un patrón que le mostraría algo relacionado con la fuente mágica de la casa. Necesitaba demostrarse a sí misma que podía hacerlo, tanto por la salud de la casa como por la del señor Fernsby.

Sin embargo, después de cuarenta y cinco minutos, solo encontró unos cuantos títulos interesantes en lomos antiguos. Anotó su ubicación para el futuro, aunque predijo sin ayuda de la magia que la casa seguramente los cambiaría de lugar antes de que volviera para abrir las cubiertas.

Justo acababa de guardar sus cosas cuando el señor Portendorfer apareció en la puerta.

—¿Puedo ayudarla con algo, señora Larkin? Merritt está hasta el cuello de serrín ahí abajo, y dado el poco suministro de herramientas, parece que solo estorbo.

Ella se detuvo.

—¿Está haciendo él las reparaciones? —Pensaba que los chirridos y martillazos eran quejas de la casa.

Fletcher asintió y entró en la habitación con las manos levantadas para protegerse de posibles proyectiles.

Hulda se puso el bolso en el hombro.

—Le aseguro que de momento está a salvo. —Miró a los amuletos—. Al menos no lanzará nada con fuerza.

El señor Portendorfer se relajó y se puso a mirar las baldas de libros.

—Se tardaría una vida en leerlos todos.

—Supongo que eso depende de lo rápido que lea cotejándolo con los años que pretenda vivir.

—Es usted graciosa —dijo el señor Portendorfer señalándola. ¿Ah sí?

—Le prometo que no es aposta.

Sacó un libro de una estantería y lo inclinó hacia la lámpara de Hulda. Entonces hizo lo mismo con otro, y otro.

—No conozco estos libros.

—No he llegado ni a mirar una fracción de todos ellos, pero a muchos les falta la página del título y la fecha. Son bastante antiguos.

—A lo mejor un bibliotecario en Portsmouth podría revisarlos.

—A lo mejor. —No era mala idea que buscaran algunos de estos títulos. Lo haría ella si no encontraba más pistas.

La sonrisa de Portendorfer creció.

—¿Sabe?, en Cattlecorn, cuando Merritt vivía con nosotros, nos aburríamos tanto en invierno que íbamos corriendo a una pequeña biblioteca del pueblo cuando no hacía mal tiempo. Estaba a unos siete kilómetros, pero valía la pena el paseo con tal de salir de casa. Fingíamos que esas estanterías eran casi cualquier cosa. Monstruos, montañas, el ejército británico..., lo que se nos ocurriera. —Se rio—. No íbamos precisamente a leer.

Era una imagen curiosa, pero eso no fue lo que llamó la atención de Hulda.

—¿Cuando el señor Fernsby vivía con usted?

La alegría se disipó de su rostro.

—Oh, bueno...

¿Qué razón tendría el señor Fernsby para vivir con otra familia? ¿No tenía parientes?

—¿Estaban en un... internado?

El señor Portendorfer devolvió el libro a la estantería.

—Algo así.

Bueno, la premonición no se ocupaba de la mente, como lo hacía la psicometría, pero Hulda necesitaba pocas veces ayuda de la magia para detectar una mentira.

—«Algo así» —repitió, puede que demasiado inexpresiva.

El señor Portendorfer suspiró.

—Quiero decir, sí que nos conocimos en el colegio. Merritt... él y su padre... —Paró de hablar y levantó las manos en señal de rendición—. ¿Sabe?, señora Larkin, no soy yo quien debe contarle eso. Merritt es mi mejor amigo; no sería justo que contara su historia cuando puede hacerlo él. Pero... —Bajó las manos—. Le diré que hay pocos hombres mejores que él. Tiene un gran corazón. Creo que ustedes dos, y quien sea que venga después, se llevarán muy bien.

Hulda asintió y el señor Portendorfer se fue por el pasillo hacia la habitación de Merritt. Hulda se quedó en la puerta pensativa. No era «tan» raro que un hombre, un niño, se quedara con otra familia una temporada. Se le ocurrían una docena de razones. Pero la forma en la que el señor Portendorfer defendió la historia despertó su curiosidad.

¿Qué problemas tenía el señor Fernsby con su padre? ¿Por qué no bebía alcohol? ¿Y por qué había heredado esta casa olvidada en una isla en medio de la Narragansett Bay?

Lo cierto es que Hulda no tenía por qué saberlo. Pero no conocer los asuntos de sus clientes le había causado problemas en el pasado. No es que pensara que esta sería otra catástrofe como la de Gorse End, pero quería saberlo.

Parecía que la fuente de la magia de esta casa no era el único secreto que Hulda tendría que desentrañar.

Merritt necesitaba pegamento para madera y más clavos, pero teniendo en cuenta sus limitaciones, el trabajo le estaba quedando bien.

Llevaba medio día metido en la cocina, casi sin acordarse de comer, midiendo, cortando y lijando tablas. Cuando empezó a notar el desgaste físico, empezó a trabajar en la puerta del armario y luego pulió el quemado que pudo, que fue casi todo, la casa no le dejó llegar muy lejos con las cerillas. Paró solo una vez para mirar el alféizar que se había comido la bufanda de Scarlet, pero no quería martirizarse. Ya no podía hacer nada al respecto.

Hulda fue a ver cómo iba el trabajo varias veces, pero nunca dijo nada, solo echaba un vistazo. Fletcher también se pasó para hablar con él mientras trabajaba y para obligarle a comer. Merritt agradecía que su amigo hubiera venido para ayudarle. Era algo como su ciclo, aunque ninguno de los dos lo había comentado.

A medida que el día avanzaba, Merritt fue empujando la oscuridad poco a poco, como una cutícula demasiado grande, hasta que volvió a sentirse él mismo otra vez. Fletcher tenía que regresar a Boston y a su trabajo de contable a la mañana siguiente, pero Merritt… Merritt podría hacerlo. Esta vida. Esta casa. Este cambio. Era muy adaptable.

El sol casi se había puesto cuando Merritt se levantó y estiró la espalda. Las reparaciones no eran perfectas. La madera no era la misma y todavía se veía parte del agujero. Pero los armarios parecían casi nuevos y nadie se rompería una pierna caminando por este suelo, así que era una victoria.

«Progreso».

Oyó las voces de Hulda y Fletcher suavemente provenientes del comedor. En la cocina había un total de tres amuletos, incluyendo el que llevaba encima, aunque Hulda le había recordado hace horas que debía quitárselo.

—¿Cuáles son los efectos secundarios si no me lo quito? —le había preguntado él.

—Indigestión y testarudez, y a una de las dos no está acostumbrado —le contestó ella.

Merritt sonrió y dio un paso atrás para asegurarse de que no se había dejado nada. Recogió un clavo doblado y se lo guardó. Miró la grieta del tamaño de su antebrazo, que no había podido reparar, y el sótano oscuro que había debajo.

Deseaba poder entender a esta casa, pero ni siquiera la experta lo había conseguido. Y deseaba que la casa «lo» entendiese. ¿Era capaz de eso? Hulda parecía creer que sí; si no no le hablaría.

Cruzó la habitación y cerró la caja de herramientas.

La casa era antigua. Su abogado le había dicho que hacía cien años que estaba deshabitada. Mucho tiempo para que una casa se quede vacía.

Volvió a mirar la grieta y meditó sobre ella. Recordó una de las sugerencias de Hulda cuando se quedó atascado en el hoyo. Se detuvo para escuchar a las paredes, el techo, el cristal.

Crujían ligeramente, aunque no había señales de viento fuera ni de gente arriba.

No había gente.

La idea de Merritt tomó forma y se le clavó como una espina en su camisa, lo suficientemente incómoda para que la notara. Se mordió el labio e intentó arrancarse un poco de piel con los dientes, solo para encontrar otra espina al lado.

Siempre había pensado que se le daban bien las metáforas.

Salió de la cocina sin preocuparse mucho de si las puertas se iban a cerrar y pasó por el oscuro salón de desayuno hasta el comedor, en el que la lámpara mágica de Hulda brillaba como centro de mesa. Fletcher se recostaba en una silla que miraba hacia la ventana, no hacia Merritt, para observar los olmos iluminados por la luz morada del atardecer. Hulda tenía la nariz metida en un armario y un talonario de recibos apoyado en el brazo.

Merritt pasó junto a ellos hacia el pasillo de la entrada. Mas allá de los amuletos de la escalera y de la planta de arriba. La parte de la izquierda era segura y estaba protegida. La de la derecha...

Unas cuantas sombras humeantes se arremolinaron en el pasillo. La biblioteca estaba en silencio. A lo mejor Hulda la había domado o puede que estuviera esperando a una diana antes de empezar a lanzar libros de nuevo.

Merritt se armó de valor y caminó recto, pasó el dormitorio y la biblioteca hacia la puerta del salón y la abrió.

Las ventanas volvieron a dejar entrar los rayos violetas, naranjas y rojos del sol, que cayeron en las sillas y sofás, en la oscura chimenea, en un cuadro espectacular colgado en la pared y en una esquina vacía donde, quizá, antiguamente hubiera un pianoforte o un arpa. Parecía tener el tamaño adecuado. Esos remolinos humeantes cambiaron de forma en la esquina bajo la mirada de Merritt y apagaron la luz del atardecer. El techo se deformó como si un torrente de agua de lluvia lo estirara. La alfombra se arrugó como el pelaje de un gato que se siente amenazado.

A Merritt se le puso el brazo de piel de gallina. Quitó uno a uno los dedos del picaporte.

Y dio un paso hacia dentro.

La puerta no se cerró de golpe detrás de él, pero a medida que avanzaba hacia el centro de la sala, las bisagras chirriaron y se fue cerrando suavemente con la práctica de un amante experimentado. La tarima empezó a crujir y los rodapiés explotaron. La casa estaba enfadada y Merritt lo notaba. Casi podía... oírlo.

Entonces, con la mente fría, Merritt agarró el amuleto de su cuello y lo tiró hacia atrás.

La pared más lejana se separó de las otras y avanzó deprisa hacia delante, tirando los muebles que se encontraba a su paso, haciendo que la alfombra se doblase y cargando con un golpe rompedor...

Merritt cerró ojos y puños.

La pared paró cerca de él, mandándole una corriente de aire que hizo que el pelo se le echara hacia atrás. Cuando Merritt abrió los ojos, estaba a un centímetro de su nariz.

Esperó a que la casa hiciera algo más. Que le salieran espinas, que se sacudiera o que le aplastara.

Esperaba. *Respiraba.*

—¿No te sientes sola? —dijo Merritt cuando el corazón volvió a su ritmo natural.

La pared formó ondas frente a él. No retrocedió. Y la casa tampoco.

—Esa es la razón de ser de una casa, ¿verdad? —preguntó con las uñas clavadas en las palmas—. Que esté habitada. La última persona que vivió aquí fue en la década de 1730, ¿no? Así que ¿no te sientes sola?

Patrones de luz y oscuridad bailaron por las paredes al mismo tiempo que las sombras se deslizaban por la ventana.

—Yo sí. —Su voz apenas se oía, pero sabía que la casa lo escuchaba—. Llevo sintiéndome solo mucho tiempo. Claro que he tenido amigos, compañeros de trabajo, así que no estoy aislado. Pero aun así la siento. El tipo de soledad profunda y duradera. Esa que está hueca y se asienta en tus huesos.

Tenía los músculos tan rígidos que, cuando intentó mover el brazo, lo hizo de golpe. Posó las puntas de los dedos con cuidado sobre la pared, luego los dedos y luego la palma con los nudillos doloridos por la tensión.

—Seré bueno contigo si tú lo eres conmigo —prometió—. A lo mejor… A lo mejor *los dos* necesitamos empezar de nuevo.

La habitación se calmó.

Esperó. Tragó saliva. Esperó un poco más.

—Admito —se le escapó una risa ronca de la garganta— que lo de las ratas fue una buena jugada.

La habitación crujió. El pulso de Merritt se aceleró, pero la pared retrocedió y se alejó de su tacto. Atrás, atrás, atrás, hasta que volvió a su sitio con un clic. Los muebles temblaron y se recolocaron en su sitio, aunque la alfombra aún estaba doblada. Merritt cogió con cuidado la punta y la alisó. Cuando levantó la vista, vio una bufanda de punto multicolor en el suelo.

Y las sombras desaparecieron.

Capítulo 9

29 de octubre de 1833. Liverpool, Inglaterra.

Silas sintió que por fin podía respirar.

Lo había dejado todo atrás. La casa, el personal, la ciudad, los recuerdos. La transición había sido suave, casi sin problemas. En estas paredes no colgaban retratos de antiguos lores ni de gente muerta. No había ojos pintados que lo persiguieran y las paredes cantaban con una magia que podría unir a la suya. Sí, lo había dejado todo atrás, menos los cuerpos. Estaban guardados en un lugar seguro donde nadie los encontraría jamás.

Y eso incluía al personal que el Instituto de Conservación de Lugares Encantados de Londres había insistido en imponerle. Había aceptado el personal mínimo porque si rechazaba toda la ayuda podría resultar sospechoso. Gorse End era una de las propiedades notables registradas en el ICLEL, así que quedaría bien que siguiera sus reglas. Por ahora.

Caminó por un pasillo con ventanas orientadas al este y disfrutó de la fresca mañana de otoño, con un brillante cielo blanco. Entrelazó los dedos detrás de su espalda y sonrió, mientras respiraba el aire frío que entraba por las hojas abiertas.

Este era su hogar.

El sonido de unos pasos acercándose lo hizo detenerse. Se giró y vio a Stanley Lidgett, su mayordomo, que se acercaba.

Lidgett era el único miembro del personal de Henspeak que había conservado, al resto los despidió. Quería el mínimo de servicio, solo el imprescindible. Y Lidgett, siempre había confiado en Lidgett. Él entendía más que los otros.

Cuando el mayordomo llegó hasta él, hizo una reverencia.

—Siento molestarle, pero el ama de llaves de Boston ha llegado pronto.

—¿Oh? —Silas hizo un gesto con la mano y los dos salieron por donde Lidgett había entrado. Sabía que el ICLEL contaba con una sucursal en los Estados Unidos, así que debía de tener demasiado trabajo si enviaba a alguien desde Boston. Silas escondió una sonrisa, le convenía un ama de llaves que no fuese local para conseguir sus propósitos. Todavía no estaba libre de obligaciones; había aspectos de Gorse End que desconocía. Cuando entendiera completamente la naturaleza de la magia de la casa, y después de vivir en ella el tiempo necesario según las regulaciones del ICLEL, despediría a su empleada. No quería a ninguna aspirante a bruja cotilla que detectara que los hechizos habían desaparecido de repente de la casa y que se habían incrustado en Silas.

Bajaron por las escaleras hasta el pequeño salón. No había ningún lacayo esperando para abrir la puerta, lo que hizo sonreír a Silas. Entraron en la habitación amueblada en colores blancos y verdes, y sus ojos se posaron en la joven sentada en el sofá.

Ella se levantó rápidamente, pero antes de que Lidgett pudiera hacer las presentaciones Silas intervino:

—Es usted un poco joven para ser ama de llaves, ¿cierto? —tendría unos veinte años, veintipocos como mucho. Otra bendición: era inexperta.

La mujer sonrió paciente.

—Le aseguro de que estoy bien preparada tanto para mantener la casa como los hechizos, lord Hogwood.

Lidgett se aclaró la garganta.

—El ama de llaves, lord Hogwood. La señora Hulda Larkin.

Silas asintió mientras estudiaba a la mujer. Era de estatura media y llevaba el pelo recogido en un moño apretado. Tenía ojos de lince, la mandíbula cuadrada y unos lentes que descansaban en una nariz demasiado grande.

Completamente normal.

—Soy consciente de mi falta de delicadeza —añadió Silas—, pero teniendo en cuenta la empresa para la que trabaja, deduzco que usted posee magia, ¿verdad?

Un tono rosado cubrió las mejillas del ama de llaves. Se puso recta.

—Dado que trabajaré para usted, lord Hogwood, la pregunta es adecuada. Soy premonicionista.

A Silas le costó mucho mantener una expresión neutra. Una premonicionista podría ser complicada, a no ser que tuviera un simple hechizo de suerte como el suyo.

—¡Qué interesante! ¿Cuál es su especialidad?

—No pretendo darle esperanzas, señor. Mis habilidades son pocas, solo tengo la de la adivinación.

Hogswood se quedó pensativo un momento. La adivinación estaba unida a los patrones: las hojas de té, los dados o incluso las uñas cortadas. Aunque no fuera muy poderosa, si esta mujer veía algo suyo y se asomaba a su futuro, podría echarlo todo a perder.

Sin embargo, si la rechazaba levantaría sospechas y, con las desapariciones de su madre y su hermano, no podía arriesgarse a que hubiese más conjeturas.

Además…, si la mantenía cerca haría lo contrario ¿no? Un hombre inocente de cualquier delito conservaría a una premonicionista en su casa. Si empezaba a hacer correr sutilmente la noticia del nuevo miembro del personal, sería bueno para su reputación.

Al menos no era psicometrista, porque ya lo habría descubierto.

—Bienvenida a bordo, señora Larkin. —Sonrió—. Mi mayordomo le enseñará la casa. —Se volvió, dio una palmada a Lidgett en el hombro y se acercó a su oreja—. Di a las doncellas que hablaré con ellas en mi estudio. Lo antes posible.

El mayordomo asintió y Silas salió de la habitación. Sí, las doncellas serían su protección. Mantendría Gorse End impoluta, sin un pelo ni una mota de polvo a la vista. Nada que pudiera darle a una adivinadora problemática la oportunidad de espiar su futuro.

Eso solo le pertenecía a él.

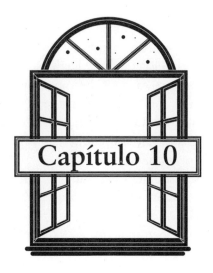

Capítulo 10

9 de septiembre de 1846. Blaugdone Island, Rhode Island.

A la mañana siguiente, Merritt dio un paso fuera.

Tenía sus dudas, aunque la bufanda volvía a estar a salvo en su cuello a pesar del clima cálido. Pero abrió la puerta, dio un paso hacia fuera, y nada se lo impidió.

Se rio. Fue una risa extraña, como si algo en el fondo de su alma hubiese burbujeado y explotado a medio camino en su garganta. Ronca pero liberadora, y con el segundo paso y el tercero, continuó riendo.

—Muy bien hecho, señor Fernsby —comentó Hulda. Lo miraba desde la puerta con un lápiz en una mano y un cuaderno en la otra—. Debo decir que tenía mis dudas, pero…

Merritt se giró.

—Esta es la primera vez que camino en esta dirección por el porche.

La mujer parpadeó y Merritt volvió a reír mientras hacía girar una bola que tenía a sus pies.

—¡Es «extraño» lo agradable que es estar aquí fuera!

Saltó del porche y aterrizó sobre un trozo de césped salvaje cubierto de malas hierbas.

—¡Arrancaré esto! —exclamó, tanto para Hulda como para la casa—. Plantaré césped en todo el terreno. ¡Y por ahí hay un sitio perfecto para un jardín! —Casi fue corriendo para explorar el área. Pasó una brisa que olía a crisantemo, uno de los últimos susurros del verano y Merritt suspiró extasiado—. Nunca me he dado cuenta de lo hermoso que es el aire libre. —Se giró lentamente con la mirada fija en la isla, sus cerezos y las margaritas amarillas. Una pareja de aves de costa se estaba acicalando en la distancia, casi cubiertas por los juncos. Miró más allá, hacia el océano.

Sentía como si se hubiera perdido toda una vida durante el tiempo que estuvo encerrado en la casa. Y ahora quería reclamarla desesperadamente.

Con una sonrisa tan grande que le dolía, se giró hacia Hulda.

—Venga a pasear conmigo, señora Larkin, por favor.

Su ama de llaves le sonrió y puso los ojos en blanco al mismo tiempo.

—Le agradezco la invitación, pero a pesar de la reciente tregua entre usted y la propiedad, todavía hay mucho que organizar. Como el personal, señor Fernsby.

—Llámame Merritt.

—Gracias, pero no.

Él se encogió de hombros.

—¿Le importaría mucho encargarse de eso? No sabría por dónde empezar a buscar criadas y cocineros. A lo mejor podría elegir a gente con la que se llevase bien. Confío en que hará un buen trabajo. En cierto modo sería su personal, ¿no?

Por la forma en la que inclinó la cabeza a un lado, supo que se lo estaba planteando.

—Los currículums están sobre mi cómoda. —Merritt los había dejado allí anoche.

Ella asintió.

—Muy bien. Me encargaré de todo.

Se lo agradeció con una reverencia.

—Y yo, señora Larkin, me voy a correr como un loco.

Se giró y fue a atravesar la isla sin poder oír a Hulda gritar.

—¡Siempre y cuando luego vuelva! —gritó por encima del viento que silbaba en sus oídos.

¿Cuándo fue la última vez que corrió?

Bueno, corría cuando llegaba tarde a alguna cita con su editor, pero correr por la ciudad no era lo mismo. Esto... Parecía que volvía a tener diez años.

Corría y saltaba los juncos, pisaba cenizos y pasaba por debajo de las raíces escurridizas de los olmos y asustaba tanto a conejos como a ratones. Se tropezó una vez en un pequeño arroyo escondido entre el césped y otra con la rama de un árbol que sobresalía, pero no le importó. Se rio, gritó e hizo lo que le pareció una muy buena imitación de una gaviota: un truco para fiestas que había descubierto durante su adolescencia.

Corrió hasta que le ardieron los pulmones, hasta que la casa era un pequeño bulto en la distancia. Se dirigió hacia el oeste, hacia el continente y se puso a cavilar. Estaba fuera. Era libre. Podía volver a la ciudad si quería. Sus cosas estaban aquí, sí, pero podía hacer que se las enviaran antes de que la casa supiera lo que estaba pasando.

Y aun así, aunque no había prometido nada, sintió que estaba traicionando la confianza, no solo de Whimbrel House, sino también de Hulda y del ICLEB. Eso y... ¿a qué se supone que tenía volver?

«Propietario», se recordó a sí mismo. «Progreso».

Podía hacerlo. Acabarlo. Y el lugar era muy bonito. ¿Qué mejor sitio le podía inspirar para escribir su libro?

«Debería ponerme en serio con eso». Se mordió el labio mientras caminaba y miraba bien por dónde pisaba, aunque si se rompía un tobillo, mejor hacerlo cuando Fletcher todavía estaba por aquí. Eso le recordó que no podía tardar mucho en volver si quería despedirse de su amigo.

Caminó hasta la costa norte, rocosa y desnivelada, elevada por unos lados y hundida por otros. Había más piedras que conchas, pero cogió unas cuantas durante su caminata, notando su tacto suave en la mano y lanzó las más planas a la bahía. Sonrió cuando escuchó cómo la brisa salada del mar hacía crujir las hojas de los arbustos. Casi sonaba como una canción.

Cuando se fue acercando a un peñasco, se detuvo al ver una forma oscura en el otro lado. La observó y descubrió que era un bote viejo para dos personas, amarrado a un clavo oxidado; la cuerda estaba desgastada y sucia, solo lo sujetaba una fina hebra. El barco parecía muy deteriorado, pero cuando lo soltó de su amarre y lo inspeccionó, vio que no tenía agujeros. De hecho, había un sello casi imperceptible en el casco con dos espirales que se cruzaban. El mismo sello que llevaban todos los tranvías cinéticos en los que se había montado.

Empujó el bote al agua con curiosidad y sin remos, y pulsó el sello cinético. El bote se movió solo, lo que le arrancó una carcajada. Apagó la magia rápidamente y con algo de esfuerzo, devolvió el bote a tierra.

—Esto va a ser estupendo para ir a Portsmouth y volver —dijo para nadie en particular.

No había transporte público entre Blaugdone Island y el continente para reabastecerse. Hulda, Fletcher y él tuvieron que contratar botes para llegar hasta la casa. Los viajes de vuelta debían reservarse con tiempo, como había hecho Fletcher, a no ser que tuvieras una piedra de llamada, una paloma mensajera, bengalas o cualquier otro tipo de señal para pedir transporte. O, a lo mejor, se podía avisar al farero más cercano que necesitabas ayuda. Había dos faros entre Blaugdone Island y el continente. Merritt tendría que ir a presentarse para intentar caer bien a quienes fueran los que se encargaban de ellos.

Mientras Merritt arrastraba el bote más lejos de la orilla para evitar que lo golpeara la marea, se preguntó si su personal se encargaría del reabastecimiento. Y cuánto le costaría. En realidad, sería más fácil que lo hiciera todo él. Pero Whimbrel House era salvaje y un personal con conocimientos mágicos podría ser muy útil, sobre todo porque la fecha de entrega límite de Merritt se acercaba y no había escrito nada desde su llegada.

Le dio unas palmaditas de despedida al bote, y fue paseando hacia la casa trazando los dos siguientes capítulos en su cabeza. Después de esperar con Fletcher a que llegara el transporte para volver al continente, se le ocurrieron un par de ideas estupendas para el tercer capítulo.

Dos días después de que el señor Portendorfer se fuera, Hulda descubrió algo terriblemente grave sobre su nuevo cliente.

Era… «desordenado».

El señor Fernsby se había mudado de un pequeño apartamento a Whimbrel House, así que todavía no tenía suficientes muebles para llenar las habitaciones.

Y aun así…

Hulda iba dando vueltas con sus varillas de zahorí, su estetoscopio y demás herramientas para intentar llegar hasta el corazón de la fuente de magia de la casa. Se había traído también un plumero; la eficiencia era un don divino.

El señor Fernsby tenía bolígrafos y lápices desperdigados por su despacho, como si cada vez que se pusiera a escribir, cogiera un bolígrafo diferente en vez de coger el primero. El suelo estaba lleno de papeles escritos hasta la mitad, algunos arrugados, otros lisos, y otros las dos cosas. Y lo peor es que su cena estaba *junto a los cuadernos* y *todavía había comida en el plato*.

Con el ceño fruncido, Hulda recogió la cena y se la llevó abajo. Ahí vio que el plato de su desayuno no había llegado al fregadero, el tenedor estaba en el suelo y no había guardado los huevos.

Y lo más atroz de todo es que luego descubrió que el señor Fernsby no había hecho la cama.

Se quedó mirando la monstruosidad desordenada que era su habitación: las mantas del revés, las almohadas aplanadas y una de ellas olvidada en el suelo. Por el amor de dios, entendía que la biblioteca fuera un desastre, la casa era como era, pero esto resultaba abominable. Se lo esperaba de la aristocracia, sí, pero esto era Estados Unidos y el señor Fernsby no estaba acostumbrado a tener servicio. No tenía excusa alguna.

Hulda palideció. «¿Y si no lava las sábanas?».

Guardó sus herramientas, bajó por las escaleras y salió a tomar el aire para recuperar la cordura. Caminó por el perímetro de la casa con las varillas de zahorí, pero no encontró mucha cosa interesante. Luego escuchó por los cimientos y las esquinas.

—No creo que te construyeran con materiales encantados —le dijo a la casa, que no le respondió.

Lo apuntó en su cuaderno y llegó a la conclusión de que debería hacer una inspección completa del terreno aprovechando que ya estaba fuera. Caminó alrededor de la casa para anotar los paneles y contrafuertes, y luego volvió a inspeccionar la estructura desde más lejos, anotando las tejas y las contraventanas. No se había dado cuenta de que la casa tenía una veleta. A lo mejor debería investigarlo..., aunque sería un reto subir hasta ahí arriba. Sus vestidos no eran adecuados para tal aventura y no tenía pantalones.

Luego estudió las ventanas con el estetoscopio y las analizó con las varillas de zahorí. Se tomó su tiempo porque no quería tener que volver a hacerlo. De hecho, para cuando terminó la inspección, el sol ya empezaba a descender.

El señor Fernsby estaba escribiendo a la luz de una vela en su despacho cuando volvió dentro de la casa. Quería desesperadamente darse un largo baño, pero por decencia esperaría hasta que él se fuera a la cama.

La puerta estaba abierta y él debió de oírla porque sus dedos pararon de escribir y se giró en su silla.

—¡Ah! Hulda, tengo una pregunta para ti.

Hulda ocultó una mueca y entró en la habitación.

—Señora Larkin, por favor —dijo.

—¡Cierto! Mis disculpas. —Un destello de vergüenza cruzó su rostro, pero pronto lo sustituyó la despreocupación—. Quiero su opinión sobre algo que estoy escribiendo.

—No soy una experta en... —respondió con las manos en las caderas.

—Todo el mundo lee, ¿verdad? —la interrumpió—. Verá, estoy escribiendo una historia de aventuras ambientada en Nueva York. Mi protagonista es una joven llamada Elise Downs, una inmigrante escocesa... Aunque puede que cambie eso. Bueno, acaba de llegar a la ciudad para la lectura de un testamento y descubre que la dirección de su alojamiento no es la correcta. Entonces presencia un asesinato en un callejón cercano.

Hulda se puso rígida.

—Cielos.

—Una respuesta excelente. —Merritt sonrió y algo en cómo se movió, o a lo mejor fue la luz de la vela, hizo que sus ojos parecieran verdes—. Pero tengo un dilema. Creo que cualquier mujer sensata se iría corriendo, y Elise tiene que ser sensata para que guste a la gente. Pero también necesito que vea el reloj de uno de los asesinos, así que creo que debería intentar salvar al tipo... ¿Qué piensa usted?

Hulda frunció el ceño.

—Creo que yo no me adentraría sola en callejones oscuros. Supongo que está oscuro.

—Dudo que los asesinos trabajen igual de bien a la luz del día.

—Debo confesar que no leo mucha ficción. No creo que pueda serle de mucha ayuda —dijo subiéndose las gafas.

El señor Fernsby se sorprendió.

—¿Qué? ¿Quién no lee ficción? ¿Qué otra cosa se puede leer?

—Talonarios de recibos, de historia, el periódico...

—Todo eso es una porquería, sobre todo lo último.

Hulda se cruzó de brazos.

—¿No trabajaba usted para la prensa, señor Fernsby?

Él sonrió.

—¿Cómo si no iba a saberlo? Entonces, lo de Elise...

Hulda puso los ojos en blanco.

—No lo sé. ¿Tiene que ser un asesinato?

—¿Por qué no debería ser un asesinato?

—Porque los asesinatos dan miedo.

—Son «excitantes». En la ficción, claro. Puse dos en mi primer libro y tuvo bastante éxito.

Hulda se frotó el puente de la nariz.

—A lo mejor si fuera un atraco, todavía sería «excitante», pero no daría tanto miedo como para que una joven valiente no interviniera para intentar ahuyentar a los ladrones. O a lo mejor hay otro testigo con ella, alguien que le dé coraje.

Merritt se lo pensó durante un momento mientras se daba toquecitos con el dedo índice sobre el labio inferior.

—Supongo que podrían conocerse antes...

—¿Quiénes?

Él chasqueó los dedos.

—Eso podría funcionar. Gracias, señora Larkin. Ha sido de gran ayuda.

Volvió a dirigir la atención hacia su cuaderno, arrancó la hoja en la que había estado trabajando para empezar de nuevo y garabateó tan rápido que Hulda no pudo evitar sentirse impresionada.

Lo dejó trabajar y se fue hacia la planta baja para encontrar algo que comer y buscar una bañera en la que darse un baño.

—Bueno, ¿dónde puse el pato curado?

El armario más alejado de la cocina se abrió.

Sonrió.

—Gracias. —Sacó la carne del envoltorio y luego se giró para analizar la cocina, el suelo que la casa había pulido y reconstruido—. ¿Supongo que no sabrás dónde está la bañera?

Se oyó un gran eructo de la chimenea y una gran nube de hollín llenó el aire. Hulda se tapó los ojos. Una bañera, llena de suciedad, cayó de la chimenea.

Hulda empezó a toser y agitó la mano para disipar la nube.

—¡¿En serio, Whimbrel House?!

Una ventana se abrió.

—Gracias. —Tosió de nuevo y fue hacia la bañera. Por dios, ¡tardaría casi una hora en limpiar esa cosa!

Sin embargo, al final lo de limpiarla no fue un problema porque el señor Fernsby no se fue a la cama hasta tarde.

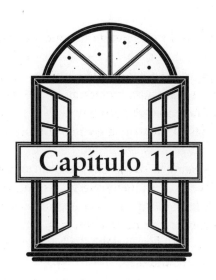

Capítulo 11

16 de octubre de 1835. Liverpool, Inglaterra.

Silas entró rápidamente en la mansión para resguardarse del chaparrón. Solo corrió desde el carruaje hasta la puerta, pero la lluvia era torrencial y su abrigo y el sombrero terminaron empapados. Tenía un hechizo que podía quitarle el agua de encima, el coste de deshidratación era asequible, pero se suponía que no *tenía* ese hechizo así que no lo utilizaría donde cualquiera pudiera verlo, alguien como la criada que corría hacia él para coger sus cosas empapadas.

Mientras le daba el abrigo y el sombrero, Silas anduvo por el pasillo dejando huellas mojadas de sus botas y se sacudió el agua de su pelo rizado. Su última salida había sido un éxito de manera inimaginable. Temía lo que podía ocurrir esa noche porque iba a asistir al baile de sus vecinos para mantener las apariencias, y el hecho de ser un soltero adinerado siempre atraía una atención indeseada. Pero se había enterado de que la madrastra de la señorita Adelaide Walker poseía un hechizo de pánico particularmente inusual y que la Liga del Magos del Rey la había obligado a no usarlo por lo peligroso que era. El hechizo podía infligir daño a otra persona ¡solo con pensarlo!

Si Silas conseguía ese hechizo, su espeluznante tarea terminaría por fin.

Había coleccionado un buen número de hechizos desde que se había mudado, tanto de humanos como de casas, lo que lo protegía a él y daba apoyo a sus defensas, y le aseguraba su libertad y bienestar. Si se hacía con esa magia, estaría por encima de aquellos que pretendieran derrocarlo. No quería demasiado, no deseaba la corona ni logros políticos, no ansiaba tierras ni prestigio. Solo anhelaba la seguridad.

Después de la señora Walker, podría parar. No tendría que matar más ni esconderse. Tampoco le importaba demasiado utilizar a Adelaide Walker para conseguir sus propósitos, en todo caso, tener señora de la casa le daría una razón excelente para despedir al ama de llaves del ICLEL un año antes de lo que exigía su contrato, lo que le permitiría absorber el resto de los hechizos de Gorse End. Ya había conseguido el hechizo elemental del fuego, aunque tenía que fingir manifestaciones mágicas de ese poder para que el personal no sospechara.

Básicamente, el final estaba a su alcance.

Cuando se dirigió al sótano, vio al ama de llaves en el pasillo contiguo.

—¡Señora Larkin! —llamó—. Creo que invitaré a los Walker a cenar este fin de semana. ¿Podrían asegurarse de prepararlo todo?

La señora Larkin se paró de repente.

—Yo... Sí, lo haré.

Parecía que le intimidaba la idea. La señora Larkin siempre se mostraba muy segura de sí misma, rígida y decidida. Silas sonrió cuando volvió a ponerse a caminar. Probablemente la había pillado desprevenida. Resultaba muy raro que invitara a alguien a casa y cuando lo hacía tan solo era para mantener las apariencias.

Bajó el ritmo a medida que se acercaba a a la parte de atrás de la casa y miró a su alrededor para ver si alguien lo observaba, el sótano no era un lugar secreto y el personal sabía que no tenían permitida la entrada, pero aun así prefería la privacidad. Al no ver a nadie, cogió una lámpara de la pared que encendió con un chasquido de dedos y bajó por las escaleras. La sensación de un frío helado golpeó su mano, pero se disipó cuando llegó al último escalón.

No se molestó en encender los candelabros de las paredes. En vez de eso, siguió por la puerta secreta, escondida en una pared de piedra y bajo un tapiz que llevaba al segundo sótano, que había tallado él mismo, con su magia. Allí encendió las lámparas y las velas para iluminar el pequeño espacio con un brillo anaranjado.

Aquí era donde los guardaba.

Los visitaba a menudo para comprobar que el sitio no se enfriase ni se humedeciera demasiado y se aseguraba de que sus donantes no tuviesen problemas de moho ni mostrasen síntomas extraños. Estaban bien conservados, pero Silas no era tan estúpido como para pensar que eran inmortales. Los más recientes estaban expuestos en una estantería, atados como si fueran carne curada para que se secaran por completo y no se magullaran. Los otros estaban guardados detrás de otra puerta escondida y abovedada. Nadie podría encontrarlos jamás sin la ayuda de Silas.

—Uno más —susurró acariciando al que tenía más cerca, que le había dado la clarividencia—. Uno más y estaremos completos.

Cortó el hilo del primero y lo desenvolvió delicadamente. Lo sostuvo como si fuera más delicado que la porcelana. Sin embargo, cuando empezó con el segundo, oyó un ruido.

Se quedó paralizado y contuvo la respiración. Escuchó.

Ese ruido era…

Se le congeló la sangre y se le acumuló en los pies.

Alguien había abierto la puerta secreta del sótano.

El pánico lo inundó tan de repente que no supo qué hacer.

Unos pasos golpeaban los escalones. Demasiados pasos.

De repente recuperó la consciencia y volvió en sí, así que cortó los hilos que sujetaban al segundo y tercer donante y los cogió. No tenía tiempo de ir a la cámara, tenía que esconderlos…

Los policías entraron de golpe en la habitación, eran tantos que apenas cabían. Eran una docena al menos. No había donde esconder a los donantes, no había donde…

—¡Lord Hogwood! ¡Está usted arrestado!

«No».

Uno de los hombres lo agarró. Intentó atar sus manos.

—¡No! —rugió mientras lanzaba una ráfaga cinética al idiota y lo mandaba volando contra otro oficial—. ¡Suélteme!

Se giró para golpear a otro policía, pero se topó con un escudo invisible. Un hechizo de protección. El pulso le palpitaba en la cabeza. La Liga del Rey. Tenían hombres de la Liga del Rey.

Pero… ¿cómo lo supieron? ¿Cómo es posible que lo supieran?

Los donantes cayeron de las manos de Silas y se alejó de la pared. Lanzó una ráfaga de fuego que hizo que los oficiales le dieran más espacio. No existía otra salida a parte de las escaleras. ¿Cómo iba a escapar? Tendría que matarlos a todos...

Se topó con otro hechizo de protección, lo suficientemente fuerte como para sacarle dientes. Lo dejó aturdido durante medio segundo, pero fue suficiente para que su mayor miedo se hiciera realidad. Un hechizo de caomática salió de sus manos, pero uno de los hombres del rey le dio la vuelta.

Los oficiales se lanzaron sobre él y tiraron de sus brazos hacia atrás para atar sus muñecas, rodillas, boca y tobillos. Los hechizos de protección lo presionaron como las paredes de un ataúd invisible. Lo habían sometido. Igual que lo había hecho su padre.

El grito de Silas quedó silenciado en su mordaza invisible y los maldijo a todos. Le pusieron una bolsa en la cabeza y lo arrastraron por las escaleras de su propia casa... «¿Quién les había dejado entrar?» Intentó utilizar su magia, pero uno de los hombres de la Liga del Rey estaba justo detrás de él y lo mantenía en una caja protectora tan fuerte, que ese mago sin duda estaría mareado y débil durante dos semanas.

Aun así, Silas no se rindió. Tiró de las cuerdas hasta que cortaron su piel y sangró. Empujó la magia hasta que su cuerpo, inmóvil, seco y frío empezó a temblar de cansancio. Se retorció y tiró hasta que consiguió mover la bolsa de su cabeza...

La vio ahí de pie, junto a la puerta principal, con los labios tan apretados que creaban una fina línea, los ojos decididos y la postura firme como el granito. Miraba cómo los oficiales lo sacaban.

La mujer con todas las llaves de su casa. La que él había pensado que era perfecta para el puesto.

Mientras se drenaba la magia de su cuerpo, golpeándolo como hace una daga enfundada en hielo, supo que estaban destruyendo a sus donantes. Que Hulda Larkin había encontrado su escondite secreto. Tenía que saberlo e informó a la Liga del Rey. Ella había abierto las puertas a estos hombres cuando Silas estaba *tan cerca* de la paz.

Y eso nunca se lo perdonaría.

Capítulo 12

13 de septiembre de 1846. Blaugdone Island, Rhode Island.

Ese domingo, Merritt no era capaz de deducir por qué Hulda estaba tan enfadada con él. Se pasó todo el día rígida, más de lo normal, claro. Le respondía de manera cortante, de nuevo más de lo normal. ¿Sería porque no había ido a misa? ¿No se había dado cuenta de lo lejos que estaba la iglesia incluso con un bote encantado? Además, estaba en el umbral del siguiente capítulo de su novela.

Descubrió la verdad cuando se sentó en el comedor para tomar un tentempié.

Hulda entró desde la cocina echando humo.

—Calcetines en la cocina, ¿en serio, señor Fernsby? ¿Es que tenemos que vivir como… como… gente del monte?

Merritt se quedó paralizado con la manzana a medio camino de la boca.

—¿La gente del monte tiene cocina?

Parece que la pregunta avivó el fuego interior del ama de llaves de los pies a la cabeza. Sujetaba sus calcetines de vestir como si fueran trapos sangrientos, él los había dejado en el borde del fregadero.

—¿Por qué están aquí?

Lo cierto es que se había olvidado de ellos. Habían pasado muchos años desde la última vez que había compartido su espacio con alguien.

—Pues porque estaban sucios. Se están secando.

Hulda puso cara de asco. Merritt intentó con todas sus fuerzas no reírse ante la expresión de su cara, eran solo unos calcetines, y estaban limpios.

—¡La gente educada no lava sus calcetines en el mismo sitio donde friega los platos! He colgado una cuerda fuera para secar la ropa. ¿No la ha visto?

—Sí, la he visto. —En realidad se había chocado con ella una vez, casi le saca un ojo—. Pero era tarde.

—Y por eso no pudo salir a colgar sus calcetines.

Ahí le había pillado. Le dio un mordisco a la manzana, la masticó y la movió a su mejilla.

—Estaba oscuro.

Hulda casi puso los ojos en blanco, pero paró antes de que sus iris llegaran hasta arriba.

—¡¿En serio, señor Fernsby?!

El techo cambió de blanco a azul. A Merritt le gustaba mucho ese color, aunque se preguntó qué intentaba decir la casa. Forzó su concentración en Hulda.

—La doncella viene hoy, ¿verdad? ¿Ella se encargará de recoger la colada?

—Gracias a Dios. —Se fue furiosamente hacia la ventana y miró afuera—. Y sí, ella hará la colada, aunque usted tendrá que dejarla en el cesto de su habitación si quiere que ella la encuentre.

—Son solo calcetines, señora Larkin.

—Y su abrigo en el salón, sus zapatos en la entrada...

La culpa y la necesidad de defenderse entraron en conflicto. No era un crío, por el amor de Dios, y esta era su casa.

—¿Por qué no puedo dejar los zapatos en la entrada? Si no lo hago ensuciaré toda la casa.

—Estoy de acuerdo con usted. —Se giró desde la ventana—. Pero en ese caso, los zapatos pueden dejarse bien colocados junto a la pared, no por ahí tirados como si los hubiera atacado un perro.

Merritt asintió.

—Siempre he querido un perro.

Un sonido ahogado salió de los labios de Hulda. Se dirigió a la puerta, pero cuando estaba a punto de alcanzarla, se movió a la derecha.

Merritt se aguantó la risa.

—¿Cuál dijo que era el nombre de la doncella? —Seguía sin estar muy convencido de lo de la doncella, no solo por vivir con otra mujer desconocida. Merritt esperaba que cuanto más indiferente se mostrara con el acuerdo, más normal se sentiría.

—Por tercera vez, se llama Beth Taylor.

—¿Sabe? Dado que soy su jefe —entrecerró los ojos un poco al tiempo que le tomaba el pelo— podría ser un poco más dulce conmigo.

Ella lo fulminó con la mirada.

—Soy dulce con los gatitos y cuando como caramelos de limón, señor Fernsby. Y, como le he dicho antes, usted es cliente del ICLEB, no es mi jefe. Sin embargo, una vez llegue el ama de llaves permanente, podrá usted hablar mal de ella y de su genio tanto como le plazca.

Merritt dejó la manzana y se giró en su silla.

—¿Qué quiere decir con ama de llaves permanente? ¿No se va a quedar?

—Me quedaré hasta que solucione los problemas con la casa; luego me iré a donde el ICLEB me asigne.

Merritt sintió dos cosas cuando le dijo eso: decepción y sorpresa. Decepción porque Hulda se fuera y sorpresa porque eso lo decepcionara. Todo estaba yendo tan... bien. La casa se había tranquilizado y solo hacía alguna que otra broma pesada y llamadas de atención en vez de amenazas de muerte y alimañas muertas.

—Pero ¿y si no me gusta la nueva ama de llaves? —protestó.

Una leve sonrisa apareció en los labios de Hulda.

—Bueno, si hubiese revisado los currículums como se suponía que debía hacer, habría podido elegir. Pero dado que me lo ha dejado a mí, he entrevistado a las mujeres más horribles y caras que conozco.

Merritt entrecerró los ojos.

—No sería capaz.

Hulda no contestó, solo lo miró petulante. Agarró el pomo de la puerta, metió el pie a la fuerza en el quicio para que no se moviera y se fue.

Merritt volvió a su manzana y notó, casi de forma inconsciente, que el mordisco que acababa de dar se parecía a Francia.

Beth llegó exactamente a las 16.00. Merritt lo supo porque llamó a la puerta al mismo tiempo que él miraba su reloj. Si no hubiese estado esperándola, a lo mejor no lo habría oído, fue un toque muy suave, no era decidido y exigente como el de Hulda.

—Por favor, sé amable con ella —dijo Merritt a las paredes del comedor—. Estamos juntos en esto, ¿verdad?

La casa respondió dejando que el sofá se hundiera hasta la mitad en el suelo. Merritt salió antes de que el nuevo agujero pudiera tragárselo a él.

Hulda, como era de esperar, llegó antes a la puerta.

—¡Señorita Taylor! Qué alegría verla. ¿Le ha costado mucho llegar?

—Sus directrices fueron de gran ayuda, señora Larkin. Se lo agradezco.

Hulda se hizo a un lado y dejó entrar a una mujer morena, pequeña, con el pelo negro recogido en un moño apretado y alto. Tenía unos ojos grandes y atractivos, y la cara redonda. Al igual que Hulda llevaba un vestido que le cubría desde el cuello hasta los pies, aunque el suyo era de un color azul cielo claro mientras que Hulda llevaba uno gris. Sus ojos de color ocre oscuro se encontraron con los de Merritt al instante, y antes de que Merritt pudiera darle la bienvenida ella intervino.

—¿Es usted escritor, señor Fernsby?

Él se quedó parado.

—Yo… Sí. —A lo mejor estaba en su archivo, pero si era así, no tendría por qué preguntar.

Beth asintió.

—Qué interesante. Nunca he trabajado para un escritor. Me gusta cuando la gente se abre camino y se gana sus cosas.

—Bueno, gracias. —No iba a mencionar que le habían dado la casa.

Se oyó un golpe seco arriba.

—Por favor, que no sea mi maqueta de barco —dijo Merritt intentando mirar hacia el ruido.

—Eso es solo la casa —explicó Hulda—. Está mucho mejor que al principio. La ayudaré a instalarse y luego le haré un *tour*.

Merritt dio un paso adelante y alargó la mano.

—¿Me permite?

Beth se quedó quieta y miró su maleta antes de dársela dudosa. Después de que Merritt la cogiera, que pesaba bastante poco, ella dijo:

—Creo que esto me va a gustar.

—¿Usted también trabaja para el ICLEB? —preguntó Merritt, quien lideraba el camino por las escaleras, lo que dejó que Hulda fuese el furgón de cola.

Beth asintió.

—Trabajo para ellos como contratista.

—¿Para trabajar con el ICLEB es necesario poseer magia?

—Claro. —Beth ni siquiera parpadeó cuando la barandilla de la escalera se volvió roja—. Pero mis talentos son pocos. Solo tengo un ocho por ciento.

—Ocho… ¿Qué? —preguntó.

—Señorita Taylor, es de mal gusto hablar de su composición ancestral con su jefe —la reprendió Hulda.

Merritt se paró en la parte de arriba de las escaleras y miró el techo con recelo, que todavía seguía seco.

—¿Composición ancestral?

—En serio, señor Fernsby —Hulda los adelantó—. Dado que ahora va a lidiar con la magia a diario, debería informarse sobre el tema.

—Me informaré cuando decida escribir un libro sobre ello —le respondió—. Pero dado que el mal trago ya ha pasado —sonrió a la señorita Taylor—, ¿qué quiere decir con ocho por ciento?

La señorita Taylor miró a Hulda.

Hulda suspiró.

—Es una estimación del porcentaje de antepasados mágicos basada en la genealogía. Cuanto más alto sea el porcentaje, más cantidad o más fuerte será la magia que se posea.

Merritt cambió el peso de pie.

—¿Cuál es la diferencia?

—Son los hechizos, señor Fernsby —intervino Beth—. A veces una persona puede tener solo un hechizo, pero mucho del mismo, así que puede hacer muy bien una cosa. Otras veces una persona tiene muchos hechizos, pero solo un poco de cada uno, así que puede hacer muchas cosas, pero no muy bien. La mayoría de las veces, las familias que tienen antecedentes de magia suelen hacer pruebas a sus hijos por si la tienen.

Merritt asintió.

—Entonces, es cuestión de probabilidades, ¿no?

Hulda negó con la cabeza.

—La genética es una cosa complicada, señor Fernsby, y la magia es un gen recesivo. Mi hermana, por ejemplo, no tiene ni una pizca, pero nuestro parentesco es el mismo.

Merritt lo procesó.

—Interesante. Entonces, ¿qué porcentaje tiene usted, señora Larkin?

Ella frunció el ceño.

—Como he dicho, es de mal gusto hablar de eso. Por aquí. Usted está en la segunda habitación, aquí, al lado de la mía. Si tiene alguna pregunta, no dude en llamar. Pero, dado que el señor Fernsby es el único residente de Whimbrel House, sus labores serán simples.

—¿Está en su currículum? —insistió Merritt mientras las seguía—. ¿Puedo verlo?

Hulda lo ignoró.

—Ya le he preparado la cama. El señor Fernsby tiende a dormir hasta tarde, así que puede dejar la suya para el final de su rutina matutina.

—Le diré yo el mío —prosiguió Merritt—. Cero. Ahora le toca a usted.

Beth soltó una risita. A lo mejor sí que era bueno tener a más gente en la casa.

Hulda les echó a los dos una mirada fulminante.

—Si es tan importante para usted, señor Fernsby, el ICLEB calculó que tengo un doce por ciento. Los porcentajes altos son poco comunes entre la gente corriente.

Él asintió.

—¿Cuánto cree que tiene la reina entonces? ¿Cincuenta?

Hulda puso los ojos en blanco, cogió la maleta y la puso en la cama.

—Señorita Taylor, empecemos por la biblioteca.

Merritt las siguió por el pasillo.

—¿Sesenta? Por Dios, no será un setenta, ¿verdad?

Hulda volvió a ignorarlo y abrió la puerta de la biblioteca donde los libros seguían volando. Merritt dudaba mucho que Hulda evitase que le diera en la cabeza algún volumen volador así que, a regañadientes, dejó a las mujeres que hicieran sus cosas.

Cuando volvió a donde estaban sus cuadernos, por suerte de una pieza, se dio cuenta de que había olvidado preguntarle a Beth qué tipo de magia tenía.

Sacó un nuevo trozo de papel y se escribió una nota para acordarse de ir a la biblioteca más cercana la próxima vez que saliese de la isla. Sacaría algunos libros sobre magia.

La señorita Taylor dio una vuelta por la casa, hizo las preguntas apropiadas y se puso a trabajar en cuanto terminó.

—Puedo deshacer las maletas cuando todo esté limpio —dijo.

La verdad es que hacía un tiempo que Hulda no escuchaba unas palabras tan bonitas.

Por suerte, la señorita Taylor tenía habilidades culinarias básicas, que era una de las razones por las que Hulda la había contratado, la otra fue porque Myra se la había recomendado. Más tarde, esa noche, preparó la cena con muy poca ayuda de Hulda y dijo que iría a Portsmouth por la mañana para conseguir una nueva tanda de suministros. Todo empezaba a ir viento en popa.

Cuando los platos estuvieron recogidos y tanto la señorita Taylor como el señor Fernsby se fueron a sus habitaciones, Hulda aprovechó la oportunidad para dar una vuelta por la casa otra vez, e intentar recorrer sus espacios con diferentes patrones a los habituales. Llevaba las varillas de zahorí en el bolso, pero el estetoscopio permaneció en su cuello. Estudió cada uno de los amuletos por si habían cambiado, pero no fue el caso. Incluso tiró algunas cosas a propósito, con la esperanza de que su hechizo de adivinación le diera alguna pista, pero claro, la magia caprichosa pocas veces funcionaba de esa manera. En todo caso, podía ver un destello de su futuro.

Casi había llegado al punto de necesitar una vela cuando empezó a recorrer el pasillo de vuelta a los dormitorios. La pintura empezó a gotear, aunque esta vez era gris, así que abrió el paraguas y caminó despacio, mientras investigaba las esquinas como si intentara ver a través de las paredes. Cuando entró en la biblioteca, como era de esperar, los libros empezaron a volar. Ese día la casa estaba lanzando libros con el lomo negro, que eran muchos.

Hulda metió el pie en el quicio de la puerta para evitar quedarse encerrada, aunque la casa no le había hecho ningún daño físico hasta ese momento. Pero en cuanto fue a meter el otro pie, miró por encima del hombro hacia el pasillo.

La lluvia de pintura había parado.

Se quedó quieta. Miró hacia la biblioteca y sacó un pie, pero dejó la puerta abierta.

En unos segundos, el goteo volvió a empezar con el mismo patrón de antes, se desvanecía antes de llegar a la alfombra, como si no hubiera estado nunca ahí.

—Hmm —dijo en voz alta cuando entró por completo en la biblioteca. Los libros empezaron a volar. Miró al pasillo. Ni una gota.

Volvió al pasillo. Empezó a gotear.

Con la mirada fija en el pasillo, Hulda empezó a caminar hacia atrás hasta que entró en el salón. Un paso, dos pasos, tres…

Los muebles cobraron vida y gruñeron. Y el goteo de pintura se detuvo.

Hulda sonrió. «Bueno, ahí lo tienes».

—Señora Larkin. —El señor Fernsby salió de su habitación en el otro extremo de la casa con un trozo de papel en la mano.

—Esto va a hacer que parezca un idiota, pero ¿cómo se escribe «privilegiado»? ¿Es con «b» o con «v»? Juraría… —Levantó la mirada y notó su expresión—. ¿Qué ha hecho ahora?

—Se escribe p-r-i-v-i-l-e-g-i-a-d-o, señor Fernsby. —Puso la mano en la cadera—. Y he descubierto la fuente de la magia de Whimbrel House.

Los muebles dejaron de gruñir.

El señor Fernsby sonrió.

—Supongo que mi abogado no se equivocaba y la casa está encantada.

—En efecto, señor Fernsby —respondió Hulda con seriedad. Encajaba. Un espíritu solo podía hacer unas cuantas cosas a la vez y la magia saltaba de una habitación a otra como si intentase impresionarla—. Estoy bastante segura de que el espíritu de un mago ha tomado posesión de las instalaciones.

Capítulo 13

13 de septiembre de 1846. Boston, Massachusetts.

A Silas le gustaba considerablemente América. Reconocía que estaba un tanto subdesarrollada y sin refinar, pero encontraba aquí un tipo de libertad que apreciaba. No existía libertad religiosa, ni para votar, ni para irse al oeste a reclamar la tierra... pero nada de eso le importaba. No, su libertad provenía del hecho de que este país estaba construido sobre una tabula rasa. No había realeza en los Estados Unidos. No había generaciones de familias que casaban a sus hijos e hijas para asegurar su posición en la escala del prestigio, el poder y la aristocracia. Los lazos mágicos no se sostenían con sangre y más sangre. Aquí la gente era de lo más corriente, gente sin importancia de distintos países que se juntaba para encontrar una vida mejor. Lo que quería decir que Silas era seguramente la persona más poderosa aquí.

Saboreó la sensación de que nadie podría dominarlo, ni con hechizos ni con barrotes. Y estaba dispuesto a hacer lo necesario para asegurarse de eso. Su primera tarea era recuperar el poder que había perdido en Inglaterra, cuando destruyeron muchos de sus preciados muñecos junto con los hechizos que le proporcionaban.

Lo que le hizo recordar otro aspecto excelente de América: la ausencia de castillos.

En Inglaterra, las cosas importantes se conservaban en castillos en los que era muy difícil colarse, incluso con magia.

Era mucho más fácil entrar en el hotel que contenía los archivos del ICLEB. El hechizo de suerte que corría por las venas de Silas era débil, pero colaboró y lo dirigió a la habitación indicada sin ningún problema.

No necesitó una vela ni un farol para mirar los archivos. Sus ojos se habían adaptado bien a la luz que entraba por las dos pequeñas ventanas. Cada archivo contenía información sobre una casa encantada.

Las casas eran excelentes para mejorar su magia. Las casas no podían morir, así que no necesitaban ser preservadas. Silas no solo actuaría dentro de la ley, sino que no necesitaría arrastrar a ninguna pobre alma hasta la cueva que había construido. Eso, y que podría usarlas para negociar en el futuro con sus nuevos aliados.

Abrió el archivo de Willow Creek, una cabaña de paja en Nueva York, y escribió la dirección en su antebrazo con un lápiz graso junto con la magia que tenía. Volvió a meter el archivo en su sitio y fue al siguiente, una mansión cerca de Hudson… pero le habían hecho un exorcismo. «Maldita sea». Menudo desperdicio. La siguiente era una casa en Connecticut, sin embargo, vivían varios residentes, lo que complicaba la situación. Pero igualmente se apuntó la dirección.

Silas se movió de lado para poder sacar el último archivo de esa repisa. Un sitio llamado Whimbrel House en Rhode Island. Elevó las cejas cuando vio que se había añadido una nueva lista de hechizos. Esto podría venirle muy bien, y…

Se quedó quieto mirando el papel. La persona encargada… ¿Será verdad? «Hulda Larkin. Así que volvemos a encontrarnos».

Pensaba en ella a menudo durante su cautiverio en Lancaster. ¿No sería divertido volver a cruzar sus caminos? Nunca se había interesado por ella, pero…

Silas cerró el archivo rápidamente y sonrió. Las cosas parecían ir a su favor ¿verdad?

Seguro.

Capítulo 14

13 de septiembre de 1846. Blaugdone Island, Rhode Island.

—Estoy bastante segura de que el espíritu de un mago ha tomado posesión de las instalaciones —afirmó Hulda.

Merritt se quedó congelado. Todo se «congeló». Su parpadeo, su respiración, sus capacidades mentales.

—Señora Larkin. ¿Puedo hablar con usted fuera un momento? —dijo entre dientes y forzando la sonrisa.

Merritt pasó por su lado sin esperar una respuesta. El techo del pasillo empezó a gotear rojo otra vez, y le costó mucho creer que fuera pintura. Cruzó la zona problemática, bajó las escaleras, atravesó el pasillo de la entrada y casi incluso saltó fuera. Una parte de él temía que la puerta principal no se abriera, que la casa pudiera leer su mente, pero consiguió salir de una pieza y recordó que la psicometría no estaba incluida en el informe de Hulda.

No paró hasta que puso cierta distancia entre la casa y ellos para asegurarse de que no los oyera. Hulda lo siguió mientras cerraba el paraguas por el camino.

—¿Hay algún problema, señor Fernsby? —preguntó en cuanto lo alcanzó.

—¿«Problema»? —Mantuvo un tono bajo—. ¡Hay un fantasma en mi casa!

Ella no respondió enseguida. Como si esperase más información.

—¿Y?

—¿Y? —Se alejó y luego volvió—. ¿Y por qué está tan tranquila?

—Porque, señor Fernsby —puso las manos en las caderas—, esta no es la primera casa poseída con la que me he encontrado, ni será la última. Usted, mejor que nadie, debería saber que la ficción es solo eso, ficción. No se crea las historias de fantasmas de su infancia.

—Las historias de fantasmas vienen de algún lado —respondió.

—A lo mejor de cazadores de brujas supersticiosos —le rebatió, con dos arrugas que formaban una «Y» entre sus cejas—. Le aseguro que la casa es la misma de antes. ¡Lo único que ha cambiado es que ahora hemos averiguado la procedencia de la magia!

—De un *poltergeist*.

Ella hizo una mueca.

—¿Cree que todos los muertos son espíritus malignos que esperan para alimentarse de la carne de los vivos?

Merritt se paró. Lo meditó.

—Esa frase es buena, señora Larkin. Debería escribir un libro.

Ella puso los ojos en blanco.

—Escuche. —Merritt levantó las manos como si pudieran ayudarle a expresar lo que intentaba decir—. Era casi adorable cuando pensaba que estaba enfrentándome a una cocina o a un armario con sentimientos. ¡Pero es totalmente aterrador que haya de verdad un espíritu salido de la tumba flotando por ahí, viendo cómo me visto, respirando en mi cuello y que me mete en hoyos!

Hulda respiró hondo, pero asintió, lo que hizo que Merritt se relajara un poco.

—Es solo que algunas veces una persona con magia no desea avanzar al más allá y busca un cuerpo nuevo. Las casas son grandes, están hechas de materiales naturales, generalmente reciben visitas y no tienen alma. Es una elección racional.

Merritt soltó aire despacio por la boca y se agarró parte del pelo por la raíz. Lo soltó. Miró otra vez a la casa. Parecía tan normal desde aquí fuera. Pero también pensó lo mismo cuando acababa de llegar, antes de que lo atrapara dentro e intentase asesinarlo en el cuarto de baño.

Habían llegado a una tregua, ¿verdad?

Pero ¿cuánto se podía confiar en un alma vieja?

—Lo que sea que esté habitando este sitio lleva en la casa mucho tiempo—dijo casi susurrando porque toda la confianza que había construido con Whimbrel House podría desaparecer si el fantasma los escuchaba—. Y claramente tiene problemas.

—Creo que solo ha olvidado las reglas básicas del decoro —respondió Hulda cuidadosamente.

—«Reglas básicas del decoro». —Se volvió a agarrar del pelo—. Disculpe si un desliz en las «reglas del decoro» no es suficiente para aliviar... esto. —Hizo un gesto general hacia la casa—. Quiero decir... No podemos hacer que... ¿se vaya?

La cara de Hulda cambió. Solo fue durante un segundo antes de que volviera a poner la de siempre, pero Merritt lo notó igualmente y le recordó cuando estuvo en el agujero de la cocina y ella le confesó sus razones para conservar la casa como está.

—¿No debería...? No sé —intentó seguir—, ¿descansar en paz? Las casas no pueden morir, ¿verdad? ¿Y si él ya no quiere estar aquí?

—O ella —señaló Hulda.

—Por el bien de mi salud mental, vamos a elegir un pronombre para hablar de este tema. ¿Cómo vamos a conseguir que «él» se vaya?

Hulda suspiró y se cruzó de brazos, aunque parecía más bien que se estaba abrazando a sí misma.

—Legalmente no puedo evitar que siga ese camino. Pero si lo hace, arrancará la magia de raíz. Se perderá.

Merritt hizo una mueca y no le gustó el gusano de culpa que se arrastraba por sus entrañas.

—Y usted no tendría trabajo.

—Le vuelvo a recordar, señor Fernsby, que soy empleada del ICLEB. Si decide continuar con el exorcismo, la empresa me encontrará otro destino, igual que a la señorita Taylor. —La rigidez habitual de Hulda volvió en todo su esplendor—. Mientras tanto, deshacerse del mago llevará algo de trabajo.

—¿Qué clase de trabajo? —preguntó Merrit jugando con una pelusa en su bolsillo.

—Pues averiguar la identidad del alma que habita entre estas paredes. —Hulda se giró para mirar la casa como si la estuviera viendo por primera vez—. No podemos invocarlo si no sabemos cómo se llama.

—Ya veo. ¿Y cómo vamos a hacerlo?

—Investigando, señor Fernsby. —Hulda relajó los brazos y cogió el mango del paraguas—. Con mucha investigación.

Beth entró en el despacho de Merritt con un plumero en una mano y el correo en la otra. Había tomado el pequeño bote cinético por la bahía hasta Portsmouth esa mañana para mandar el correo, todo de Hulda, y recoger suministros.

—Algunas cartas de la oficina de correos, señor Fernsby —dijo cuando se las dio.

Merritt las cogió dudoso. Ahora que sabía la verdad sobre la magia de la casa, era muy consciente de todo lo que hacía, como si el mago que la habitaba estuviera vigilándolo. Supuestamente no podía estar en más de una habitación al mismo tiempo, pero podía acecharlo y saberlo hacía que Merritt estuviera siempre inquieto. Pensó en utilizar los amuletos otra vez, pero no quería enfadar al residente.

—No tengo un apartado postal en la oficina de correos de Portsmouth.

Beth se encogió de hombros.

—Sí que lo tiene. Supongo que viene con la casa. El ICLEB se encargará de cualquier tipo de reenvío.

Dio la vuelta a las cartas y vio una dirigida a él, con una caligrafía elegante, mas sin dirección del remitente. La giró y se ilusionó al reconocer el sello del *Albany Sunrise Journal*, en el que publicó tres artículos a principio del año, rompió el sobre y encontró la aceptación del artículo satírico que había escrito sobre cómo se podía diferenciar a un demócrata de un *whig* por la forma de abrocharse el abrigo, junto con un cheque que desde luego no empeoraba su situación financiera. Para animarlo aún más, la segunda carta era del señor McFarland —su editor— y tenía dentro un gran cheque del adelanto que le correspondía por contrato.

—Alabado sea el Señor y todos los santos —murmuró mientras dejaba apartadas las dos cartas.

Beth ya había empezado a limpiar el polvo.

—¿Buenas noticias?

—¡Sí, buenas noticias! La expresión es apropiada y nos permitirá seguir viviendo cómodamente. —Soltó una risita antes de interesarse por la última carta. Con curiosidad, abrió el sobre con el pulgar y extrajo un trozo de papel que estaba firmado al final por un tal Maurice Watson.

—No me suena este nombre —masculló. Leyó el mensaje y se enderezó al llegar a la parte importante.

¿Qué había ese día en el aire? No es que Merritt se quejara, porque esa carta podría ser la solución a su problema fantasmagórico, por no mencionar el empujón financiero que prometía... Y aun así sintió una sensación extraña en el estómago al pensar en aceptar la oferta. ¿Ya se había encariñado tanto? Lo cierto es que no estaba seguro de qué hacer con ese sentimiento. Por su experiencia, era mejor adoptar una actitud de indiferencia para que esos sentimientos se volvieran más profundos y echaran raíces. Debía tener cuidado en el futuro.

—¡Señora Larkin! —gritó. Cuando no le contestó subió más la voz—. ¡Señora Larkin!

Oyó cómo alguien arrastraba los pies por el pasillo. Hulda apareció con el mismo vestido verde que llevaba el día de su llegada y se escuchó el frufrú cuando giró al entrar a la habitación.

—No soy un perro, señor Fernsby. —Hulda miró la carta—. ¿Qué ocurre?

—Un tal Watson ha escrito para comprar la casa.

Sus ojos se abrieron al oírlo.

—¿Qué? —Cruzó la habitación y cogió la carta para leerla ella misma. Se subió las gafas.

Era una carta simple en la que el remitente preguntaba si Merritt estaría dispuesto a vender su propiedad y, si era así, que le pusiera precio.

¿Cuánto dinero podía pedir?

—Qué extraño —murmuró Hulda—. La casa era tan desconocida que ni siquiera yo había oído hablar de ella y no está registrada. ¿Cómo sabe ese señor que existe?

Merritt se cruzó de brazos. Tenía intención de quedarse, pero…

—A lo mejor está dispuesto a dejar la casa… como está.

Hulda apretó los labios.

—Puede —murmuró—. Pero Whimbrel House es… —Miró las paredes para intentar sentir al mago que vivía en ellas—. Bueno, indeseable para el público general por su ubicación y los encantamientos. No ha tenido un comprador en años. ¿Por qué ahora?

—¿Señor Fernsby?

Merritt casi se cayó de la silla cuando la suave voz de Beth sonó detrás de él. Se llevó la mano al pecho para controlar los latidos de su corazón.

—Por amor de Dios, Beth. La próxima vez haga más ruido al entrar.

Ella sonrió.

—¿Puedo verla?

Hulda le pasó la carta. Beth cerró los ojos y sujetó la carta con cuidado.

—¿La está usted leyendo? —preguntó con un susurro Hulda.

—Claramente no —dijo Merritt con el ceño fruncido.

Hulda le chistó, él se cruzó de brazos y se sintió como si fuera un niño enfadado.

Beth abrió los ojos.

—Siento algo extraño en este hombre. No puedo explicar qué, pero… No me da buena espina.

Hulda frunció el ceño.

—Cada vez es todo más extraño.

Merritt cogió dudoso la carta de los dedos de Beth.

—¿Qué estaba haciendo?

Beth echó para atrás unos mechones de su pelo.

—Mis talentos están relacionados con la psicometría, señor Fernsby. Soy clarividente, un poco al menos. A veces me vienen ideas y sentimientos que no son míos. He sentido algo raro en esa carta desde el principio, pero no quería cruzar ningún límite.

—Ah. Como Hul… la señora Larkin entonces.

Hulda chasqueó la lengua.

—La clarividencia entra en la escuela de la psicometría, señor Fernsby. La videncia entra en la premonición. Son bastante diferentes.

Merritt titubeó.

—¿Ah sí?

El ama de llaves contuvo un suspiro.

—Lo que la señora Larkin quiere decir —explicó Beth con cuidado—, es que la premonición implica predecir el futuro y la suerte. La psicometría se encarga de la mente. Leerla, alucinaciones, empatía. Yo en concreto poseo el poder de la perspicacia. —Sonrió paciente—. Puede que sienta que alguien me está acechando sin importar lo sibilino que intente ser. O suponga, señor, que se quiere hacer pasar por turco, pues yo sabría que no lo es.

—Ah, bueno. Adiós a ese plan. —Miró la elegante caligrafía. Claramente este Maurice Watson era culto y es posible que tuviera bastante dinero. Pero si Beth tenía un mal presentimiento con él, especialmente uno provocado por la magia, puede que no fuera la salida fácil a su apuro después de todo.

Merritt pensó en los cerezos, los zarapitos, en Beth y Hulda… Luego abrió un cajón y metió la carta dentro.

—Supongo que llevo poco aquí. Debería ver cómo acaba el misterio del —tragó saliva— fantasma. —Se encogió de hombros sin siquiera pensarlo, el gesto ya le salía solo.

Hulda sonrió suavemente. Algunos de sus rasgos eran severos y se acentuaban dependiendo de cómo se arreglaba, pero estaba guapa cuando sonreía.

—Una elección excelente, señor Fernsy.

Esperaba que fuese así.

El archivo que el ICLEB tenía sobre Whimbrel House era realmente escaso. Enumeraba a la abuela materna del señor Fernsby, que se la ganó al señor Sutcliffe, que la había heredado de su padre, que había adquirido las escrituras de su hermano. Eso era todo y ninguna de las personas en la lista había vivido en Whimbrel House, si siquiera en Rhode Island, así que ninguno de ellos podía ser el habitante de la casa. Era evidente que la casa se había construido y abandonado al principio del asentamiento de las colonias, dado su estilo y la falta de documentación, y luego volvió a ser habitada antes de que se terminaran las leyes de los Estados Unidos. La verdad es que era un desastre.

Así que, para actualizar el archivo y conseguir la información necesaria del mago, el sitio más obvio para empezar a buscar era entre libros.

La biblioteca no era grande como las de las casas nobles, pero las paredes estaban llenas de estanterías que iban del suelo hasta el techo, muchas de ellas llenas, así que había bastantes volúmenes. También completamente desordenados gracias a la costumbre de la casa de lanzar libros.

Hulda empezó por el extremo sur de la estantería y el señor Fernsby por el norte, e iniciaron su búsqueda mientras la señorita Taylor se mantenía ocupada en la cocina. Hulda también contactaría con el ICLEB, aunque si la historia de la casa no estaba registrada en el archivo que Myra le había dado, dudaba que la institución supiera algo más.

—Busque diarios, biografías, artículos de periódicos —murmuró Hulda, que recolocaba un libro y cogía otro—, cualquier cosa relacionada. Incluso un nombre impreso en la cubierta interior.

—*La anatomía de las tortugas marinas de las Galápagos* —leyó el señor Fernsby—. No supondrá que nuestro fantasma es una tortuga ¿verdad?

Hulda resopló.

—Si es así es una tortuga muy inteligente. —El libro que tenía en las manos parecía tener recibos sin anotaciones útiles.

El siguiente era un viejo libro de bocetos que había utilizado un artista de poco talento y que había llenado como mucho una octava parte. No había nombres ni fechas, solo pájaros, árboles y monstruos. A este le siguió *Utopía* de Tomás Moro y el tercer volumen de Shakespeare. Hulda se preguntó quién sería el ratón de biblioteca que llenó estas estanterías o si la colección se había construido con el paso del tiempo desde la invención de la imprenta. Dudaba mucho que al espíritu del mago le gustase leer dado cómo trataba estos libros.

Cerca de su hombro un libro empezó a salir solo de la estantería. Hulda lo volvió a meter en su sitio.

—Ahora no. ¿Quieres que te ayudemos o no?

Si el mago quería que lo separaran de la casa era otra cuestión, pero Hulda todavía no había declarado su propósito donde el ente pudiera oírla. De todas formas, el libro se quedó quieto.

El señor Fernsby soltó una risita.

Ella lo miró por encima de la montura de las gafas, así que lo veía borroso.

—¿Qué?

Él pasó una página del pequeño libro que tenía en las manos y lo levantó.

—Algo llamado *Las colinas de Heather*. Parece ser un romance irlandés. —Le dio la vuelta al libro en sus manos—. A mi hermana le encantaba leer cosas así.

Cuando mencionó a su hermana apareció una chispa de incomodidad en el pecho de Hulda, como si se hubiese tragado un erizo en la punta de una brizna de hierba.

—Señor Fernsby, ¿puedo hacerle una pregunta personal?

Él la miró a los ojos, pero ella no dijo ni una palabra hasta que él asintió, dándole así su consentimiento.

—¿Por qué vivió con el señor Portendorfer? ¿No se lleva... bien con su familia?

—Oh. Ja. —Devolvió el libro a la estantería y miró hacia delante—. Sí, es eso. Política familiar, en realidad. Ya sabe. Tonterías varias. —Se dirigió hacia la puerta—. Dígame, ¿dónde está la señorita Taylor? Quería su opinión sobre un tema. Ahora volveré para seguir con —hizo un gesto circular— esto.

Y así se deslizó hacia el pasillo y evitó la conversación totalmente.

Hulda se planteó si habría sido mejor no haber preguntado.

Capítulo 15

15 de septiembre de 1846. Blaugdone Island, Rhode Island.

A la mañana siguiente, Merritt y Hulda cruzaron a gran velocidad Narragansett Bay en el bote encantado. Aunque era un poco estrecho para dos personas, llegaron bien a la costa. Desde ahí, subieron a un coche no mágico, como la mayoría, hasta Portsmouth, donde investigarían el asunto del fantasma intruso. El viaje fue de una hora.

Merritt ayudó a Hulda a bajar del coche y la guio hacia la esquina en una calle concurrida.

—Casi se me había olvidado la existencia del resto del mundo después de estar en la isla. —Con las manos metidas en los bolsillos, observó los altos edificios y las numerosas caras; percibió el olor a caballos y un aroma dulce que salía de algún horno cercano, y se fijó en las calles adoquinadas.

—Y mucho más fuera de Portsmouth. —Hulda se colocó el dobladillo de los guantes para ajustarlos a sus dedos, lo que hizo que pareciera todavía más una mujer inglesa de pega.

—Será mejor que empiece por el ayuntamiento y siga en la biblioteca local. Lo acompañaré al primero.

Merritt frunció el ceño y anduvo con ella.

—Lo dice como si no fuera a entrar.

Ella lo miró por encima de las gafas.

—Ya le dije que hoy iba a visitar el ICLEB.

—Pensaba que eso era después.

Hulda chasqueó la lengua.

—Dos pájaros de un tiro, señor Fernsby. Dudo mucho que necesite que lo lleve de la manita mientras investiga su propiedad.

Merritt sonrió.

—Señora Larkin, ¿está usted coqueteando conmigo? —La sorpresa mórbida que cubrió la cara de la mujer hizo que Merritt se riera en voz alta—. Se ha ofrecido a cogerme la mano en un sitio público...

Hulda le dio con su paraguas, que le colgaba del antebrazo.

—¡Compórtese, señor Fernsby! —dijo antes de suspirar—. Tendré que avisar a cualquier futuro remplazo que usted tiende a ser un granuja.

Merritt se tropezó con su propio pie.

—¿Remplazo? ¿Tan pronto?

Se pararon en una esquina. Un carro pasó por delante.

—Claro, señor Fernsby. Se supone que yo no soy una empleada fija. Mi especialidad es identificar y domar la magia de casas encantadas y entrenar al personal para mantenerla. Luego me voy al siguiente proyecto, donde sea que el ICLEB me asigne. Además, cuando el asunto del mago haya acabado, será cosa suya si quiere o no seguir con la rutina del ama de llaves y la criada. El ICLEB no se involucrará cuando los encantamientos ya no sean relevantes. —Su voz se volvió más grave por la decepción—. Hay currículums excelentes en los documentos que le di. —Levantó una ceja antes de cruzar la calle.

Merritt aceleró para seguirle el ritmo, aunque notó como su estómago se hundía.

—Pe-pero no quiero una nueva ama de llaves o criada ni nada de eso. Me acabo de acostumbrar a usted. ¿Quiere que repita este horrible baile otra vez?

—No recuerdo ningún baile. —Pero su labio tembló un poco, lo que era siempre una buena señal.

—Oh por favor, señora Larkin. —Llegaron a la siguiente esquina y Merritt cogió las dos manos de Hulda y se arrodilló. Sus ojos se abrieron como platos—. ¡Por favor, quédese!

Ella se soltó.

—¡Señor Fernsby! ¡La gente nos está mirando!

El completo horror que cubrió la cara de Hulda hizo que él se pusiera de pie en la acera inmediatamente.

—Supongo que no puedo avergonzarla lo suficiente para que decida quedarse, ¿verdad?

Ella lo miró de forma severa.

—Le ruego que se guarde sus tendencias gregarias para su persona —dijo—. *Supongo* que podría hablar con el ICLEB para ampliar mi estancia *temporalmente*.

Él sonrió.

—¿Entonces no ha pedido a su conocida más desagradable y cara que ataque mi casa?

Hulda dudó si sonreír o no, pero él había conseguido que casi lo hiciera.

—Obviamente eso era una exageración.

Ella reanudó la marcha, así que él la siguió.

—Eso quiere decir que somos amigos —le chinchó para molestarla y sonsacarle una sonrisa—. Creo que, dado su inevitable abandono de...

Hulda se paró de repente, lo que hizo que Merritt chocara con su hombro. Él esperaba que se girase y lo regañase, pero tenía la mirada fija en algo al otro lado de la calle, en la dirección de una relojería. Su postura era rígida y tenía la cara pálida, como si fuese a vomitar.

Merritt tocó su brazo con cuidado.

—¿Hulda?

La mujer caminó hacia atrás, casi chocándose con él, hacia un callejón estrecho entre edificios sin apartar la vista de...

Merritt no sabía de qué. Se estiró para mirar la tienda, la gente que había cerca, que pasaba por delante...

Hulda soltó un largo suspiro.

—¿Está bien? —insistió Merritt.

El ama de llaves sacudió la cabeza y se alisó la falda.

—Yo... Estoy perfectamente bien, gracias.

—¿Qué estaba mirando?

—No es nada, señor Fernsby.

—Es claramente algo. —Se puso delante de ella para bloquear tanto su vista como su camino. Los músculos de sus brazos y de su pecho se sacudieron, como si se preparase para una confrontación física.

Pero Hulda negó con la cabeza.

—No tiene que preocuparse.

La ofensa lo atravesó como una pequeña espina.

—¿Por qué no iba a preocuparme por usted?

Ella se detuvo. Lo miró. Luego volvió a mirar a lo lejos. Se colocó las gafas. Respiró hondo.

—Hulda...

—Solo pensaba que había visto a alguien—. contestó finalmente con la mirada fija al callejón—. Un antiguo jefe mío. Me ha sorprendido.

Merritt titubeó.

—¿Fue...poco amable?

Ella se mordió el labio.

—Lo cierto es que se supone que está en la cárcel.

—Oh. —Merritt se giró y volvió a mirar la calle—. Puede que solamente fuera alguien que se parecía a él...

—Sí, seguramente. —Pero no sonaba como si se lo creyera. Estaba temblando. Merritt nunca había visto que algo perturbara a Hulda antes, y vivían en una maldita casa encantada.

Ella respiró hondo.

—Creo que debería irme ya a Boston, señor Fernsby. El ayuntamiento está a tres calles en esa dirección. —Señaló.

—La acompañaré hasta el tranvía. —Dio un paso hacia la calle.

—No es necesario, pero gracias...

—Por favor. —Su voz sonaba grave y decidida. Le ofreció el brazo—. Déjeme que la acompañe hasta el tranvía.

Ella dudó un segundo antes de asentir.

—Si insiste. Puede que tarde un poco, así que no me espere despierto. —Hulda aceptó su brazo.

Merritt pensó que había oído un suave «gracias», aunque puede que solo fuera el carruaje que pasaba.

Silas Hogwood.

Hulda lo había visto.

Estuvo pensando en él a medida que el tranvía cinético seguía las vías hacia el norte, propulsado con magia casi tan antigua como el país. Era como una especie de autobús amplio sin asientos, salvo por unas pocas sillas en la parte sur. Todo el mundo se sujetaba a las barras y barandillas. Hulda estaba de pie junto a las puertas, con el bolso bajo el brazo, y se sujetaba a la barra con el otro mientras el tranvía se balanceaba hacia delante y hacia atrás, hacia delante y hacia atrás.

Silas era el propietario de Gorse End, una mansión encantada cerca de Liverpool, en Inglaterra, en la que Hulda trabajó poco después de haberse unido al ICLEB. Era un hombre carismático y un buen jefe.

También, un asesino y un ladrón.

Hulda cerró los ojos y suprimió los recuerdos de hacía casi diez años que querían subir a la superficie. Recuerdos de invitados que desaparecían, de ojos trastornados, de cuerpos consumidos, mutados, secos y arrugados como pasas viejas.

Su estómago dio un vuelco y un escalofrío atravesó su cuerpo. Silas Hogwood era uno de los magos más poderosos que conocía porque, de alguna manera, había aprendido a extraer la magia de otros. Estaba segura de que eso era lo que hacía, aunque el «cómo» era otra cuestión. Nunca pareció para nada interesado en las habilidades de Hulda, pero lo cierto es que eran insignificantes.

Se suponía que Silas Hogwood cumplía condena en la cárcel y Hulda lo sabía porque ella fue quien lo mandó allí.

«El señor Fernsby tiene razón. Seguramente era alguien de rasgos parecidos». Agarró la barra con más fuerza. «¿Por qué iba a estar libre y, además, al otro lado del Atlántico y concretamente en Portsmouth? Sé razonable, Hulda».

Pero se parecía tanto a él. Tanto. Y Hulda ya no pensaba casi en él. Estaba segura de que no había sido un juego de su mente.

Daba gracias por la intervención del señor Fernsby, aunque solo la acompañara hasta el tranvía. Todavía le temblaban un poco los dedos.

Era una suerte que fuese a visitar el ICLEB. Myra sabría qué hacer.

Hulda no parecía capaz de caminar con calma. Se apresuró a salir del tranvía, anduvo rápidamente por las calles de Boston y fue con rapidez hacia la parte de atrás del hotel Bright Bay y por las escaleras hasta las oficinas del ICLEB.

La señorita Steverus alzó la vista desde el escritorio de la recepción cuando Hulda entró de golpe.

—¡Señora Larkin! ¡Qué sorpresa! —Bajó la vista a sus notas—. No la tengo apuntada para hoy. ¿Va todo bien?

—Sí, todo bien, gracias. —Se tocó el pelo con la esperanza de que no lo tuviese muy despeinado—. ¿Está Myra? —Se dirigió hacia su oficina.

La señorita Steverus hojeó sus notas.

—No veo anotada ninguna cita…

Hulda agarró el pomo de la puerta y la abrió.

Myra, que estaba sentada en su escritorio, se sobresaltó y se llevó la mano al pecho.

—¡Hulda! ¡Por Dios, me has asustado! —Se detuvo—. ¿Qué ocurre?

Hulda cerró la puerta detrás de ella y dejó su bolso en la silla más cercana.

—Unas cuantas cosas. La primera es que un mago ha poseído Whimbrel House, y…

—¡Una posesión! No me sorprende. —Myra se dio unos toquecitos con el lápiz en el labio—. Y ¿qué le parece eso al dueño? El señor… —Sacó un registro.

—Fernsby. Parece que se está acostumbrando a la casa y a nuestra administración, pero no le entusiasman los fantasmas. —Sus pensamientos daban vueltas y procuró ordenarlos desesperadamente. Respiró profundamente por la nariz para intentar tranquilizarse. «Las cosas de una en una, Hulda»—. Quiere que le hagamos un exorcismo al espíritu. —«Deja de inquietarte».

La cara de Myra cambió.

—¿Ah sí? ¿No se le puede convencer de lo contrario?

Hulda se frotó los labios mientras lo pensaba y ordenaba sus pensamientos en una sola línea, para poder procesarlos de uno en uno.

—Él… todavía puede cambiar de opinión. Creo que le está cogiendo cariño a la casa, de momento ha rechazado a un comprador interesado.

Myra parecía un poco tensa.

—Ya veo.

—Pero estoy llevando a cabo la investigación necesaria sin importar el resultado.

—Es lo que debes hacer, sí.

Hulda asintió.

—En relación con eso, quería ver si el ICLEB tenía algo de información sobre Whimbrel House que no constara en el archivo inicial.

Los labios de su jefa se presionaron en una línea. Se levantó y caminó hacia la ventana.

—Me temo que no, eso era todo lo que pude reunir cuando nos llegó el aviso. Pero podría hacer que Sadie revisara la biblioteca de abajo para asegurarnos.

—No me importa revisarla yo misma. Me gustaría volver a la isla esta noche.

Myra movió la mano a modo de aprobación.

—¿Eso es todo? Podrías haberme mandado una nota. —Una pequeña sonrisa apareció en sus labios—. Siempre tan concienzuda. Eso es lo que te hace insustituible.

Hulda contuvo una sonrisa.

—Hay otros asuntos. —Volvió a respirar hondo—. Es que solo hemos contratado a un miembro del personal hasta ahora…

—¿Cómo se está adaptando la señorita Taylor?

—Bastante bien. Es una buena incorporación.

Myra se frotó la barbilla.

—Muy cierto. Su historia es bastante interesante, por si algún día se la quieres preguntar.

—Sí, lo haré.

—Ahora que lo pienso, ¿te acuerdas de que solicitaste un cocinero? La persona que pediste ya ha sido contratada y está de camino a Connecticut.

—Estupendo. —Hulda se quitó las gafas y se frotó el puente de la nariz—. Le preguntaré a la señorita Steverus por otros candidatos. —Fue a coger el bolso para ocupar sus manos con el asa y luego se acordó de que lo había dejado en otro lado—. Mientras gestiono lo del exorcismo, el señor Fernsby me ha pedido alargar mi estancia. No está acostumbrado a tener servicio y cree que si me voy todo se desbaratará. Si no hay nada en la cola del ICLEB, no podría hacer daño.

Myra levantó una ceja.

—Oh. No es una petición extraña. ¿Qué piensas del señor Fernsby?

—Es un personaje interesante —respondió con sinceridad—. Un poco excéntrico a veces, pero amigable. Gestiona bien el estrés. Tiene una mente creativa que a veces se queda dentro de sus historias. También es desordenado.

Myra se rio.

—Estoy segura de que eso ha sido un reto.

Hulda se quedó quieta cuando revivía los momentos en el tranvía y el callejón. «¿Por qué no iba a preocuparme por usted?».

—Pero es amable —rectificó con voz suave. Su rigidez se desvaneció un poco—. Y considerado.

Myra caminó hacia el escritorio, agarró el respaldo de la silla y se apoyó en ella.

—Eso es bueno. Claro que puedes quedarte hasta que me llegue un encargo en otro sitio.

Hulda asintió.

—Beneficiaría al cliente.

—¿Algo más? Has entrado aquí como un terremoto —dijo Myra tamborileando en el respaldo.

—Yo... —Hulda se inquietó. Cogió una silla vacía y la acercó. Se sentó. Myra la siguió e hizo lo mismo—. Tengo un problema. O puede que tenga un problema.

Myra se inclinó hacia delante preocupada.

—¿Qué?

Hulda apreció que le diera todo el tiempo que necesitara para encontrar las palabras, porque sabía que Myra podría simplemente conectar con su mente y ver los recuerdos del incidente—. Yo... Es decir, en Portsmouth, justo hace dos horas... Creo que he visto a Silas Hogwood.

Myra se sorprendió y palideció.

—¿Silas Hogwood? —dijo—. ¿De Gorse End?

—Sí —respondió Hulda juntando las manos.

Myra se apoyó en el respaldo de su silla y se cruzó de brazos. Pensó durante varios segundos.

—Eso no es posible. ¿Estás segura?

—Todo lo segura que puedo estar teniendo dos ojos. —Le explicó dónde estaba ella, dónde estaba él, qué llevaba.

Myra se pellizcó los labios. Se inclinó hacia delante. Cogió el lápiz y empezó a dar golpecitos en el escritorio con la parte roma.

—¿Me permites?

Hulda asintió y recreó la imagen en su mente lo más nítidamente posible. Aunque no pudo sentir cómo Myra entraba en sus pensamientos, sabía que estaba dentro y veía lo que Hulda había visto. Su jefa suspiró y se alejó.

—El señor Fernsby no es para nada feo —comentó.

La cara de Hulda se sonrojó.

—¡Myra, por favor!

La mujer respondió con una sonrisa incómoda y parpadeó deprisa, un efecto secundario común de utilizar la psicometría es que los otros sentidos se embotan. Toda la magia tiene sus efectos secundarios, aunque por la sangre de la mayoría de la gente corría tan poca magia que rara vez eran severos.

—Sí que se parecen, lo admito —coincidió Myra—. Pero no creo que fuera el señor Hogwood.

—¿De verdad? —Hulda entrelazó los dedos—. Hasta su forma de vestir…

—No lo ha visto en once años —insistió con suavidad—. El señor Hogwood está encerrado. Y si hubiera salido de prisión, ¿qué razón tendría para estar concretamente en Rhode Island?

Hulda se hundió en la silla.

—Eso me he dicho a mí misma. —Conocía al señor Hogwood relativamente bien, después de todo, fue su empleada durante dos años, cuando era ama de llaves a tiempo completo. Se podía saber mucho de una persona cuando se trabaja como ama de llaves. Sabía que era extremadamente ordenado y amable con las personas de su círculo, pero no le gustaba conocer gente nueva. Mantenía alas enteras de la casa para sí, porque apreciaba la privacidad..., no solo para esconder los malvados crímenes que cometía. Desde luego era un hombre de costumbres, y sus costumbres estaban en Inglaterra. Desde que lo conoció nunca dijo nada de querer dejar su hogar.

Myra asintió comprensivamente.

—Consúltalo con la almohada. Ver a un hombre con rasgos parecidos debe de haberte agitado. Esos tiempos fueron... desafortunados y te pillaron justo en medio. Ese tipo de recuerdos nunca se llega a olvidar del todo

Hulda se obligó a relajarse.

—Eso es cierto, claro. Casi desearía que pudieras sacarlos de mi mente y vivir en la bendita ignorancia.

Myra soltó una risita.

—Por desgracia eso no puedo hacerlo.

Hulda suspiró y se levantó.

—Será mejor que me vaya.

—Asegúrate de pedirle el correo a la señorita Steverus.

Hulda se quedó quieta. No solía recibir correo en el ICLEB, pero no era tan inusual.

—Gracias, Myra.

—Mantenme informada, Hulda. Por favor. —Su expresión era cariñosa.

Hulda la miró con aprecio, cogió su bolso y salió. Antes de poder preguntar, la señorita Steverus se levantó de su escritorio para hablar con ella.

—¡He sacado esto para usted! —Le entregó un sobre—. Parece importante.

—La verdad es que sí. —Le dio la vuelta en sus manos. No reconocía al remitente—. ¿Podría pedir un par de piedras de llamada?

—Ahora mismo, igualmente, tengo que ir a por unos archivos —dijo la recepcionista, que se dirigía a un pasillo contiguo hacia la sala de los archivos. Hulda se sentó en una de las sillas. Podía leer la carta antes de empezar una búsqueda inútil en la biblioteca del ICLEB. Rompió el sello y sacó el papel:

Querida señorita Hulda Larkin:

Me llamo Elijah Clarke y soy el presidente de la So-
ciedad Genealógica para el Avance de la Magia.

Hulda puso los ojos en blanco. Claro que se ponían en contacto
con ella. Aun así, siguió leyendo.

La hemos descubierto por su tatarabuela Charlotte
«Lottie» Dankworth. Como ya sabe, era una famosa vi-
dente de circo y astróloga en la costa este. ¡Nos entusias-
mó saber que tenía descendientes!
Si no conoce la SGAM, permítame que le hable de la
organización.

Hulda sabía bien lo que hacía la sociedad.

Nuestra labor es estudiar el legado particular de per-
sonas con capacidades mágicas para poder emparejarlas
y así crear uniones mágicamente beneficiosas. Creemos
que usted tiene una porción importante de los dones de
su tatarabuela, dado su pedigrí, y nos encantaría hablar
más con usted sobre el tema de propagar la magia para
las siguientes generaciones. Es un recurso bendito y ne-
cesario que se deteriora rápidamente; queremos que el
futuro se beneficie de lo que tenemos.
Por favor, envíenos una respuesta a la dirección de
abajo. Me encantaría hablar con usted de sus habilida-
des, opciones y futuro. Se le compensará por sus esfuer-
zos, claro.
La saluda atentamente y con gran esperanza,
Elijah Clarke

Hulda volvió a poner los ojos en blanco, una mala costumbre
que adquirió de pequeña y se sentía presionada para superar.
Aunque la Sociedad Genealógica para el Avance de la Magia tenía los mejores registros genealógicos del hemisferio occidental,
también era una reputada organización de matrimonios concertados. Los grupos de este tipo llevaban existiendo siglos, desde
que la humanidad se dio cuenta de que la magia no era un re-

curso ilimitado. Su misión era noble, la verdad. Sí, el mundo se beneficiaría de la continua existencia de recursos mágicos. La asociación con ella proporcionaba energía, movía el transporte público, hacía crecer los cultivos… En los sitios en los que aún existía, claro. El único problema era que solo se podía aumentar la magia en el mundo con parejas concertadas.

Aun así, es posible que Hulda se precipitara al rechazar la carta tan deprisa. Parecía algo invasivo que la rastrearan por el pedigrí de su tatarabuela, pero no era como si Hulda fuera a encontrar pareja por su cuenta. Tenía treinta y cuatro años y ni siquiera había besado a un hombre, y mucho menos coqueteado con uno. Tal vez debería escuchar a este señor Clarke mientras su cuerpo fuera capaz de crear descendencia.

—No lo sé —murmuró para sí misma—. Es solo que es tan… incómodo. —Y el proceso seguramente estuviera lleno de decepciones. No podía soportar la idea de que la emparejaran con un hombre que la mirara con asco o desprecio. Se le rompería el corazón.

—Por Dios ¿se ha muerto alguien?

Hulda se enderezó al mismo tiempo que suavizaba su expresión y dobló la carta cuando oyó la pregunta de Myra.

—Para nada. Solo estaba pensando.

—Me alegra haberte encontrado. Tengo una hora libre; ¿quieres que te ayude en la biblioteca?

Hulda sonrió.

—Sí, por favor. Gracias.

—No es molestia. —Myra se giró, pero la señorita Steverus venía hacia ellas y Hulda no tuvo tiempo de avisar a ninguna de las dos. Se chocaron y los papeles volaron por los aires.

—¡Señora Haigh! —exclamó la señorita Steverus—. ¡Lo siento mucho!

Hulda se levantó rápidamente de su silla.

—No pasa nada, vamos a recogerlo todo.

Myra se rio.

—Cualquiera pensaría que debería ser capaz de oírte venir, Sadie. —Se agachó para recoger los papeles.

Hulda hizo lo mismo, pero su mente registró un patrón extraño en la forma en que habían caído. Antes de que alguna de ellas pudiera coger el primer documento, una visión atravesó su mente.

Un lobo. Un lobo en… ¿Una biblioteca?

La señorita Steverus cogió varios y destruyó la premonición antes de que se manifestara por completo. Hulda parpadeó, tratando recordar las formas y los colores. El animal parecía grande, de color negro…, no era muy distinto al que había visto en Blaugdone Island. Pero no había muchos tipos de lobos, ¿verdad? Sus visiones eran quisquillosas, pero claras. No interpretaba sueños, lo que ella veía era lo que vería en un periodo temporal indeterminado. Pero esto resultaba muy extraño. A lo mejor si los papeles se hubieran quedado en su sitio, tendría sentido.

Entonces…, ¿qué estaba haciendo? Ah, sí, los papeles. El hecho de experimentar los efectos secundarios de ver el futuro cuando no había elegido utilizar su poder resultaba algo molesto. El olvido adoraba acompañar a la adivinación. Pero ¿qué significaba su visión? Sus premoniciones solían ser más… concisas… Y esta no era la primera vez que le mostraba un perro grande.

¿La lectura era de Myra o de la señorita Steverus?

—¿Podría pasarme ese, señora Larkin?

Volvió al presente y Hulda cogió el papel que tenía más cerca de la mano y se lo dio.

—Sí, lo siento.

Myra la miró.

—¿Has visto… algo?

Hulda negó con la cabeza.

—Nada importante. —Normalmente no lo era.

Pero después de lo que había pasado hoy, Hulda no podía estar del todo segura.

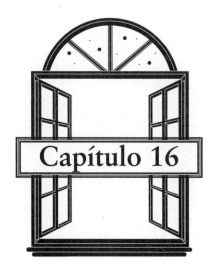

Capítulo 16

15 de septiembre de 1846. Portsmouth, Rhode Island.

La historia de Whimbrel House estaba tan escondida que le costó a Merritt dos horas encontrar lo que buscaba: incluía los registros del censo colonial, los registros de las escrituras y el registro de las muertes en los juicios de Salem, ya que estas se mencionaban en el archivo de Hulda. Aun así, se dijo que no debía ser demasiado optimista. Estos registros tan antiguos solían ser irregulares, con lagunas temporales, y Narragansett Bay solía agruparse como un todo en vez de dividirse en islas individuales, cuando se molestaban en mencionarla aparte de la propia Rhode Island.

Merritt habría considerado un éxito el trabajo del día, pero alguien que parecía oficial lo paró cuando se preparaba para irse y le dijo que no podía llevarse los registros. Si quería esa información, tendría que copiarla a mano.

Maldita sea.

—¿No tendrá una secretaria que me pueda prestar, verdad?

La persona que parecía oficial simplemente levantó una ceja y se alejó, pero miró hacia atrás para asegurarse de que Merritt no salía corriendo con los documentos. Pensó en hacerlo, pero el hombre tenía piernas largas y seguro que corría más que él. Así que suspiró, cogió un asiento junto a la ventana y dejó los papeles. Ya podía notar los calambres en los músculos del pulgar derecho.

Empezó con el censo que registraba los nombres de cualquiera que pudiera haber vivido en la casa. Los últimos cincuenta años eran bastante más claros y una ola de nostalgia se alojó en sus huesos cuando vio el nombre de su abuela. En una declaración jurada se afirmaba que la había ganado en una partida de cartas.

«Yo creía que no apostaba», pensó Merritt con el ceño fruncido. Pero ahí estaba, por escrito.

El ayuntamiento era bastante incómodo, así que Merritt abrió la ventana más cercana. Casi había llegado hasta la mitad de la lista de escrituras cuando se dio cuenta de que se había quedado observando la ciudad, viendo cómo la gente pasaba, apreciando las siluetas de la arquitectura que lo rodeaba.

Sus pensamientos flotaron de nuevo hacia Hulda. Hacia el terror que había atravesado sus ojos antes. En ese momento parecía… más joven. Vulnerable. Actuó como una persona totalmente distinta en el camino hacia el tranvía. Callada. Pensativa. Tímida.

«Un antiguo jefe». Apoyó el lápiz contra un lado de la nariz. «¿En prisión?». ¿Estaba relacionado con el ICLEB? Lo cierto era que Merritt no sabía nada de Hulda a parte de su profesión, excepto a lo mejor que tenía mala visión y era tan ordenada que pondría en evidencia a un monje. Eso lo irritaba. Quería ayudarla de alguna forma. Quería saber qué le afligía.

—Y no lo sabrás hasta que termines con esto. —Merritt miró al montón que tenía delante y suspiró. Garabateó otro nombre y otro par de fechas. Para cuando acabó con este papel, tuvo que agitar la mano para volver a sentirla. Debería aprender taquigrafía.

Cogió el siguiente papel y miró el montón con desagrado. Tendría que haberse traído a Beth. Seguro que habría cabido en el bote…, aunque probablemente solo si se hubiese sentado en su regazo. Y eso habría creado otros problemas.

Merritt gruñó mientras apoyaba la barbilla en la mano y se miraba por la ventana, se oía el lejano sonido de los cascos de los caballos flotando en la brisa otoñal. Una mujer pasó empujando un cochecito, seguida de un grupo de adolescentes con las cabezas juntas, el pelo embutido en gorros y risas en sus labios. En el sentido contrario había un hombre melancólico con los hombros encorvados, los labios curvados hacia abajo y un agujero en la rodilla de los pantalones.

A Merritt se le ocurrió una idea.

—¡Eh! ¡Eh, tú!

El hombre se detuvo y miró a su alrededor, tardó un poco en encontrar la ventana.

Merritt lo saludó.

—Necesito ayuda para escribir unas cosas y si lo hago solo no acabaré hasta medianoche. ¿Sabe escribir?

El hombre asintió dudoso.

—Le pagaré.

El hombre se lo pensó un momento. Señaló hacia delante, hacia la puerta más cercana. Merritt asintió y el tipo apareció unos minutos después en la gran sala de registros. Era mucho más alto y ancho de hombros de lo que parecía desde la ventana.

Merritt lo saludó y luego le estrechó la mano.

—Gracias, mi buen camarada. Necesito hacer copias de todo esto. —Puso el montón entre los dos mientras el desconocido se sentaba—. Merritt Fernsby. ¿Cómo se llama?

—Baptiste. —Pronunció el nombre con un marcado acento francés.

A Merritt le preocupaba haber llamado a alguien que solo sabía leer y escribir en otra lengua, así que intentó averiguar más.

—¿De dónde es, Baptiste? ¿Qué hace en Portmouth?

Baptiste inclinó el cuello hacia un lado y luego al otro, y se oyó un fuerte chasquido.

—Soy de Niza, Francia. Llevo aquí tres meses. No tenía buena suerte en casa. —Se encogió de hombros.

—Bueno —dijo Merritt aliviado—, esperemos que esto sea buena suerte. Para usted esta mitad. —Le dio varios papeles—. Y yo me quedo esta. —Sacó otro lápiz del bolsillo de su camisa—. Cuanto más rápido y claro pueda escribir, mayor será la compensación. ¿Le parece bien?

Baptiste asintió y se puso a trabajar. Su letra no era perfecta, pero sí comprensible, así que Merritt se puso a copiar sus papeles, dibujó las ramas de la genealogía y entrecerró los ojos para leer los nombres emborronados por las líneas. Iba por su tercera página cuando volvió a hablar.

—¿Cómo se gana la vida?

Baptiste no levantó la vista de su trabajo.

—Ahora no tengo nada. Todo el mundo dice que vaya al norte para trabajar, pero no quiero empleo en el ferrocarril o en las plantas de acero.

—Desde luego tiene brazos para ello.

Baptiste se encogió de hombros y le puso la raya a una «T».

—Pero tampoco quiero irme al sur. No me gusta.

—Hay mucho trabajo...

—No me gusta. —Lo dijo firmemente, así que Merritt no lo presionó. Podía deducir fácilmente por qué una persona no querría cruzar esa línea cuidadosamente dibujada que dividía los Estados Unidos.

Merritt copió otro nombre.

—¿Qué hacía en Francia?

Baptiste suspiró, como si una larga historia se hubiera desintegrado en su garganta y saliese de él ininteligible.

—Era chef.

Merritt golpeó la mesa con el lápiz, lo que hizo que el hombretón diera un brinco.

—¡No! Tiene que ser una broma.

Baptiste por fin levantó la vista con su gran frente arrugada.

—¿Ser chef es gracioso aquí?

—No, no, eso no. ¡Yo necesito un chef! —Merritt dio una palmada—. Hulda ha estado insistiéndome para que contrate uno, ¡y aquí está!

Baptiste se inclinó hacia atrás, escéptico, pero se avistaba un brillo de esperanza en sus ojos.

—¿Quién es esta mujer? ¿Su esposa?

Merritt se rio y se frotó la parte de atrás del cuello.

—Eh, no. Ella es mi ama de llaves. O más bien es el ama de llaves de otra persona, pero está organizando mi casa en su nombre..., es complicado.

Baptiste miró los documentos y luego levantó la vista otra vez.

—¿Usted necesita un chef?

Merritt sonrió.

—Baptiste, ¿cree en fantasmas?

Su frente se arrugó todavía más.

—Mmm... ¿no?

—Perfecto. —Le dio una palmada en la espalda al hombretón—. Considérese contratado.

Hulda volvió a Whimbrel House ya tarde; el pequeño bote pesquero que había contratado para llevarla a la isla la había dejado en cuanto empezó a caer el crepúsculo y las luces de los faros cobraron vida. Había suficiente luz para pasar por el helecho de uva coriácea y la rosa multiflora. Se empezaba a formar un camino en el césped que lo hacía más fácil. Hulda respiró hondo e inhaló el olor dulce de los crisantemos, dejó que la llenara y relajara la tensión del día. «Una cosa a la vez», se recordó a sí misma. «Solo preocúpate por ti misma». Tenía que repetirse ese consejo a menudo, porque muchas veces deseaba poder controlar la vida de los demás, aunque fuera solo para hacer del mundo un lugar más ordenado.

En cuanto a lo de Silas Hogwood... Haría lo que Myra le había recomendado y lo consultaría con la almohada.

Levantó su falda y subió al porche para abrir la puerta principal. Estaba abierta pero, ¿quién más iba a entrar? Y enseguida, gritó.

Había un gran hombre con apariencia de bruto en la entrada.

Él también gritó y casi se le cayó el barril que llevaba en el hombro. Antes de que Hulda pudiera decidir si pelear o huir, la señorita Taylor entró en la habitación con las manos levantadas y se acercó a ella.

—¡No se preocupe, señora Larkin! ¡Es el nuevo chef!

Hulda agarró el pomo de la puerta a la espera de que su corazón recuperara su ritmo natural. Sus ojos se movieron entre el gran hombre de pelo oscuro y la señorita Taylor.

—¡No he pedido ningún chef!

—El señor Fernsby lo ha contratado. —La señorita Taylor se acercó a ella con cautela, como si fuese un ciervo asustado—. Lo ha conocido en Portsmouth.

—¡Puedo oír que la señora Larkin está en casa! —dijo el señor Fernsby desde arriba.

El hombre dejó el barril en el suelo e hizo una pequeña reverencia.

—Me llamo Baptiste Babineaux —dijo con un fuerte acento francés. Se enderezó y miró alrededor, estaba tan rígido como la pared—. Me voy a la cocina.

Levantó el barril y se dirigió hacia el comedor. El retrato de la pared se estiró para ver cómo se iba, parecía tan curioso como Hulda.

El señor Fernby bajaba las escaleras agarrado a la barandilla con fuerza, pues los escalones se estaban redimensionando.

—¡Bienvenida a casa! ¿Ha encontrado algo útil?

Hulda agarró su bolso, dio un paso y cerró la puerta con el pie.

—Pensaba que yo estaba al cargo de las contrataciones.

—¡Tomé la iniciativa! ¿No está orgullosa? —dijo sonriendo mientras saltaba los últimos escalones—. Necesitaba ayuda para copiar información en el ayuntamiento y Baptiste necesitaba algo de dinero. ¡Resulta que es chef! ¡De Francia! ¿No es estupendo?

Hulda atravesó el pasillo de la entrada para mirar el comedor, pero el señor Babineaux ya se encontraba en la cocina. Parecía que a la casa estaba conforme con la decisión.

—Pero las habitaciones... —Ella suponía que el chef, si es que se contrataba a uno, se quedaría en su habitación cuando ella se fuera.

—Hay una nueva habitación —susurró la señorita Taylor.

—¿Qué? —preguntó Hulda incrédula.

—Una nueva habitación —repitió la doncella—. La casa le ha hecho un hueco junto a la cocina.

Hulda se quedó quieta.

—Una casa no puede crear espacios nuevos así de la nada.

La señorita Taylor se encogió de hombros.

—Nuestras habitaciones ahora son un poco más pequeñas.

Así que había *movido* el espacio. Hulda lo pensó durante un momento.

—Supongo que eso es justo. —Dirigió su atención hacia el señor Fernsby y le preguntó—: ¿lo ha entrevistado? ¿Sabe su historia?

El señor Fernsby se encogió de hombros.

—Ha hecho una sopa deliciosa para cenar. Lleva tres meses en los Estados Unidos y no era capaz de encontrar trabajo. Pensé en darle una oportunidad.

Hulda se ablandó.

—Supongo que eso es amable de su parte, señor Fernsby. Tendremos que ver qué es lo que necesita, y le haré una entrevista por la mañana.

El señor Fernsby se encogió de brazos.

—Como desee.

La señorita Taylor se disculpó y subió por las escaleras. La casa no se lo impidió.

—Tengo una lista de trabajadores de faros de la bahía que podrían haber coincidido con los antiguos propietarios, lo que nos ayudaría a acercarnos a la fecha de la construcción —dijo Hulda con una mano dentro del bolso.

—Yo también tengo una lista y he copiado todas las tablas genealógicas que he podido para ver si hay coincidencias.

Hulda se quedó quieta.

—Oh. Eso está bien. —Las instituciones mágicas siempre han apreciado el valor histórico de la genealogía, pero sus investigaciones también eran útiles para el gobierno local—. Podemos analizarlas mañana. A no ser que quieras decirnos directamente quién eres. —Hizo la pregunta al techo.

La casa no respondió. A lo mejor estaba ocupada acechando al señor Babineaux.

Mientras miraba por encima del hombro, el señor Fernsby se acercó lo justo como para susurrar:

—¿Está bien? Después del susto en Portsmouth.

Hulda empequeñeció.

—Perfectamente bien, señor Fernsby. Luego me di cuenta de que no podía ser él...

—¿Quién?

El ama de llaves lo rumió durante un momento.

—El señor Silas Hogwood. Fue mi primer cliente cuando me uní al ICLEB y acabé formando parte de su personal. —Pasó por su lado, hacia las escaleras. Era mejor que viese cómo la casa había reorganizado sus pertenencias—. Pero eso ya es el pasado.

—¿Puedo preguntar —añadió él con una vacilación que la sorprendió— por qué se le condenó?

La mano de Hulda apretó la barandilla. «Responder a eso no puede hacer daño, ¿verdad?».

—Básicamente por un mal uso de la magia. Era un hombre muy carismático y diabólico. Sus ansias de poder lo llevaron a hacer cosas innombrables.

Cuerpos retorcidos, secos y doblados como acordeones. Un brillo malvado en su mirada. Hulda sacudió las imágenes de su mente.

La mujer empezó a subir las escaleras al no recibir respuesta. Casi había llegado al final cuando Merritt la llamó.

—Señora Larkin.

Ella se giró. Él se había acercado a los escalones. La alegría habitual de su rostro había desaparecido y ahora parecía más larga y seria.

—Aquí está a salvo. Espero que lo sepa —ofreció él.

Esa seguridad se le clavó en el corazón. Asintió.

—Gracias, señor Fernsby.

Hulda caminó por el pasillo y el mago, o maga, de la casa, que al parecer la había echado de menos, hizo que cayeran ráfagas de pintura de color morado y amarillo. Entró en su habitación. No parecía que hubiera encogido mucho; la habitación del señor Babineaux debía de ser relativamente pequeña. ¿Tendría una cama o un palé en el suelo? Debería tomar nota del cambio por la mañana.

Hulda dejó el bolso en la cama y sacudió los brazos para que se relajaran los músculos. Fue hacia el pequeño espejo de forma ovalada de la pared que había traído ella y se miró en él. Se quitó las gafas, las limpió con su falda y se las volvió a poner. «Consúltalo con la almohada», se recordó a sí misma, y se dio la vuelta mientras se quitaba las horquillas de la cabeza. Había parado en un puesto callejero antes de volver a Narragansett, pero incluso en ese momento el apetito la había abandonado. Necesitaba descansar para aclararse la cabeza.

Cuando se quitó la última horquilla, Hulda se sacudió el pelo, que ya le llegaba hasta un poco más abajo de las escápulas, una longitud adecuada para ir a la moda. A Hulda no le importaba mucho su estilo, pero sí le gustaba estar presentable siempre, así que se mantenía al día con las tendencias, en la medida de lo posible. Tenía una parte del pelo lisa, otra ondulada y otra rizada por cómo se lo había recogido. Se lo echó hacia atrás en una trenza y fue a la ventana. No se veía mucho. Sin las luces de la ciudad, en la isla no había visibilidad desde la puesta del sol, la única luz de la bahía era la de los faros que ella no podía ver desde su ventana. Unos pocos rayos moribundos del crepúsculo iluminaron una golondrina que pasaba y un olmo en la distancia.

«Aquí está a salvo». La voz del señor Fernsby reverberó en sus pensamientos. Y era cierto, ¿verdad? Ni siquiera su familia sabía que estaba en medio de la nada en la costa de Rhode Island, no les había escrito todavía. Debería hacerlo... pero seguramente no debería dar detalles, al menos hasta que solucionase lo del susto de esta mañana. Cuanta menos gente pudiese ser interrogada, mejor. Además, no había necesidad de preocupar a su familia. Ahora también había dos hombres en casa, uno de ellos sabía más de lo que daba a entender y el otro era tan grande que podría unirse a la seguridad de la Casa Blanca. Aunque los hechizos adecuados podían superar a la inteligencia y al tamaño.

«¿Por qué no iba a preocuparme por usted?».

Estuvo tentada de sonreír. Algo le pinchó el corazón.

Y casi al instante, la vergüenza la abrumó.

—Oh no —murmuró. Se alejó de la ventana agitando las manos—. No, Hulda, *no* vamos a hacer esto otra vez.

Solo había sido una pequeña chispa, nada importante. Pero las chispas terminaban siendo brasas que creaban llamas, así que tenía que apagarlas *ahora*, antes de que su corazón volviera a desmoronarse en cenizas.

No solo era inapropiado enamorarse de un cliente, además Hulda... Hulda no estaba hecha para el amor. Al menos no de forma correspondida. En sus treinta y cuatro años ningún hombre, de cualquier puesto o clase, la había mirado con algo parecido a la dulzura. Y cuando se enamoraba de uno o de otro, siempre acababa sintiéndose avergonzada, con el corazón roto, o incluso las dos cosas. Se había vuelto algo insensible después de todo este tiempo, pero una pequeña parte de ella seguía emocionándose de vez en cuando y lo odiaba más que nada en el mundo, más que los calcetines junto al fregadero de la cocina. Una de las ventajas de ser consultora para el ICLEB en vez de personal fijo era que no solía quedarse el tiempo suficiente como para formar una conexión significativa.

Como hoy tenía a Silas Hogwood presente, sus pensamientos se distrajeron con Stanley Lidgett, que era el mayordomo en Gorse End. Hulda solo tenía veintiún años en esa época y todavía conservaba esperanza y seguramente también un poco de desesperación. Aunque el señor Lidgett era veinte años mayor que ella, se conservaba bien, tenía una mandíbula fuerte y trabajaba con una efectividad y una lógica que Hulda admiraba. Se acordó cómo se rizaba el pelo cada mañana como una tonta, apretaba un poco más su corsé, lo buscaba al final del día o le llevaba su tarta favorita de la cocina. Puede que el hombre supiera claramente que ella lo apreciaba y después del arresto del señor Hogwood le habló con un desprecio devastador. Es posible que supiera lo de la absorción de magia o puede que no, pero igualmente él era leal a su jefe de forma feroz y Hulda le daba asco claramente.

La llamó fea y dijo que era una rata. Lo primero ya lo había oído. Lo segundo nunca.

Hulda lloró durante todo el viaje de vuelta a los Estados Unidos.

Poco después de volver al país, escuchó cómo otro hombre que le gustaba se burlaba de su estilo en un restaurante. Fue entonces cuando aceptó su estatus de solterona. Cuando se resignó pudo concentrarse en temas más importantes, como el trabajo. Dejó de intentar ver su futuro, dejó de pellizcarse las mejillas y dejó de añadir encaje a sus vestidos.

Y le había ido muy bien sola. Pero que muy bien, la verdad. Le gustaría mucho seguir por ese camino.

Hulda se sentó en la esquina del colchón, dejó las lentes en la mesilla y reposó la cabeza sobre sus manos.

—Es bueno que tengas un cliente amable —se dijo a sí misma articulando cada palabra—. Qué suerte tienes. Y será muy bueno también que soluciones el tema del mago para que puedas seguir adelante. Haz tu trabajo, Hulda. Nadie quiere nada más de ti.

Estaba convencida de su plan así que se quitó el vestido, se lavó la cara y apagó la vela. «Consúltalo con la almohada».

Algo crujió cuando Hulda apoyó la cabeza en la almohada. Sin saber qué era, buscó y encontró un pequeño paquete que no había visto antes. Se incorporó, volvió a encender la vela y casi se puso a llorar.

Había una pequeña bolsa transparente con caramelos de limón bajo su almohada, atada con un lazo amarillo.

Y solo el señor Fernsby podía haberlo dejado ahí.

Capítulo 17

18 de septiembre de 1846. Blaugdone Island, Rhode Island.

Unos días después de contratar a Baptiste, Merritt se despertó desorientado con el sol en los ojos, se había olvidado de cerrar las cortinas la noche anterior. En su mente todavía había restos de un sueño extraño. Algo sobre un árbol gigante, cabras parlantes y que el río Misisipi era un dios, pero cuanto más intentaba reconstruirlo más se desarticulaba hasta que sintió como si estuviera tratando de beberse las nubes y no podía recordar ningún detalle.

Se frotó los ojos, se incorporó un poco y miró por la ventana.

Entonces se quedó paralizado y sin respiración.

Esta no era su ventana. Las cortinas no eran las suyas, ni la alfombra. Y esa cómoda… no era la suya, ni el espejo que había encima. Su confusión aumentó cuando vio que su vestidor estaba en la pared a su lado. Su pared, su esquina, su cesto de la ropa sucia. Pero junto a su cesto de la ropa sucia… había una parte de la pared que no era la suya. Era de color blanco cuando la suya era color crema. Y la otra mitad de la cama no era la suya. Las mantas no eran iguales y la verdad es que parecía que se habían fusionado de forma extraña con las suyas.

Pero lo más importante era la mujer que estaba durmiendo en ellas. Concretamente, Hulda Larkin.

La miró boquiabierto y una sensación de alarma lo recorrió desde sus entrañas, pasando por el esternón hasta sus extremidades. Intentó desesperadamente recordar la noche anterior...

Solo que la parte de la cama de Hulda no era de *su* cama.

Respiró con dificultad. La casa había vuelto a cambiar ¡durante la noche! ¡Cambió las habitaciones, partió la suya y la del ama de llaves y luego las fusionó!

Y no llevaba puestos los pantalones.

Su frente se cubrió de un sudor frío al mismo tiempo que se colocaba la manta en la cintura e intentaba pensar en la mejor forma de salir de ahí, que creía que era a hurtadillas, o simplemente despertar a Hulda de inmediato. Ninguna de las opciones podía terminar bien.

Se acercó más al borde del colchón y juró que iba a empezar a dormir con pantalones. Mientras sacaba los pies por el borde, volvió a mirar a Hulda para asegurarse de que seguía dormida. Y era así, seguramente, porque estaba de lado dándole la espalda a la ventana. La manta le cubría las costillas y dejaba ver las mangas transparentes de su camisón. Su pelo caía por el hombro en una trenza que casi estaba deshecha; la mayoría de sus mechones de color nuez se habían soltado y ondulaban por su cuello y la almohada. No llevaba las gafas, claro.

Nunca se había fijado en sus pestañas. Eran oscuras y largas, y se extendían por sus pómulos. Y la forma en la que el sol de la mañana entraba por la ventana..., casi parecía un ángel.

Entonces se dio cuenta de que su camisón se hundía y dejaba ver una buena cantidad de escote.

La verdad es que se lo quedó mirando más segundos de los que debería. No debería haberla mirado. Pero era un hombre y... Que Dios le ayude, Hulda iba a matarlo.

«¡No es culpa mía!». Sus pensamientos estaban hechos un remolino, pero salió rápido del colchón para coger los pantalones del día anterior y ponérselos a una velocidad sorprendente. Estaba decidido a salir a hurtadillas y decirle a Beth que tenía que despertarla ella cuando se giró y vio cómo el retrato del pasillo de la entrada estaba de pie en la alfombra y lo miraba con una sonrisa endiablada.

Merritt gritó a pleno pulmón. Hulda se levantó alarmada y solo tardó unos segundos en gritar ella también.

—¿Dónde estoy? —Le echó una mirada acusadora mientras se cubría aún más con la manta para protegerse.

Merritt intentó apisonar sus nervios y consiguió hablar.

—Parece que la casa ha decidido que iba a juntar nuestras dos habitaciones en medio de la noche. —Luego a modo de protección dijo—: Me acabo de dar cuenta.

Debía admitir que era fascinante ver cómo la cara de Hulda se oscurecía hasta llegar al rojo de una rosa de pleno verano.

Merritt se alejó.

—Yo... iré a por la señorita Taylor. —Casi tiró el retrato en su intento de huida sin estar seguro de si lo que oyó fueron las bisagras de la puerta o la humillación de Hulda.

Puede que fuera mejor para los dos que no lo supiera.

En ese momento el señor Culdwell, en Nueva York, no le parecía tan mal casero como Merritt pensaba. Él no reorganizaba sus pertenencias ni los muebles, las ventanas o las paredes cuando dormía. Dios había llenado su cupo magia para el resto de su vida.

«Más razón para seguir con el exorcismo». Untó mantequilla en un trozo de tostada. Baptiste ya había comido, había cogido la costumbre de comer antes que todos, pero eso puede ser porque se despertaba antes que cualquiera, incluida Hulda, que seguía un horario tan rígido que hasta el ejercito estaría impresionado.

Ese día, comprensiblemente, no lo fue. Llegó tarde al desayuno con los hombros tensos, la nariz levantada y con un archivo de papeles en las manos.

Merritt se levantó.

—Por favor, dígame que ha descubierto quién es nuestro mago.

Hulda se sentó en una silla.

—Me temo que no, señor Fernsby. Acabo de empezar a investigar. Pensé que le gustaría saber que la casa está arreglando el segundo piso.

Desde arriba se oyó el chasquido de la madera para apoyar su frase.

Bajo los ojos de Hulda se podía ver un poco de rubor. Merritt decidió que no diría nada más sobre el tema a parte de un «gracias», ya que supuso que las habilidades de Hulda habían convencido a la maldita casa para que se reorganizara.

—Recuérdeme por qué un mago habitaría una casa —dijo dejando su tostada a medio comer.

—Normalmente puede ser por dos razones —respondió el ama de llaves sin levantar la mirada mientras sacaba unos papeles del archivo—. Se han vinculado a ella de alguna manera o su propósito en la vida no pudo cumplirse de alguna forma importante. Pero una persona debe tener una excelente habilidad mágica para vincular su espíritu a un objeto inanimado. No lo puede hacer cualquiera, por lo que cada vez es algo más raro.

—¿Podría hacerlo usted?

Ella lo miró. Había motas verdes en sus ojos.

—No. Además, tampoco querría.

—Pero ¿y si supiera que está condenada al infierno?

Hulda suspiró como una niñera cansada.

—¿En serio, señor Fernsby?

Él se encogió de hombros.

—Yo solo pregunto. —Se inclinó hacia delante, miró sus notas del censo y cogió el papel de las fechas del mil setecientos—. Así que, si necesitamos a alguien con magia, seguramente sería alguien antiguo, antes de que la magia se diluyera.

Ella miró la hoja.

—Puede ser, pero no tiene por qué. La magia suele disminuir, pero con el linaje adecuado...

—Aumenta —siguió él.

Hulda asintió.

—¿Me permite?

Él le pasó la hoja. La analizó.

—Ojalá hubieran incluido más información, pero supongo que todavía no éramos un país propiamente dicho.

Desde arriba se escuchó cómo se rompía un cristal, pero al revés, lo que le hizo a Merritt preguntarse si Beth había bajado

166

las escaleras antes de que la casa se reorganizara. ¿Con qué lentitud se había movido la casa durante la noche para que nadie se despertara? «Astuta».

—¿El cuerpo tiene… que estar cerca? —Se frotó la carne de gallina del brazo—. El del mago, quiero decir. ¿El cuerpo tiene que estar dentro de lo que él habite?

—Dentro no, pero los espíritus no pueden viajar muy lejos. El mago debería estar bastante cerca. Incluso en la misma isla.

Merritt levantó los pies.

—No creerá que el cadáver estará bajo la tarima, ¿no? —Un escalofrío le recorrió la espalda como una araña hambrienta.

Hulda bajó el papel de golpe.

—¡Claro! ¿Hay alguna lápida cerca de la casa?

—No. Bueno… —Miró por la ventana—. Me he centrado en otras cosas y debo admitir que no he recorrido la isla entera. El césped está tan descuidado que podría haber cualquier cosa.

—Si pudiéramos encontrar tumbas —su voz sonaba entusiasmada— eso limitaría la búsqueda. Estos documentos dicen quién vivió aquí, no quien murió aquí. Muy inteligente, señor Fernsby. —Se levantó.

Merritt hizo lo mismo.

—Claro. Yo solo… quería que usted llegara a la conclusión sola.

Ella ya había salido por la puerta.

—¿Es que no vamos a terminar de desayunar? —dijo Merritt con una mueca.

Después de reclutar a Beth y a Baptiste, los cuatros salieron con Hulda a la cabeza. Merritt paró cerca de la cuerda de tender vacía para ponerse la bufanda mientras observaba la isla. «Su» isla. Seguía siendo tan extraño. Durante un tiempo, se preguntó si su abuela se la había dejado como una maldición, pero lo cierto es que el lugar había acabado siendo una aventura agradable.

Menos por la unión de su habitación y la de Hulda. Y el cuarto de baño que se encogía.

«Solo piensa en lo agradable que será cuando la casa vuelva a ser solo una casa». Su estómago se revolvió un poco cuando lo pensó. Vio que Beth y Baptiste se quedaban atrás y gritó:

—Bueno, vamos a separarnos. Estamos buscando lápidas.

Los ojos de Beth se abrieron ligeramente. Baptiste se encogió de un hombro.

—La señorita Taylor irá al este. —Esa era la zona más pequeña de la isla en comparación con la casa—. Baptiste al sur. Señora Larkin, ¿prefiere el norte o el oeste?

—Iré al oeste, señor Fernsby. La parte norte está muy pisoteada de tanto trajinar al bote.

—Solo una parte —contestó él.

Los cuatro se separaron. Beth caminaba despacio para dejar que la hierba pasara entre sus manos, y Baptiste se dirigió hacia una pequeña colina para intentar tener algo de perspectiva. Hulda avanzó en línea recta, a lo mejor porque pensaba empezar por la playa para luego volver.

Merritt empezó por la casa e iba y volvía por el césped, yendo más al norte cada vez que daba la vuelta. Los juncos se doblaban bajo sus pies y las hierbas crujían. La quinta vez que pasó por el mismo sitio asustó a un conejo de cola de algodón.

—Lo siento —se disculpó, aunque el animal se fue tan deprisa que seguro que no lo escuchó.

Chapoteó cerca de un pequeño estanque, más bien un charco grande, que estaba rodeado de juncos comunes. Seguramente no era un buen sitio para una tumba. Pero ¿había un buen sitio para enterrar un cuerpo en un pantano?

¿Qué harían si no encontraban nada?

¿Cuánto tardarían en recorrer siete hectáreas?

Había pasado ya veintisiete veces cuando le llegó una brisa del Atlántico que agitó la hierba de alrededor de sus rodillas. La forma en la que pasó por el prado hizo que pareciera un océano de color verde y dorado. Buscó por las olas para ver si había una cruz, una piedra, una rotura entre las plantas, pero no vio nada. «¿Dónde estás, mago?».

Algo en el noroeste llamó su atención. Lo ignoró y siguió yendo y viniendo, pero volvió a llamar su atención, como si alguien estuviera susurrando: «es por ahí».

Miró hacia la casa. Había varios caminos que salían desde ella, pero seguía ahí, a lo mejor los estaba observando. ¿Sabía lo que estaban haciendo?

Merritt se humedeció los labios y cambió de dirección para ir al noroeste mientras buscaba por el césped y pasaba los dedos por las briznas más altas como había hecho Beth. Una liebre lo miró con cautela desde detrás de un olmo, girando las orejas. Una hierba tan alta como su hombro se movió con la brisa.

Se golpeó la punta del zapato con una roca.

—No puede ser —dijo a la vez que separaba la hierba salvaje.

«No» era la palabra adecuada. Era solo una roca.

Merritt suspiró cuando soltó las plantas, pero cuando volvían a su sitio, vio un trozo de pizarra entre ellas.

Se acercó un poco y volvió a separar el césped.

Ahí, a la altura de su espinilla, había una roca erosionada que estaba incrustada en vertical. Los años habían suavizado las esquinas y el frontal, pero se podía ver un «7».

Sonrió.

—¡He encontrado algo!

Agarró un pedazo de césped y empezó a arrancarlo del suelo para limpiar alrededor de la piedra. Para cuando Hulda y Beth llegaron corriendo, había encontrado una segunda piedra similar, un poco más pequeña y algo separada de la primera.

Puede que Baptiste no los hubiera oído.

—Estupendo —soltó Hulda a la vez que lo ayudaba a quitar el césped. Beth dijo que había encontrado una tercera y aplastó con los pies las plantas que rodeaban las bases para obligarlas a quedarse así.

Había cuatro piedras en total: una agrupada con las dos primeras y otra que se había caído.

Hulda pasó la mano por encima de una de ellas.

—Apenas legible. Beth, ¿podría revisar la zona y ver si hay más?

Beth asintió y empezó a caminar con cuidado, acechando como un puma.

Merritt se había traído un cuaderno y un lápiz de la biblioteca; arrancó una página, la puso contra la lápida y pasó la punta del lápiz graso hacia arriba y hacia abajo en diagonal para conseguir una impresión. El «7» apareció claramente, igual que el año de nacimiento que decía «162», pero el último número se había borrado con el tiempo.

Le enseñó la impresión a Hulda.

—«O… A-C-E». Es el primer nombre. Y «M-A…E-L».

Después de arrancar un segundo papel, Merritt se lo pasó a Hulda junto con el lápiz para que hiciera lo mismo con la segunda piedra. El nombre de la familia se había conservado lo suficientemente bien en la cuarta piedra como para que pudieran leerlo bien: Mansel. Parece que todos eran Mansel.

Merritt chasqueó los dedos.

—Horace. —Señaló a los huecos entre las letras de la primera impresión—. H-O-R-A-C-E. Apuesto a que se llamaba Horace.

Hulda asintió.

—Desde luego encaja.

El nombre de la mujer no era legible, pero tras un poco de investigación y suposición, determinaron que las otras dos tumbas eran de Dorcas y Helen.

—Todo hijas —comentó Merritt—. Qué mal para el pobre Horace. No me extraña que decidiera quedarse atrás. Necesitaba un descanso de tanta energía femenina.

Hulda se rio.

—Seguro que sí. —Escribió los nombres y lo que habían podido deducir de las fechas—. Esto va a ir muy bien. Es un comienzo. La Sociedad Genealógica puede que los tenga registrados. Son muy concienzudos. Puede que los tengan incluso si estas personas no tenían magia.

La señorita Taylor volvió con las manos vacías.

—No hay más alrededor, señora Larkin.

—Bien. Eso reduce la búsqueda aún más. —Hulda se levantó y se sacudió la falda—. Creo que aun así deberíamos revisar el resto de la isla, pero hay pocas razones para desparramar a los muertos y, dada la historia de la casa, dudo que encontremos más lápidas. Aun así, es mejor que nos aseguremos.

Merritt también se levantó sin prestar atención a sus rodillas llenas de barro.

—¿Y si la Sociedad Genealógica no sabe nada? —Se puso pálido—. No tendremos que exhumar el cuerpo ¿verdad?

—Espero que no —replicó Hulda. El estómago de Merritt dio un vuelco.

—¿No podríamos preguntar a la maga cuál de ellas es? —preguntó la señorita Taylor.

—¿Y por qué iba a responder? —Hulda miró de reojo a Merritt y bajó la voz—. El señor Fernsby quiere hacerle un exorcismo.

Merritt se encogió de hombros.

—¿Y eso le sorprende?

Ella miró las impresiones y sintió una punzada de culpa.

—Supongo que no. Todavía es temprano así que puedo salir hoy para Boston. —Se levantó rápidamente y Merritt oyó como algo se desgarraba. Hulda se giró chasqueando la lengua y levantó su falda. Una parte de dobladillo se había rasgado—. Menudo inconveniente, pero no me sorprende. He arreglado esa parte dos veces ya.

Merritt cambió el peso de pie.

—¿Quiere ir a cambiarse antes de salir?

Ella descartó la idea con un movimiento rápido de la mano.

—Debería ver si puede encontrar unas piedras de llamada —sugirió la señorita Taylor—. Para que podamos comunicarnos con usted cuando esté lejos.

Hulda asintió.

—Ya las he pedido. Tendré que ver si han llegado. —Era difícil encontrar piedras nuevas por la disolución, pero no, imposible.

Merritt metió la mano en el bolsillo, y aunque se había dejado la cartera en su habitación ofreció:

—¿Necesita dinero? ¿Compañía?

Por alguna razón esa oferta hizo que Hulda se tensase.

—Para nada, señor Fernsby. Esto es para el ICLEB, ellos cubrirán los costes y estoy bastante acostumbrada a hacer las cosas sola.

Ni siquiera lo miró cuando habló, lo que hizo que recordara la conversación que tuvieron y se preguntó si dijo algo que no debía. Cuando se dio cuenta de que no fue así, decidió que Hulda debía estar irritable por las mañanas.

—Al menos la acompañaré al barco. Así podré marcar más el camino. Beth ¿podría ir a por Baptiste? Me gustaría comer lo que sea que preparó esta mañana.

Beth asintió y se dirigió hacia el sur.

Hulda agradeció salir de Rhode Island.

Tendía a darles demasiadas vueltas a las cosas. Ella sabía que lo hacía y las personas más cercanas a ella, su familia y Myra, también lo sabían. A veces lo de tener una mente que procesaba tan rápido como un barco a vapor tenía sus ventajas. Hacía que Hulda fuera productiva. Se le daba muy bien hacer malabares con las tareas y era muy buena en muchas cosas.

Pero a veces suponía una tortura, sobre todo cuando sus pensamientos se salían del reino cómodo de la lógica. Y no había nada menos lógico que las emociones.

Así que, apoyada en el lado del tranvía cinético que iba a gran velocidad hacia Boston, se dio cuenta de que estaba analizando cada interacción que había tenido con el señor Fernsby esa mañana tres veces, para asegurarse de que había sido estrictamente profesional y nada más. Cuando terminó su tercer análisis se relajó, porque estaba segura de que había mantenido una actitud decorosa.

No se había tomado ni uno de los caramelos de limón. Lo cierto es que le daba miedo hacerlo, como si fueran algún tipo de ambrosía que deformaría tanto su mente como su determinación y la transformaría de nuevo en una veinteañera desesperada.

Hulda suspiró. «Otra razón más para no leer ficción. ¿En serio, Hulda?».

Había mandado un telegrama a la Sociedad Genealógica, deberían estar esperándola. El tranvía cinético tenía una parada cerca de su oficina así que no tendría que contratar otro transporte. Debería estar emocionada por el trabajo que la esperaba porque siempre le había gustado resolver misterios. Había algo muy reconfortante en encontrar las respuestas a las preguntas para conseguir una solución. Aunque en este caso, casi temía la respuesta. Cuando consiguieran descubrir la identidad del mago, tendría que exorcizar al tipo para hacer que Whimbrel House fuese tan normal como cualquier otra casa. Claro que después de eso no habría motivo para quedarse. La señorita Taylor y ella se irían a otra casa, lo cual era algo bueno.

Hulda ignoró el desagradable peso en sus pulmones durante su caminata desde la estación hacia las calles de Boston que le eran familiares, con sus zapatos haciendo ruido contra los adoquines.

El edificio de la Sociedad Genealógica para el Avance de la Magia era impresionante, cuatro veces más grande que el hotel en el que estaban las oficinas del ICLEB. Había una gran escultura de un árbol delante y unas columnas griegas que flanqueaban unas puertas que parecían muy pesadas, lo que Hulda confirmó en cuanto empujó una de ellas para deslizarse dentro. Cuando entró, vio que el techo de la entrada era alto y había un enorme escritorio en forma de semicírculo. El hombre detrás de él parecía frágil, aunque seguramente no tenía más de cuarenta años.

Se levantó inmediatamente.

—¿Señorita Larkin?

Aquí su título de «señora» no existía.

—Sí, soy yo.

—Excelente. —Salió de detrás del escritorio—. Por aquí. El señor Clarke ha tomado el almuerzo en su oficina para poder reunirse con usted.

Hulda parpadeó sorprendida.

—Es muy amable de su parte.

Pasaron por las escaleras y siguieron un el pasillo hacia el norte, luego al este, hasta una gran oficina sin puertas. Tenía unas cuantas estanterías dentro, un escritorio de roble pesado y una gran ventana con el alfeizar completamente lleno de helechos. Había una cabeza de ciervo disecada que salía de la pared de la derecha.

El hombre al otro lado del escritorio dejó un sándwich a medio comer y se levantó. Parecía tener unos sesenta años y una nariz que sobresalía incluso más que la de Hulda, aunque la suya lo hacía en el puente y la de él se estiraba más en la punta. Tenía los ojos oscuros y el poco pelo blanco que le quedaba formaba un círculo por encima de sus orejas, unas patillas caían por sus mejillas. Su sonrisa parecía agradable mientras avanzaba hacia ella con la mano extendida.

—¿Señorita Hulda Larkin?

Ella asintió y estrechó su mano con firmeza.

—Sí, soy yo. Gracias por tomarse el tiempo para reunirse conmigo, señor Clarke, sobre todo con tan poca antelación. La verdad es que esperaba hablar con uno de sus empleados.

El presidente le indicó que se sentara y el secretario los dejó discretamente.

—El momento oportuno es el momento oportuno. Espero que haya tenido un buen viaje.

Hulda se sentó y puso el bolso en su regazo.

—Sí, ha ido muy bien.

El señor Clarke se sentó en su silla y dejó su almuerzo a un lado.

—Le agradezco mucho su respuesta. Resulta difícil encontrar mujeres con habilidades mágicas que todavía no estén comprometidas o que no sean demasiado mayores para...

—Señor Clarke. —Hulda tenía costumbre de interrumpir, pero sus mejillas ya se estaban sonrojando por lo que insinuaba y no quería que se enrojecieran más—. Creo que se confunde. En mi telegrama le comuniqué que venía para buscar el apellido Mansel.

Por suerte el señor Clarke no parecía ofendido, solo se rio.

—Ah, sí, eso me comunicó. —Alargó la mano y cogió un pequeño trozo de papel, el propio telegrama—. Esperaba que pudiéramos hablar de ambas cosas.

Hulda se enderezó todo lo que pudo en su silla, ya que a veces poner la espalda recta hacía que desapareciera el sonrojo más deprisa y había pocas cosas que detestara tanto como tener la cara roja, sobre todo delante de un hombre.

—Todavía estoy... pensando en el otro tema. Pero hoy he venido en nombre del Instituto para la Conservación de Lugares Encantados de Boston. —Abrió el bolso y sacó su lista de nombres junto con las impresiones de las lápidas—. Tengo una casa poseída en Blaugdone y necesito encontrar la identidad del mago que la habita. Estas tumbas se encontraban cerca. —Le entregó los papeles.

El señor Clarke los leyó atentamente durante varios minutos. Hulda permaneció en silencio. No le importaba estar en silencio, sobre todo cuando había que trabajar.

—Muy buen trabajo, señorita Larkin —dijo por fin—. Hace unos cincuenta años, llevamos a cabo un sondeo de municipios coloniales, con eso me refiero a mis predecesores, hasta el May-flower. —Se encogió de hombros—. Con la cabeza que tengo podrían ser cuarenta o sesenta. Y con una como la suya —dijo mientras sostenía una de las impresiones—, usted podría ser una genealogista estupenda.

Ella sonrió por el halago.

—Gracias, pero de momento estoy contenta en mi trabajo.

El señor Clarke se dispuso a recoger los papeles al tiempo que se levantaba, y Hulda hizo lo mismo.

—Entregue esto a Gifford, es el hombre que la ha recibido. Él la llevará abajo personalmente hasta los archivos que necesita. Si no están ahí, bueno, querrá decir que no he hecho bien mi trabajo.

Hulda volvió a estrecharle la mano.

—Ha sido de gran ayuda, señor Clarke.

—Gracias. Suba a verme cuando termine. —Se acercó su almuerzo—. Así puedo explicar mejor lo que mi carta no pudo.

Hulda asintió, aunque fuese solo por educación, luego salió. Sus piernas la llevaron algo más deprisa de lo que lo habían hecho antes.

En el sótano, el señor Gifford le llevó una caja con los registros de Narragansett a una mesa para ella y encendió una segunda lámpara. Hulda se apretó más el chal que llevaba en los hombros y se sentó en la única silla disponible; hacía frío en este gran espacio con olor a tierra.

—Todo debería estar ahí —dijo el secretario—. ¿Necesita ayuda?

Hulda negó con la cabeza.

—No quiero mantenerlo alejado de su puesto. Estoy acostumbrada a investigar documentos.

Dicho eso, la dejó con la caja. Hulda levantó la vela para escanear las tablas escritas a mano y asegurarse de que podría reordenar los documentos si necesitaba darle la vuelta a todo para encontrar lo que necesitaba.

Sin embargo, el señor Clarke y sus predecesores sí que habían hecho un buen trabajo y encontró la información que quería rápidamente, en una carpeta fina etiquetada como «Blaugdone, Gould, islas Hope. 1656-1750».

Hulda hojeó unos cuantos papeles delicados antes de encontrar uno en el que aparecía el apellido Mansel. Era un pergamino largo, de unos noventa centímetros, doblado en tres partes. Dejó la caja en el suelo, lo extendió en la mesa y acercó una segunda vela. Había una fecha escrita a mano con una caligrafía llamativa en la parte baja que decía que estos registros se crearon en 1793. Hulda se preguntó durante un segundo cuántas lápidas tuvo que destapar el registrador.

—Aquí estás. —Puso su dedo con una manicura impecable en el nombre de Horace Thomas Mansel. Las fechas de su nacimiento, bautismo y muerte estaban impresas bajo su nombre y después había unas pocas notas sobre el cálculo de su magia. El nombre de su esposa, Evelyn Peg Turly, estaba junto al suyo, y su información se desplegaba de la misma forma, aunque la fecha de su bautismo era desconocida. Estos registros se hicieron bastante después de la muerte de la familia, así que se estimó su potencial mágico. Debajo de Horace habían escrito «Ca14». Debajo de Evelyn estaba escrito «¿Ll6?».

«Ca» era la abreviatura de caomática, presente en la casa claramente. «Ll» era la abreviatura de llamada, lo que, de momento Hulda no había visto. Sin embargo, las interrogaciones sugerían que no estaba claro.

—Y Crisly —dijo mientras seguía la línea de la primogénita de Horace y Evelyn. Ella y sus hijos estaban enterrados en Baltimore, parece que se casó y se mudó de la isla, lo que explicaba por qué su lápida no estaba junto a las demás. «Todo hijas, sin duda».

Crisly seguramente no era la maga de la casa a pesar de sus marcadores mágicos. Baltimore estaba demasiado lejos. A no ser que los registros estuvieran equivocados y Crisly muriera y fuese enterrada en Whimbrel House. Era una posibilidad.

Las hermanas pequeñas de Crisly correspondían con las tumbas: Dorcas Catherine y Helen Eliza, quien murió a los cuatro años. También era posible que no fuera la maga que estaban buscando; normalmente la magia se manifestaba cerca de la pubertad, aunque Hulda empezó a experimentar visiones de adivinación cuando tenía diez años.

Hulda se mordió el interior del labio a medida que rastreaba el linaje hacia atrás, hasta los registros ingleses. «Aquí», pensó dando golpecitos al nombre de una tía abuela que tenía «¿Al2?» escrito bajo su nombre. Se estima un dos por ciento de alteración. La casa tenía alteración. Hulda debería intentar calcularlo ella misma y enviárselo al señor Clarke cuando acabase con esto para que pudiera actualizar sus registros. O esta mujer tenía una mayor cantidad de magia de lo que estaba registrado u otro de los ancestros de Mansel también tenía algo, aunque no se supiera o no estuviera registrado. No era raro que la magia se saltara generaciones y volviera a manifestarse más tarde, era un truco de la sangre. En cualquier caso, la magia debía de haberse originado en algún lado si su mago tenía tanta.

La magia corría por las venas de Horace y Evelyn, lo que sugería que sus hijos habrían sido más poderosos que cualquiera de los dos. Eso hizo que Hulda sospechara de Dorcas. En cualquier caso, tenía los nombres completos así que se podría hacer bien el exorcismo. Solo necesitaba comprar unos materiales.

—Lo siento —susurró a los nombres desgastados antes de doblar el papel—. Pero no es mi decisión.

Dejó la caja en la mesa, Dios la libre de catalogarla mal y que se pierda para la siguiente persona. Caminó por la oscuridad hacia las escaleras, su mente la llevó de vuelta a Portsmouth.

Sí, consultarlo con la almohada la ayudó a calmar sus nervios de cierta manera, pero ver a ese hombre, ese «doble», seguía preocupándola. Estaba en la ciudad, tenía tiempo…, podría investigar un poco a los Hogwood mientras estaba aquí. Si pudiera encontrar algo lógico que la tranquilizara… Aunque los Hogwood eran de origen inglés, la Sociedad Genealógica había importado registros de todos lados, sobre todo de Europa, así que es posible que tuvieran lo que buscaba.

Hulda volvió a las estanterías con su lámpara. Cuando buscaba entre los nombres notaba sus pies pesados, como si cada letra que leía se le clavara en la cabeza, como si estuviera cubierta de alquitrán. Al final paró en la caja que quería, pero en vez de llevarla a la mesa, rebuscó en ella ahí mismo. Suspiró cuando encontró el linaje correcto, un tatara tatara no sé qué había emigrado a los Estados Unidos en 1745 y se trajo los archivos.

La familia Hogwood tenía un linaje extenso, su árbol genealógico era mucho más grande que el los Mansel, así que la letra era más pequeña y compacta. Por suerte, solo necesitaba bajar la mirada hasta los últimos cincuenta años para encontrar su nombre: «Silas Hogwood». Tenía un hermano del que nunca había oído hablar y el linaje mágico de la familia estaba bien documentado, no le faltaba ni una pizca de información.

«C12, N24, Al6, Ca6». Hechizos de cinética, nigromancia, alteración y caomática eran inherentes al linaje y cabía la posibilidad de que tuviera un poco de adivinación. Una gran cantidad de magia para una persona, seguramente resultado de matrimonios concertados. El pedigrí de su madre estaba claramente centrado en la nigromancia.

Hulda se estremeció. Un hombre que nació con tanto poder y consiguió incluso más por el ingenioso robo de las habilidades de otros... ¿Cómo lo había averiguado? Pero seguro que el agente destruyó todas sus baterías.

Volvió a cerrar la tabla. Esto la había inquietado más, no había tranquilizado sus sospechas. Como si ver el nombre de Silas Hogwood escrito en papiro lo hiciera más real. Volvió a meter los archivos en la caja y la devolvió a la estantería, enderezó la espalda tanto que casi se hizo daño y se fue. Si fingía confianza lo suficiente, se lo acabaría creyendo. Con el tiempo.

Arriba le dio las gracias al señor Gifford y se fue hacia las puertas, y justo cuando estaba a punto de escapar, escuchó que el señor Clarke la llamaba.

—¡Señorita Larkin!

Se dio la vuelta educadamente cerca de la estatua del árbol en una pequeña sombra que proyectaban las hojas de cobre.

—Señor Clarke. He encontrado lo que necesitaba. Gracias por sus servicios.

El señor Clarke fue a tocar la punta de su sombrero para inclinarlo hacia ella, pero se dio cuenta de que no lo llevaba.

—¡Sin problema! Espero todavía que utilice nuestros otros servicios, por supuesto.

Hulda se tocó la parte de atrás del cuello con sus dedos fríos y se aseguró de que sus rasgos estuvieran bien contenidos.

—Es usted una persona muy directa.

Él se rio.

—En este tipo de trabajo hay que serlo. Tengo más hombres disponibles que mujeres, señorita Larkin. Tiene una buena y larga lista para elegir.

A pesar de sus esfuerzos, el rubor empezó a crepitar en su cuello.

—Creo que el matrimonio debe ser un esfuerzo muto.

—Claro, claro. Pero esto es para la mejora de la sociedad. Parece usted una mujer capaz. Se me ocurren dos... o a lo mejor tres que podrían adaptarse a su estilo de vida si les da una oportunidad. Bueno, supongo que depende de sus preferencias en cuando a la edad.

El rubor avanzó hasta su mandíbula, pero se obligó a suavizar su tono de voz.

—Eso es un poco personal.

—Piénselo, señorita Larkin —le suplicó—. Yo no tengo ni una pizca de magia, aunque me gustaría tenerla. A usted le gusta la suya, ¿verdad?

La pregunta hizo que se detuviera. Tan directa e inesperada.

—Pues... sí. Ha resultado serme muy útil. —Fue lo que la advirtió sobre Silas Hogwood, entre otras cosas.

—¿No querría que sus hijos tuvieran el mismo don? ¿O que incluso tuvieran más? —Se frotó las manos—. Piense en cuánto podríamos hacer si hubiera más gente con habilidades mágicas en este país. Tendríamos más tranvías cinéticos y energía sostenible, cultivos más sanos, futuros mejor, mentes más calmadas, más...

—Lo ha dejado claro —le aseguró Hulda—. Lo... pensaré.

El señor Clarke asintió.

179

—Escríbame y le daré la información de esos pretendientes que le he mencionado.

La palabra «pretendiente» hizo que le diera un vuelco el estómago.

—Gracias, señor Clarke.

Le dio otro apretón de manos y ella volvió al refugio que le suponía la calle. Se iría directa a la oficina de correos. Necesitaba buscar unos nombres y unas direcciones, y mientras estuviera allí escribiría a unos cuantos policías y al alcaide de Lancaster Castle, la prisión en la que Silas Hogwood estaba encerrado. Con suerte, recibiría la confirmación del alcaide de que Silas Hogwood seguía entre rejas. Que todas sus preocupaciones, de nuevo, eran creación de su mente hiperactiva.

Eso y también necesitaba pedir al menos un nuevo vestido.

Cuando miró a la calle para asegurarse de que era seguro cruzar, pensó que había visto al señor Fletcher Portendorfer girar la esquina, pero se fue tan deprisa que no pudo estar segura.

Capítulo 18

18 de septiembre de 1846. Blaugdone Island, Rhode Island.

Cuando Hulda volvió, Merritt se acercó a ella de mal humor con una pequeña rueda en las manos.

Ella se detuvo en el pasillo de la entrada con un bolso más colgado de su hombro.

—¿Qué es eso?

Merritt cogió aire. Había tenido unas horas para asimilar la transformación, que lo había llevado desde la ira salvaje hasta la tristeza. Tanto Beth como Baptiste estaban manteniendo las distancias.

—Esto es mi manuscrito. ¡Mire lo que la casa le ha hecho!

Hulda dejó los bolsos en el suelo y cogió la rueda de sus manos y la acercó a una de las velas que Beth había encendido. El sol todavía no se había puesto, aunque casi era hora.

—Interesante.

—¿Interesante? —Merritt se agarró un puñado de pelo—. ¡Esto es el trabajo de un mes!

Ella le devolvió la rueda.

—Lo siento mucho por usted. Con suerte la casa cambiará de opinión.

Pensó que sus rodillas iban a ceder.

—¿Puede arreglarlo? ¿Podría intimidar a la casa como hizo antes? —Miró las bolsas y se puso recto con un brillo de entusiasmo—. ¿Lo ha encontrado?

Hulda no parecía contenta cuando asintió.

—Así es. Creo que la bruja es Dorcas Catherine Mansel. —Fue a por su nuevo bolso mientras explicaba brevemente la lógica de los hermanos, cosa que Merritt pudo seguir casi al completo—. He traído todo lo que necesitaremos para el exorcismo, si es que me quiere ayudar con la sal.

—¿Sal? —Merritt miró la bolsa de la que Hulda sacaba un paquete pesado de ella—. ¿Y qué pasa con el agua bendita?

—No es ese tipo de exorcismo, señor Fernsby, pero sí que necesito que los cimientos estén rodeados de sal. Es mejor hacerlo cuando todavía haya luz.

—¿Y mi manuscrito?

Ella miró a la rueda.

—Estoy segura de que un poco de provocación ayudará.

Merritt asintió despacio y salió mirando al cielo teñido de morado y el pequeño resto de dorado del oeste. Era hermoso, ¿verdad? Hectáreas infinitas de tierra que el hombre no había tocado, acunadas por el aire del océano y extendidas bajo un cielo perfecto. Tendría que escribir algo así en su libro.

Pensar en su libro hacía que volviera a hundírsele el corazón, así que abrió el paquete de sal para ponerse manos a la obra y casi pisó un ratón. Acababa de regar las plantas de la terraza acristalada, no podía dejárselo todo a Beth si quería mantener algo de independencia, y subió para terminar una escena sobre la que estuvo reflexionando toda la mañana. Ahí, en su escritorio, estaba esta maldita rueda que era demasiado pequeña para utilizarse. Tan solo la resma no se había visto afectada por el hechizo. Se atragantó con su propia respiración mientras buscaba nervioso el manuscrito, como si él o los otros lo hubieran cambiado de sitio. Pero la bruja de la casa, Dorcas, tenía magia de alteración y la había usado en su libro. Si le hacían un exorcismo, nunca le devolvería el libro.

Nunca sería capaz de volver a escribirlo igual. No era posible. Solo tenía un resumen general..., y le dieron nauseas cuando pensó en volver a escribirlo desde cero. Ya había redactado esa parte de la historia. ¡Sería una tortura hacerlo de nuevo!

Estuvo paseando sin parar, esperando a que Hulda volviera. Si alguien podía engatusar a la casa para que le hiciese caso, era ella. Aun así no parecía muy interesada en intentarlo.

Le molestaba la idea de desencantar la casa y él lo sabía.

«¿Me estoy equivocando?».

Pero era su casa. No podía vivir con retratos que lo seguían o que su sustento se convirtiera en objetos inanimados al azar. Tampoco quería volver a un apartamento estrecho en la ciudad. Le gustaba esto. Los cerezos y las aves de la costa empezaban a reconfortarlo. Incluso el personal empezaba a parecer, bueno, un tipo extraño de... familia. Y él no había tenido una familia en mucho tiempo.

Pero estaba a punto de perderlos también, ¿verdad? A todos menos a Baptiste...

Terminó con la sal, había usado toda la bolsa, y volvió dentro con el sol que se hundía más allá del horizonte. Beth y Baptiste se quedaron en el salón y miraban a Hulda trabajar. Había puesto once piedras que representaban las once magias. Los ojos de Merritt iban desde el heliotropo hacia la turquesa, hasta una morada que había cerca de su pie.

—¿Para qué es la amatista? —preguntó. No la había tocado porque sabía que a Hulda no le gustaría que interrumpiera su trabajo—. ¿Para la invocación?

Hulda paró y lo miró sorprendida de que supiera para qué eran las piedras. Bueno, con magia o sin ella, no había crecido en una cueva.

—Para la adivinación, en realidad.

Él asintió.

Hulda hizo un gesto para que se acercaran todos, y se dio cuenta de que la odiosa rueda ahora estaba en el suelo del comedor.

—¿El fantasma va a... salir? ¿Debería irme? —Murmuró Baptiste.

—Si fuese peligrosa, Hulda nos lo habría dicho —le tranquilizó Merritt. A no ser que Hulda estuviera más frustrada con él de lo que pensaba. Pero seguro que no se arriesgaría a que le pasara algo a Beth.

Sacó una hoja de papel.

—Esto es un hechizo de alteración y protección. El primero hará que la bruja no pueda habitar la casa y el segundo será para contrarrestar los hechizos que la bruja utilizó para vincularse. Primero lo haré para Dorcas y si no funciona lo haré para Crisly.

—Pero… —Merritt dudó—. Usted no tiene hechizos de alteración ni de protección, ¿verdad?

—Es cierto. Pero estos hechizos los prepararon magos con esos dones.

Detrás de Merritt se oyó un ligero chasquido. Se giró y vio su manuscrito en el suelo, donde antes estaba la rueda. La euforia lo llenó desde los pies hasta la cabeza al recogerlo y hojeó las páginas para comprobar si estaba todo. No faltaba nada.

—Oh, Dios bendito. —Abrazó el libro—. ¡Mire, señora Larkin! ¡La casa me lo ha devuelto!

Ella asintió con tristeza.

—Seguramente porque el espíritu no quiere irse.

Merritt hizo una mueca.

—Vaya, eso sí que es un clavo en la fuente revigorizada de mi alegría.

Sorprendentemente, Hulda sonrió. Era una pequeña sonrisa sin enseñar los dientes, pero estaba ahí.

—Buena metáfora, señor Fernsby. Debería ser escritor.

Hulda volvió a los hechizos y las entrañas de Merritt se tensaron.

Pasó muy deprisa, Merritt se había imaginado algo largo y tedioso, lleno de sombras, cantos guturales y salpicaduras constantes de agua bendita, pero Hulda leyó los hechizos en voz baja y con rapidez. Las piedras siguieron en su sitio, las velas ardieron de forma constante y la casa ni siquiera crujió.

Hulda dejó el papel en los escalones.

—No es Dorcas. —Frunció el ceño y sacó otro papel idéntico de su bolso. Había un set de hechizos para cada exorcismo.

Beth cambió el peso del cuerpo y el suelo crujió.

—Ha sido estupendo trabajar con usted, señor Fernsby.

Sus entrañas se tensaron todavía más.

El salón se oscureció.

—Señora Larkin... —Empezó a decir, pero no lo dijo lo suficientemente alto para que ella lo oyera.

Recitó el hechizo utilizando el nombre completo: Crisly Stephanie Mansel.

Y... no ocurrió nada.

Merritt se sentía raro por dentro. La ansiedad le crecía desde el ombligo, su pecho estaba tenso y aun así... el alivio relajó sus hombros.

Hulda sacudió la cabeza.

—No... No lo entiendo. No podían haber sido los padres. No tenían la... mezcla adecuada.

—A lo mejor sí que es la más pequeña —dijo Beth.

Hulda suspiró.

—Por suerte compré suficiente para probar. —Sacó una tercera hoja. Recitó el hechizo de nuevo, pero esta vez para Helen Eliza Mansel.

No ocurrió nada.

—¡Sé que estas piedras funcionan! —Hulda dio un pisotón y dejó su sitio para comprobar las rocas.

Merritt se atrevió a dar un paso hacia el pasillo de la entrada.

—¿Puede que se le haya olvidado algo?

—A mí no se me olvida nada, señor Fernsby. —Acabó de recorrer la habitación con las manos en las caderas—. No lo entiendo. Tendremos que buscar más tumbas. Si no son los hijos, debe de ser otra persona.

Hulda no se iba a dar por vencida así que lo intentó una vez más, con Horace Thomas Mansel y luego con Evelyn Peg Turly. Ambos fueron igual de decepcionantes que los tres primeros.

Baptiste refunfuñó.

—Qué pena —dijo Beth.

Merritt se encogió de hombros.

—Supongo que todo tendrá que ser igual de anormal una noche más. Beth, Baptiste, pueden retirarse por hoy. Con suerte se despertarán donde se acostaron y el techo no goteará.

Beth hizo una pequeña reverencia. Baptiste miró alrededor con curiosidad antes de irse arrastrando los pies hacia las sombras.

Cuando ya no estuvieron en la habitación, Merritt se giró hacia Hulda.

—El venado le sale espectacular. Es una pena que se lo perdiera. —Vio unas líneas profundas en la frente de ella—. Siento que haya tenido que hacer el viaje.

Hulda le quitó importancia a la disculpa.

—Me habría alegrado del fracaso si no pareciese tan ilógico —dijo, sorprendida por su sinceridad, y se aclaró la garganta—. Bueno, dado que mi estancia se va a extender, le daré esto. —Se dirigió hacia su bolso de siempre, en el que guardaba todos los trucos, y sacó dos piedras de selenita del tamaño de los puños de Merritt. Tenían el mismo sello oscuro de tres líneas curvadas que se ensanchaban y apuntaban a la derecha. O a la izquierda, depende de cómo las cojas.

—¿Son piedras de llamada? —Había oído hablar de ellas, fueron bastante útiles durante la revolución, pero nunca las había utilizado.

—Sí. Y son caras, así que por favor trátelas con cuidado. Cuando me vaya tendré que devolverlas al ICLEB. Esto nos será útil si necesitamos hablar mientras estemos lejos. Ponga la palma en el sello durante unos tres segundos antes de hablar, luego quítela. —Miró al pasillo de la entrada con la misma cara que un padre disgustado miraría a un hijo—. No las necesitaríamos si esto hubiese funcionado.

Se pasó la piedra de una mano a la otra.

—No es culpa suya.

Hulda resopló.

—Es solo culpa mía. —Se quedó quieta—. Es raro que me equivoque.

—Pero... —le dio suavemente con el codo— ahora podrá quedarse lo suficiente para probar el venado que hace Baptiste.

Ella se alejó y cuando las sombras cambiaron se vio que sus mejillas se habían sonrojado. Como no quería incomodarla, Merritt se guardó la pierda.

—Si me disculpa, tengo que terminar una escena —dijo él.

Cogió el manuscrito, se lo colocó debajo del brazo y subió las escaleras.

No estaba seguro de cuánto tiempo se querría quedar el mago porque el techo le goteó encima todo el camino hasta su despacho.

Después del desayuno de la mañana siguiente, Beth y Baptiste fueron a buscar más lápidas, así que Merritt se puso a escribir una carta para su editor y Hulda organizó... lo que sea que las amas de llaves organicen. Merritt empezó a temer que se aburriera en Whimbrel House, porque era de las residencias más pequeñas que le habían asignado. Eso hizo que Merritt se imaginara cómo sería tener una nueva ama de llaves. Pensó a la señora Culdwell de su antiguo apartamento y le dio un escalofrío. Aunque es cierto que, si la casa fuese solo una casa, no necesitaría personal para nada. Solo habría que limpiar sus cosas, cocinar para él...

Vivir solo era algo estimulante. Sin... normas, por así decirlo. Merritt podría lavar sus calcetines donde quisiera. Podría trabajar de noche y dormir todo el día. Podría caminar por el pasillo y hablar consigo mismo en voz alta, lo que no solo lo ayudaba a crear historias, sino que también lo ayudaba a entender sus propias fantasías. Poder hablar en voz alta con alguien que tenía sus mismas opiniones era maravilloso para el alma.

Pero había algo triste en las habitaciones vacías y eso era mucho más fácil de ignorar en un apartamento pequeño. Un hombre soltero se sentiría muy solo en Whimbrel House y temía que, si su camino se separaba del de Hulda, Beth y Baptiste, puede que no volviera a verlos. Ese sentimiento le provocó un pinchazo amargo en el pecho que le recordaba las cicatrices que ya tenía ahí y que no estaban del todo curadas.

Cuando escribió la dirección en la carta y la cerró, Merritt se paró a escuchar por si oía a alguien, pero no fue el caso. Miró por la ventana y vio la sombra de Baptiste en la distancia. Se fue hacia el pasillo para asomarse a otra ventana y vio a Hulda con botas y sombrero, preparada para llevar a cabo su «especialidad». Seguramente se agotaría buscando más tumbas. A lo mejor el tipo que buscaban estaba debajo del parqué, aunque no hubiese visto señales de que hubiera un cuerpo cuando estuvo bajo la casa.

Miró el suelo con cautela antes de bajar las escaleras. Cuando iba por la mitad, de repente los escalones se plegaron y bajó como por un tobogán gigante hasta la entrada. Se deslizó, se tambaleó y se cayó de culo con fuerza.

—Supongo que debería agradecerte que no lo hayas hecho delante de nadie —murmuró con cara de dolor.

Los escalones volvieron a la normalidad.

Merritt se frotó la rabadilla al salir y rápidamente se olvidó de sus preocupaciones por la casa. El tiempo era completamente perfecto. Un día rojizo de otoño. Las hojas de los olmos estaban cambiando a dorado y el rojo de los alces brillaba. El sol estaba alto, había pocas nubes y el cielo era de un color cerúleo milagroso, no creía que ningún pintor pudiera recrear ni en sueños. La temperatura era perfecta para no llevar chaqueta, aunque cuando empezase a moverse sí que sentiría calor.

Merritt no tenía un destino en mente cuando empezó a caminar, primero fue hacia el sendero que llevaba al bote, después hacia los cerezos y dio vueltas por los cúmulos de margaritas amarillas. Escuchó el golpe seco de una liebre cerca de unas quinuas, como las llamaba Beth, pero no vio al animal. Empezó a caminar con cuidado por las partes en las que el césped era más fino a causa de la tierra suelta por la lluvia de anoche. Una dulce brisa acarició su pelo como si quisiera decirle que tenía que peinárselo. Llevaba susurros de sal y Merritt la inhaló para llenar sus pulmones de su olor marino.

La brisa pasó, hizo crujir el césped y los arbustos que llenaron su mente con imágenes de las tumbas de los Mansel. En su cabeza vio las fachadas desgastadas y las esquinas rotas. Sintió el peso de cada piedra en sus manos. Pudo saborear su antigüedad. Sus pies cambiaron de dirección ellos solos hasta que se encontró donde Hulda, Beth y él despejaron el césped.

Parecía que los Mansel lo miraban con desagrado. Como si tampoco fuese los suficientemente bueno para ellos.

Se agachó delante de ellos con las manos en las rodillas.

—¿Bueno? ¿Quién es entonces? Me gustaría veros a vosotros intentando deducirlo.

Las tumbas no respondieron.

Merritt frunció el ceño y se echó un poco para atrás.

—Lo siento, seguramente os esté pisando la cabeza o algo.

Su mirada pasó de Horace a Evelyn, Dorcas y por último a Helen.

«Mira».

Sintió que algo tiraba de él hacia el sur. Contuvo la respiración ante esta extraña y sutil sensación, se levantó y se dirigió hacia allí. Miró por las hierbas inalteradas y pisó el tallo de una campanilla azul.

Separó el césped de un lado y luego del otro. Dio un paso y lo volvió a separar. Otro paso y separó. Vio un destello gris contra la tierra.

Se volvió a agachar para que sus rodillas mantuvieran la flora a raya y pasó la mano por la piedra sin marcar. Era pequeña, como del tamaño de su cabeza. Modesta, simple y plana.

La agarró con las manos y la levantó. Un ciempiés se retorció en el hueco junto con unos escarabajos.

Merritt limpió un poco de tierra que permanecía en la base de la roca y vio una «O» grabada que casi había desaparecido.

Su pulso se aceleró. Se arrodilló para mantener el equilibrio y frotó la mano contra la piedra para descubrir la fecha de nacimiento que se había partido por la mitad y solo se veía lo que parecía ser un seis. Cogió un poco de césped y con cuidado empezó a quitar parte de la mugre y limpió las marcas con los dedos para poder leer lo que el tiempo había desgastado.

¿O.W.E.L? No, «I». Y acababa en «N». Era un nombre galés. Owein.

Merritt pasó el pulgar por la fecha de la muerte. Owein Mansel. Fallecido a los doce años, antes que dos de sus hermanas y sus padres.

«No lo entiendo. No podían haber sido los padres. No tenían la… mezcla adecuada».

«No», pensó Merritt. «Los padres no». Levantó los dedos y contó. Uno, Crisly. Dos, Dorcas. Y tres, la más joven, Helen.

Miró la fecha desgastada. No era la más joven.

Era Owein. Nació después de Helen, aunque vivió ocho años más.

Merritt supo en sus entrañas que él era el mago. Su piedra se había caído, pero su cuerpo estaría descansando junto a su familia en un lugar sin marca.

Volvió a mirar hacia las otras tumbas y un sentimiento de angustia empezó a pesarle en el pecho. Sus manos se aferraron a la piedra. «Te separaron de tu familia, ¿verdad?».

Igual que a él.

No le extrañaba que el espíritu se aferrara a la casa. Había muerto joven, tan joven, y no quería perder a su familia. Tenía tanto que dar… y se debió de llevar gran parte de las habilidades mágicas de sus ancestros, por los hechizos que podía lanzar. Ahora que lo pensaba, las travesuras de Whimbrel House se parecían mucho a lo que haría un niño de doce años.

¡Normal que se enfadara cuando Merritt llegó! Llevaba solo tanto tiempo… Seguramente estaba deprimido, herido y enfadado. Dios sabía que Merritt se había sentido igual. Incluso los investigadores lo separaron de su familia, si hubieran sabido de su existencia, habría aparecido en el árbol familiar que Hulda encontró.

Merritt se levantó y fue hacia donde estaban las hermanas en fila y con cuidado puso la lápida de Owein junto a la de Helen.

No se fue. Se sentó ahí en la tierra y miró la lápida desgastada, más pequeña que el resto. ¿Cuándo tiempo llevaba fuera de sitio? ¿Cuánto tiempo llevaba bocabajo en el barro?

Owein solo era un niño pequeño enfadado que intentaba seguir adelante. Intentaba recordar lo que era formar parte de algo.

Después de un tiempo, unos pasos se acercaron haciendo crujir la hierba.

—¿Señor Fernsby? —preguntó Hulda—. ¿Está enfermo?

—Lo he encontrado. —Su voz se oía un poco por encima del canto de los gorriones. Señaló a la piedra—. Estaba del revés, ahí.

Hulda se quedó sin aliento y fue hacia él para agacharse a leer ella misma la piedra.

—¿O…? ¿Owen?

—Owein. Owein Mansel.

—¡Increíble! —gritó—. *Sabía* que tenía que ser uno de los hijos. Por suerte tengo otras dos hojas de hechizos. Puedo preparar…

—Déjelo. —Merritt se frotó las manos para quitarse el barro seco. Luego se levantó, la sangre volvió a circular por sus piernas y se fue hacia la casa.

Después de un momento, Hulda se apresuró hasta alcanzarlo.

—Señor Fernsby, ¿que lo deje?

Merritt hizo un gesto hacia… nada en concreto.

—Es solo un niño.

Hulda vaciló.

—Su espíritu tiene siglos.

—Cierto. —Dio un paso para no pisar un tronco podrido—. Pero entiendo al chaval.

Pasaron varios segundos antes de que Hulda lo repitiera con suavidad.

—¿Lo entiende?

Él asintió.

—Entiendo por qué quería quedarse… Se fue demasiado pronto. Puede que se pusiera enfermo. ¿Quién sabe? —Metió las manos en los bolsillos—. Pero lo separaron de su familia antes de que estuviera preparado. Si es que alguien puede estar preparado para eso. Igual que yo.

Hulda dejó de andar.

—Merritt… —empezó a decir.

Él se detuvo en seco y se giró, los separaban tres pasos. ¿Se había dado cuenta de que había utilizado su nombre de pila? En cualquier otro momento eso le habría gustado.

Ella le había preguntado antes por su historia, ¿verdad? Merritt se sentía extrañamente sentimental. No era él mismo y por esa razón había hablado del tema.

—Tenía dieciocho años cuando mi padre me desheredó. Dejé a una chica embarazada. O creí haberlo hecho.

Los ojos de Hulda se abrieron.

Se frotó la parte de atrás de la cabeza y se le escapó una risita nerviosa.

—Vaya, nunca he contado esta historia. Suena tan raro decirlo en voz alta.

Ella tragó saliva.

—No tiene que hacerlo.

—Pero quiere saberlo, ¿verdad? —Miró más allá, hacia la tumba de Owein, ya cubierta por el césped—. La amaba. Me dejé llevar. Mi padre estaba tan furioso conmigo. Siempre lo estaba, más que con mis hermanas. Nunca entendí por qué. Me desheredó en ese mismo instante. Me prohibió volver a casa, hablar con mi madre... —Sintió que un nudo se le formaba en la garganta y tosió para aclararla.

—Pero iba a cumplir con mi deber, con su ayuda o sin ella. —Miró al este del horizonte—. Conseguí un trabajo, hasta compré un anillo. No era bonito, la verdad, pero ella parecía feliz de llevarlo. Y luego, una mañana, desapareció. Sus padres me dijeron que se había ido al conservatorio. Eso y que no estaba embarazada. Solo fue un susto. Se negaron a decirme dónde se estaba. Nunca les gusté.

Hulda no respondió. No esperaba que lo hiciera. ¿Cómo reacciona uno a algo así? A enterarse de que alguien es tan desgraciado que su amor adolescente lo dejó sin decir una palabra.

—Owein se queda —dijo sin atreverse a mirarla y luego se fue solo a la casa con el viento revolviendo su pelo y los zarapitos graznando por su llegada.

Capítulo 19

20 de septiembre de 1846. Blaugdone Island, Rhode Island.

Hulda ya debería estar levantada. Siempre trataba de ser la primera en pie en cualquiera de las casas en las que vivía. No tenía sentido desaprovechar la luz del día o no estar disponible cuando se la necesitaba, pero esa mañana su colchón parecía más mullido de lo normal, sus mantas estaban más calentitas, y sus pensamientos eran particularmente insistentes.

Estaba contenta de que la casa y el mago, ¡el pequeño Owein!, quedaran intactos. Y también sentía que Whimbrel House estaba contenta con la situación. Pero esa victoria se mezcló con la confesión de Merritt, el señor Fernsby. Sus palabras se deslizaron por su mente el resto del día anterior e incluso se clavaron en sus sueños.

El señor Fernsby se esfumó, inmerso en su trabajo y evitó al personal.

«Lo separaron de su familia... Igual que a mí».

Hulda se dio la vuelta al otro lado y se apartó un mechón de pelo de la cara con un soplido. Ella solo veía a sus padres y hermanos una vez al año, normalmente durante la Navidad. Su agenda estaba demasiado apretada como para ir más a menudo. Pero siempre tenía un hueco ahí. No podía imaginarse separarse de ellos para siempre.

La reacción del padre del señor Fernsby parecía... excesiva. Mucha gente veía mal las relaciones prematrimoniales. Pero ¿desheredarlo por completo? ¿Separarlo de su madre y sus hermanos? Suponía que con dieciocho ya era suficientemente mayor... Pero era un pensamiento incómodo. A lo mejor eran católicos estrictos o cuáqueros, aunque el señor Fernsby no parecía religioso.

Su mente volvió al pantano fuera de la casa. La cara que puso..., estaba sonriendo, pero había una profunda tristeza en sus ojos. Como si se mirara la parte más profunda del océano o a través de un fantasma.

«Trece años». Esto pasó hace trece años. Casi la mitad de la vida del señor Fernsby. Era mucho tiempo para expiar un error y no era un hombre derrochador. Se acordó de cuando preguntó por los licores durante la visita del señor Portendorfer. «Evito aquello que pueda meterme en problemas».

Las palabras de un hombre penitente, o eso pensaba ella. Estaba claro que intentaba tener cuidado.

Hulda volvió a darse la vuelta en la cama y se quedó mirando a las finas líneas del techo. Solía juzgar a los demás, como le había dicho su hermana alguna vez. Si era sincera, no le gustaba la gente que se saltaba las reglas, los rufianes, bromistas y similares. Aun así, no podía obligarse a juzgar a Merritt Fernsby. Tenía pinta de ser un poco canalla, sí, pero era amable. Un caballero en realidad. Un caballero herido por el arrepentimiento.

Hulda suspiró. «¿Cuánto te rompió el corazón?». Seguro que la pérdida de un amor verdadero, alguien con quien compartiste algo y que no era solo una fantasía, debió de ser devastador. Tenía intenciones de casarse con ella. Esa mujer podría haber sido la señora de Whimbrel House. Hulda estaría bajo sus órdenes, no las de él. Durante un momento, Hulda se preguntó cómo se llamaría, cómo era..., luego se regañó a sí misma por dejarse llevar y se quitó las mantas. Era hora de vestirse y ser útil.

Estaba segura de una cosa: no le causaría más dolor al señor Fernsby. Ya le habían castigado suficiente. Además, no era de su incumbencia.

Después de vestirse, peinarse y limpiar sus lentes, Hulda se tomó un caramelo de limón y salió de su habitación con un propósito.

La señorita Taylor estaba fuera sacudiendo una alfombra. El olor que emanaba de la cocina alertaba de que el señor Babineaux estaba terminando con la preparación del desayuno. No vio al señor Fernsby por ningún lado, lo que quería decir que se había encerrado en su despacho o su habitación. Cogió sus libros de contabilidad y se fue a la despensa para actualizar el registro de los suministros de comida. Cuando estaba a punto de llegar, escuchó al señor Babineaux en la sala del desayuno y vio cómo ponía una hogaza de pan *brioche* en la mesa.

—Huele estupendamente —dijo Hulda. El chef solo asintió—. ¿Hace falta que compremos algo? ¿Necesita algo?

Él se irguió, alto e inexpresivo. Durante un momento, Hulda temió que no le respondiera. Pero justo cuando se iba a dar la vuelta hacia la despensa le habló.

—Mantequilla. Siempre necesitaremos mantequilla. Si compramos vaca, yo mismo la ordeñaré.

Hulda se quedo boquiabierta.

—Apuntado. ¿Algo más?

—Es cara, pero algo de vainilla. Y azúcar, si quieren postre. —Dejó de hablar—. Se me dan muy bien los postres. Sobre todo, las masas. Para eso necesitaré nata y mantequilla. Si el señor Fernsby —agitó la mano para intentar encontrar la palabra— compra una vaca, yo la cuidaré. La cuidaré muy bien.

—Le haré saber que le apasionan los bovinos, señor Babineaux. Si se le ocurre algo más, búsqueme. —Ella asintió, fue hacia la despensa y completó su lista de la compra, luego volvió a la cocina para terminar su tarea. La despensa era pequeña, así que muchos de sus alimentos ocupaban las estanterías.

—Nos falta harina —se dijo a sí misma y lo apuntó. No cogió bien el lápiz y se le cayó al suelo. Sin embargo, mientras Hulda se agachaba para recogerlo, se detuvo cuando se le ocurrió una idea.

—Owein, querido, ¿podrías coger eso por mí? —dijo ella enderezándose.

Pasaron unos segundos. Un agujero apareció en el suelo bajo el lápiz, que casi llegó hasta el talón de Hulda, y se abrió otro en el techo que dejó caer el lápiz en la mesa.

Hulda sonrió.

—Gracias. —La punta se había roto en la caída, pero desde luego no iba a culpar al muchacho por eso. De hecho, podría ganarse un puesto en el personal.

A Hulda le llamó la atención el sonido de alguien que arrastraba los pies por las escaleras. Unos segundos después, se oyó la voz del señor Fernsby.

—Señorita Taylor, mi bolígrafo ha explotado. Tengo la corbata llena de tinta… —Entró en la cocina y miró a Hulda. Se paró con una corbata arrugada con una gran mancha negra en la mano—. Oh, lo siento. Yo… pensaba que era Beth.

Si Hulda no conociera al señor Fernsby, puede que no se hubiera dado cuenta de lo incómodo que sonaba, se le daba bien cubrirlo con indiferencia. Pero ahora podía leerlo y eso le ablandó el corazón. Ningún hombre debería sentirse fuera de lugar en su propia casa y ella no quería que se sintiese incómodo con ella.

Hulda sonrió para tranquilizarlo.

—No es nada indigno que yo limpie una corbata, señor Fernsby. He sufrido muchas manchas de tinta. Son inevitables. —Le ofreció la mano.

Él dudó un segundo.

—Creo que dejó muy claro que no es la criada, señora Larkin.

—Entonces será mejor que no le digamos a nadie que lavo corbatas en secreto en mi tiempo libre.

Él se rio y ese sonido relajó partes de su cuerpo que ella no sabía que estaban tensas. Animó su espíritu. La verdad es que era un sonido hermoso.

Le dio la corbata y Hulda intentó no notar que la camisa del señor Fernsby estaba abierta y dejaba ver un parte de su pecho y el cuello, pero no lo consiguió. Tenía una mata de pelo oscuro…

Hulda desvió la mirada, dejó la corbata cerca del fregadero y se obligó a pensar en otras cosas antes de ponerse roja. Si lo hacía, el señor Fernsby lo podía malinterpretar como vergüenza por la confesión que le había hecho antes.

—¿Le gustaría revisar el menú con el señor Babineaux? Quiero pedir comida para la casa.

Él entrelazó los dedos.

—Ah. Bueno…, no tengo ninguna preferencia. Puede decidirlo usted.

Hulda asintió y cogió otro cuaderno de contabilidad, y lo abrió por otra página con los días de la semana.

—Entonces le diré que prepare el venado, ya que me lo ha recomendado. —Escribió «venado y patatas» antes de levantar la vista para preguntarle al señor Fernsby si había…

De repente no se acordaba de lo que iba a decir. Él la estaba mirando con… ¿curiosidad? ¿Incredulidad? ¿Interés? No lo tenía claro, pero la pilló desprevenida. No le gustó cómo hizo que su corazón latiera con fuerza. Bajó la mirada hasta su libro. «¿Qué iba a decir?».

—Estaba pensando —dijo él, evitando que ella metiera la pata— en lo que dijo el otro día. Que tenía recados en la ciudad. ¿Volvió a visitar el ICLEB?

Ella garabateó algo más en el libro así que mantuvo sus manos ocupadas.

—No es necesario que los informe con tanta frecuencia.

Él la miró.

—Sé que no es asunto mío, pero fue a «buscarlo» otra vez ¿verdad? —preguntó en voz más baja.

Hulda abrió la boca como si fuera a hablar. Cerró el libro de golpe.

—Creo que el desayuno está listo…

—Sabe que aquí esta segura…

—No es cuestión de mi seguridad —susurró ella. Miró hacia el salón de desayuno. Suspiró y le hizo un gesto al señor Fernsby para que la siguiera. Si iba a curiosear, al menos que fuera en un sitio en el que los dos se sintieran cómodos.

Lo cierto es que la única persona con la que podía hablar honestamente era Myra, y Myra seguramente le quitaría importancia a su ansiedad. Porque es lo que era: ansiedad. Pensamientos ilógicos. Pero… le gustaba la certeza. Se apoyaba en las pruebas. En cuanto tuviera alguna, podría salir con lógica del nudo en el que su miedo la tenía atrapada y todo volvería a estar bien.

Lo primero que notó cuando entró en el salón fue que varias de las sillas se estaban hundiendo en el suelo.

—¡Owein! —dijo el señor Fernsby con alegría—. ¿Qué tal te encuentras esta mañana?

Los muebles dejaron de hundirse y se volvieron amarillos.

—Creo que hoy está bastante alegre —interpretó él.

Las sillas subieron a la superficie y el suelo se volvió sólido. Hulda se sentó en la silla que tenía más cerca y se colocó la falda.

—Puede que sea porque ya no le van a realizar un exorcismo.

—No tengo intención de echar a ninguno de ustedes —dijo mientras cogía la silla que estaba más cerca de ella. Solo había una mesita entre los dos—. Ya estoy trabajando en mi próximo argumento para convencerla de que se quede.

Hulda intentó ignorar la alegría que causaron esas palabras en su tripa y esta vez lo hizo bastante bien. En el pasado había malinterpretado intenciones y dado que sentía algunas emociones comprometidas por su cliente, sabía que la posibilidad de que volviera a ocurrir era alta. Además, entendía exactamente lo que sentía el señor Fernsby por ella, lo había dicho él mismo: se había acostumbrado a ella. A la gente le gustaba la comodidad y no apreciaban los cambios.

—He mandado cartas a Inglaterra —confesó. Estaba en alerta por si venían la señorita Taylor o el señor Babineaux. Aunque necesitaba a alguien con quien hablar, no quería que toda la casa se enterase de sus asuntos—. Para averiguar si sigue en prisión y asegurarme de que, en caso contrario, no haya inmigrado aquí. Cuando tenga la confirmación podré olvidarme del tema.

—Pero si estuviera aquí —dijo el señor Fernsby con cuidado—, no la encontraría.

Ella negó con la cabeza.

—Lo dudo. El ICLEB no divulgaría esa información a un ciudadano común. Si salió de la cárcel, estoy segura de que preferiría seguir con su vida antes que buscarme a mí. Aunque dudo que le hayan soltado. —Tragó saliva—. Pasará el resto de su vida entre rejas.

—¿Por mal uso de la magia?

Ella se hundió en su silla.

—Tiene usted muy buena memoria, ¿verdad?

Merritt se encogió de hombros.

—Cuando es algo interesante.

—No soy un libro de cuentos, señor Fernsby.

—Nunca he dicho que lo fuera. —Su tono era completamente serio.

Hulda pasó el pulgar por una ranura en su reposabrazos.

—El señor Hogwood desarrolló un tipo de método para extraer la magia de otra persona.

El señor Fernsby se tensó.

—Está usted de broma...

—Ojalá. Tiene un pedigrí impresionante. Sus padres eran miembros de la Liga de Magos de la Reina, la Liga de Magos del Rey por aquel entonces. Utilizó algún tipo de combinación mágica para quitarle los hechizos a otra persona. Sé que lo hizo. Lo volvió loco. Reservado. Vi cómo pasaba.

El señor Fernsby palideció.

—¿Lo vio?

Ella levantó las manos y luego las dejó en su regazo.

—Lo vi en las hojas del té del señor Hogwood. Vi cómo se llevaba a un histérico del pueblo que «había desaparecido», y... —Hulda se encogió de hombros; de repente le entraron náuseas.

Para su sorpresa, el señor Fernsby alargó la mano y le tocó el antebrazo. Su tacto era sorprendentemente cálido y la oscuridad que acechaba la cabeza de Hulda desapareció.

—No tiene por qué contármelo si no quiere.

Hulda se frotó los labios. Sin volver a esos recuerdos, se lo explicó.

—Lo que puede hacer no es agradable. Mata a la persona... la drena hasta transformarla en algo irreconocible. Conservaba cada uno de los cuerpos y vi los restos con mis propios ojos.

Ella sintió escalofríos. Inspiró hasta que no pudo más.

—Dicho eso, solo quiero asegurarme de que no era él...

De repente se oyó un «Uf».

El señor Fernsby se levantó.

—¿Qué ha sido eso? —La miró como pidiendo disculpas y fue hacia el pasillo de la entrada, Hulda lo siguió.

La puerta de la entrada estaba abierta y la señorita Taylor, de pie fuera. Tenía una pequeña alfombra enrollada sobre el hombro y los ojos abiertos como platos.

—¿Señorita Taylor? —preguntó el señor Fernsby.

Intentó acercarles la mano, pero algo lo impidió, como si golpease un cristal.

—¿Qué pasa? —Hulda fue hacia la doncella con la mano extendida y se encontró con el mismo «cristal». Lo palpó arriba y abajo, pero cubría toda la puerta, no la dejaba salir ni entrar a la señorita Taylor.

—Owein, déjala entrar —dijo el señor Fernsby.

Hulda notó cómo la inquietud crecía en ella.

—Owein no está haciendo esto.

—¿Perdón?

El ama de llaves se giró hacia Merritt.

—Sus habilidades se basan en la alteración y la caomática. Esto es protección.

El señor Fernsby se acercó a la puerta con el ceño fruncido y dio unos golpecitos con los nudillos en el escudo invisible.

—A lo mejor solo es que no lo había hecho hasta ahora.

Hulda lo dudaba mucho. El señor Babineaux anunció que el desayuno estaba listo, sin embargo, Hulda volvió al salón.

—Owein ¿podrías cambiar el color del techo…? no sé, ¿a tu color favorito?

El techo cambió a un azul claro y el escudo seguía levantado en el pasillo de la entrada.

—Solo puede encantar una habitación cada vez —explicó.

—¿Eso qué quiere decir? —preguntó la señorita Taylor, su voz sonaba como si estuviera bajo el agua.

Hulda subió las escaleras corriendo hacia su habitación y cogió su bolso de herramientas. Volvió con sus varillas de zahorí en mano.

—Quiere decir que Whimbrel House tiene dos fuentes de magia.

El señor Fernsby se quedó boquiabierto.

—¿Dos? Pero no de la familia Mansel… las habría ha exorcizado.

—Es poco probable que la segunda fuente sea otro un brujo. Debe ser algo más sutil. Como madera encantada. —Caminó hacia la puerta principal con las varillas extendidas. Se separaron en sus manos y luego se volvieron a cerrar mientras se alejaba. Cuando entraron en el salón se separaron lentamente.

—Owein tendría que ser muy poderoso para hacer las dos cosas. No creo que sea él. —Miró al techo azul—. Owein ¿podrías quitar el escudo de la puerta? La señorita Taylor necesita entrar.

Durante un momento hubo silencio. El techo cambió a un azul oscuro, pero el escudo seguía ahí.

El señor Fernsby tragó saliva.

—¿Es peligroso?

Hulda caminó hacia el comedor con sus varillas. No reaccionaron.

—Es poco probable.

—Entonces… no nos preocupemos. —El señor Fernsby dio con los nudillos en el escudo—. ¡Señorita Taylor! A lo mejor podría intentar entrar por la ventana…

El escudo cedió, el señor Fernsby se tambaleó hacia la señorita Taylor y casi la tiró al suelo. Por suerte se mantuvo en pie y sujetó a la señorita Taylor por los hombros, aunque se dio con los codos en el marco de la puerta y siseó.

—¡Lo siento mucho, señorita Taylor! —dijo—. Señora Larkin, ¡lo he arreglado! Oh, vaya, eso va a dejar un cardenal…

Hulda se acercó a la puerta y las varillas de zahorí se ablandaron en sus manos. Se quedó pensando. Las casas mágicas rara vez eran peligrosas y esta segunda fuente de magia era lo suficientemente leve como para que no la notaran antes. Hulda no estaba preocupada…, pero quería saber qué pasaba. En su vida había muchas preguntas sin responder así que quería saber las que sí tenían respuesta. Después de todo, esta era su especialidad.

Detrás de ellos se escucharon unos pasos pesados, seguidos de la voz grave del señor Babineaux.

—¿Alguien va a comer? Se va a enfriar. —Sus ojos oscuros miraron a cada uno de ellos—. ¿Qué me he perdido?

Capítulo 20

20 de septiembre de 1846. Blaugdone Island, Rhode Island.

Merritt no entendía lo bien que estaban yendo las cosas. No solo con la casa, que era amable desde que averiguaron su nombre, sino con... Hulda.

Lo que provocó que su propio padre lo echara, a Hulda no le hizo ni pestañear.

Él ya lo había aceptado todo: estar desheredado, el abandono... o eso le gustaba creer. Podía pasar días sin pensar en ello, aunque cuando lo hacía, le dolía como si le acabara de picar una avispa. Sobre todo, Ebba. La destrucción de su mundo giró alrededor de ella. Y de su error. Y aun así, Merritt estaba decidido a recoger los trozos, casarse con ella y criar a su hijo juntos. Seguir adelante como una familia. Le había propuesto matrimonio, ella había aceptado y todo empezaba a tener sentido. Así que, cuando ella también lo abandonó, al parecer sin un bebé en el vientre, él se... «sorprendió» no era una palabra suficientemente fuerte para describirlo. Se ganaba la vida con las palabras, eran su mercancía y aun así no estaba del todo seguro de que existiera una descripción. Ni siquiera le dijo adiós. Se enteró por sus padres. No hubo ninguna nota, ni una despedida ni una explicación.

Dejó el anillo. Fletcher lo empeñó.

El padre de Merritt siempre lo había mirado con desprecio, así que su rechazo le pareció casi natural. Pero Ebba lo quería, o eso pensaba él. Y el hecho de no saber *por qué* ella lo había arrancado de su vida como si fuera una costra asquerosa todavía lo atormentaba en sueños.

Y aun así.

Merritt se sentó en su escritorio con un bolígrafo en la mano, pero no escribió nada durante varios minutos. El crepúsculo era inminente y lo iba acostumbrando a la oscuridad. Necesitaba encender otra vela, pero algo en la pared vacía que tenía delante amplificaba esos pensamientos dispersos que tenía que solucionar.

Cuando la encontró, esa lápida olvidada y llena de barro le tocó la fibra sensible. Había algo que todavía resonaba dentro de él. Sintió empatía por una casa, por la persona que habitaba sus paredes a la que no podía ver ni hablar. Se sentía conectado a ella, como si fueran dos novelas de la misma serie.

Si Owein no le hubiese llegado al alma de forma tan inmediata, puede que no le hubiera contado su historia a Hulda. A parte de Fletcher, no se la había contado a nadie. La familia de su amigo lo sabía, claro, pero no se lo contó él. Y de repente, trece años después, vomitó toda su vergüenza y angustia a su ama de llaves, precisamente. De verdad pensó que se ofendería. Que se despertaría por la mañana y vería que Hulda había hecho las maletas y avisado a una sustituta.

En vez de eso, se ofreció a lavar su corbata y le preguntó qué quería para la cena.

Era un enigma. Tan estirada y aun así… tan extrañamente calmada ante su mal comportamiento. Ante su estatus de marginado. Lo cierto es que nunca había conocido a una mujer como Hulda Larkin.

«¿Quién es?».

Igualmente estaba sorprendido por lo dispuesta que estuvo a hablar de Silas Hogwood. Merritt tenía mucha imaginación; sintió que vivía esos horrores desde su punto de vista. Los cuerpos. Eso traumatizaría a cualquiera. Seguro que ni siquiera alguien tan fuerte como Hulda podría olvidarse de ello. Tenía ganas, pero muchas ganas de consolarla. Hacer que se sintiera segura. Si ella no lo hubiera hecho ya, Merritt habría ido a investigar a ese hombre.

Oyó cómo su voz pasaba por su puerta seguida de unos ligeros pasos que debían ser los de Beth.

—... no es ninguna molestia. Es más pequeña que yo; báñese primero. Yo subiré el agua. Me vendrá bien el ejercicio...

Merritt se pasó las manos por la cara antes de poner la barbilla en sus palmas para intentar que su mente no merodease hacia la bañera. Incluso dejando de lado el corsé, Hulda tenía una forma bonita, y...

Había normas en contra de esto ¿verdad? Desear al personal.

Gruñó y apoyó la espalda en la silla para fijar los ojos y la mente en la pared con sombras que tenía delante. Habían pasado muchas mujeres bonitas por su vida. Incluso había llevado a cenar a algunas de ellas. Una se sintió incómoda cuando supo que no mantenía relación con su familia, pero de todas formas era una pedante que siempre llevaba montañas de encaje incluso en verano. Luego estaba ese lío con la hermana de Fletcher, que lo rechazó sin miramientos, y tuvo que evitarla cuando vivieron en la misma casa durante meses. A la mujer que le gustó cuando estuvo infiltrado en la fábrica de hierro no le hizo muy feliz el artículo que publicó y que puso su trabajo en peligro.

A veces se preguntaba si su padre le había echado una maldición, no solo para quitarle su antigua familia, sino también para que no tuviera una propia. No pensaba mucho en eso, y es que no quería hacerlo. Él ya había enterrado a esos seres queridos que le habían arrebatado hace tiempo y de vez en cuando echaba más tierra sobre las tumbas.

Sus pensamientos volvieron a Hulda. Era tan estirada que resultaba gracioso, pero a veces se ablandaba y mostraba su humanidad casi por accidente. Cuando cogió su corbata. Cuando él le habló de Ebba, la chica con la que estuvo a punto de casarse. Cuando le dijo que se sentía segura.

Sacudió la cabeza. No. Era su ama de llaves. Sería incómodo. Y la amabilidad no significa interés. Estaba dejándose llevar por su soledad.

No es que estuviese solo.

—Necesito trabajar —gruñó. Plantó un trozo de papel en la mesa delante de él. Sus personajes estaban infiltrados con los jefes del crimen local y Merritt tenía que poner a trabajar su imaginación porque no quería documentarse. Dio unos golpecitos en el papel con la pluma, lo que creó círculos de tinta sangrante como lunares poco estéticos por su superficie. Escribió «Elise», que era el nombre de su heroína. Meditó durante un momento y luego añadió «A Elise no le gustaba vestirse como un hombre».

Podía trabajar con eso.

Una burbuja apareció debajo del papel de la pared del dormitorio, del tamaño de su cabeza, y se movió en círculos lentos como si un demonio perezoso intentase entrar.

—No vayas a espiar a las chicas, Owein —murmuró Merritt mientras volvía a mojar la pluma—. No querrás que el alma se te pudra hasta sacarte de la casa, ¿verdad?

La burbuja onduló y se hundió como si estuviese desilusionado. Merritt se inclinó y la acarició como a un gato y toda la pared onduló.

—Ayúdame —le dijo, agradecido por la distracción—. Si dirigieras un grupo criminal ¿dónde querrías que estuviera tu guarida? ¿Debajo de la ciudad sería demasiado húmedo o preferirías que fuera en el exterior, como en una casa de apuestas?

La pared palpitó dos veces.

—Entonces la casa de apuestas.

Y con eso empezó a escribir.

Tres días después de haber descubierto que Whimbrel House tenía una segunda fuente de magia, Hulda recibió una carta por paloma mensajera, un método de envío bastante caro. Requería unos hechizos elementales específicos: aire, para mejorar el vuelo, y magia de llamada, que permitía que los pájaros recibieran las instrucciones de entrega. En la Edad Media, este método no costaba mucho dinero, pero en el siglo XIX era difícil encontrar gente que tuviera los hechizos adecuados para encantar pájaros nuevos. Por eso a quien podía conseguirlo se le pagaba generosamente por sus servicios. Pero en los lugares en los que no había telegrama o piedras de llamada bien conectadas, esta era la mejor forma para comunicarse rápidamente.

En la carta estaba el sello del ICLEB, así que Hulda la abrió inmediatamente.

Hulda:

¿Cómo va todo por la bahía? Espero que sigas bien y hayas conseguido averiguar quién es el ente. ¿Continúa el señor Fernsby insistiendo en echarlo?

Puede que te alegre oír que te voy a reasignar. A Boston, por ahora. Siempre hay trabajo que hacer en la oficina central. ¡Pero nuestro equipo en Nueva Escocia está cerca de hacer descubrimientos interesantes! No creo que te hayamos enviado ahí todavía, ¿verdad? Podemos hablarlo en persona.

Trae tus recibos a Sadie, ella te lo reembolsará todo y terminará tu nómina.

Saludos,

Myra

El estómago de Hulda se hundió hasta el suelo.

No quería irse.

Le gustaba Whimbrel House. Le gustaba la isla y el aire del océano. Le gustaba trabajar con la señorita Taylor y el señor Babineaux. Le gustaba el señor Fernsby...

Apretó los labios y caminó por su habitación hasta que decidió sacar un papel. Le empezaron a temblar las manos cuando fue a coger el lápiz. ¿Por qué le temblaban? Se puso recta y se las miró, como si les pidiera que fuesen razonables. Después de un momento, hicieron caso.

Myra:

Gracias por ponerme al día. Siento no haberte informado del estado de la casa; la verdad es que pensaba que tendría más tiempo. Conseguimos averiguar quién es el mago. Es un muchacho de doce años llamado Owein

Mansel. El señor Fernsby decidió no exorcizarlo así que la casa sigue manteniendo su clasificación de encantada.

Como no se me necesita de forma inmediata, a parte de para trabajo de oficina, me gustaría solicitar más tiempo en Whimbrel House. Verás, he descubierto que hay una segunda fuente de magia, pero todavía no he averiguado exactamente cuál. Creo que será un reto encontrarla. A lo mejor averiguo algo importante para el ICLEB o para el señor Fernsby. Me aseguraré de mantenerte informada.

Atentamente,

Hulda

Dobló el papel, lo selló y lo ató a la paloma mensajera.

—Vuelve a donde empezaste —le mandó y el pájaro salió por la ventana y voló hacia el norte con la brisa marina.

«A lo mejor estaba siendo una tonta». La verdad es que no quería viajar. Antes le encantaba…, pero cuanto más mayor se hacía, más tedioso le parecía. Y la idea de someterse al insignificante papeleo de la oficina en vez de quedarse aquí para encontrar la segunda fuente de magia de Whimbrel House… no le gustaba. A lo mejor el señor Fernsby podría contratarla como ama de llaves permanente, igual que en Gorse End. Siempre que mantuviera su profesionalidad.

—¡No puedes crear un tobogán de repente! —gritó Merritt desde el pasillo—. ¡A la próxima vas a hacer que me rompa un tobillo! Si quieres un tobogán ¡hazlo *antes* de que empiece a bajar!

Sonrió. ¿Cuánto hacía que Owein no disfrutaba de buena compañía?

¿Cuánto tiempo llevaba ella sin compañía?

Cuando fue a alejarse de la ventana, vio una figura por el rabillo del ojo y volvió a mirar. La señorita Taylor estaba fuera, mirando al noroeste sin moverse. A Hulda le resultó curioso así que salió de su habitación justo cuando Merritt había convencido a Owein de que revertiera las escaleras.

Él la vio y le sonrió, lo que provocó que su estúpido corazón hiciera cosas que prefería ignorar. Él le ofreció su mano.

—¿Puedo acompañarla por este acantilado peligroso? Uno nunca sabe lo que puede pasar.

Estuvo a punto de rechazarlo, casi era una respuesta automática. Pero ignoró su juicio y le siguió la corriente.

—Claro, buen señor. Hoy necesito mis tobillos sin falta.

Ambos sonrieron al tiempo que Hulda dejaba que le cogiera de la mano.

Solo había trece escalones hasta el piso principal, pero Hulda se sintió como si hubiera corrido más de un kilómetro.

La señorita Taylor no se había movido cuando Hulda llegó hasta ella, que estaba de pie a unos treinta pasos de la cuerda de tender. Los ojos de la mujer estaban fijos en las profundidades del prado de césped de la isla o puede que más allá de la costa. Una brisa la acarició y Hulda se dio cuenta de la fuerza del sol y de que no se oía el canto habitual de los pájaros.

—¿Señorita Taylor? —Se acercó con cuidado—. ¿Se encuentra mal?

Los ojos de la señorita Taylor se cerraron de golpe como si la hubiesen despertado de una ensoñación.

—Oh, lo siento. No. O sea, sí, me encuentro bien. —Su mirada volvió a posarse en la costa—. Pensaba que había visto algo extraño.

Un ligero escalofrío recorrió los brazos de Hulda a pesar de llevar manga larga.

—¿El qué?

Encogió un hombro.

—Un lobo. Pero no hay lobos en la isla, ¿verdad?

—No debería. Aunque creo que yo también vi uno una vez —dijo Hulda frotándose el esternón para calmar la ansiedad que iba creciendo.

«Un lobo en una biblioteca». Su magia también le había susurrado eso, «pero ¿qué significa?».

—A lo mejor deberíamos mandar al señor Babineaux con un mosquete —susurró.

La señorita Taylor sacudió la cabeza.

—No estoy segura de haberlo visto, solo… creo que he sentido algo. Luego se fue corriendo, pero no hacia donde habría corrido un lobo. Es posible que fueran solo sombras.

Hulda asintió.

—Pero igualmente, creo que todos nos sentiremos mejor si mandamos a un hombre francés grande con un mosquete.

«El señor Fernsby desde luego tiene armas de fuego de sobra».

La señorita Taylor se rio.

—Señora Larkin, quería preguntarle si podía tener algún día libre.

El brillo de esperanza en sus ojos hizo que Hulda se interesara.

—Todo se puede conseguir. ¿Qué tiene en mente?

La señorita Taylor, con repentina timidez, apartó la mirada y se bajó las mangas.

—Bueno, sé que se celebra un baile en Portsmouth, unos chicos estaban repartiendo panfletos la última vez que fui a la ciudad para hacer la compra. Pensé que podría ser divertido. No tengo muchas oportunidades para socializar.

—No puedo culparla por ello. —Hulda no había ido a un baile en… casi diez años. ¿Trece? ¿Catorce? Nunca se sintió cómoda en los salones de baile. No era porque no se supiera los pasos, sino porque se tiraba la mayor parte del tiempo en la pared—. ¿Cuándo es?

—Mañana.

—Desde luego se ha ganado una noche libre. Y vaya toda la noche, señorita Taylor. No quiero que intente navegar por estas aguas en la oscuridad. ¿Necesita que le recomiende una pensión?

—Se lo agradezco, pero me quedaré en casa de una amiga. —Sonrió, aunque parecía más por nervios que por alegría—. Bueno, no sé bailar y me preguntaba si usted sabía.

Hulda se ablandó.

—¿Necesita clases?

Ella asintió con ganas.

—Es decir, sé bailar, pero no como lo hacen en Portsmouth. Bueno, nadie baila así en el sur.

—Estaré encantada de enseñarle. Y a lo mejor usted podría enseñarme también. —Fue a ajustarse el chal, pero se dio cuenta de que no llevaba—. Esta noche cuando los hombres se hayan ido a dormir, ¿de acuerdo? En mi habitación.

La señorita Taylor sonrió.

—Se lo agradezco.

Hulda le quitó importancia con la mano.

—Me vendría bien el ejercicio —dijo ella simplemente.

Después de la cena, mientras el señor Fernsby disfrutaba de un juego de cartas con el señor Babineaux, Hulda subió las escaleras para recopilar un registro oficial de sus intentos para categorizar la casa, además de escribir el síntoma que creía que indicaban que había una segunda fuente de magia. Síntoma, en singular, porque todavía tenía que volver a ver el hechizo de protección y había estado probando tanto las puertas como las ventanas de manera regular. Fuera la que fuese, la fuente era pequeña y seguramente titubeante. Su teoría más probable era una tabla de madera o de parqué de un árbol que había absorbido magia durante su vida. La inconsistencia sugería que podría estar empezando a pudrirse. Sin embargo, todavía tenía que comprobar si estaba en lo cierto, lo que la irritaba. Pocas veces se había esforzado tanto para diagnosticar una casa encantada y esta no es que fuera especialmente grande.

Dejó su informe en la mesa y empezó a masajearse las manos para calmar los calambres. A lo mejor debería quedarse despierta esta noche para ver si la magia era más potente después del anochecer. La señorita Taylor le haría compañía un rato con su clase de baile y luego podría merodear por la casa en calcetines, con cuidado para no molestar a nadie. Había estado cosiendo unos talismanes para ponerlos en los sitios menos accesibles y así intentar encontrar el hechizo de protección y, con un poco más de trabajo, podría colgarlos antes del amanecer.

Hulda decidió que también iba a registrar ese proceso, así que cogió un lápiz y empezó a escribir, pero se le rompió la punta en la segunda línea. Suspiró y buscó su sacapuntas de manivela, pero no estaba en su sitio habitual. Seguramente el señor Fernsby lo había cogido. La señorita Taylor siempre dejaba las cosas en su sitio y el señor Babineaux no subía a la segunda planta.

Se levantó, estiró la espalda todo lo que su corsé le permitía y caminó por el pasillo, pero se paró en la parte de arriba de las escaleras, donde Owein estaba retorciendo la alfombra como si fuera un remolino. Ella pensó que no era para molestarla, solo que estaba aburrido.

—Buenas noches, Owein —dijo y una parte de la alfombra se estiró como si le diera acceso. Asintió como agradecimiento y caminó hasta llegar al despacho del señor Fernsby. La puerta estaba medio abierta y la sala iluminada con la luz naranja del atardecer. Encendió la vela que había en la mesita junto a la puerta y fue hacia su rebosante escritorio. Había tres tazas, junto con un pañuelo, unas cuantas plumas y lapiceros, y unos trozos de papeles arrugados, que no eran baratos. Le había sugerido formas de reutilizarlos, porque por el otro lado estaban perfectamente bien. Lo cierto es que había algo extrañamente adorable en ese desorden. Junto a los papeles arrugados había una pluma de azulejo, un solo zapato sin cordones, un trozo del manuscrito del señor Fernsby y sí, su sacapuntas.

Vio que el tintero estaba vacío. «Trabaja duro». Cogió el bote y volvió a la biblioteca para cambiarlo por el suyo y puso el que estaba más lleno junto a sus papeles. Mientras cogía el sacapuntas, su vela alumbró una frase del manuscrito en la parte de arriba de la página: «Pero un crujido hizo saber a Elise que ya no estaba sola»

Hulda se detuvo. Esta no era la primera página del libro, solo el señor Fernsby sabía cuál era. Era parte de un capítulo, con el número 102 en la parte superior de la página. Resultaba fascinante que una persona pudiera simplemente sentarse y escribir una novela entera. Todas esas palabras y las imágenes que describían que solo existían en su mente antes de ponerlas en el papel. Creaba algo de la nada.

Acercó más la vela.

Temía decir algo; el oscuro pasillo retumbaba tanto, que juraría que oía el eco de su propia respiración. Esperó con la espalda contra la pared hasta que el crujido se repitió.

—Dijiste que aquí no mirarían. —Apenas se oía su voz. Tenía que ser así. Sin la luz, Warren no podía leerle los labios.

Le respondió tan cerca de su oído que la asustó. En cualquier otra situación, habría sentido vergüenza de que estuviera tan cerca. Pero aquí, en territorio enemigo, era reconfortante.

—No te muevas.

Hulda se sentó en la silla que estaba libre. Era bastante bueno, ¿verdad? No estaba segura de lo que esperaba, si el hombre se ganaba la vida con sus palabras, claro que tenía que ser bueno. De repente le vino a la mente su primera novela publicada y dónde podría encontrarla para leerla. Pero su curiosidad hizo que quisiera saber qué estaba provocando el crujido en el pasillo oscuro y por qué esta gente, Elise y Warren, estaban ahí.

Hulda dejó la vela para acercar la página a la luz y leerla entera, pero terminaba con una frase inconclusa. Así que la dejó en el escritorio y cogió la siguiente. Parece ser que se encontraban en la guarida de un jefe criminal. ¿Era la misma mujer que había presenciado el robo que el señor Fernsby mencionó? ¿Quién era el hombre que la acompañaba?

Le dio la vuelta a la tercera página. Exhaló con fuerza. No estaban solos. Había alguien más ahí abajo. Alguien que olía a humo de puro y parecía que eso era algo importante. Hulda supuso que, si leía algunas páginas anteriores, sabría exactamente quién estaba siguiendo a los protagonistas, y tenía la sensación de que no sería un hombre de conducta ejemplar.

Hulda le dio la vuelta a la página conteniendo la respiración, al igual que Elise mientras ella y Warren se metían en un armario. El hombre estaba al acecho. Elise acercó la mano a la puerta del armario, pero Warren la retuvo. Ella apretó un poco su brazo para tranquilizarlo. ¿Qué pretendía hacer?

¡Por Dios, ahora estaba corriendo por el pasillo en dirección contraria para distraer al hombre del puro! Hulda le dio la vuelta a la página. Estaba funcionando. Él le estaba dando caza. Pero ¿dónde iría Elise para escapar?

Le llegó el mismo hedor de antes: podredumbre y heces mezcladas con orina vieja. Esta vez fue hacia él, su zapato se enganchó en una grieta en el suelo y casi provocó que se cayera. ¿Eso era agua corriendo? Si el canal pasaba por aquí, a lo mejor podría escapar. Solo Dios sabía qué enfermedades podría coger por el camino, pero mejor una enfermedad que una bala en la...

—Señora Larkin.

Hulda gritó, y dio un respingo en la silla tan grande que casi le da un cabezazo al señor Fernsby en la barbilla. Su mano se apresuró a calmar su corazón galopante.

—¡Merritt, no me aceche de esa forma!

Merritt... Señor Fernsby... Por Dios, no era verdad que le había llamado por su nombre de pila, ¿no? Él sonrió como un cocodrilo apático y se cruzó de brazos.

—No la he acechado de ninguna forma, pero estaba muy concentrada.

Ella miró el libro y sintió que su cuerpo ardía.

—Lo-lo siento. —Se levantó de la silla al mismo tiempo que dejaba los papeles en su sitio, pero lo hizo con tanta fuerza que se le cayeron las lentes. Cayeron al suelo estrepitosamente—. Venía a por el sacapuntas y me distraje. No pretendía curiosear ni invadir su intimidad.

El señor Fernsby se agachó para coger las lentes de la alfombra borrosa.

—La mayoría de la gente empieza los libros por el principio.

—No volverá a pasar.

—Señora Larkin. —Se acercó a ella y le puso él mismo las lentes, lo que hizo que ella se sonrojara. «Que Dios me ayude, por favor que la penumbra lo oculte». Pero seguro que notó en los nudillos el calor cuando acarició sus sienes—. No me molesta, ni me molestará nunca que alguien se pierda en algo que yo haya escrito. Especialmente si solo es un borrador. Las historias siempre terminan siendo borradores horribles.

Ella dio un paso hacia atrás y se colocó el pelo.

—No me ha parecido horrible. Y en mi defensa diré que el comienzo del libro no estaba ahí.

—Me atrevo a asegurar que eso es un cumplido viniendo de usted.

¿Cumplido? Repasó sus palabras y notó cómo se tensaba por dentro.

—N-no quería decir que no fuera horrible. Es bastante bueno. Muy, eh, emocionante.

Él la estudió y ella se sintió tonta bajo su mirada de ojos azules.

—Debe de serlo si el diccionario de la señora se ha desbaratado de tal manera, dado que su vocabulario acostumbra a ser muy dinámico.

Hulda se sonrojó aún más. Debía parecer un tomate maduro.

Su expresión se suavizó.

—No pretendo avergonzarla. Lo cierto es que me vendría bien que alguien lo leyera. Alguien que me señale los errores y esas cosas. Siempre y cuando sea clemente con mi ortografía, al fin y al cabo, es un primer borrador.

Hulda se aclaró la garganta.

—A lo mejor cuando la haya terminado. Tengo que finalizar el informe para la señora Haigh del ICLEB. —Levantó el sacapuntas como para justificar su coartada. «¡No me puedo creer que no lo haya oído entrar! No me puedo creer que me haya distraído tanto… oh, Hulda, idiota».

El señor Fernsby colocó la silla y se sentó para dejar que Hulda se retirara.

—Si insiste. —Merritt fue a abrir el primer cajón a la izquierda del escritorio, pero no se movió. Tiró de él con ganas—. Owein, ¿podrías dejarme abrir el cajón?

Hulda miró hacia el pasillo y vio que Owein todavía estaba ocupado retorciendo la alfombra. Así que se puso recta, echó los hombros hacia atrás, levantó el mentón y fue a su habitación para coger la pata de cabra de su bolso. El señor Fernsby seguía intentando abrir el cajón cuando ella regresó.

—¿Me permite?

Él soltó el tirador.

—¿Va a abrirlo con magia?

Hulda metió el diente de la pata de cabra en la parte de arriba. Con un poco de apoyo, el cajón se abrió.

—Hoy ha hecho calor —explicó—. Creo que la madera se ha expandido.

—Ah. —Él miró al cajón y luego a ella—. Es usted bastante apañada. ¿Seguro que no quiere quedarse y leer conmigo?

Esa invitación, simple y discreta, resonó en ella como si una cuchara de metal pasara por sus costillas. «Quedarse y leer conmigo». Quedarse y pasar un rato tranquilo con Merritt Fernsby, absorto en su trabajo, ver cómo escribe, sentirse parte de eso. La atraía tanto como el olor de panecillos recién horneados al final de un día agotador.

Giró la pata de cabra entre sus manos.

—Tengo que terminar el informe —respondió, y se tragó su propia decepción.

Él asintió.

—Buena suerte.

Hulda fue hacia la puerta sin sentirse ni aliviada ni satisfecha, pero se detuvo antes de llegar al pasillo.

—Señor Fernsby.

—¿Hm?

—¿Cuál...? —Se sintió una tonta, pero la curiosidad era algo muy natural. Después de todo trabajaba con este hombre—. ¿Cuál es el título de su primer libro? El que ya está publicado.

Él sonrió.

—*Un vagabundo en potencia.*

Hulda se giró asintiendo y cerró la puerta tras de sí.

Capítulo 21

23 de septiembre de 1846. Blaugdone Island, Rhode Island.

La casa era bastante poderosa. Le recordaba a Gorse End, pero tenía algo distinto. Silas había inspeccionado la isla previamente, para confirmar que no había más gente en la zona ni otros hechizos que desbarataran sus planes, y había descubierto algo especial.

Silas había coleccionado una buena cantidad de hechizos de psicometría durante las últimas tres décadas, incluyendo uno que le permitía sentir las habilidades mágicas de otros. Gente, cosas, hechizos latentes y hechizos usados. Este sitio tenía mucho poder de caomática. Él había nacido con un solo hechizo de caomática, el que le permitía romper la magia de sus donantes, pero nunca había podido absorber otros. Y quería más.

Planeó empezar su trabajo después del atardecer. Pero demonios, en la casa había una clarividente. Silas odiaba a los clarividentes. Sus poderes no se podían evitar siendo ordenado como pasa con los adivinadores. Nunca se había relacionado con uno, por razones de peso. Estaba seguro de que ella había sentido su presencia. La había sentido antes de que pudiera contrarrestar el hechizo. Silas era poderoso, pero no tenía nada mágico ni de otro tipo que pudiera ocultarlo de la intuición de un psíquico. Tendría que elaborar un plan con cuidado para no perjudicar sus otros asuntos.

Su cuerpo de lobo se vio obligado a descender por la isla. Estaba seguro de que había salido del alcance de la clarividente, pero no podía arriesgarse. Los riesgos lo hacían vulnerable. Los riesgos le daban oportunidades a los demás para usurparle como habían hecho en el pasado. Esto solo era un pequeño contratiempo y Silas lo superaría con poco esfuerzo.

Fue jadeando hasta el borde oeste de la isla y utilizó su hechizo de alteración para transformarse de lobo en hombre. El cambio hizo que los dedos de su mano izquierda se quedaran un poco cortos porque los hechizos de alteración solían mutar el cuerpo durante un tiempo, pero volverían a la normalidad en una hora. Luego, bajo el manto de la noche, se fue hasta el bote y navegó al continente, evitando los faros, pensando en los detalles a perfilar mientras atravesaba las corrientes.

Capítulo 22

23 de septiembre de 1846. Blaugdone Island, Rhode Island.

Merritt no estaba durmiendo bien.

No dormía bien por varias razones. Una de ellas era que estaba muy cansado, lo que parecía una tontería, pero por alguna razón, si Merritt se iba a la cama con «demasiado» sueño, no conseguía pegar ojo. Era como si su cerebro tuviera que quedarse despierto para compensar el cansancio de su cuerpo.

La segunda era que estaba sufriendo estreñimiento creativo. Había conseguido progresar mucho con la novela, pero ahora estaba atascado. La verdad es que Merritt no planeaba sus historias, así que los detalles iban llegando poco a poco, pasito a pasito. Normalmente no sabía cómo iban a acabar hasta que llegaba al final. Y lo cierto es que, llevaba ganándose la vida con su pluma desde los veintitrés años, gran parte había sido gracias a artículos para periódicos e historias cortas. Su primera novela fue todo un reto. Así que pensó en las aventuras de Elise y Warren en su mente y se preguntó si debían traicionarse el uno al otro, pero ¿con qué motivación? O puede que tuvieran que enamorarse.

El tren de las ideas acabó llevándolo hasta Hulda. A ella le gustó su libro, lo que quería decir que le gustaba su cerebro, ¿verdad? Esto le hizo pensar en lo bien que estaría tener a una persona con quien intercambiar ideas indefinidamente, ya sea de día o de noche. Lo que lo llevó a pensar en lo bien que estaría tener otro cuerpo que ocupara parte del espacio de su enorme cama. Alguien cálido y suave, y que estuviera «ahí».

Merritt gruñó. «Para». Era un soltero independiente que se había labrado una buena vida sin ayuda de nadie. Era feliz. Había «conseguido» ser feliz con su vida. Y cada vez que intentaba extender esa felicidad para incluir a alguien más, siempre acababa mal. ¿Qué sentido tenía intentarlo?

Se dio la vuelta, dobló la almohada bajo su cabeza y cerró los ojos con fuerza. Fingiría que dormía durante un minuto entero.

Pensó otra vez en cómo sería cuando Hulda volviera al ICLEB. Bueno ¿y qué? Podría superar un enamoramiento. Ya lo había hecho. Pero Hulda era como coger un libro sin reseña, ni decoración, ni título y descubrir que mejoraba con cada página. Quería saber cómo sería leer su historia. Quería llegar al desenlace, al final. Y quería saber si tenía una segunda parte.

Debía de ser casi medianoche cuando Merritt gruñó, se incorporó y salió de debajo de las mantas para ponerse los pantalones. Quedarse ahí tumbado no lo estaba ayudando. Intentaría estirar las piernas e incluso le iría bien tomar el aire. Lo cierto es que al estar tan lejos de las ciudades, la noche era muy oscura y tenía más posibilidades de romperse un tobillo paseando fuera que de relajarse.

Se frotó los ojos y fue palpando el pasillo, se sorprendió al ver la luz de la habitación de Hulda por debajo de la puerta. Escuchó cómo decía «dos, tres, cuatro, cinco, seis, siete, ocho» y se preguntó por qué lo haría, pero decidió respetar su privacidad y siguió su camino hacia las escaleras. Parecía que Owein no necesitaba dormir así que convirtió las escaleras en un tobogán antes de que él llegara. Merritt suspiró, se sentó y se deslizó por la rampa. Las escaleras volvieron a la normalidad un momento después.

Cuando se dirigía hacia la puerta principal, oyó unos ruidos que salían de la cocina, así que se aventuró por el comedor, el salón de desayuno, y se encontró a Baptiste apoyado sobre la encimera de la cocina dando golpes a un trozo de carne con un pequeño martillo de metal.

—Creo que ya está muerto —dijo Merritt.

La única señal de sorpresa fue una pequeña tensión en sus hombros y luego miró por encima para ver a Merritt.

—Estoy... —Se quedó pensando—. Amalgándolo.

—Ablandándolo.

—Sí, eso. —Su acento se notaba más de lo habitual, debía de estar cansado—. Estoy haciendo *schnitzel*.

Sin duda era una de las elecciones de Hulda.

—Estoy seguro de que puedes golpear la carne por la mañana si quieres descansar.

El chef se encogió de hombros.

—A veces no duermo.

Merritt sacó un taburete y se sentó.

—Ya somos dos. Es algo que pasa con los años. ¿Cuántos años tienes, amigo mío?

—Cumplí cuarenta en agosto.

—No pareces mayor de treinta y siete.

Baptiste resopló. Puede que incluso sonriera, pero estaba de espaldas.

—¿Es cerdo? —adivinó Merritt.

Baptiste asintió.

—¿Qué es lo que más te gusta cocinar?

—Tartas —dijo enseguida—. Tarta de fruta, de carne, de crema. Se me dan muy bien las tartas.

El estómago de Merritt gruñó cuando pensó en tantas masas.

—Yo desde luego no te voy a impedir que hagas tartas.

—Hace falta una fresquera para la mantequilla. Funciona mejor fría.

—A lo mejor Owein puede construirte una.

Él se encogió de hombros.

—Dame una pala y yo mismo la haré. Y cuidaré de la vaca.

Eso hizo que Merritt se quedara quieto.

—¿Qué vaca?

Baptiste volvió a mirarlo.

—Hablé con la señora Larkin sobre la vaca. Me gustaría tener una vaca. Cuidar de ella, tener mucha nata.

Merritt se preguntó qué le pasaría a su digestión con toda la nata que produce una vaca, pero la boca se le hizo agua con la idea.

—Si mi novela sale bien, te compraré, *nos* compraré, una vaca. Dejaré que le pongas nombre y todo.

Esta vez le pareció ver un hoyuelo en la estoica cara del hombre.

De repente escucharon un ¡pum! en el piso de arriba, seguido por un grito.

Los dos se tensaron. Baptiste salió corriendo de la encimera y casi atropella a Merritt que se estaba levantando. Pasaron rápido por los dos salones hasta el pasillo de la entrada. Baptiste subió las escaleras de tres en tres y fue el primero en llegar a la habitación de Hulda. Merritt iba tres pasos por detrás. El chef, que todavía llevaba el martillo, entró con tanta fuerza que casi arrancó la puerta del marco.

Medio millón de pensamientos corrieron por la mente de Merritt, sobre todo el bienestar de Hulda. ¿Había entrado alguien? ¿Había sido una rata? ¿Había sido…?

¿Hulda en ropa interior?

Baptiste estaba dentro del dormitorio, pero Merritt seguía en el pasillo y miraba a través del brazo del hombretón a Hulda, vestida solo con los pololos, la camisa y un corsé de encaje apretado. Sus manos fueron directas a cubrir el escote que se veía por arriba y se puso roja como un hibisco.

—¡Salgan de aquí! —gritó Hulda, claramente sana y salva.

Baptiste, igual de rojo, se tropezó con sus pies cuando intentó cerrar la puerta rápidamente. Cerró de un portazo, en realidad.

Merritt quiso decir algo, pero no pudo. Todavía estaba intentando recuperar el aliento y entender qué narices había causado ese grito, y por qué Hulda estaba trotando por la habitación en ropa interior.

Sus pensamientos se quedaron en la última pregunta y la imagen que la acompañaba.

Baptiste se aclaró la garganta.

—Ni una palabra de esto. —Anduvo con sus largas piernas hasta las escaleras.

—Desde luego —murmuró Merritt confuso y muy consciente de la mujer que había al otro lado de la puerta.

Esa noche sí que no iba a dormir.

Merritt, con el tiempo, se quedó frito, así que se levantó tarde. Se limpió la cara con agua fría, se peinó y se dejó el pelo suelto, vivía en una isla, por amor de Dios, no tenía que preocuparse de la moda, y se vistió, sin el chaleco porque para qué molestarse. Beth estaba limpiando el pasamanos cuando bajó y asintió sin mirarle a los ojos, lo que era extraño. Hulda había terminado con el desayuno y llevaba los platos al fregadero.

La incomodidad llenó el estómago de Merritt como si fuera una colonia de termitas.

—Señora Larkin, me alegra encontrarla. Debo disculparme en nombre de Baptiste y el mío; oímos un grito y nos apresuramos demasiado a ver cuál era la fuente.

Ella dejó los platos.

—Pues sí. O al menos el señor Babineaux lo hizo.

Dejó salir un suspiro de alivio al oír que le echaba gran parte de la culpa a Baptiste y de repente se alegró de que el francés fuera más rápido que él. Aunque no tardó en sentirse culpable. Quería saber cómo le iba al chef con la vergüenza, pero Baptiste no quería hablar de lo que pasó anoche.

Hulda se giró para mirarlo en el momento en que se lavaba las manos, tan seria y erguida como el día que Merritt la conoció. Empezó a sospechar que era una máscara de profesionalidad para esconder las emociones incómodas y la vergüenza. Otra página más en el libro metafórico de Hulda.

—Agradezco la disculpa. Estaba enseñando a la señorita Taylor unos bailes típicos y con el entusiasmo saltó encima de mi baúl, que estaba vacío. Las dos nos caímos y ella gritó del susto.

—¿Beth? —repitió Merritt sin pensar.

Hulda puso mala cara.

—Supongo que todavía no se ha disculpado con ella.

—Yo... admito que no vi que la señorita Taylor estaba ahí con usted. —Su pecho se calentó. Se frotó la nuca para ocupar las manos mientras soltaba una risita, y se dio cuenta de que, sin pensarlo, acababa de admitir que sus ojos fueron directamente hacia Hulda y no se movieron de ella—. Voy a —se giró para que no le viera la cara— hacerlo ahora mismo.

—Señor Fernsby.

Él se paró en seco.

Hulda estudió el techo.

—Owein ha estado respondiendo muy bien desde que averiguamos su nombre.

Merritt se relajó un segundo.

—Yo también lo he notado.

—Recuerdo que en un principio no le entusiasmaba la idea de contratar personal. Es posible que, con algo de formación adicional, no haga falta hacerlo —le dijo con cuidado, como si lo hubiese ensayado—. Owein puede mantenerse bien él solo, como vimos por el buen estado de la casa cuando llegó, y también me ha ayudado en tareas simples. No tendría que preocuparse de la señorita Taylor. No le faltará trabajo entretanto esté afiliada al ICLEB,

No lo miró a él cuando dijo la última frase, sino a las ventanas. La luz del sol que entraba resaltaba las manchitas verdes en sus ojos. ¿Por qué no lo miraba?

¿Es que Hulda no quería irse? La idea hizo que su estómago se tensase y volviese a llenarse de termitas. Como era una empleada del ICLEB, Merritt no podía opinar sobre sus idas y venidas. ¿Era mucho esperar que no quisiera que él siguiera el consejo profesional que le ofrecía?

¿Podría convencerla de que se quedara? Que se quedara... ¿por él?

—Gracias, pero aún puedo permitirme gastar dinero —dijo él intentando captar su mirada. E incluso si no pudiera gastar más... no despediría a ninguno de ellos, a no ser que quisieran irse. No llevaban mucho juntos, pero se había creado una sensación de familia en la casa, como una rutina que le recordaba, bueno, a un hogar. Durante años intentó no pensar en su hogar porque lo entristecía. Pero las cualidades de Baptiste, la presencia silenciosa de Beth y la charla contenida de Hulda le provocaban una nostalgia reconfortante.

Le hacían recordar lo bueno, no lo malo. Casi parecían una familia.

—Lo cierto es que me gusta la compañía. Me gustaría que usted... y la señorita Taylor y Baptiste se quedaran.

Pasaron unos segundos en silencio, que le parecieron eternos, mirándose el uno al otro.

—Creo que aprecio, bueno, todos apreciamos que lo diga, señor Fernsby —dijo ella sosteniéndole la mirada.

—Sigo queriendo que me llame Merritt —dijo Merritt, que se sentía atrevido.

Ella dudó durante medio segundo hasta que apareció una pequeña sonrisa en sus labios.

—Lo sé.

Como no tenía nada más que decir, Merritt se excusó y fue a disculparse con la señorita Taylor. Puede que también le ofreciera un aumento para mejorar su ánimo.

La mañana después del baile de la señorita Taylor en Portsmouth, Hulda se sentó para arreglar el bajo roto de su vestido, por si los dos que había pedido se retrasaban. Se sentó frente al señor Fernsby en la habitación e intentó no prestarle mucha atención mientras este editaba su manuscrito, aunque tenía la costumbre de hacer ruidos raros durante el proceso. Pequeños gruñidos y titubeos curiosos que, al principio, hicieron que Hulda pensara que intentaba llamar su atención. Pero sus ojos nunca dejaban las páginas y siempre había tres líneas de concentración marcadas en su entrecejo. Se colocaba un lápiz detrás de la oreja y otro entre los dientes. Es curioso, pero Hulda tenía la costumbre de morder los lápices y el profesor inglés de su colegio femenino le había quitado el hábito a base de golpes cuando era pequeña... normalmente con el mismo lápiz que tenía las marcas de sus dientes.

Tenía un pie en el sofá en el que estaba sentado y el otro en la mesa, lo que antes casi la habría vuelto loca. Ahora lo encontraba curiosamente encantador. Eso no debía ocurrir, pero las dulces palabras de Merritt, el señor Fernsby, en la cocina ayer, ablandaron su decisión. Una decisión que planchaba cuando estaba sola, pero que de alguna forma volvía a arrugarse cuando le veía.

Le gustaba estar con él, aunque fuese en silencio. Podría ser feliz solo con eso…

Su silla se movió a un lado.

Hulda se agarró al reposabrazos con una mano y con la otra sujetó la aguja. Miró a todos lados, pero nada parecía fuera de lugar. «Qué raro». A lo mejor necesitaba beber algo de agua.

Hulda apretó los labios y dio una puntada más antes de que la silla volviera a moverse en la misma dirección. Se quedó quieta. La primera vez pudo haber sido un mareo por algún hechizo, pero la segunda, no. ¿Pero qué…?

La silla se arrastró otro par de centímetros hacia el señor Fernsby, que escuchó cómo se arrastraban las patas, porque levantó la vista de su manuscrito.

Fue entonces cuando Hulda se dio cuenta de que el suelo se había elevado, aunque solo era el suelo que había debajo de ella y la cuesta hacía que su silla se deslizara.

Hacia el sillón donde el señor Fernsby estaba sentado.

—Owein, para —dijo ella. Clavó las uñas en el reposabrazos.

El suelo se elevó un poco más y la movió hasta que su silla estuvo pegada al sillón.

—¿Qué le pasa? —preguntó el señor Fernsby.

Hulda resopló.

—En serio, Owein, para de una…

El suelo volvió a curvarse y lanzó a Hulda desde su silla hacia el señor Fernsby.

Merritt lanzó su manuscrito por los aires y la cogió de los hombros para levantarla antes de que cayera de bruces sobre su regazo. Las mejillas de Hulda se enrojecieron incluso más cuando empezó a pensar en el regazo del señor Fernsby y maldijo interiormente al crío que pensaba que estas bromas eran divertidas.

Consiguió ponerse de pie y se giró con tanta rapidez que casi se le cayeron los lentes.

—¡Owein Mansel, te prometo que voy a poner tantos amuletos en esta casa que te quedarás encerrado en la biblioteca!

La casa se quedó quieta.

Pasaron unos segundos y el señor Fernsby habló.

—Es el apellido. Siempre tiene más fuerza que el nombre de pila, pero no tanta como si utilizas también el segundo nombre. —Se le marcaron los hoyuelos sugiriendo que encontraba la situación muy divertida, pero intentaba ser educado—. ¿Cree que tiene un segundo nombre? Eso seguro que lo mete en vereda.

Hulda se alisó la falda y luego cogió la silla para moverla a su sitio. Una vez hecho, la alejó un poco del sillón, como si quisiera dejar claro que no le importaba la exactitud.

—Puede.

Volvió a ponerse a coser y se sentó con una indignación casi infantil. Mientras clavaba la aguja en el bajo roto, se atrevió a levantar la mirada hacia el señor Fernsby. Él se la devolvió con una sonrisa suave y divertida. Volvió a centrarse en su trabajo. Tres puntadas después, lo miró de nuevo, pero él estaba encorvado sobre su manuscrito. Hulda frunció el ceño. No *quería* que se la quedara mirando, sobre todo después de su vergonzosa reprimenda, pero... a lo mejor era una tontería que quisiera que se fijase más en ella.

Apretó los labios, le preocupaba haber murmurado algo en voz alta sobre Merritt Fernsby y que el pequeño Owein lo hubiera oído...

Gracias a Dios que el espíritu no podía hablar con Merritt y avergonzarla más.

Volvió a mirarlo. Observó cómo leía. A lo mejor debería haberse sentado en el sofá. Era un pensamiento infantil, pero aun así...

El sonido de unos pasos detrás de la puerta avisaron de que venía la señorita Taylor, quien entró con una gran sonrisa en la cara y unas cuantas cartas bajo el brazo, debió de haberse pasado por la oficina de correos antes de volver a la isla. Cuando vio el montón, el corazón de Hulda latió con fuerza y se clavó la aguja, lo que hizo que soltara un gritito.

El señor Fernsby bajó sus papeles.

—¿Se encuentra bien?

Estaba tan absorto en su trabajo que Hulda se sorprendió y alegró de que lo notara.

—Hacía años que no me pinchaba —dijo Hulda agitando el dedo. Una pequeña gota de sangre apareció en su piel—. No es nada serio. Señorita Taylor, ¿qué son esas cartas?

El señor Fernsby se inclinó hacia delante para ver mejor a la criada.

—¡Señorita Taylor! ¿Se lo ha pasado bien? Si puede andar tan adecuadamente me preocupa que no haya sido el caso. He visto a muchos bailarines acabar con sangre y ampollas en los pies en las pistas de baile.

Ella sonrió.

—Fue muy divertido, señor Fernsby, gracias. —Se dirigió a Hulda y sacó los sobres—. Tengo dos cartas para el señor Fernsby y dos para usted, señora Larkin. Además de un paquete que he dejado en su cama.

¿Ya habían llegado los vestidos?

Hulda sacó la aguja del hilo.

—Excelente. Entonces no tendré que remendar esto. —Podría rehacer el bajo y mandárselo a su hermana, que era más bajita que ella… Pero Danielle tenía un estilo más ecléctico y seguramente no se lo pondría.

La señorita Taylor se dirigió hacia el señor Fernsby primero y le dio sus cartas antes de girarse hacia Hulda.

—¡Ah! Fletcher. —Cuando ya casi había roto el sobre de la primera carta, miró a Hulda—. Con suerte vendrá de visita la semana que viene. Puedo ocuparme de los preparativos.

—¿Debo recordarle el objetivo de tener personal? —Se permitió utilizar el sarcasmo, lo que hizo que el señor Fernsby sonriera—. Owein podría crearle su propia habitación. —La señorita Taylor le entregó sus cartas—. Gracias, señorita Taylor.

Los sobres estaban en mal estado y Hulda se preguntó si los habían enviado con un conjuro, transformados para que pudieran volar por el Atlántico y que volvieran de nuevo a su forma original al llegar, en vez de mandarlos en un barco cinético. La primera opción era algo anticuada. Sus ojos fueron directos a la dirección del remitente. Los dos venían de Inglaterra.

Se le cortó la respiración.

—Discúlpenme. —Hulda se colocó el vestido roto en el hombro y caminó hacia la puerta. El señor Fernsby la llamó, pero ella solo respondió con un gesto tranquilizador y siguió su camino por la alfombra, que ahora era de color rosa con grandes puntos verdes, cortesía del fantasma residente. Hulda apenas se dio cuenta de la combinación y llegó a su habitación con las manos temblando y nerviosa.

Abrió la primera carta que era de la Policía de Liverpool. Era corta y con una letra bastante difícil de leer.

No tenemos registros de que ningún Hogwood haya salido de Merseyside ni de que se haya inscrito para emigrar, pero podría haberlo hecho en algún puerto de la ciudad.

Hulda suspiró. Eso era lo máximo que iba a conseguir, pocos emigrantes tramitaban el papeleo y el señor Hogwood sería el último que querría dejar un rastro en papel.

Dejó la carta a un lado y abrió la segunda, que venía del alcaide de Lancaster Castle.

Señorita Larkin:
Recuerdo a Silas Hogwood, pero saqué su archivo para asegurarme. Estuvo encarcelado aquí, sí, pero murió el 14 de junio por causas desconocidas. Hasta donde yo sabía estaba sano. Bastante extraño.
Mis disculpas si esta noticia la angustia.
Saludos formales,

Benjamin Canterbury

Hulda se quedó mirando a la carta sin entenderla del todo. La releyó, pero las letras se volvieron borrosas, así que se sentó en su baúl y se colocó las gafas antes de leerla una tercera vez de arriba abajo. Le dio la vuelta al papel por si había algo en la parte de atrás y leyó una vez más.

Angustia... sí, era angustioso. ¿Cómo podía morir un hombre sano en una cárcel en la que lo controlaban todo el día y que nadie supiera por qué? Es cierto que las cárceles no eran los sitios más salubres...

Se lamió los labios. La carta se le cayó de la mano.

«Esto significa que no podía haber estado en Portsmouth», se recordó a sí misma. Pero la información no la tranquilizó, solo aumentó su preocupación.

¿El alcaide había visto con sus propios ojos el cuerpo del señor Hogwood? ¿Eran conscientes del poder que tenía? A lo mejor había perdido muchos de sus hechizos cuando se destruyeron los cuerpos...

Intentó contener sus preocupaciones irracionales y consolarse con el hecho de que un mago horrible había muerto. Y aun así, a pesar de la prueba en sus manos, esas preocupaciones brillaban tanto como si una hoguera le quemase los huesos.

Capítulo 23

1 de octubre de 1846. Blaugdone Island, Rhode Island

Hulda contestó al alcaide al día siguiente, desesperada por saber más. Casi una semana después, recibió su respuesta. Esta vez era solo un telegrama que decía: «Me temo que no puedo darle esa información».

Esa contestación la molestó. ¿De verdad era una cuestión de privacidad si se trataba un hombre al que habían denunciado públicamente o es que faltaba información en sus archivos? «Todo este lío por un hombre muerto» se dijo a sí misma, pero cada vez que se tranquilizaba con lógica, un pensamiento perdido volvía a hacer que dudara.

Ella lo había visto. ¡Juraría que le había visto! Pero ¿por qué una prisión iba a encubrir la puesta en libertad de un asesino reincidente? ¿O es que se había *escapado*?

Lo único que la consolaba era que el señor Fernsby le aseguró que aquí estaba segura. Y así era. Parecía poco creíble que el señor Hogwood fingiera su muerte de alguna forma, saliera de una prisión de alta seguridad y emigrase a América para entrar en el ICLEB, buscar su archivo y viajar hasta Blaugdone Island para vengarse.

El señor Fernsby también había estado ocupado, hasta el punto de que Hulda solo lo veía en las comidas, menos ayer cuando se dio un largo paseo por la isla murmurando para sí mismo por el camino. Se pasaba casi todo el tiempo trabajando de noche en su habitación. Había cenado ahí dos veces. Hulda se preguntó por qué sería, pero no tenía razón para curiosear ni interrumpirlo. Aun así se quedó junto a su puerta una o dos veces para escuchar, pero no se oía nada desde dentro. Pensó en preguntarle por *Un vagabundo en potencia*, que ya lo había comprado, pero estaba tan centrada en lo que podía haberle pasado al señor Hogwood que todavía no lo había empezado.

Con la señorita Taylor y el señor Babineaux ocupados en sus tareas y la ausencia del señor Fernsby que no estaba por ahí para charlar, Hulda pronto se aburrió. Todavía no había encontrado la segunda fuente de magia y estaba dispuesta a romper los cimientos con uñas y dientes solo para distraer su mente con algo que no fuera Silas Hogwood.

Después de que el señor Fernsby se llevara la cena a su habitación por tercera vez, Hulda se ofreció a recoger su bandeja y le dijo a la señorita Taylor que podía retirarse temprano. Las sombras la saludaron mientras pasaba por el pasillo, ella les devolvió el saludo y la casa retumbó contenta. Hulda llamó a la puerta más cerrada del despacho con los nudillos del índice y del corazón.

—Adelante —se oyó la voz del señor Fernsby desde dentro.

Hulda empujó la puerta para abrirla y contuvo un suspiro por lo que vio. Había papeles y virutas de lápices por el suelo, manchas de tinta por el escritorio, libros abiertos en la silla. La bandeja de la cena estaba en el borde de la mesa. La señorita Taylor había limpiado otros platos, pero el señor Fernsby debió de haber rechazado sus esfuerzos de seguir ordenando y limpiando.

—Vengo a por la bandeja —dijo.

Merritt se enderezó como si le hubiera echado agua fría por la espalda y se dio la vuelta en su silla.

—¡Hulda! Pensaba que era Beth.

Decidió no corregirle por no llamarla señora Larkin, aunque su parte más sensata la advirtió de que debía hacerlo. «La profesionalidad es segura», se recordó a sí misma, pero ahora ya era demasiado tarde para corregirlo sin que fuese incómodo, así que lo dejó pasar. Fue hacia la bandeja, pero se detuvo antes de cogerla.

—¿Puedo preguntar por qué ha decidido convertirse en un ermitaño?

El señor Fernsby dejó la pluma y se frotó los ojos con el canto de las manos.

—La otra carta que recibí era de mi editor. Tengo una reunión con él dentro de una semana y media, y quiero tener tanto de esta maldita cosa como sea posible antes de la cita. Me preocupa que no sea tan bueno como el primer libro.

Miró hacia los montones de papel que tenía junto al codo.

—No sé nada del primer libro, pero ¿sería suficiente presentar algo como una sinopsis?

—No puedo escribir una sinopsis.

—¿Por qué no?

—Porque entonces tendría que saber cómo acaba y ¿por qué iba a terminar un libro si ya sé cómo acaba? —Se rio al decirlo, pero Hulda notó que su razonamiento era muy serio—. En realidad... —Se dio la vuelta en su silla para mirar a Hulda y ella de repente se dio cuenta de lo cerca que estaban sus rodillas de ella. Podía notar el calor que emanaban..., lo cual era absurdo. ¿Quién tiene las rodillas calientes?

Ella se sonrojó cuando se dio cuenta de que no se había enterado de lo que le había dicho.

—Lo siento, ¿podría repetir lo que ha dicho?

—¿Podría ayudarme? —Puso las manos en las rodillas como si quisiera esconderlas de su vista. El pecho de Hulda se tensó. No se había quedado mirando sus rodillas ¿verdad?—. Su idea para el principio salió muy bien. Me gustaría ver qué se le ocurre, si tiene un momento. —Como si de repente se avergonzara, miró a su alrededor—. Yo, eh, recogeré esto después.

Ella le quitó importancia a la oferta con la mano.

—La verdad es que no me importa el desorden, teniendo en cuenta que se acerca la fecha de entrega, señor Fernsby. —Agradecía la excusa para poder hablar con él. Se sentía... mejor... cuando estaba con Merritt Fernsby. Había una silla de madera en la esquina así que la acercó, asegurándose de que hubiese una distancia adecuada entre las rodillas de los dos. Se puso derecha y preguntó—: ¿Para qué necesita mi ayuda exactamente?

Él sacó varios papeles y los analizó.

—Es por esta maldita subtrama romántica.

Esa sensación de calidez se disipó y su máscara profesional se rompió. Se levantó de golpe.

—Debería irme.

—Oh, por favor. —Cogió su mano—. Al menos escúcheme.

Su mirada fue directa a sus dedos. Desde luego él lo notó por lo rápido que la soltó. Se aclaró la garganta.

—Bueno, si los demás no la esperan.

Hulda se frotó los labios y se sentó con el pulso latiendo con fuerza en las muñecas y en el cuello.

—De acuerdo. —Reapareció su tono estirado y profesional—. Cuénteme.

—Acabo de empezar. Volveré atrás y aludiré a ciertas cosas. Con miradas anhelantes y eso —respondió, y Hulda agradeció que sus ojos estuviesen centrados en los papeles que tenía entre las manos y no en ella—. Pero ahora están los dos solos en una casa de cuáqueros, y me pregunto…, ¿debería hacer esto ahora? ¿Y hacer qué? Aunque como ella es una heredera y él es de Hartford, pretendo que se vayan por caminos distintos al final. Pero no quiero que las lectoras piensen…

—Señor Fernsby. —«Espalda recta. Voz firme».

Se quedó quieto y la miró. Su mirada era especialmente azul cuando estaba cansado.

—¿Qué?

—Soy consciente de que mi pasado literario no me hace una experta en el tema —siguió ella— pero eso no es un romance.

—Seguro que…

—Si no pretende que la pareja consiga un final feliz, entonces no los empareje. Perderá lectores. El público general prefiere la comedia a la tragedia.

Reflexionó durante un segundo. Su nariz se hundió cuando frunció los labios.

—Entonces ¿qué deberían hacer? ¿Besarse?

Hulda se inquietó e intentó ignorar el calor que emanaba su cuello.

—Pues no lo sé. Pero estoy segura de que si acaban juntos, casados o comprometidos al final...

—Tienen que besarse antes de casarse. Es un liberal. —Le guiñó el ojo y miró sus papeles—. Puede que sea muy pronto para eso..., a no ser que añada algo de tensión en la escena en la que se están escondiendo en un cobertizo.

—Es-es su libro, señor Fernsby. Estoy segura de que lo que se le ocurra funcionará perfectamente—. Se levantó y cogió la silla para volver a ponerla en la esquina.

—Solo le estoy pidiendo su opinión. —Sonaba curioso—. No besaría a un hombre en un cobertizo desconocido si no hubieran... no lo sé ¿caminado de la mano antes? ¿A lo mejor haría falta una declaración de intenciones o de amor? ¿O me estoy adelantando y el beso debería llegar al final de la historia?

Las orejas de Hulda estaban ardiendo.

—Todo el mundo es distinto. —Dejó la silla en el suelo con más fuerza de la que pretendía y luego cometió el gran error de darse la vuelta.

El señor Fernsby la estaba mirando, se había olvidado de sus papeles, subió una ceja y puso una sonrisa pícara como un niño travieso.

Sintió como si volviera a estar en ropa interior.

—Señora Larkin. —Dos de las tres líneas aparecieron en su entrecejo—. ¿Es que nunca la han besado?

Ardiendo. Hulda estaba en llamas.

—Si me disculpa. —La rudeza de su voz la humilló más. Se fue derecha a la puerta.

Él se levantó arrastrando los papeles.

—Lo siento, ha sido una pregunta impertinente.

Ella vaciló en la puerta.

—Es solo que me siento cómodo con usted. —arrepentimiento iluminaba sus palabras y las elevó como si fuera el humo de una vela—. No responda. Solo... perdóneme.

Hulda respiró despacio y miró hacia atrás sin apenas atreverse a mirarlo directamente a los ojos. Su pulso era errático, pero no quería irse.

—Me temo que mi reacción ya le ha dado la respuesta.

Esperaba alguna broma a su costa, pero el señor Fernsby se sentó y dejó su manuscrito a un lado.

—¿Cómo es tener magia?

El cambio de tema la sorprendió, pero también lo agradeció. Soltó el pomo de la puerta, se cruzó de brazos y dio unos pasos hacia el centro de la habitación.

—Yo... bueno, no recuerdo bien cómo es «no» tener magia, pero recuerdo que imaginaba que era bruja de pequeña.

Él sonrió.

—¿Y qué imaginaba?

—Psicometría, en realidad. Quería leer mentes y saber lo que la gente pensaba de verdad de mí.

—Tener ese hechizo sería horrible.

—Estoy de acuerdo. Al menos ahora. —Se encogió de hombros y dio otro paso hacia él—. La verdad es que ha sido útil. Odiaría no tenerlo. Es como una quinta extremidad.

—O un sexto sentido —dijo él.

Hulda asintió.

—Una metáfora más adecuada. Supongo que por eso es escritor.

—O intento serlo. —Señaló el manuscrito—. ¿Y nunca ha estado interesada en montar algo como una tienda de horóscopo? Son muy populares.

—Mi bisabuela tenía una. —Dio otro paso—. Era muy excéntrica.

—No tiene que ser excéntrica para llevar su propio negocio.

—No —coincidió ella—, pero cuando te conviertes en una novedad, se atrae a cierto tipo de personas. Solo te ven como eso, el nuevo juguete, y cuando se han divertido lo suficiente, se van. Mi bisabuela tenía cientos de amigos, pero ninguno de verdad. Por lo que me han dicho, al menos. Murió cuando yo era pequeña.

Él se frotó la barbilla. Llevaba una barba de varios días; hoy no se había afeitado. Había algo especialmente masculino en su aspecto descuidado y durante un segundo Hulda se preguntó cómo sería acariciarla con los dedos.

—Parece un personaje interesante.

—Era muy real.

—¿Alguna vez se ha preguntado —continuó sin esperar un segundo—, si todos somos personajes en el libro de otra persona? ¿Si todas nuestras acciones, impulsos, pensamientos y deseos están controlados por algún autor omnisciente?

Un pensamiento curioso.

—¿Por Dios?

—Si Él lo escribe supongo que se clasificaría como no ficción.

Hulda se rio.

—Eso espero, porque si lo es, quiere decir que ninguno de nosotros somos reales.

Merritt sonrió. Era una sonrisa atractiva, verdadera y un poco felina, con los dientes de arriba rectos. Se dio cuenta de que tenía dos dientes torcidos en la parte de abajo.

—Bueno. —Él se reclinó en su silla—. Siempre y cuando el ICLEB le dé a usted buena razón para utilizar sus dones.

Ella lo miró un momento mientras se subía las gafas para verlo mejor. Él también la miró curioso. Después de un momento, Hulda habló:

—Muy bien. Termínese el té.

—¿Perdón?

—Una vez me pidió que le leyera el futuro. —Cogió el té frío de la bandeja; todavía quedaba un tercio de la taza—. Lo haré ahora.

Puso una cara de niño pequeño.

—¿En serio?

Ella levantó los ojos.

—Pierda el tiempo y cambiaré de opinión. —El entusiasmo de Merritt era palpable; y causarlo ella hizo que su pecho se ensanchara. Además, quería saber más de Merritt Fernsby, lo bueno y lo malo.

Se terminó el té frío con una pequeña sonrisa. Hulda cogió la taza y se inclinó sobre la vela para estudiar las hojas de té. A veces necesitaba un momento... A lo mejor, si hubiese más magia en sus venas, tendría más control del hechizo...

Sus pensamientos destellearon. Esta vez no fue una visión, sino palabras y sentimientos, como si estuviese tocando un tenedor lleno de comida con la lengua sin que le dejaran metérselo en la boca.

Lucha. Confusión. Deseo. Traición. «Verdad».

Desapareció tan rápido como vino, aunque Hulda continuó mirando las hojas de té.

—No es tan malo ¿verdad? —preguntó el escritor.

Durante un momento, Hulda se había olvidado de dónde estaba. Pero su premonición era tan leve, el hechizo tan breve, que el efecto secundario de utilizar la magia se calmó rápido.

Relajó la frente y bajó la taza. En su cabeza aparecieron unas mentiras bonitas. Cosas más bonitas que el malestar que había en su pecho. Pero Merritt... Él querría saber la verdad.

—Bueno y malo, creo —dijo dejando la taza—. Hay una lucha en su futuro..., pero la lucha lo llevará a la verdad.

—¿Lucha y verdad? Parece algo religioso. No me haré mormón, ¿verdad?

Hulda parpadeó.

—¿Quiénes son los mormones?

Merritt restó importancia a la pregunta con la mano y miró la taza.

—Bueno, yo veo... un conejo. Con las orejas y la cola cortadas.

Ella sonrió.

—A lo mejor se puede convencer al señor Babineaux para que lo incorpore en su futuro. —Cogió la bandeja y se giró hacia la puerta.

—¿Le molesta? —Su voz la siguió—. Saber siempre el futuro.

Sus manos apretaron la bandeja y la agitación de su pecho paró.

—Para nada. Porque en realidad —se dio la vuelta y lo miró fijamente a los ojos esperando que los suyos no revelasen su verdad—, nunca lo sé.

Hulda se levantó temprano el sábado decidida a ser productiva y útil. Pocas cosas se le daban mejor que ser útil. La hacía sentir bien consigo misma, sin importar las tonterías y turbaciones de su vida.

Así que fregó cada centímetro de la casa. Caminó por cada metro de la alfombra con sus varillas de zahorí. Colgó y movió amuletos y tejió nuevos que no le comunicaron ninguna información útil. Incluso se llevó a la señorita Taylor por si su clarividencia veía algo, pero por desgracia no fue el caso.

Como no había nada más que hacer dentro de la casa, Hulda decidió examinar el exterior. El señor Fernsby ya había salido a pasear, el señor Babineaux estaba ocupado en la cocina y la señorita Taylor... bueno, Hulda no había comprobado si la señorita Taylor estaba con sus quehaceres. Era tan buen momento como cualquier otro. Se puso su vestido y zapatos más robustos, se puso un sombrero para el sol y salió de la casa con su bolso pesado al hombro.

Empezó con la herramienta más fácil de utilizar, las varillas de zahorí y caminó primero por el recinto de la casa y más tarde se alejó un paso del primer recorrido y repitió el proceso. Luego dio otro paso más y volvió a hacer lo mismo, pero en contra de las agujas del reloj. Repitió el mismo patrón hasta que se hubo alejado unos treinta pasos de la casa. O no había nada que detectar o tenía que conseguir unas varillas de zahorí nuevas.

Hulda volvió a la casa, saco su estetoscopio y se agachó para poner el tambor en los cimientos. Oyó sus latidos por el ejercicio y esperó un minuto hasta que retomaron su ritmo natural. Entonces se movió y volvió a escuchar.

Los cimientos de piedra ondearon bajo su tacto.

Hulda suspiró y se puso en cuclillas.

—Estoy buscando la segunda fuente de magia. ¿Tienes hechizos de protección, Owein? Un pulso es sí, dos pulsos, no.

La casa se quedó quieta unos segundos y luego ondeó dos veces.

«Claro, cómo iba a ser esto fácil». Se mordió el labio inferior.

—¿Hay una segunda fuente de magia? ¿Puedes sentirla?

La casa se movió un poco, como si se encogiera de hombros.

Eso le dio una idea. Puso la mano plana en los cimientos y pasó los dedos hasta donde conectaban con la tierra. Metió las uñas en la tierra y descubrió un poco más.

—Owein. ¿Crees que podrías, eh, ponerte un poco más recto? ¿Podrías levantar un poco la casa e inclinarla para que pueda mirar debajo?

La pared que tenía delante se volvió de color índigo.

—No estoy segura de lo que eso significa.

La parte que tenía justo encima de la mano ondeó dos veces.

Hulda suspiró.

Volvió a ondear una vez más.

Ella se sorprendió.

—¿Eso significa que lo vas a intentar?

En vez de responderle con su nuevo código, la casa empezó a temblar.

Hulda se levantó y se sujetó el sombrero con la mano cuando vio que la piedra se rompía y la madera se doblaba. Escuchó un grito desde dentro, la señorita Taylor, y se lamentó al segundo, pero era difícil planificar las interacciones con el fantasma de un niño de doce años que habitaba la casa. Ya se disculparía en un momento.

La esquina que estaba más cerca de ella se elevó del suelo y separó los cimientos, algo que Owein podría arreglar si es que Hulda tenía razón sobre la naturaleza caomática de sus hechizos. La casa parecía un perro que se estaba aliviando con la pata al aire.

Hulda buscó una cerilla a tientas en su bolso, la encendió y se tumbó, dudosa de si debía arrastrarse por la nueva cueva. Los hechizos de caomática podían arreglar la piedra, pero no los huesos. O al menos Hulda no lo había oído nunca.

Se arrastró con los brazos hacia dentro, tosió por el polvo y miró en la oscuridad. Piedra, piedra, tierra, piedra. La cola de un ratón que huía. Un ciempiés disgustado. Y...

Su pequeña luz iluminó algo a lo lejos. Algo oscuro y brillante.

—¡Solo un poco más! —gritó, sintiendo que la cerilla le quemaba la punta de los dedos. La tiró y encendió otra. Se arrastró por el suelo sin importarle que se le ensuciara el vestido. Valdría la pena lavarlo si tenía razón...

Las venas de cristal brillaron mientras estiraba la mano.

Sonrió tanto que le dolió.

«Te encontré».

Capítulo 24

3 de octubre de 1846. Blaugdone Island, Rhode Island.

Esa semana definitivamente a Merritt se le atascó el cerebro, así que decidió pasar el sábado en el patio. Se metió la bufanda por dentro de la camisa, se puso unos pantalones viejos, se arremangó e incluso se recogió el pelo. Se puso a quitar malas hierbas del jardín y de los cimientos para limpiar el camino de la entrada y de la zona oeste. Si hubiese tenido una guadaña, habría podado la vegetación de otros lugares de la isla, pero eso tendría que ir al final de su larga lista de suministros necesarios para ser un buen propietario. Y él que pensaba que el adelanto de su editor le haría sentirse rico.

Las hojas caían de los árboles de la isla. Merritt fue caminando para verlos, le gustaba notar el crujido bajo sus botas y la brisa fresca del mar que se colaba por las ramas. Debería organizar un pícnic antes de que hiciera demasiado frío. Aquí mismo, bajo este olmo. Era un sitio bonito. El olor a otoño y la gama de colores le produjo nostalgia por algo que no sabía describir. A lo mejor solo eran los otoños de su infancia, cuando no tenía preocupaciones.

Durante un momento, pensó que había oído un chasquido, como si alguien estuviera partiendo piedra, pero cuando miró a la casa, todo parecía normal. «Curioso».

Merritt se apoyó sobre el olmo, cerró los ojos y respiró la belleza de la isla para dejar que relajara los músculos de sus brazos y sus hombros, que calmara sus pulmones y bailara por sus labios. Unos puntos de luz solar brillaron a través de la copa fina de los árboles, e hicieron desaparecer la carne de gallina que le provocaron las sombras. La brisa giró a su alrededor, sonaba como los susurros de una docena de niños revoloteando por sus oídos.

Abrió los ojos. Las hojas y el césped no se movían, lo que hizo que él se quedara quieto.

No había brisa.

No se oían susurros.

«Qué raro». Volvió a mirar a la casa. Debió de haberse perdido un grupo de cigarras o algo así.

—¡Merritt!

Merritt se dio la vuelta y vio a una figura oscura vestida de gris que iba hacia él con la mano levantada para saludarle.

Él sonrió y fue hacia él.

—¡Llegas tarde!

—¿Que llego tarde? —repitió Fletcher—. ¿Vives en el medio de la nada, perdido de la mano de Dios y me acusas de llegar tarde? Enséñame tu reloj.

Merritt se palpó el costado y recordó que no se había puesto el chaleco y que nunca llevaba reloj sin un bolsillo en el chaleco para guardarlo.

Fletcher levantó las cejas.

—Y el acusado ha presentado su caso. —Miró por encima del hombro de Merritt—. Parece… domada.

Merritt lo abrazó y le dio unas palmadas firmes en la espalda.

—Casi lo está, sí. Gracias por venir otra vez. Necesito un descanso de tantas palabras.

—¿Lo puedo leer?

—Solo si te aburres con nuestras otras celebraciones. —Iniciaron el camino hacia la casa.

—Entonces sí —dijo Fletcher—. Lo leeré.

Al llegar a la casa, Beth estaba colgando la colada así que le presentó a Fletcher, quien la saludó con toque a su sombrero.

Dentro, el retrato se estiró para poder ver mejor al invitado antes de saludar.

—Qué extraño. —Fletcher se inclinó hacia delante para estudiar detenidamente el cuadro animado.

Hulda bajó por las escaleras.

—Saludos, señor Portendorfer. Espero que haya tenido un buen viaje. Le he preparado su habitación. Si necesita cualquier cosa me lo puede decir a mí o a la señorita Taylor, nuestra criada.

Después de cerrar la puerta principal, Merritt se quedó mirando a Hulda.

—Tiene buen aspecto, señora Larkin —dijo Fletcher por los dos.

Llevaba un vestido nuevo de un color pajizo brillante con estampados en tonos rosa oscuro y manga francesa. Sus otros vestidos estaban abotonados hasta la barbilla, pero este tenía un cuello más amplio, que dejaba ver su cuello y las clavículas. Tenía el pelo recogido como siempre, pero… había algo diferente que Merritt no pudo identificar. Estaba… radiante.

—Desde luego —murmuró Fernsby, lo que hizo que Fletcher lo mirara de reojo con curiosidad.

—Gracias, señor Portendorfer. Me temo que la modista se equivocó con mi pedido, pero es de mi talla, así que no me puedo quejar. —Sus ojos fueron hacia Merritt—. Señor Fernsby, tengo buenas noticias. Creo que he descubierto la segunda fuente de magia de la casa.

—¿Segunda fuente? —preguntó Fletcher,

Al mismo tiempo, Merritt dijo:

—Oh.

—He descubierto un yacimiento de turmalina en los cimientos de la casa. —La mujer sonrió por su logro, lo que hizo que pareciera más atractiva todavía—. La turmalina es una piedra que se asocia con la protección. Whimbrel House acogió a nigromantes que huían de Salem durante varias décadas; seguramente algunas de esas mujeres también tenían hechizos de protección y la turmalina habría sido el material perfecto para absorberlos.

Él asintió despacio.

—Tiene sentido.

—Así que turmalina ¿eh? —Fletcher dejó la maleta en el suelo—. He oído lo de las gemas y la conexión mágica. Mi madre solía ir a un médico que utilizaba todo tipo de piedras para curar dolencias, que decía que estaban vinculadas a distintas magias. Nunca creí nada de lo que decía.

Merritt centró su atención en Fletcher.

—Sí, me acuerdo. ¿Por qué no?

Él se encogió de hombros.

—Fui una vez a verlo y acabé con urticaria. ¿No te acuerdas? Teníamos catorce años. Me perdí dos días de clase, y cuando volví los hermanos Barrett fueron implacables con mis «nuevas pecas».

—No me acuerdo, pero ojalá. —Merritt se rio—. Es la misma habitación de la otra vez. Yo estaba dispuesto a compartir la mía, pero nuestra querida ama de llaves cree que eso no es lo suficientemente hospitalario. Así que la criada se irá temporalmente a su habitación. Se niega a oír otras opciones.

Fletcher volvió a coger su maleta.

—Muy amable. Voy a dejar esto y puede enseñarme lo que ha hecho con la casa —dijo, inclinando la cabeza en dirección a Hulda mientras subía las escaleras. Merritt lo siguió e intentó no mirarla boquiabierto. Pero no pudo contenerse y se le ruborizó un poco la nariz.

Sin embargo, antes de que Fletcher pudiera agarrarse a la barandilla, las escaleras empezaron a cambiar. Al igual que el suelo, las paredes y el techo.

Merritt se tambaleó hacia atrás cuando el suelo empezó a elevarse, como esa vez que Owein movió la silla de Hulda en el despacho de Merritt. Excepto que esta vez el suelo se inclinó más, y más rápidamente, y todo el parqué se movió al mismo tiempo.

Merritt consiguió mantenerse de pie y se deslizó hacia la esquina del fondo, entre el retrato y la puerta. Cuando se golpeó la espalda contra la pared, se dio cuenta de que toda la sala estaba dando vueltas.

—¡Owein! —gritó Merritt—. ¡Tenemos invitados!

Y aun así pareció que esa declaración hizo que el mago fantasmagórico aumentase la magia y la habitación se curvó en un ángulo de cuarenta y cinco grados. Fletcher dejó caer su maleta, que salió volando hasta el comedor, y se agarró a la barandilla con las dos manos. Hulda chilló, se tambaleó y cayó hacia la puerta.

Merritt consiguió separarse de la pared justo a tiempo para agarrarla de la cintura antes de que cayera. El golpe hizo que sus gafas se deslizaran hasta la punta de su nariz.

Pero Owein no había terminado. La habitación se inclinó cincuenta grados, cincuenta y cinco, sesenta…

La gravedad empujó a Merritt hacia la esquina del retrato. Él seguía sujetando a Hulda, quien a su vez lo aplastaba. Colocó el pie en el quicio de la puerta para mantenerse en el mismo sitio.

—No tema, señora Larkin. —Sonrió, aunque la habitación seguía girando—. En un momento es posible que estemos en una habitación quieta.

Fletcher gritó algo. La cara de Beth apareció en la ventana, pero era difícil abrir la puerta por el ángulo en el que estaba. La habitación se curvaba tanto que Hulda estaba básicamente encima suyo y su cuerpo se encendía donde ella lo tocaba, suave bajo el vestido y rígido en la zona del corsé que se escondía debajo.

Él esperaba que regañase a la casa, Owein la escuchaba a ella más que a nadie, pero en vez de eso ella lo estaba mirando con las mejillas teñidas de ese bonito color rosa, las lentes apenas sujetas y un rizo delicado que caía por un lado de su cuello.

Habían llegado a los noventa grados cuando Hulda parpadeó como si despertara, plantó las manos en el pecho de Merrit, lo que no le importó, y se enderezó lo más que pudo, dadas las circunstancias.

—¡Owein Mansel! ¡La amenaza de la biblioteca sigue en pie!

La casa pareció suspirar. El pobre Fletcher estaba colgando de las escaleras.

—¡Dije que estaba *casi* domada! —Merritt dio unos golpes con el puño en la pared que tenía detrás—. Venga, que si no Fletcher se tendrá que ir a su casa.

Con un gruñido, el pasillo de la entrada empezó a volver a su sitio despacio, grado a grado. No fue lo suficientemente deprisa para que Hulda pudiera colocarse como es debido, así que Merritt seguía con el brazo alrededor de su cintura para asegurarse de que no se hiciera daño.

Intentó colocarse la ropa a pesar de su posición.

—Mis disculpas, señor Fernsby.

—No es culpa suya.

—Técnicamente sí.

—Es un vestido muy bonito —dijo él y ella se lo agradeció con un poco más de ese rubor rosado. Olía a agua de rosas y romero... y llevaba rosas en el vestido. Merritt se preguntó si se habría dado cuenta de lo bonita que era la metáfora que representaba.

La habitación retomó su posición natural con un crujido. Hulda tardó en separarse de él y Merritt tardó en soltarla. No fue hasta que Beth entró para preguntarles si estaban bien y Fletcher comentó si durante su estancia se moverían más veces las habitaciones, que Merritt se acordó de que no estaban solos en la sala, aunque deseaba que fuese así. Su mano cayó del cuerpo de Hulda. Ella se agitó la falda y sus ojos se alejaron de los suyos. ¿Qué habría visto en sus ojos si hubieran seguido conectados?

Ella se aclaró la garganta y lo despertó de su ensoñación.

—Me aseguraré de que no vuelva a pasar, señor Portendorfer. Bueno, en cuanto a su habitación...

Hulda se pasó el día terminando su informe y ayudando al señor Babineaux y a la señorita Taylor; la segunda visita del señor Portendorfer fue mucho mejor que la primera. El olor de la cena empezaba a subir hacia las habitaciones, el sol brillaba y Owein no dio problemas después del incidente con las escaleras, aunque sus hechizos seguían al señor Portendorfer como una sombra, como si se esforzara para impresionarle.

Por duodécima vez, pensó en el brazo que el señor Fernsby había posado en su cintura, en sus cuerpos tan juntos que podía oler el *petitgrain* y la tinta que parecían salir de su piel. Y por doceava vez, apartó esa fantasía, aunque esta vez fue más con una petición interna desesperada a su mente para olvidarse en vez de una organización rígida de sus pensamientos.

Acababa de terminar de poner la mesa del comedor cuando escuchó un picoteo en la ventana. Miró y vio a una paloma mensajera, y se preguntó si la había estado buscando al no encontrarla en su habitación. Hulda se apresuró y abrió la ventana para dejar entrar al cansado pájaro, cogió la carta de su pata y le dio un trozo de pan.

Abrió el sobre, que llevaba el sello del ICLEB. Decía: «Hulda, debo insistir…».

—¿Qué es eso?

Hulda se sobresaltó, se dio la vuelta y vio que el señor Fernsby entraba en la habitación e instintivamente escondió la carta en su espalda.

—¿Es una paloma mensajera? —Atravesó la habitación para ver al pájaro, al que no le gustaba mucho que hubiese otro humano cerca—. ¡Sí que lo es! Mire cuantos sellos tiene en sus plumas. Hacía mucho que no veía una de cerca. —Miró su codo—. No será una carta de su pretendiente ¿verdad?

La insinuación la impresionó.

—No. —Sacó el sobre y se regañó a sí misma por su comportamiento. —Solo es una carta del ICLEB.

—Oh. —Su expresión cayó—. Supongo que ahora que sabe lo de la turmalina… —No terminó la frase, pero no hacía falta. «Ahora que ha encontrado la segunda fuente de magia, no hay razón para que se quede».

Pero sí que la había, aunque se hubiera resistido a ella.

Hulda se encogió de hombros y se fijó en que la carta no era larga. No podría serlo si la traía una paloma. Básicamente decía lo mismo que la última, pero con verbos más fuertes y puntuación más oscura, lo que quería decir que Myra había clavado la pluma en el papel.

—La directora ha sugerido que vuelva para ayudar con el trabajo administrativo, aunque no sea lo mío.

—¿Pronto?

Dobló el papel.

—Pronto es relativo. Lo cierto es que no sé por qué se empeña tanto, todavía no he mandado mi informe.

—Entonces… —Sus palabras eran cuidadosas y eso la sorprendió— a lo mejor podría, o querría, quedarse un poco más.

La forma en la que habló, cómo la miraba y su postura inclinada, hizo que sonaran esas pequeñas campanas en su cabeza que tuvo que silenciar tantas veces antes. Echó los hombros hacia atrás. «Profesional».

—Puede. Soy muy buena ama de llaves.

Él sonrió.

—Sí, eso también.

Las campanas replicaron y cantaron: ¡ring, ¡ring!, ¡ring!

—Cierto, tengo que cogerle prestado el tablero de ajedrez a Baptiste. ¿Sabe dónde lo tiene?

Hulda negó con la cabeza.

—Pero él está en la cocina.

Merritt se lo agradeció con la cabeza, rodeó la mesa, comentó lo bonita que estaba y entró al salón del desayuno para ir hacia la cocina.

Hulda se apoyó en el marco de la ventana y soltó un suspiro. Odiaba suponer, pero seguro que si solo se preocupaba por el *statu quo* no diría cosas así. No le importaría tanto si se quedaba y que sus habilidades como ama de llaves fueran solo la segunda razón para que la quisiera allí. Le había oído bien ¿verdad? Hulda era una persona educada, no era como si no hablaran el mismo idioma.

La idea de que a Merritt Fernsby le importase hizo que una terrorífica esperanza abriera sus alas dentro ella, por lo que la carta de Myra tembló en sus dedos. A lo mejor todo lo de su pasado había salido mal porque Dios o el destino o lo que sea que hubiera ahí fuera sabía que todavía no era el momento de que saliese bien. A lo mejor había algo atractivo en ella después de todo…, algo que un hombre podría querer y no solo cosas que poner en su currículum para los jefes. Puede que eso le doliera, pero la emoción hizo que volviera a sentirse una veinteañera.

«No te adelantes», se regañó a sí misma, pero su regañina no podía enfriar el torbellino de emociones que golpeaba sus costillas. Hulda se puso firme, leyó la carta y le ofreció un dedo a la paloma que se subió en él obediente. Escribiría la respuesta en su habitación, donde podría pasearse y pensar un momento. Para saber lo que quería.

Sería clara y concisa con Myra. Había pensado no incluir la información sobre la turmalina, pero no iba a poner en peligro su trabajo por un capricho de adolescente, así que mandaría su informe completo. Y una petición para quedarse un poco más.

Solo un poco más.

Merritt y Fletcher terminaron su partida de ajedrez después de la cena. Jugaron a la luz de los rayos moribundos del sol que entraban por los cristales de las ventanas, de una lámpara de cristal y de la mitad de las velas de la modesta lámpara de araña que tenían encima. A Merritt le gustaba jugar al ajedrez, pero a Fletcher le encantaba, lo que significaba que, si el juego no resultaba todo lo divertido que debía, echarían otra partida.

La de esa noche se estaba alargando. Merritt seguía solo por orgullo. Todavía le quedaba la reina y una torre, que podían ser unos adversarios mortales. A su alrededor, la casa estaba en silencio, menos por la llamada de un zarapito y el asentamiento de la casa, lo que quería decir que Owein se estaba entreteniendo en otra sala.

—¿Así que de verdad vas a quedarte? —Fletcher movió su alfil un solo recuadro. Merritt lo había puesto al día de los exorcismos y demás durante la cena; las historias de Fletcher cada vez eran más escasas conforme se iba concentrando en el tablero que había entre ellos.

—Pues sí. —Merritt también movió su torre un recuadro, para ver si su amigo lo notaba.

—Es una casa bonita. —Fletcher movió su último peón. Había dicho lo bonita que era la casa media docena de veces desde que llegó. A lo mejor porque temía que Owein le diese la vuelta a la habitación otra vez—. Pero yo no podría hacerlo.

—¿Preferirías quedarse en esa habitación con el clérigo?

—Preferiría no tener un fantasma viviendo en mi casa. —Vio cómo Merritt movía la reina, solo un recuadro, como un halcón—. Preferiría no tener que preocuparme por si me rompo una pierna bajando las escaleras.

—Como mucho un tobillo —dijo.

Fletcher sonrió.

—Al menos eres positivo.

—Al menos no comparto mi cuarto de baño con una familia de siete.

Se rio mientras estudiaba las piezas. La puerta de la entrada se abrió, y los pasos pesados de Baptiste anunciaron su llegada antes de que se le viese por el marco de la puerta.

Llevaba una pata delantera despellejada de un ciervo al hombro y un rastro de sangre goteaba por la parte de atrás de su camisa.

Baptiste los miró como si fuese un perro al que le han pillado robando la cena.

—Baptiste. —Merritt puso el talón encima de la mesa y Fletcher lo apartó de golpe—. ¿Puedo convertirte en uno de los personajes de mi próximo libro?

Baptiste lo miró durante tres largos segundos, se encogió de hombros y luego fue hacia el comedor. Limpiar esa camisa va a ser un latazo. Merritt se ofrecería a ayudar para que Beth no se agobiase. Hacía tiempo que no frotaba en una tabla de lavar.

—Eres testigo de que ha consentido. —Merritt sonrió.

—Yo no he visto nada. —La reina de Fletcher cruzó el tablero y se acercó lo justo para comerse la torre de Merritt.

La movió un recuadro.

—Deja de hacer eso. —La vena de la frente de Fletcher empezaba a hincharse.

—Déjame ganar y se acabará la tortura.

—Jamás. Te toca —dijo su amigo, quien se reía y negaba con la cabeza.

Merritt apoyó los codos en las rodillas y estudió el tablero con la esperanza de que una jugada ganadora apareciera mágicamente. «A lo mejor podría enseñar a Owein para que me ayude a hacer trampas…».

—Merritt.

Solo era su nombre, pero llevaba un tono que Merritt conocía bien. Levantó la mirada a través de un mechón de pelo.

Fletcher lo estaba mirando fijamente, como si lo estudiara a él, no su próxima jugada.

—¿Me vas a regañar?

Fletcher negó con la cabeza.

—Solo pensaba que debería decirte algo ahora que estamos solos.

—El fantasma siempre está acechando.

—Lo digo en serio —dijo y Merritt se enderezó—. Me encontré a la señora Larkin el otro día. Bueno, la vi. No fui a saludarla.

—Ah. —Eso desde luego despertó su interés—. ¿En Boston?

Fletcher asintió.

—Estaba en la Sociedad Genealógica.

—Fue a buscar información sobre los Mansel. Eso ya lo sabes —dijo Merritt encogiéndose de hombros.

—Sí, sí, tienen registros. Es una auténtica biblioteca. —Analizó el tablero, pero no hizo ningún movimiento—. Pero escuché parte de la conversación con el director cuando pasaba y...

—¿Conoces al director?

—Todo el mundo conoce a Elijah Clarke. Al menos quienes viven ahí. Siempre se da a conocer cuando se acercan las elecciones.

Merritt le hizo un gesto para que continuase.

Movió la reina al azar.

—Lo que pasa es que allí básicamente se conciertan matrimonios para gente mágica.

Lo músculos del abdomen de Merritt se tensaron. Un extraño sentimiento de autoprotección empezó a crecer dentro de él, pero lo contuvo.

—¿Ah sí?

—Estaban hablando de ello.

—¿Y pudiste oírlo bien?

— Estaban hablando de ello —repitió él haciendo hincapié en sus palabras—. He visto cómo la miras... No quiero presuponer nada.

—Estas presuponiendo. —Aun así, un escalofrío se enredó en su cuello—. ¿Tan evidente es?

—A lo mejor ella solo está interesada en tipos con magia. —Fletcher movió su alfil.

—Me toca —señaló Merritt.

Se comió un alfil de Fletcher. Se puso los dos puños bajo la mandíbula.

—No quiero ver cómo te hacen daño otra vez —añadió en voz baja.

Los músculos de Merritt se tensaron y se reclinó en la silla para intentar relajarlos. Tuvo que esforzarse para parecer tranquilo.

—¿Te refieres a Ebba o a cuando tu hermana me rechazó?

—No era la adecuada para ti. Tú tampoco lo eras para ella con lo roto que estabas.

El mismo mechón de pelo cayó en la cara de Merritt. Lo apartó con un soplido. Se sentaron en silencio durante varios segundos hasta que Merritt suspiró.

—Sabes que confío en ti —dijo.

Fletcher movió su último alfil.

—Lo sé. No te lo digo para que hagas nada, sino para que tengas cuidado.

Merritt alargó la mano, renunció a su torre y deslizó su reina por varias filas.

—Jaque.

Fletcher maldijo por lo bajo y volvió a concentrarse en la estrategia. Merritt lo agradeció. Le dio un momento para ordenar sus pensamientos.

¿Hulda estaba interesada en la Sociedad Genealógica? Lo dudaba. Era una mujer demasiado conservadora como hacer algo así. Incluso pensaba que a ella le gustaba, o al menos eso creía. O podría aprender a gustarle. A lo mejor acabaría como las demás. A lo mejor ni siquiera lo tenía presente. A lo mejor era un idiota.

Pero mañana pasaría otra página y vería a dónde iba la historia.

Capítulo 25

3 de octubre de 1846. Localización desconocida.

Con un movimiento de la mano, Silas invocó el agua de un canal cercano por el pasillo de su nueva morada para así lavar la mugre que se había acumulado, además de unos cuantos ratones y arañas que pensaban asentarse donde no eran bienvenidos. Su piel se tensó cuando el agua se empezó a mezclar con la mugre y se volvió marrón. La guio de vuelta por el pasillo contiguo y la devolvió a la tubería. Sus ojos se volvieron arenosos, se estaba asegurando de que cada gota le obedecía. Su suerte había cooperado al ayudarlo a encontrar este sitio, pero no soportaba el moho. Cuando terminó, se masajeó las manos y fue hacia una jarra de agua que tragó rápidamente para saciar la insoportable sed que le había causado usar tanta magia. La piel seca y los ojos se rehidratarían solos. Pronto tendría que dejar este lugar y buscar una casa más apropiada que esta guarida subterránea que había construido con sudor y magia. Pero mientras estuviera de caza, era mejor permanecer escondido. Oh, cómo añoraba sus días de esplendor, lleno de magia y dinero en Liverpool. Los echaba de menos terriblemente.

Sus pasos resonaron en las paredes de piedra del pasillo que lo dirigía al laboratorio, su atención se desvió hacia el hueco que había excavado en la caliza para sus tesoros. La Liga del Rey había destruido los que encontró en su momento, pero no todos. Lo había sabido todo este tiempo, habría notado sus pérdidas, y todavía poseía sus hechizos. Los donantes que estaban detrás de la piedra de Gorse End estaban intactos. Tensó la mandíbula al recordarlo. La pérdida de los otros cuerpos la sintió como si le faltaran dientes. Hubo un tiempo en el que podía invocar hierro, ver el futuro y controlar la tierra bajo sus pies. Qué hechizos tan raros. Tanto trabajo y esfuerzo perdidos porque un miembro de su personal lo traicionó.

Dejó la mano en una de las barras que protegían sus tesoros. Había diez en total, lo que le proporcionaba doce hechizos que no había poseído antes y que aumentaban la magia que se le había otorgado al nacer. Su mirada se fue, como siempre, hacia los muñecos de la esquina superior izquierda. Sus rasgos estaban menos preservados así que se parecían más a melones podridos que a monstruos secos y momificados. En aquella época aún era un neófito en sus nuevas habilidades, completamente inexperto. Y, aun así, todavía seguían con él. Todavía seguían con él...

Silas cerró los ojos cuando empezó a resurgir la oscuridad de viejos recuerdos. Luchó contra la marea para contenerla. Ya había pagado el precio de esos sacrificios. Ya había sufrido la pérdida. Casi lo había roto por dentro. Lo destrozó para luego convertirse en alguien más poderoso. Algo que era capaz de conquistar cualquier cosa y a cualquiera. Algo que podía continuar con los legados de los caídos.

Abrió los ojos. Si tan solo la cáscara de su padre estuviera en estas estanterías, arrugado y todavía capaz de sentir dolor para que pudiera devolverle cada gramo de sufrimiento que él le provocó. Pero su padre interpretó un papel distinto, le abrió la puerta. O puede que fuera Dios y su padre solo un peón.

Silas dio un paso atrás y se sacudió. No era momento de recordar. Ya se conocía bien la isla, estaba listo para la vidente. Listo para convertirse en lobo y vivir unos días en la naturaleza hasta que llegase su oportunidad, si es lo que requería. Entonces sí que podría pasar página. Casi había acabado. Seguro que quedaba poco y luego viviría en paz con su poder durante el resto de sus días. Sería libre de esta vida parasitaria.

Pero por ahora era momento de añadir trofeos a su colección.

Capítulo 26

5 de octubre de 1846. Blaugdone Island, Rhode Island.

El señor Portendorfer se quedó el fin de semana y se fue al terminar la cena del domingo. Al día siguiente de su partida, Hulda se vio obligada a enfrentarse a su dilema. Estuvo flotando en su mente mientras ayudaba a la señorita Taylor con las tareas diarias, incluso cuando frotó el revestimiento, lavó las ventanas y volvió a pulir la plata. Cuando eso ya no pudo contener sus pensamientos, se puso a recoger la tinta de los tinteros medio vacíos de la oficina del señor Fernsby y barrió la alfombra. Organizó su ropa por colores. Puso las hierbas del despacho en orden alfabético y volvió a hacer el inventario de los suministros que iban utilizando. Además, se cortó las uñas.

Pero al final, el trabajo no pudo distraerla de la verdad inevitable; no podía dejar a Myra esperando para siempre. Así que se colgó el bolso del hombro y salió sabiendo que nadie podría cuestionar a dónde iba si llevaba el bolso. Parecería ocupada y eso le daría tiempo para pensar.

Caminó hacia el norte, serpenteó por las hierbas y las plantas que crecían bajas en la tierra y siguió un riachuelo de agua salada por la propiedad. El aire frío le sentó bien; el canto de un pájaro y ver las hojas brillantes la calmaron. Sentía como su bolso de herramientas rebotaba contra su cadera con cada paso.

Sí, quería quedarse en Whimbrel House. No había necesidad de plantearse eso. Preferiría no tener que despedirse del ICLEB para poder mantener su puesto, sobre todo porque si el señor Fernsby iba a pagar su sueldo, reduciría considerablemente sus ahorros. Tampoco quería que la bajaran de puesto. Esperaba poder negociar con Myra para conseguir un puesto en el que pasara la mayor parte del tiempo en Blaugdone Island, pero aceptando trabajos ocasionales cuando se encontrara una nueva estructura encantada que exigiera su atención. Un arreglo así requeriría que se ausentara semanas, pero el resto del personal podría lidiar con eso. El señor Fernsby se las arreglaría con un ama de llaves a media jornada.

Además... no era razonable pensar en mejores posibilidades. Hulda se dejaría llevar y eso no sería bueno, sobre todo para ella.

Mientras cruzaba el riachuelo, Hulda se permitió disfrutar del cielo abierto que empezaba a cambiar de color por el sol. Los atardeceres siempre eran más bonitos cuando las nubes reflejaban la luz y por encima de ella nadaba la cantidad adecuada de nubes. Repasó lo que le iba a decir a Myra, era mejor discutir el tema en persona y darle un argumento lógico, algo que pudiera ocultar su vínculo emocional. Se ofrecería para formar a la señorita Taylor como ama de llaves. Eso parecía una razón viable para quedarse, ¿verdad? Y la formación no se saldría del presupuesto que el ICLEB había asignado para la casa. A lo mejor hasta podría ofrecerse para supervisar las otras islas de la Narragansett Bay. Seguramente había magia por descubrir...

—Hola, Hulda.

Su cuerpo reaccionó a la grave voz antes que su mente. Se quedó quieta y la recorrió un escalofrío repentino. Sus órganos se congelaron. Se giró para ver una mirada terrorífica y penetrante enmarcada en un pelo oscuro y suelto.

Hulda articuló «señor Hogwood». Estaba ahí, en carne y hueso, más alto que ella y vestido de forma simple, con colores apagados, los ojos entrecerrados y la boca apretada. Parecía mayor de lo que recordaba. Más duro.

¿Cómo...? ¿Cómo era posible que estuviera aquí? ¡Se suponía que había muerto!

La agarró.

El pánico recorrió sus extremidades como el fuego. Consiguió zafarse y salió corriendo, aunque las hierbas altas le dificultaban avanzar y el barro se tragaba sus zapatos. Su falda tiraba de ella hacia atrás, y cayó de bruces. La lupa se cayó de su bolso.

Su «bolso».

Le dio una patada al señor Hogwood, buscó a tientas en su bolso, echó a un lado sus varillas de zahorí y su paraguas, y sus dedos acariciaron la piedra de llamada de selenita.

Los dedos del señor Hogwood se hundieron en su pelo y tiró de ella hacia atrás.

Hulda gritó y el bolso se cayó al suelo, perdido entre el barro.

Un grito retumbó en las paredes de la habitación de Merritt.

Se quedó congelado con media camisa abotonada, se estaba preparando para la noche. El pelo de sus brazos se erizó. Se dio la vuelta, confuso. Ese grito… Sonó lejos; sin embargo era cercano.

Sonaba como Hulda.

Su sangre empezó a acelerarse y buscó por la habitación para ver si había sido un truco de Owein, pero él nunca había hecho sonidos.

—¿Hulda? —llamó caminando a la cómoda.

Vio la piedra de llamada justo cuando el sello mágico se apagaba.

Sus huesos se convirtieron en mantequilla. Cogió la piedra y presionó el sello con el pulgar.

—¡Hulda! ¿Estás ahí? ¡Hulda! —gritó.

Por mucho que esperó, no recibió respuesta.

Merritt salió rápido por la puerta, voló por el pasillo con la piedra en la mano.

—¡Hulda! —Miró en la biblioteca. Se giró y bajó corriendo por las escaleras—. ¡Hulda!

Baptiste salió del cuarto de baño.

—¿Qué ocurre?

Merritt levantó la piedra como si pudiera explicarlo todo.

—¿Dónde está Hulda?

Baptiste negó con la cabeza.

—¿Señor Fernsby? —Beth salió del comedor.

—¿Dónde está Hulda?

Beth se mordió el labio.

—No la he visto desde que se fue. Pensé que iba a estudiar la turmalina...

Fue como si Owein hubiese abierto un hoyo bajo sus pies.

—Encuentra a Hulda. —Se giró hacia Baptiste—. Encuéntrala ahora. Algo va mal.

Fue corriendo hacia la puerta, se paró y dejó que Baptiste saliese primero. Subió las escaleras de dos en dos, volvió a su habitación y cogió su mosquete de la pared y la Colt Paterson del cajón. Sin embargo, cuando iba a salir, una barrera invisible lo golpeó en la cabeza y lo tiró al suelo.

—¡Ahora no! —Se puso de pie de un salto y golpeó la barrera con culata del mosquete una vez, dos...

El escudo cedió y corrió por la casa sin pensarlo ni un segundo. Una vez fuera, el viento le empujó el pelo hacia la cara cegándole durante un momento. El sol era ya una línea dorada en el horizonte, nada más. Maldijo. La voz grave de Baptiste llamaba el nombre de Hulda y Beth saltaba por las lápidas.

—¡Hulda! —gritó Merritt. Lo intentó otra vez con la piedra, pero nadie respondió. Escogió una dirección y empezó a correr—. ¡Hulda! ¡Hulda!

Casi se rompió el tobillo en una madriguera de conejo

El mosquete se le resbalaba en las manos.

—¡Hulda!

Notó cómo una brisa fría pasaba entre la vegetación.

—«Eeeeeeeeeelllllllllllllaaaaaaaaaa» —susurró la brisa.

Un escalofrío le recorrió el cuello.

—¿Hola?

«Eeeeeeeeelllllllllllllaaaaaaaaa...».

—¡Owein! ¿Dónde está? —Luchó con los cardos y su voz sonaba ronca—. ¡Ella! ¿Dónde está?

—Eeeeeeeelllllllllaaaaaaaa —jadeó la brisa. Merritt vio en su mente una costa lejos de donde estaba él.

No tardó en correr.

La cara de Hulda se dio con los juncos. Sus muñecas se mantenían unidas por un hechizo, las sujetaba más fuerte que cualquier grillete. El sol la había abandonado, ya era de noche y las manos de Silas Hogwood, una de ellas en su nuca, empujaban su boca en el barro.

Sintió el momento exacto en el que el hechizo de nigromancia fluyó por debajo de su piel, arrancándole su fuerza vital.

Ella se sacudió para intentar liberarse. El pánico era arrollador. Sofocante. ¡No podía respirar! Se retorció y sus gafas se doblaron. Consiguió apoyarse en su cadera.

Pero el señor Hogwood la sujetó con más fuerza, tirando del pelo de su cráneo.

—No merece la pena que pelees. Incluso sin magia soy más fuerte —murmuró. Sus músculos se calentaron con el hechizo al mismo tiempo que su piel se enfriaba—. Debería haberte eliminado a ti primero la última vez. No volveré a cometer ese error.

Esa frase hizo que sonaran las alarmas en su cabeza. Intentó hablar, suplicar, rogar, pero solo consiguió presionar el barro contra sus dientes.

Algo vibró en su sangre. Su mente volvió al sótano de Gorse End, a los cuerpos secos y ennegrecidos de la gente, irreconocibles. Gritó, pero el barro absorbió el sonido.

La rodilla del señor Hogwood presionó contra la parte baja de su espalda, lo que le produjo una oleada de dolor a su columna. Empezaron a caer lágrimas de sus ojos.

—Esto tardará un rato. —Hablaba tan bajo que apenas podía oírlo por encima de los latidos de su corazón—. Pero eso ya lo sabes ¿verdad?

Unas uñas se clavaron en su cráneo. Su aliento caliente rozó su oreja antes de hablar.

—Pero ¿sabes cómo? ¿Eh? ¿Cómo te chuparé la fuerza vital, romperé tu magia y la arrancaré de este saco inútil de carne que llamas cuerpo? Te haré incluso más fea que al resto. Pero tus ojos… Intentaré preservar tus ojos. Quiero que veas lo miserable que eres.

Se inclinó sobre la rodilla que tenía en su espalda. Hulda gritó a las raíces y gusanos cuando el rayo del tirón sutil del hechizo pasó por su cuerpo, era arrollador. Su columna vertebral iba a partirse.

—Aunque no merezca la pena. —Tiró para atrás sin inmutarse por los llantos que sacudían su pecho y hombros. Hulda cogió aire y se tragó la tierra al no ser capaz de expulsarla tosiendo. Intentó dar patadas, pero el hechizo que le ataba las muñecas también le unía los tobillos y rodillas.

Iba a morir. «Dios, ayúdame, voy a morir».

—He pensado en ti cada día. —Un nuevo hechizo la atravesó, uno que parecía un rayo. Gritó con la quemazón en la parte de atrás de los muslos. ¿Era esto parte del drenaje o solo la estaba torturando? Una mota se pegó a sus pestañas y se deshizo en sus lágrimas—. Todos los días en ese sitio abandonado de la mano de Dios. —Volvió a empujarle cabeza hacia abajo hundiendo su cara tan profundamente en el barro que no tenía aire para respirar. Ella luchó, se retorció, se sacudió—. Nunca pensé que sería...

Un relámpago explotó. Golpeó la cabeza de Hulda e hizo que le pitaran los oídos.

De repente el peso insoportable en su cabeza y espalda desapareció. Hulda se giró con las lágrimas corriendo por su cara. Ya no tenía los brazos y piernas atados, se liberaron con un cosquilleo por la falta de sangre. Cayó en el césped. Volvió a levantarse con las gafas colgando de una oreja.

A través de una sola lente vio que una sombra se acercaba.

Y el señor Hogwood... El señor Hogwood había desaparecido.

—¡Muéstrese! —La orden sonó con la voz de Merritt. El rayo volvió a atravesar el aire y las manos de Hulda fueron directas a tapar sus oídos. Una parte de ella reconoció que el sonido no era de una tormenta, sino de un arma.

La sombra pasó por la hierba enarbolando la culata del mosquete como una espada. Con el corazón en la garganta, Hulda se giró para buscar al señor Hogwood en el barro, pero era como si nunca hubiese estado ahí. Y con el repertorio de hechizos que tenía... Había desaparecido de verdad.

—Hulda... —La voz se disipó mientras la sombra se agachaba junto a ella. Su frenética mente consiguió reconocerla.

—S-señor... ¿Merritt? —Consiguió decir con los labios ensangrentados.

Unas manos acunaron su mandíbula. Estaba tan oscuro que apenas podía ver su contorno a contraluz. Su piel se notaba tan caliente contra la suya, que estaba helada. Su toque era abrasador.

—Está herida. Está...

Se oyó un crujido en la hierba, seguramente solo era una liebre, pero el pánico se apoderó de Hulda de arriba abajo. Merritt se puso de pie con el mosquete en mano.

Solo era el aire.

—¡Baptiste! —gritó Merritt—. ¡Baptiste, traiga la luz! ¡La he encontrado!

Hulda lo miró boquiabierta, temblando, con los dientes que le castañeteaban. Su mente era una ráfaga de pensamientos inconexos y miedos. Su cuerpo seguí ardiendo por los hechizos.

No vio ni oyó lo que hizo con el arma, pero Merritt Fernsby se agachó junto a ella y cogió su cuerpo tembloroso en sus brazos, levantándola de la tumba superficial de barro y juncos. En la distancia un brillante farol avanzaba lentamente hacia ellos.

Al final un pensamiento acabó elevándose por encima de los otros: «A salvo». Estaba a salvo.

Hulda se giró hacia la camisa de Merritt y empezó a llorar.

Capítulo 27

6 de octubre de 1846. Blaugdone Island, Rhode Island.

Merritt no se dio cuenta de que se había dormido hasta que lo despertó Beth cuando le puso la mano en el hombro. Levantó la cabeza y el pasillo fuera de la habitación de Hulda empezó a enfocarse. Le dolía el pecho y también la espalda. Había subido las rodillas para poder apoyar los brazos en algo, lo que hizo que se le durmieran las plantas de los pies. Todavía tenía los pantalones y las uñas llenos de barro.

Llevaba ahí toda la noche.

—Está despierta. —La tímida sonrisa de Beth lo animó—. Está bien, solo tiene algunos rasguños y cardenales. —Su sonrisa desapareció—. Muchos cardenales.

Apretó los dientes cuando la pena de la larga noche volvió a aparecer y le sofocó la garganta. Si hubiese estado más atento... Le prometió que aquí estaba segura. Con una psicómata y una adivina en la casa, cualquiera diría... Pero Merritt sabía que no podía confiar solo en esos dones caprichosos. Nadie habría podido predecir esto.

Beth le ofreció su pequeña mano para ayudarlo a levantarse. Tuvo que esperar un momento antes de entrar para que la sangre de su cuerpo revisara sus prioridades, tenía que volverle a la cabeza. Se pasó la mano por el pelo y fue encontrando algunos nudos en su camino hacia la habitación del ama de llaves.

Hulda estaba tumbada en la cama, con las mantas estiradas castamente hasta sus hombros y con los brazos fuera. Beth le había cepillado el pelo, que se extendía en hondas suaves por la almohada. Sus gafas dobladas estaban en la mesita de noche, así que no había nada que ocultase los cardenales de su nariz y de debajo de sus ojos. Tenía la esquina del labio hinchada.

«Muchos cardenales».

¿Cuántos que no eran visibles? ¿Y cómo de terribles eran?

Tenía los ojos cerrados, pero cuando Merritt cogió la silla que Beth había dejado junto a la cama, sus ojos se fueron abriendo poco a poco. Las cortinas estaban abiertas para que la luz de la mañana los iluminara, lo que dejaba ver que no eran ni marrones ni verdes, sino avellana con un círculo oscuro alrededor del iris.

El estómago de Merritt se hundió y no fue por hambre.

—¿Cómo se encuentra? —murmuró.

Hulda sonrió un poco, una buena señal, hasta que llegó a la parte hinchada. Cambió de una sonrisa a una mueca de dolor.

—A salvo —contestó en un susurro.

Esa respuesta le puso a Merritt la piel de gallina en los brazos y le causó un escalofrío que le subió por la espalda. Acercó la mano a la de ella, Beth la había lavado, y le dio un suave apretón.

—Ahora lo está. Baptiste cogió el barco para ir a buscar a la Policía a primera hora. Siento…

Ella le devolvió el apretón.

—No lo sienta. No necesito disculpas innecesarias.

—Tanto si la necesita como si no…

—Gracias —lo interrumpió mientras cerraba los ojos otra vez, aunque siguió sujetando su mano—. Gracias por encontrarme.

Merritt soltó una risita, aunque no estaba muy seguro de por qué.

—Gracias por gritar por una roca.

Sus pestañas aletearon.

—¿Me oyó?

Él asintió. Tragó saliva. Acarició el dedo índice de Hulda con su pulgar.

—¿Quién cree... que la raptó?

Unas líneas se marcaron en la frente de Hulda. Giró el cuello y miró al techo.

—Silas Hogwood.

Una descarga eléctrica zigzagueó por la columna de Merritt como los golpes que Baptiste daba a la carne con el martillo.

—¿No estaba en la cárcel? No habrá venido hasta...

—Se supone que está muerto. —Con su mano libre se frotó la ceja—. Era él. Él... me habló. Estaba intentando arrebatarme la magia.

El agarre de Merritt se relajó.

—Dios mío.

—El proceso debía de ser más lento de lo que yo pensaba. Dijo... —A Hulda se le crispó el rostro, no sabía si por el recuerdo o de dolor. Su cara le partió el corazón igualmente—. Dijo que esta vez sería la primera. Me costó oírle, pero... estoy segura de que dijo eso.

Merritt se mordió la mejilla.

—¿Qué cree que quiere decir?

—Se me ocurren una docena de cosas horribles. —Intentó incorporarse, sin soltar su mano y luego siseó entre dientes para volver a tumbarse.

—Debería descansar —dijo Merritt, que casi se cae de la silla.

Ella negó con la cabeza.

—Es la espalda. Estar así tumbada... me duele.

Merritt le soltó la mano y cogió otra almohada, luego le pasó el brazo por los hombros para ayudarla a incorporarse y se dio cuenta por primera vez del dolor que sentía después de haberla llevado en brazos durante dos hectáreas anoche. Ella apretó tanto los dientes, que rechinaron, pero juntos consiguieron ponerla cómoda.

Hulda exhaló y movió el pelo.

—Lleva un tiempo. Lo que hace... No conozco el proceso. Se necesitan muchos hechizos para arrancar la magia de una persona y metérsela dentro. Creó la receta perfecta para hacerlo. Si el proceso fuese rápido… Yo no estaría aquí. Al menos no viva. No pensaría que le iban a interrumpir.

Merritt se sentó en la silla y se acercó hasta que sus rodillas tocaron el colchón.

—¿Le quitó algo?

—No lo sé. —Se miró las palmas y giró las manos—. No lo creo… pero debo de estar cansada por la nigromancia.

—O por el trauma de los golpes. —Su voz se oscureció. Apartó la mirada de los cardenales que todavía se iban formando en su cara porque, al verlos, sus entrañas se retorcían como el caramelo. No debería haber permitido que esto pasara.

Su labio tembló.

—O eso. —Esta vez Hulda buscó su mano y Merritt puso con gusto los dedos en su palma. Sin mirarlo dijo—: si no hubiese llegado…

—Tengo buena puntería. —Su pulgar acarició sus nudillos—. Le sorprendería lo liberador que es destruir un muñeco de paja con un arma de fuego. —Era un pasatiempo que descubrió después de mudarse de la casa de Fletcher—. Es más barato que la ayuda profesional.

Hulda puso los ojos en blanco, bien, el desagrado por su humor no había sufrido daños.

—Eso es bueno. Un solo disparo no lo habría asustado. El señor Hogwood… habría peleado. Tiene tantos hechizos bajo la piel. Hechizos terribles, dañinos y también sanadores. Debió de darle en alguna zona vital.

Él lo meditó un momento. Estaba demasiado oscuro como para saberlo. «Si hubiera fallado…». ¿Qué le habría pasado a Hulda entonces? ¿Y a él?

Con la otra mano abrazó la de Hulda.

—Tendrá que contárselo al ICLEB. Haremos un informe con los vigilantes.

—Sí, lo haré. O a lo mejor la señorita Taylor puede ocuparse. —Puso otra mueca de dolor.

—Puedo llamar al médico…

—Son solo cardenales —le aseguró con los párpados pesados. Sus miradas se encontraron—. Son solo cardenales —le repitió más bajo para dejarlo tranquilo.

Merritt estudió sus rasgos durante varios segundos para memorizar la curva de su mandíbula y la longitud de sus pestañas. Intentó no rugir por la hinchazón.

—Suena menos como un diccionario cuando está cansada —le dijo.

Ella se rio y luego puso cara de dolor con la mano libre acunando su labio partido.

—Lo siento. —Se sintió como un perro con el rabo entre las piernas.

—No se preocupe —dijo ella cuando se recuperó.

Merritt se recostó y soltó la mano de Hulda a regañadientes.

—Debería traerle algo de comer. Luego tendría que descansar un poco más. —Se levantó y puso la silla en su sitio.

—Merritt.

Dios sabía lo que le gustaba cómo sonaba su nombre entre sus labios.

—¿Hmm?

Hulda pellizcó los dobleces de la manta.

—Puede que quiera leer algo, hasta que recupere la salud.

Su ego dio salto de alegría.

—Tengo tres cuartas partes de la mejor historia del mundo, si le interesa.

Ella sonrió con cuidado, para no hacerse daño. Luego miró de reojo a sus gafas en la mesita de noche.

—Yo… bueno, si no le importa…

—¿Quiere que se lo lea? —Se ofreció y vio cómo un rosa sutil brillaba bajo sus cardenales—. Hago voces.

Ella se rio sujetándose el labio para que no se estirara.

—Me gustaría mucho.

Él asintió y salió de la habitación. Primero el desayuno, luego la lectura. Y no le importaba para nada hacerlo.

En ese momento haría cualquier cosa que ella le pidiera.

Las noticias de Silas Hogwood llegaron hasta Inglaterra. El personal y las autoridades locales exploraron la isla, pero lo único importante que encontraron fue el bolso de Hulda. Una semana después del terrible suceso, Hulda se había recuperado lo suficiente como para volver a la normalidad. Se vistió, utilizando el corsé de cordones en vez del de hueso de ballena, se colocó las horquillas en el pelo y enderezó con cuidado los hierros de sus gafas. Intentaría comprarse unas nuevas cuando fuese a la ciudad, lo que pasaría al día siguiente, pues Myra, en pánico, había enviado una paloma mensajera como respuesta al telegrama de la señorita Taylor sobre el ataque. Hulda le aseguró que estaba bien y que iría a verla en persona inmediatamente. Por ahora, tendría que ignorar los arañazos que cubrían sus lentes. No veía lo suficientemente bien como para no usarlas.

A Hulda le preocupaba no tener una justificación para ampliar su estancia en Whimbrel House. Pero a pesar de lo que había pasado, todavía quería quedarse, ahora más que nunca.

Oyó un sutil chop por la ventana. Apartó un poco la cortina y vio a Merritt poner un tronco corto sobre el tocón para cortar leña y levantar el hacha para partirlo en dos. Se había recogido el pelo para llevar a cabo la tarea. Después de cortar el segundo, dejó el hacha a un lado y agitó las manos. Se quitó una astilla de la palma. Tenía la camisa abierta y empapada en sudor. Como no se la veía desde detrás de las cortinas, no se vio forzada a apartar la mirada. Aunque cuanto más miraba, más presión notaba en el vientre, como si el corsé se estuviese ajustando más por sí solo.

«Ya es demasiado tarde», pensó ella mordiéndose el labio. «No puedo obligarme a olvidarme de esto». Ya estaba hundida hasta el fondo. Todos estos días que había estado en la cama, arropada y segura, se había ido enamorando. Hasta unas profundidades que no se podían medir. Cada vez que Merritt venía a ver cómo estaba, cada vez que le leía, cada vez que sustituía a Beth y le llevaba la bandeja de la cena él mismo. Cada vez que le cogía la mano...

Respiró temblorosa. Se había enamorado de él. Solo lo conocía desde hacía casi un mes, pero lo quería.

Y pensó, con una esperanza osada y que le picaba, que a lo mejor era recíproco.

Juntó las manos y recordó su tacto. Su pulgar dibujando remolinos en sus nudillos. Era aterrador suponer algo así, sin importar las pruebas... Pero lo quería desesperadamente. ¿Qué había de malo en querer algo, una sola cosa, que no podía comprarse en una tienda ni se podía conseguir con el currículum? ¿No había esperado ya suficiente? ¿No había pagado sus deudas con la sociedad viendo a sus amigos, familia y conocidos conseguir lo que ella siempre había querido pero había intentado convencerse a sí misma de que no quería?

Oh, dolía. Dolía de una forma tan curiosa y extraña.

Hulda soltó la cortina y se miró una vez más en el espejo. Se pellizcó las mejillas, cogió su chal y cerró la puerta despacio tras de sí para salir de la casa. La alfombra onduló como un océano en un día ventoso y se puso amarilla alrededor de sus pies.

Se rio.

—Hola, Owein. Yo también me alegro de verte.

Por lo que ella sabía, el espíritu no había entrado en su habitación durante su recuperación. Se preguntó si temía molestarla o si Merritt le había pedido que la dejase descansar.

Los toques de color la siguieron hacia las escaleras, donde se detuvo con una mano en la barandilla. Algo que le había estado rondando por la cabeza volvió a aparecer. ¿Cómo la encontró el señor Hogwood? ¿Cómo supo dónde estaba y que había salido? Había unos cuantos hechizos que podrían ayudarlo a descubrirlo, pero primero habría tenido que reducir la búsqueda al área de Narragansett Bay y estaba tan despoblada que parecía un sitio extraño para que empezase su búsqueda. Seguro que asumió que seguiría trabajando para el ICLEB, pero sus archivos eran confidenciales y casi siempre estaba destinada en otros sitios.

Le había dado vueltas una y otra vez a esa pregunta durante los últimos días y nunca se le ocurrió ni un atisbo de la respuesta. Y tampoco sabía cómo Merritt la había encontrado. Una piedra de llamada solo enviaba el sonido, no la ubicación.

Owein se metió en el retrato del pasillo de la entrada y cambió el peinado de la mujer para que llevara el mismo que Hulda. Ella le sonrió antes de salir al jardín, donde la recibió el frío otoñal.

Merritt estaba de espaldas. Partió otro tronco y lo añadió a la pila de tamaño considerable. O prefería tener la casa calentita en invierno o estaba desahogando algún tipo de frustración con estos árboles.

Eso la hizo parar. «Lucha y verdad». ¿Esa premonición era sobre el señor Hogwood? Desde luego había sido una lucha para todos, pero el incidente parecía más personal para Hulda que para él. ¿Lo de su lectura de posos ya había pasado o todavía estaba por llegar?

Merritt dejó el hacha y se giró mientras se limpiaba el sudor de la frente con la manga. Su cara se iluminó al verla, lo que hizo que sintiera cien mariposas revoloteando en su estómago.

—¡Hulda! ¡Tiene buen aspecto!

Ella se tocó un lado de la nariz donde sabía que todavía tenía un cardenal amarillo.

—Lo suficientemente bueno, supongo.

—Mejor que el mío, seguro. —Se miró a sí mismo antes de empezar a abrocharse la camisa con vergüenza—. No irá a dar otro paseo ¿verdad?

Se dio cuenta de la inseguridad en su voz.

—De momento cualquier paseo que dé será acompañada, se lo aseguro. Por suerte, la estación está a punto de cambiar y será mucho menos agradable hacer ejercicio al aire libre.

Él sonrió.

—¿Y qué ejercicio pretende hacer dentro de casa?

Eso no debería haber hecho que se sonrojara, pero el rojo cubrió sus mejillas. Merritt se rio, lo que ayudó a disipar su vergüenza.

Él cogió el hacha de nuevo y cruzó el patio para dejarlo apoyado junto a la casa y dar un respiro a los troncos.

—Yo estaría encantado de acompañarla, aunque me temo que huelo como un cerdo.

Hulda cogió una esquina del chal y se acercó más hasta que solo hubo un paso entre los dos. Inclinó la cabeza.

—Yo solo huelo el pantano.

La sonrisa que puso estaba un poco torcida, como la de un niño travieso. Aun así, se alisó la camisa y se echó el pelo hacia atrás para estar todo lo presentable posible y le ofreció su brazo. Hulda se mordió la mejilla para mantener una expresión serena, aceptó su brazo y dejó que su calor corporal se filtrara por sus dedos.

Sí que olía a sudor, la verdad, pero no era un olor horrible. Para nada. Era un olor masculino con un toque de clavo y rama de naranjo de esa colonia suya mezclada con el olor a madera recién cortada. Estaba embelesada con su olor, tanto que no articuló palabra durante el principio del paseo, solo lo asimiló a él, al frescor del aire y al brillo del sol a su espalda.

Merritt cortó el silencio con un tono tranquilo.

—Baptiste está agobiado porque no tenemos huevos. Ahora quiere un gallinero a parte de la vaca.

Ella sonrió.

—Bueno, tenemos… tiene… sitio suficiente para uno.

Merritt observó la isla que se extendía frente a ellos.

—No he construido nunca un gallinero, aunque mi madre tenía uno. No creo que sea difícil. —Miró hacia atrás—. Si lo hago pegado a la casa, tendré que hacer una pared menos.

Pasaron por encima de unos juncos hasta llegar a un nuevo sendero que Hulda sospechaba que había abierto Baptiste. Todavía notaba la espalda un poco dolorida, pero el paseo lo estaba mejorando. Notó que Merritt iba por la zona de hierba cerca del sendero para que a ella le costase menos caminar y eso la relajó aún más.

—Mer… Señor Fernsby —dijo Hulda—. A ver si me puede ayudar a resolver un misterio.

Él la miró. ¿Le estaba mirando a los labios?

—¿Qué misterio?

«Qué misterio, sí».

—Esa noche, con el señor Hogwood. ¿Cómo… me encontró usted? Estaba oscuro y lejos de la casa.

Dejó salir el aire despacio y se frotó la nuca.

—Eso se lo tendrá que agradecer a Owein. Me dirigió hacia el camino correcto.

Esa no era la respuesta que esperaba.

—¿Owein?

Él se encogió de hombros.

—Es alto. Lo vería él mismo.

Hulda miró hacia donde pasó el incidente. Estaba lejos… Incluso alguien en el tejado de la casa no habría podido verla sin unos prismáticos.

—¿Cómo se lo dijo? ¿Lo… escribió?

—Eh, no. —Arrugó la nariz intentando recordar. Seguramente Owein era analfabeto, dada su edad—. Yo solo… Estaba fuera gritando su nombre. Y él dijo «ella» como si se refiriera a una mujer. A usted. —La miró a los ojos—. Y luego… señaló, supongo. Pero sin realmente señalar.

Hulda se quedó atrás, anduvo más despacio, pero mantuvo la mano en el hueco de su brazo.

—N-no estoy segura de que eso sea posible. Owein… Su cuerpo es Whimbrel House, no la isla. Su magia está atrapada en esas paredes. —Señaló el edificio—. No tiene poder fuera de ella. —A no ser que la turmalina esté más extendida… Pero eran piedras de protección. No le habrían dado el poder de hablar.

Merritt parecía disgustado y Hulda deseaba haberlo dicho con más delicadeza.

—Entonces no estoy seguro —confesó—. A lo mejor fue solo suerte. O intervención divina.

Ella asintió y aceptó la respuesta por el momento.

—De todas formas, gracias…

—Señora Larkin. —Su voz era firme, pero tenía en la cara una sonrisa traviesa—. Si me lo agradece otra vez me veré obligado a actuar como un granuja para restablecer el equilibrio del universo.

Se sintió tentada a seguirle el juego y preguntarle «¿y qué travesura haría?». Sin embargo, ese tipo de impulsividad no le salía natural así que simplemente asintió.

—Si insiste.

Merritt se acercó y entrelazó el brazo de Hulda con el suyo y la acercó hasta que sus codos se unieron, lo que hizo que las mariposas aleteasen tanto en su estómago como en sus extremidades. Siguieron su paseo a un ritmo tranquilo y Hulda se sujetaba la falda para no engancharse con las hierbas. Levantó la cabeza y al ver una figura que se movía en la distancia se tensó.

La otra mano de Merritt cubrió la suya.

—Es un vigilante. Han estado aquí toda la semana. Nunca más de uno, estamos un poco lejos para la Policía. Pero o están en la isla o van con el barco por la bahía.

Hulda se relajó.

—Qué amable por su parte.

—Hulda. —Se quedó quieto—. ¿Me hablaría de su familia?

Se preguntó por qué cambiaba de tema. No parecía querer mirarla, tenía la vista fija en sus pies. Le dio ganas de ver qué había en su mente, averiguar qué estaba pensando en ese momento. ¿Por qué le preguntaba por su familia? Aunque él en realidad no tenía. O sí la tenía, pero ya no... era su familia. El recordatorio le pesó en el pecho como un saco de arena mojada.

—Mis padres siguen vivos y tengo una hermana pequeña. Se llama Danielle. Vive en Massachusetts con su propia familia.

—¿Está casada?

—Sí, con un abogado. —El día de la boda de Danielle fue agridulce. Hulda se alegraba por su hermana, de verdad, pero era difícil verla a ella, cuatro años menor, ganar el juego del amor y el matrimonio cuando Hulda no tenía ningún pretendiente. Muchos de los invitados creyeron apropiado comentarlo. Hulda se rio un poco cuando añadió—: No nos parecemos mucho. Yo he salido a mi padre y ella a mi madre. —Se tocó la nariz inconscientemente.

Notaba cómo Merritt la miraba y bajó la mano.

—¿Cree que se ha casado porque se parece a su madre? —preguntó con calma.

De repente Hulda se sintió avergonzada e intentó esconder su incomodidad encogiéndose de hombros.

—Mi madre y ella son pulcras —murmuró. Encontraba consuelo en lo concreta e intelectual que era esa acepción de la palabra.

—¿Perdón? —preguntó él.

Una ramita crujió bajo su pie mientras caminaba sincronizada con él.

—Hermosas —simplificó ella.

—¿Sabe? Lo interesante de escribir —dijo cambiando otra vez el tema de conversación— son en realidad los lectores. A una persona le puede encantar una novela, pero otras detestarla o incluso querer quemarla. Cuando escribía para el periódico, a veces la redacción recibía cartas diciendo que estaban de acuerdo con los puntos expuestos o los criticaban. A veces recibíamos ambas opiniones por el mismo artículo. Sobre todo, por el que redacté sobre la planta de hierro.

Ella estudió su perfil.

—Lo que quiero decir —pasó por encima de la rama caída de un árbol—, es que es imposible huir de la subjetividad. Si algo he aprendido en mi trabajo es que no hay dos mentes que funcionen igual y no hay nada malo en ello. A algunas personas les gustan los misterios y a otras las novelas históricas. A Baptiste le gusta el hinojo y a mí nunca me ha entusiasmado, pero eso no quiere decir que el hinojo tenga nada de malo.

Hulda tragó saliva.

—No estoy segura de entenderle.

—Creo que sí que lo entiende. —Le ofreció una pequeña sonrisa—. Algunas personas prefieren mujeres que se parezcan a su madre y otras prefieren a las que se parecen a su padre. La belleza es como un libro. Algunos no se molestarán en mirar más allá de la portada y otros descubrirán que es un texto totalmente cautivador.

El corazón de Hulda latió con un entusiasmo nuevo ante esas bonitas palabras. ¿Eso quería decir lo que ella esperaba? ¿De verdad Merritt Fernsby pensaba que ella era... hermosa? ¿O simplemente lo decía para que se sintiera mejor?

Quería desesperadamente que continuara, que fuera sincero y le dijera todas esas cosas que ella deseaba tanto oír.

Pero no lo hizo. Fue cuidadoso con sus palabras, al igual que ella lo había sido con las suyas y la conversación pasó al viaje que tenían que hacer mañana a Boston, el trabajo con el que Hulda se tenía que poner al día y cómo les iba a la señorita Taylor y al señor Babineaux. Poco a poco, Hulda fue dejando de lado sus esperanzas y decepciones y se asentó en la seguridad del brazo de Merritt, en disfrutar de su compañía y en asimilar toda la belleza del momento como fuera posible, por temor a que un día solo existiera en su memoria.

Merritt se mantuvo en alerta al día siguiente durante el trayecto en el bote encantado que los llevaba desde la bahía hasta Portsmouth. Estudió las costas de las islas, miró los barcos pesqueros y escuchó el viento. Pero nada parecía fuera de lo normal. Ni una brizna de hierba ni un pez fuera de su sitio.

—Está tan rígido que se va a caer del barco —dijo Hulda con una mano en el sombrero para evitar que el viento se lo llevase volando. Era uno de los inconvenientes de este transporte. De todos modos, a Merritt le gustaba cómo la brisa deshacía los rizos perfectos de Hulda, como si quisiera forzar a que dejase de lado su carácter rígido.

Pero ella ya lo estaba haciendo de *motu propio*, poco a poco. Incluso desde antes del extraño ataque. Al principio, sus momentos de relajación parecían un descuido. Se daba cuenta de que estaba siendo demasiado informal y se contenía inmediatamente, hasta que se volvía incluso más educada y estricta que antes. Pero esos momentos se estaban volviendo tan frecuentes que eran casi igual de habituales que aquellos en los que se comportaba de manera estricta, puede que incluso más. Por eso Merritt parecía tenso con esta salida, aunque intentaba mantenerse relajado. No solo por Silas, sino por la mujer que iba con él en el bote. Por lo que planeaba hacer y cómo reaccionaría.

Lo cierto es que ahora Merritt estaba metido hasta el fondo en la historia de Hulda y no quería parar de leer. No quería que su historia acabara. Pero ¿cuántas páginas le quedaban? ¿Cómo iba a ser su final, o el de los dos?

El nudo de emociones que sentía lo hacía estar pendiente de su alrededor. Si el persistente señor Hogwood había atacado una vez, ¿quién era él para decir que no volvería a intentarlo? Era capaz de hacerlo, de eso estaba seguro. Porque si Merritt lo hubiera herido en alguna parte vital, habría un cuerpo. Y no estaba seguro de cuánto podrían hacer los vigilantes contra un hombre como Silas Hogwood o cuánto tiempo les prestaría la Policía a sus hombres.

A lo mejor deberían mudarse al continente durante un tiempo. No le gustaba la idea de abandonar a Owein, pero…

Hulda se inclinó hacia delante.

—¿En qué está pensando?

Merritt parpadeó y comprobó que el bote siguiese yendo en la dirección correcta.

—En aquel que no debe ser nombrado.

275

Hulda asintió con seriedad y luego miró por la bahía.

Atracaron y cogieron el tranvía hacia Boston, que los dejó en la calle del mercado. Desde ahí, sus recados los llevarían a direcciones distintas: Merritt iría a hablar con su editor del libro que llevaba dentro de la cartera que colgaba de su hombro y Hulda iría al Instituto de Conservación de Lugares Encantados de Boston para hablar con su jefa, Myra Haigh, y hacer lo que fuera que hiciesen los conservadores de casas encantadas. Con suerte no la transferirían.

Pasaron por un grupo de hombres ruidosos en Union Oyster House. Cuando se alejaron lo suficiente para mantener una conversación tranquilamente, Merritt se irguió para aplastar los nervios que tenía pegados como moscas. No podía recordar la última vez que estuvo tan nervioso.

—Hulda. —Últimamente la llamaba así más a menudo. Ella nunca lo corregía, lo que era una de las muchas buenas señales. Cuando ella lo miró, le costó mantener el contacto visual. «Eres un hombre de treinta y un años», se recordó a sí mismo. «Compórtate como tal».

Se aclaró la garganta.

—Después de nuestros recados de hoy, me... gustaría hablar con usted en privado. —A lo mejor debería haberlo hecho en el barco, donde solo podría haberlo oído una libélula, pero si hubiera salido mal, bueno, se habría visto atrapado con su rechazo en un barco pequeño dentro de una gran bahía.

—Ah, ¿sobre qué? —Se apartaron para dejar que un niño pasase con su perro.

—Solo para... hablar. —«Imbécil». Se paró en el cruce porque sabía que ella tenía que ir hacia el norte.

—Ah. —¿Esa cara significaba que sabía de lo que quería hablar? ¿Desde cuándo Merritt tenía problemas para leer a la gente?— Eso... me gustaría. ¿Antes de que volvamos a Blaugdone?

Él asintió. Miró por la calle y vio unos pilares de piedra.

—¿Quedamos en el mercado Quincy? ¿Habrá terminado a las seis?

Jugó nerviosa con el dobladillo de sus mangas.

—Sí, eso creo. —Sonrió. Dios, qué guapa estaba cuando sonreía. ¿Por qué no se había dado cuenta de lo guapa que era cuando llamó a la puerta la primera vez? ¿No la había comparado con, qué, una institutriz?

Era un poco mayor que él, pero no demasiado. La verdad es que, con los años, la edad cada vez importaba menos. ¿Era incómodo que ella fuera su ama de llaves? Pero ella no era *su* ama de llaves, trabajaba en el ICLEB. Y si su proposición de cortejarla no era correspondida, entonces podrían irse cada uno por su lado sin problemas.

¿Iba a rechazarlo? Pero la forma en la que se sujetó a su brazo durante todo el paseo de ayer, y fue un paseo largo, le decía que no lo haría. La forma en la que cada vez sonreía más y se reía con sus intentos de ser gracioso, la forma en la que lo miraba...

Bueno, él *pensaba* que le miraba de cierta forma...

Se aclaró la garganta.

—Es mejor que me vaya o llegaré tarde.

—Hasta las seis entonces —dijo ella.

Él asintió. Dudó. Incómodo, inclinó un sombrero que no llevaba y se giró. La editorial no estaba muy lejos y puede que el paseo le viniese bien.

Miró hacia atrás cuando llegó a la calle siguiente y vio un poco de la falda de Hulda cuando se subía a un carruaje.

—Discúlpame por mi falta de profesionalidad —dijo Myra de repente—, pero ¿has perdido la cabeza?

Hulda habría dado un paso hacia atrás si no estuviera sentada en una silla al otro lado del escritorio de la directora. Tardó unos segundos en recuperarse.

—¿Debería justificarlo? —En todos los escenarios que se había imaginado sobre cómo iría esta conversación, ninguno acababa con una crítica así—. Tampoco estoy pidiendo nada...

Dejó de hablar cuando Myra se giró y murmuró algo en español tan deprisa que Hulda no pudo distinguir las palabras. Cuando se dio la vuelta tenía los ojos brillantes.

—¡Te atacaron, Hulda! ¡Un delincuente peligroso! Casi te mata ¿y te quieres quedar? ¡Ya no te necesitan! Tú misma lo dijiste. —Cogió el informe de Hulda y lo soltó de golpe en el escritorio.

—No dije que no me necesitaran, solo que había confirmado la segunda fuente de magia… y no fue un delincuente cualquiera, Myra. Fue Silas Hogwood.

—Eso dijo la señorita Taylor. —Myra dio unos pasos, se paró, y con las manos en las caderas preguntó—: ¿Estás segura…?

Hulda se levantó y se le cayó el bolso al suelo.

—No podría estar más segura. Ya le he dado su nombre a las autoridades. No sé cómo engañó a todo el mundo para que pensaran que había muerto, pero era él.

La mujer se apretó el puente de la nariz y se dejó caer en la silla.

—Quiero que sigas adelante, Hulda. Quería que lo dejaras atrás *antes* de que tu vida estuviera en peligro y ahora con más razón todavía quiero que salgas de esa isla.

Hulda frunció el ceño y se relajó un segundo, pero se negó a sentarse. Su jefa estaba siendo implacable y no entendía por qué. Normalmente, Myra era mucho más razonable. Desde luego, su actitud tendría sentido si supiera la verdad, pero Hulda conocía a Myra lo suficientemente bien como para saber que su jefa no invadiría su mente sin su permiso. Se respetaban demasiado. Había demasiada confianza. Así que no podía saber que, aunque Hulda quería quedarse por la costa, el aire y el pequeño Owein, también quería quedarse por el amor de un hombre. Un hombre que pretendía hablar con ella más tarde sobre un asunto que parecía muy concreto.

Su pulso se aceleró cuando pensó en ello y rápidamente alejó esos pensamientos por miedo a que fuesen tan fuertes que Myra los oyera sin intentarlo. Así que se concentró, con fuerza, en el grano del escritorio que tenía delante, en el que veía imágenes abstractas y formas.

—¿Te sientes sola?

Myra negó con la cabeza.

—La verdad es que estoy bien. —Myra también estaba soltera, aunque divorciada. El ICLEB era todo su mundo, pero como psicometrista con el hechizo de leer mentes, podría encontrar trabajo en docenas de campos. Levantó sus oscuros ojos—. Sí. Pero hay trabajo que hacer…

—¿En Nueva Escocia? —Por Dios, Hulda había cogido la horrible costumbre de interrumpir, ¿verdad?

La cara de Myra cambió.

—Todavía no... en Nueva Escocia —dudó—. Hay unas cuantas recaudaciones de fondos que he estado planeando además de unas extensiones hacia el oeste. Y al este.

—Y me encantaría que me hablases de ellas si tienes tiempo —presionó Hulda—. Pero si no, aparte del problema con el señor Hogwood, me gustaría quedarme hasta que llegue algún nuevo encargo.

Las uñas de Myra arañaron el escritorio lo suficiente como para sacar astillas en cualquier momento.

—Hulda, no entiendo por qué...

Su pregunta quedó interrumpida por una llamada y la señorita Steverus metió la cabeza por la puerta.

—Señora Haigh, acabo de recibir un aviso del señor Maurice Watson. Quiere verla hoy.

Hulda inclinó la cabeza. Maurice Watson. ¿Por qué le sonaba ese nombre? Intentó recordar su nombre, pero no consiguió averiguarlo.

Myra se aclaró la garganta.

—Yo misma me encargaré en un momento. Después de la comida. —Myra miró a Hulda a los ojos—. ¿Tienes tiempo para comer?

Hulda sonrió y asintió.

—Para ti, siempre.

La reunión con el editor de Merritt, el señor McFarland, fue mejor de lo esperado. Era un tipo amable, de la misma edad de Merritt, con un sentido del humor negro y un pronunciado pico de viuda. Pasaron mucho tiempo juntos... El señor McFarland había leído las páginas del borrador de Merritt. En silencio. Muchos no lo entenderían, pero a menudo la falta de halagos y críticas era algo muy bueno. Quería decir que la persona estaba absorta. Y un lector absorto es lo mejor.

Le dejó el manuscrito casi acabado al señor McFarland, con ganas de oír lo que pensaba del resto de la historia y si le gustaba el giro que Hulda le propuso mientras estaba en cama. Supuso que tendría que agradecerle la inspiración a Silas Hogwood. Que el cadáver que el protagonista había estado buscando durante media novela resultase estar vivo fue un gran giro de la trama, aunque tendría que cambiar el final que había empezado a escribir, pero no le importaba. Otra razón por la que consideraba que planear con tiempo era una mala idea.

Hablando de organizar de antemano… Casi había llegado a la calle del mercado, que marcaba la cúspide de la conversación de la que había hablado antes con Hulda. A lo mejor se había olvidado. Pero no había razón para procrastinar. Lo cierto es que la ansiedad que causaba la espera solía ser peor que la propia ejecución de la acción.

Merritt pensó en ser informal con el tema. La informalidad era lo seguro. Le pediría que cenase con él, no en la casa. La noche se acercaba, tendrían que volver a casa a oscuras de todas formas, así que podrían ir esa misma velada. Si a ella le parecía raro diría que tenía el estómago vacío, que no era mentira. Estaba hambriento.

«Pero si dice que sí, podría ser por su propio hambrientimiento» pensó, y luego se preguntó si «hambrientimiento» existía. Tendría que buscarlo luego. A lo mejor podría ponerlo en la novela para que su editor tuviera que buscarlo por él.

Se deslizó junto a dos señores mayores que parloteaban en un lado de la calle y llegó a la esquina del mercado Quincy que brillaba con un despliegue de faroles que, sin duda, querían atraer a clientes perdidos antes de que cerrasen sus puertas. Encontró a Hulda rápidamente, junto a la otra esquina del mercado, de pie al lado de una lámpara como si quisiera mantenerse caliente.

Merritt aceleró el paso para llegar hasta ella.

—¿Ha esperado mucho?

Ella se animó al verlo. Buena señal.

—Para nada. Como mucho cinco minutos.

—¿Qué tal en el ICLEB?

—Ha sido… interesante. Me quedaré en Whimbrel House un poco más. —Sus ojos se elevaron por encima de las monturas plateadas y buscaron los suyos—. También he ido al oculista y he presentado una denuncia al jefe de Policía, así que he estado ocupada.

—¿Por Hogwood? —preguntó.

—Desde luego no por usted.

Él se rio.

—Qué alivio.

Ella se frotó los labios. Merritt volvió a pensar en la conversación que tuvieron sobre la subtrama romántica en su libro sin título. «Nunca la han besado». Había pasado un tiempo desde que él había besado a alguien. ¿Se acordaba todavía de cómo hacerlo? ¿Sus labios estarían calientes cuando los tocara o fríos por el clima?

—¿Y su editor? —preguntó ella.

Merritt parpadeó para aclarar sus pensamientos y volver a la realidad.

—Ah. Está bien. Quiero decir... —Se metió las manos en los bolsillos de los pantalones—. Fue bien. Parece que le gusta el libro.

Sus ojos se iluminaron.

—¡Qué bien!

—Desde luego, porque no tengo paciencia para reescribirlo. —Alguien que salió del mercado se chocó con su hombro e hizo que se moviera a un lado. El hombre se disculpó apresuradamente antes de irse con prisas. Merritt puso la mano en la pared para recuperar el equilibrio y su pulgar cayó bajo un apellido que le resultaba familiar y que le envió una descarga en su espalda.

—Dijo —Hulda bajó la voz— que quería hablarme de algo.

La tierra se movió bajo sus pies hasta que la fachada del mercado Quincy se encontró bajo sus pies y la gravedad lo atrajo hacia ella.

El apellido era Mullan. Merritt movió el pulgar. Ebba C. Mullan.

Su pulso se aceleró hasta que en su cabeza solo se oían los latidos. Respiró nervioso y de repente volvía a tener dieciocho años, estaba en medio de la calle después de un chaparrón y sin donde ir. Sin familia con la que vivir, sin prometida con la que compartir su dolor, sin un hijo a quien darle su nombre, sin promesas que cumplir…

—No puede ser —dijo arrancando el póster de la pared del mercado. Intentaba recordar cómo leer, cómo pensar. Anunciaba un concierto en Mánchester, Pensilvania, que homenajeaba a los grandes músicos alemanes. En la parte baja del cartel había una lista de los miembros de la orquesta. El destino había pegado su mano al nombre de ella: Ebba C. Mullan, flautista.

Ebba Caroline Mullan, su Ebba, tocaba la flauta travesera. Le encantaba. En ese momento podía oír cómo sonaba en sus recuerdos: ella tocando en una habitación mientras él leía y lo regañaba por no escuchar…

—¿Merritt? —preguntó Hulda desde algún lugar lejano.

Una de las cicatrices que zigzagueaba por su pecho empezó a sangrar de nuevo. Nunca supo qué fue de ella, solo que no lo quería, igual que su padre. Nunca pudo pasar página, ni con su familia…

—¿Merritt?

Se obligó a volver a respirar. Intentó anclarse a la realidad.

—Ebba —jadeó. Señaló al nombre—. Es… Ebba.

Hulda se subió las gafas. Merritt intentó centrarse en ella, pero algo se había roto en su mente. Algo que había encerrado con llave, enterrado y sobre lo que había echado palas y palas de tierra. Algo que había escondido disparando a un muñeco de paja tras otro.

—¿Quién es Ebba? —preguntó Hulda.

Se extendió como una enfermedad, por sus arterias, venas, capilares.

—La que… La razón por la que mi padre… —Tragó saliva—… me desheredó.

Algo más se rompió cuando pensó en su padre, pero lo hundió en lo más profundo de su ser tragando con fuerza.

Y Ebba… Ella era lo único que le quedaba hasta que se fue. Se había desvanecido tan rápido como un chasquido de dedos. Destrozó su mundo en un instante y lo dejó solo para recoger los trozos astillados. Todavía no sabía por qué. Esa pregunta lo acosaba más que cualquier otra cosa, incluso que el dolor. Él dio la cara, estaba listo para hacer lo correcto, para llevarla a la iglesia más cercana y buscar dos o incluso tres trabajos si los necesitaba para mantener a su familia. Ella había aceptado lo que él le ofrecía. Y luego desapareció. Sin una carta. Ni una palabra. Ni rastro. Y ahora aquí estaba. En Mánchester.

Su mente se abrió, la herida se fue haciendo más grande hasta que sangró a gota gorda. Lo había superado. Había conseguido fingir que no le afectaba...

La actuación era mañana por la noche. Si se iba ahora, buscaba un hotel, se subía al tranvía... Sí, podía llegar, si no se habían agotado ya las entradas. No le importaba el precio. Por fin podría descubrir lo que pasó. Por fin podría pegar las últimas piezas rotas...

Los dedos enguantados de Hulda acariciaron su muñeca.

—Parece enfermo.

Él negó con la cabeza.

—E-estoy bien. —Se alejó un paso del cartel y se pasó la mano por el pelo—. Estoy bien. —No lo costó nada mentir porque llevaba trece años practicando.

—Yo... —«Necesito hablar contigo». Pero estaba desmoronándose. No podía contarle sus intenciones a Hulda si se estaba derrumbando. No le querría si perdía la cordura, al igual que Ebba no le quiso...

Se aclaró la garganta. Intentó anclarse desesperadamente otra vez.

—Yo... La acompañaré hasta el barco. Espera, no. —No quería que Hulda volviera sola a casa en mitad de la noche, no cuando el ataque era tan reciente. Cerró los ojos e hizo cálculos en silencio. Sí, podía conseguirlo. La acompañaría a la isla y volvería—. Tenemos que regresar ahora. Necesito... —Se puso nervioso y señaló al cartel—. Necesito hacer esto.

Hulda, rígida, lo miró a él y luego al anuncio.

—Pero es en Mánchester.

—Lo sé. Lo sé. —Se frotó los ojos—. Pero tengo que... Tengo que verla. Tengo que saberlo. —Podía llevarse a Hulda con él, pero entonces lo vería roto. Vería aquello que sale de la oscuridad, que lo corta y lo convierte en mantillo...

Se dio la vuelta y empezó a dirigirse hacia los muelles. Sus pensamientos se habían convertido en abejas, su cráneo era una colmena y una miel pegajosa lo cubría todo. ¡No podía ser una coincidencia! Su familia se negó a hablar con él. Ni en ese momento, ni en las cartas que les mandó en los años posteriores. Nunca lo entendió, pero ahora tendría una posibilidad. «Ahora podría».

Hulda no estaba con él. Se giró.

—¿Hulda? Por favor, necesito…

Ella negó con la cabeza.

—Verá, Myra me ha invitado a cenar en Oyster House.

Agitado, con frío y perdido, Merritt miró por la calle. Intentó construir una frase con sentido.

—¿Oyster House?

Ella asintió.

—Sí. Cosas del ICLEB. Hemos quedado muchos… para hablar de Nueva Escocia.

Su sangre empezó a burbujear, le decía que se moviera. Tenía tiempo. Podía ocultar su agitación el tiempo suficiente para asegurarse de que ella estuviera bien. Y cuando se sintiera mejor, cuando resolviera el misterio, entonces podría hablar con Hulda. Entonces podría decirle lo que quería decirle.

—Deje que la acompañe.

—Está solo a tres calles.

—Hulda…

—En realidad, ya veo a la señorita Steverus. —Saludó a alguien en la distancia—. Por favor, señor Fernsby. —Le sonrió con fuerza—. Tiene prisa. No permita que yo lo retrase.

Las entrañas de Merritt se tensaron. Miró otra vez hacia Oyster House. Su cerebro se clavó en ese póster.

—¿Está segura? No me importa.

—Por favor. Lo prefiero.

Esa frase fue como un dardo directo a su pecho, como si estuviese borracho de láudano y solo pudiese sentirlo en parte. «¿Qué lo prefiere?».

El cartel del concierto parecía palpitar detrás de ella.

—Pero la vuelta a casa…

—Contrataré un barco y haré que Myra me acompañe. No soy incapaz por ser una mujer.

Él dudó.

—Por favor. —se aclaró la garganta—. Si no llegaré tarde.

Merritt suspiró entre dientes. ¿Por qué tenía tanto frío? O...
a lo mejor no temblaba por el frío. «Piensa».

—¿Tiene la piedra de llamada? —Su compañera pesaba en
su bolsillo. Metió la mano y la cogió, aunque fuese solo para
agarrarse a algo sólido.

Palmeó su bolso.

—Utilícela en cuanto acabe la cena. —Por dios, ya estaba
perdiendo la cabeza—. Cuando esté en el bote, en la isla y cuando llegue a casa.

Parecía que quería discutir, pero el frío también la estaba
afectando, a juzgar por el enrojecimiento alrededor de sus ojos.
Ella asintió.

Notó como un dolor de cabeza que crecía detrás de su frente y amplificó su pulso errático.

—Gracias, Hulda.

Pero ella ya iba bajando la calle y las puntas de su chal volaban con la brisa.

Capítulo 28

13 de octubre de 1846. Boston, Massachusetts y Blaugdone Island, Rhode Island.

Una de las cosas más difíciles que Hulda había tenido que hacer era ponerse su disfraz de solterona autosuficiente y mantener una expresión serena durante su conversación con Merritt, quien intentaba ignorar su obsesión con el cartel de la fachada del mercado Quincy. Caminó rápido por los muelles, pasando desconocido tras desconocido. Tuvo que actuar como si no le hubiese arrancado las entrañas e hizo un trabajo estupendo, hay que decir.

Hasta que llegó al bote.

Cuando activó el hechizo cinético, dirigió el bote hacia la costa y se alejó lo suficiente de las voces y las luces de la ciudad, su disfraz se deshizo por completo.

«Idiota, idiota, idiota». Contuvo las lágrimas todo lo que pudo, pero aun así tuvo que quitarse las gafas para limpiarse los ojos. ¿Cómo puede ser que no haya aprendido nada? ¿Cuántas veces tenía que pasar por lo mismo para aprender su lección?

Buscó un pañuelo en su bolso y dirigió el bote hacia donde tenía que ir guiada por los faros de otras islas cercanas. Había pensado, de verdad que pensó tontamente, que a él le importaba. Que quería que se quedara por su propia satisfacción. Que incluso sentía lo mismo que ella... ¡ja! ¿Y de verdad fue tan tonta que pensaba que le había pedido hablar en privado porque quería confesarle algo? ¡Bah! Seguro que quería cambiar el menú o había cambiado de opinión sobre lo del mayordomo o quería ejercer un papel más activo en la dirección de su propiedad. «Estúpida, estúpida, estúpida».

«Lucha y verdad». Lo había visto, ¿no? Pero la premonición estaba más unida a su destino de lo que ella se imaginaba. «Y la verdad es que no eres nada para él».

Parecía que su pecho se estaba partiendo en dos como si una cáscara vieja y seca se estuviese deshaciendo fibra a fibra.

Porque lo había visto dejarlo todo para ir detrás de otra mujer. Un antiguo amor. Una persona con la que una vez quiso casarse. Una concertista famosa, por si fuera poco.

Un sollozo incontrolable salió de su garganta. Estaba exagerando. Se lo repitió una y otra vez, y se regañó a sí misma como lo haría un viejo director. No servía de nada reprimir sus lágrimas, solo se frustraba más.

Llegó hasta Blaugdone Island sin fanfarria. Intentó volver a ponerse la máscara, pero ahora que el diluvio universal se había desatado, ya no podía contenerlo. Como si intentase meter una pata de cordero en una salchicha. Al menos el aire era frío. Eso la ayudaría con la hinchazón de sus ojos y le daría una excusa para la rojez.

Anduvo por el suelo encharcado y se paró en seco cuando escuchó un ruido, pero solo era un gallo. Abrió la puerta de la casa e ignoró deliberadamente el retrato de la pared. Podía escuchar cómo el señor Babineaux se movía por la cocina. Subió corriendo por las escaleras y entró directamente a su habitación antes de que la señorita Taylor fuera testigo de su humillación.

Sentir la puerta cerrada a su espalda la consoló. Lanzó sus lentes a la cama y encendió una vela. Cruzó la habitación para abrir la ventana todo lo que se podía para dejar entrar la brisa invernal. Todavía tenía agua en su jarra, así que la echó en un bol y se lavó la cara. Unos mechones sueltos se le pegaron a la frente.

Se puso delante del espejo y se inclinó para verse mejor. Una risa ronca tan oxidada como un clavo destrozó su garganta.

Era un desastre melodramático. Tanto llanto había hecho que sus ojos pareciesen incluso más pequeños. Su mandíbula era demasiado grande para ser femenina, había visto mujeres a las que les quedaba bien, pero no era su caso. Y su nariz... Su nariz era de las que los autores ponían a los villanos. Autores como Merritt Fernsby.

Se miró las nuevas lágrimas que empezaban a sobresalir por sus pestañas. No, su retrato nunca estaría en un marco en la mesita de noche de un amante ni nadie la metería en una cartera o un reloj de bolsillo. Su cuerpo nunca conocería el tacto de un hombre ni el peso de un niño. Al final del día, era una adivina. Su talento era saber el futuro.

Lo peor de todo es que lo sabía y lo había aceptado hace años. De verdad que sí. Estaba satisfecha con sus logros, su carrera y sus compañeros antes de llegar a esta maldita casa.

Se dio la vuelta y parpadeó rápidamente mientras se quitaba las horquillas con poca gracia. Una lágrima cayó al suelo. La ignoró. Se arrancó un botón del vestido al intentar liberarse y maldijo. Volvió a maldecir. Escupió todas las palabras desagradables que sabía, simplemente porque podía. La hizo sentir un poco mejor. Un poco.

Lanzó su corsé por la habitación, y casi lo salió por la ventana, pero la gravedad le tuvo lástima y se quedó en el suelo. Tuvo un poco más de cuidado con su camisón. No necesitaba reparar dos prendas, sobre todo porque si se iba a ir dentro de poco.

Se quedó quieta cuando lo pensó. Se hundió en el colchón. Articuló las palabras. Sí, tenía que irse. Por su propia cordura y salud, no podía quedarse en esta casa. Su rechazo aún era fresco y crudo y no se curaría con Merritt Fernsby paseando por los mismos pasillos, compartiendo bromas y preguntándose por qué estaba hecha un desastre. Y que Dios la ayude, como trajera a esta Ebba Mullan para ser la señora de la casa...

Hulda se cubrió los ojos con las palmas para intentar borrar la evidencia de la humillación que le resbalaba rancia y espinosa. «Tonta. Siempre has sido una tonta».

Myra sabía lo de su absurda atracción. De alguna manera siempre lo supo. Por eso había intentado sacarla de Whimbrel House. O a lo mejor el póster ha sido un acto de Dios para ahorrarle este machaque interno. Y aun así, parecía que necesitaba volver a aprender esta dolorosa lección para que la próxima vez se mantuviera más firme en sus convicciones. Para que su corazón continuara en la caja fría de hierro en la que debía estar.

Se limpió los ojos con la mano y sintió cómo un nuevo dolor subía desde su ombligo hasta el pecho.

—¿Por qué no pudo pasar esto hace dos semanas? —susurró.

Entonces habría tratado al señor Fernsby como un simple encaprichamiento. Pero se había enamorado de él, de sus palabras ingeniosas, de sus manos suaves y de su risa contagiosa. ¡Maldita sea la señorita Mullan por tener su nombre en un asqueroso póster!

Se encorvó y se acunó la cabeza. Era culpa suya y era completamente consciente. Nadie la obligó a encapricharse. Pero por un momento se sintió mejor al culpar a otra persona. Era más fácil tragarse la ira que el arrepentimiento empapado.

Un suave toque se oyó en su puerta. Hulda se obligó a tragar saliva y luego se agitó las manos frente a la cara. No contestó; con suerte la señorita Taylor pensaría que se había ido a dormir y la dejaría sola.

Otro golpe suave.

—Señora Larkin, ¿quiere hablar de ello?

Consiguió mantener otra maldición en su garganta. ¿Se había notado tanto?

La puerta crujió.

—¿Señora Larkin?

Hulda soltó una respiración temblorosa.

—Supongo que si no lo he es-escondido lo suficientemente bien, no hay razón para decirle que se vaya, ¿verdad?

La señorita Taylor entró en la habitación y cerró la puerta sin hacer ruido. Llevaba su propia vela y la dejó en la mesita de noche. Se la notaba preocupada, se sentó junto a Hulda y le puso la mano en el brazo.

—¿Qué ocurre?

Hulda sonrió, no sabía por qué. Movió el pañuelo empapado y se lo pasó por sus ojos doloridos.

—No es n-nada, en realidad. Me voy, eso es todo. Creo que mañana. No, al día siguiente... me llevará un p-poco de tiempo gestionarlo todo con el ICLEB —tragó otra vez— y recoger mis cosas. Pero es lo mejor.

La señorita Taylor frunció el ceño.

—¿La señora Haigh se la lleva? ¿Por qué?

Hulda dobló su pañuelo. Un bulto amargo estaba creciendo en su garganta.

—¿Es... por el señor Fernsby? —dijo la señorita Taylo dudosa.

Una descarga desagradable recorrió su espalda.

—¿Por qué dice eso?

—No ha vuelto a casa con usted. —Puso la mano en su rodilla—. Y él debe de ser la razón por la que no quiere irse.

Hulda negó con la cabeza.

—Tonterías.

—Sé que me estoy entrometiendo —siguió— pero veo cómo se comportan el uno con el otro.

Otro tipo de vergüenza calentó la piel de Hulda.

—Más bien cómo me comporto yo con él, quiere decir. —Se sintió aún más estúpida que antes al saber que había sido tan evidente.

—Nah, los dos. —Ella le sonrió—. Se preocupa por usted, señora Larkin.

Hulda apretó los labios, pero no pudo evitar que le llegara otra oleada de lágrimas. Enterró la cara en su pañuelo y se mordió el labio para que el sollozo saliese delicadamente en vez de en feos movimientos agitados. La señorita Taylor le acarició la espalda con paciencia hasta que recuperó la compostura.

—En-entonces somos los dos idiotas —susurró—. El se-señor Fernsby no ha vuelto p-porque ha ido a buscar a su exprometida, la señorita Mullan. Ha i-ido a b-buscarla.

La mano de la señorita Taylor se quedó quieta.

—Oh.

Hulda bajó el pañuelo y se sonó. Unos tensos segundos se acumularon en la habitación como ladrillos.

—Lo siento —susurró la señorita Taylor. No podía decir otra cosa.

Hulda asintió.

—Yo también, querida. Yo también.

Era ya de noche cuando Merritt llegó al ayuntamiento de Mánchester, ahí iba a ser el concierto. Se ajustó más la levita y deseó haber traído guantes, pero ya no podía hacer nada al respecto. Notaba como si tuviese los nervios a flor de piel. Le molestaba cada vez que oía los cascos de un caballo o una risa, como si alguien estuviese pasando un rallador de queso por su piel con tanta fuerza que llegaba hasta el hueso.

Hulda no lo había llamado por las piedras como había prometido. Él la llamó una y otra vez pasada ya la medianoche, hasta que al final Beth contestó y le dijo que sí, que la señora Larkin estaba en casa sana y salva, pero que se había dormido. Se debió de olvidar. Lo que solo hizo que Merritt se sintiese aún más abandonado. Se arrepentía de sus palabras y se preguntaba si la había ofendido, pero nunca tuvo la oportunidad de explicarse. Por lo tanto ¿cómo había podido ofenderla?

Pero estaba a salvo. Merritt tenía otra cosa que ocupaba toda su atención y succionaba cada pensamiento como un tornado recién nacido que solo dejaba ansiedad a su paso.

El ayuntamiento estaba lleno de carruajes y chicos cuidando a los caballos. Las ventanas brillaban desde dentro. El concierto empezaría en cualquier momento; podía oír los violines afinando.

Se ocultó detrás de una pareja que iba mucho mejor vestida que él; no había pensado en eso cuando compró la entrada para el evento. Pero se detuvo antes de entrar en el auditorio. Paró, agitó la rodilla y miró por una puerta en la que había un hombre de seguridad o algo así, quien lo miró.

No podía hacerlo. No podía estar sentado durante dos horas de concierto y verla sin poder decir nada, emparedado entre extraños que le hacían sentirse claustrofóbico. Parecía una tortura. Prefería el rallador de queso.

Así que Merritt volvió a salir y decidió dar vueltas a la manzana para calentarse las piernas. Tocó la piedra de llamada con cuidado de no activarla y deseó hablar con alguien, pero no tenía ni idea de qué decir. Sus pensamientos eran demasiado inconexos como para formar palabras. Así que caminó y no paró.

El concierto empezó; podía oír la música mientras vagaba por la parte sur del ayuntamiento, pero cuando llegó a la norte no se escuchaba nada. Se paró una vez para ayudar a un muchacho a ponerle la manta a una yegua impaciente. Reconocía la mayoría de las canciones. Daba gracias a que las ventanas estuviesen demasiado altas como para que echara un vistazo.

Empezó a hacer frío así que se metió en el edificio a mitad del concierto, le enseñó la entrada a alguien para no meterse en problemas por colarse, aunque eso era exactamente lo que estaba haciendo. Se coló en el vestíbulo para recuperar el aliento, para pensar lo que iba a decir y cambiar de opinión cada pocos minutos. Cuando sus piernas volvieron a temblar, salió de nuevo y dio otra vuelta en la dirección contraria dando pasos tan grandes como era capaz.

Fue entonces cuando vio los grandes carruajes en la parte de atrás que tenían más espacio de carga que los otros y que, además, eran menos elegantes. Después de hablar con un conductor que estaba fumando en pipa, confirmó que eran los coches de los músicos y se le ocurrió un plan. Merritt no tenía por qué entrar a escuchar el concierto, mezclarse con la multitud y captar la atención de Ebba. Solo necesitaba esperar junto a estas puertas hasta que ella saliera. Por lo menos le daba algo de privacidad.

Las siguientes canciones le parecieron eternas, pero cuando al final terminaron y el edificio se llenó de aplausos, Merritt se olvidó del frío otoñal.

Las puertas se abrieron y sus nervios se fusionaron en una bola que le subió por el pecho y luego se disipó como perros rabiosos por todo el pecho y los brazos. Notaba su fuerte pulso, tenía las venas rígidas y la boca seca. Pero no se rendiría. No volvería a tener esta oportunidad.

El primer músico que salió era un tipo corpulento con un estuche negro enorme que tendría que llevar una tuba o algo así. Sujetó la puerta para un hombre más delgado con un bulto similar. Después de ellos llegaron docenas de músicos de cuerda. Algunos estaban concentrados en su equipaje, pero la mayoría hablaba con entusiasmo. Un clarinetista bostezó un par de veces. Merritt se puso de puntillas para buscar entre la multitud, desgraciadamente todos iban de negro. La mayoría eran hombres, eso hacía su trabajo más fácil... A no ser que sus cuerpos escondieran a las mujeres que iban entre ellos. Si llegaba a su carruaje antes de que él la viera...

Sus huesos y sangre se congelaron dolorosamente y mandaron una descarga a su cabeza cuando una cara familiar salió del edificio. Pálida, delgada, con el pelo negro largo echado hacia atrás con cuidada elegancia. Estaba igual y distinta al mismo tiempo. Más madura, con las mejillas más delgadas. Habló brevemente con otro flautista antes de despedirse e ir a su carruaje.

Un viejo dolor burbujeó en la tripa de Merritt. Lo contuvo y fue hacia ella al mismo ritmo para que llegaran al carruaje a la vez.

Eligió ser formal.

—Señorita Mullan, ¿podría hablar con usted?

Ella se giró con una sonrisa.

—¿Sí? Solo tengo un momento...

Su sonrisa desapareció al reconocerlo. El horror floreció en su cara.

Con esa expresión, Merritt entendió que ella sabía exactamente lo que había hecho. Sabía exactamente por qué estaba aquí.

Se le cortó la respiración cuando habló.

—¿M-Merritt?

—El mismo. —Intentó que sonara despreocupado, pero sus palabras salieron tensas.

Ella se alejó claramente incomoda.

—M-me sorprende verte aquí.

—A mí también. Necesito hablar contigo. Ahora. —No le quedaba mucho tiempo.

Ella se frotó los labios. Miró alrededor como si necesitara que la salvaran.

—En serio, Ebba. —Su tono se transformó en súplica—. Solo quiero hablar. Necesito saber qué pasó. No estoy aquí por ti. Solo quiero respuestas.

Aun así, se alejó con una mano en el asa de la funda de la flauta y con la otra se colocó el pelo.

—N-no creo que eso sea una buena idea.

—¿Qué no es una buena idea? —repitió con un calor que le subía por los pulmones.

—¿Te está molestando este tipo? —preguntó uno de los clarinetistas que iba acompañado de un hombre sin instrumento.

«No, ahora no».

—Soy un viejo amigo —salió él en su defensa.

Ebba se giró hacia el clarinetista.

—Ah, sí, pero estoy cansada y lista para irme a casa.

—Ebba —insistió Merritt, pero el clarinetista se puso entre él y Ebba mientras el otro hombre abría la puerta del carruaje. Ebba se metió dentro.

Merritt cerró los puños con tanta fuerza que se clavó las uñas en las palmas.

—¡Ebba, merezco saberlo!

Ella se quedó quieta.

El clarinetista puso una mano en el hombro de Merritt.

—Ya la has oído. Ha terminado por esta noche. Muévete.

Merritt se encogió de hombros.

—No voy a hacerle daño. Puedes quedarte si quieres, pero…

—Está bien.

Los tres hombres se dieron la vuelta cuando Ebba salió del carruaje, su flauta seguía en el asiento. Se puso la capa sobre los hombros.

—Sí… Sí que necesito hablar con él. Solo un momento.

Sus amigos se miraron entre ellos dudosos.

—Si insistes… pero estaremos justo ahí. No nos iremos hasta que hayas subido.

Ebba asintió y luego giró la cabeza hacia el ayuntamiento. A Merritt se le tranquilizó la respiración y la siguió por la pared lo suficientemente lejos de las puertas como para que nadie los oyera.

—Gracias. —Sus palabras eran nubes en el aire tranquilo de la noche.

Ella colocó el dobladillo de su capa de una forma parecida a como Hulda se entretenía con las esquinas de su chal. Miraba a todos lados menos a él para intentar ordenar sus pensamientos, siempre hacia eso cuando la conversación era incómoda. Le provocó una extraña sensación de nostalgia.

Él esperó.

—No pensé que te volvería a ver —dijo ella al final.

Él asintió.

—Me atrevería a decir que lo planeaste así.

Ella apretó los labios.

Merritt se apoyó contra la pared de piedra a pesar de lo rígido que estaba.

—¿Por qué te fuiste? Sin decir nada, sin una carta... Si dejaste alguna, yo nunca la vi...

—No hubo carta —susurró.

—Tus padres solo dijeron que te habías ido a estudiar. Ni siquiera me dijeron a dónde. —Como si compartieran el deseo de su padre de deshacerse de él.

Ella tragó saliva.

—Oberlin. —Su voz no sonaba más alto que una hoja cuando cae—. Oberlin College.

Podría haberla seguido si lo hubiese sabido. Era posible que fuera mejor que no lo supiese. Se arañó el cerebro para encontrar algo que decir.

—Qué... bien. Siempre quisiste estudiar.

Ebba levantó la barbilla, pero seguía sin mirarlo a los ojos. Las luces de las ventanas iluminaron las lágrimas en sus pestañas.

Pensó en acercarse a ella, pero dejó las manos en los bolsillos.

—Ebba...

—Me fui porque me sentía avergonzada. —Las lágrimas se oían en su voz—. Porque no sabía qué otra cosa hacer.

Merritt negó con la cabeza sin entender.

—Dije... que nos mudaríamos, ¿recuerdas? Donde nadie nos conociese...

—No era por eso. —Se cubrió los ojos con la capucha de la capa—. Pero tienes razón. Te mereces saberlo. Y así yo podré borrarlo de mi conciencia después de esta noche.

Uno de los conductores gritó. Ebba le hizo un gesto con el brazo, pero no se giró.

—Tu padre me pagó para que me fuera a Oberlin —confesó.

Merritt se apoyó como si lo hubiesen empujado.

—¿Mi padre? ¿Por qué? ¿Por qué lo escondió?

Ella respiró hondo. Encontró un punto en el hombro de Merritt para fijar su mirada.

—Fue un soborno, Merritt. No del todo. Sí que… —Se aclaró la garganta—. Sí que me importabas entonces. Pero él te odiaba. Dijo que le recordabas… que eras el símbolo de la infidelidad de tu madre…

Merritt dio un paso atrás y sacó las manos.

—Espera. Espera. ¿Qué quieres decir con la infidelidad de mi madre?

Ahora sí que lo miró. Sus labios se separaron. El conductor gritó.

—¿No lo sabes? —preguntó ella.

—¿Saber el qué? —Su cabeza palpitaba—. ¿Saber el qué?

—¡Que eres un *bastardo*, Merritt!

El silenció de la noche lo cubrió como el aceite después de ese arrebato. Le pitaron los oídos. Su piel se erizó. Notó cómo aparecían las nauseas.

Se volvió a limpiar los ojos.

—Lo-lo siento. No tengo tiempo…

—¿Me desheredó porque… no soy su hijo? —murmuró él.

Le brillaron los ojos.

No podía procesarlo.

—¿Entonces quién es mi padre?

—No lo sé. —Miró hacia los carruajes. Sus pómulos se acentuaron cuando apretó los labios, preparándose para darle otro golpe—. Se ofreció a mandarme a Oberline si… si fingía un embarazo.

El estómago de Merritt se hundió. Sintió que volvía a estar allí, trece años antes. Ebba había estado muy dispuesta esa noche…

—Nunca estuve embarazada.

Él tragó saliva.

—L-lo sé. Tus padres dijeron…

—Tenías dieciocho años. Esa es la única razón que se me ocurre para que se acercase a mi entonces. Eras lo suficientemente mayor para cuidarte solo. No se enfrentaría a repercusiones legales si te echaba.

Se le heló la médula, negó con la cabeza, pero no porque no la creyera.

El conductor gritó.

Ebba se giró.

—¿Y no pensaste en decírmelo? —El veneno quemaba su lengua—. ¿No pensaste en decirme que mi padre me estaba utilizando como… como un peón de ajedrez?

Lágrimas empezaron a correr por sus mejillas.

—Prometí no decir nada.

—¿Lo prometiste? —Ahora estaba gritando—. ¡También me prometiste casarte conmigo! Dijiste que me querías y luego vas y ¿haces… esto?

Ahora estaba llorando. El clarinetista y sus amigotes se acercaron rápidamente.

—Lo siento, Merritt. Tuve que tomar una decisión.

—Y lo hiciste. —Escupió—. Tomaste esa decisión a mi costa. Lo perdí todo, Ebba. Todo. No he visto ni he hablado con mi madre y mis hermanas en trece años. Me mentiste y me destrozaste el corazón, ¿por qué? ¿Una flauta?

—No fue así —le respondió—. Nunca lo entenderías.

—Es cierto, no podría. —Le apuntó con un dedo acusador—. Nunca podría entender el egoísmo de una persona como tú.

Ahora estaba llorando con fuerza, pero a Merritt ya no le importó. El clarinetista le puso una mano en el hombro de Ebba.

—Vamos, señorita Mullan. Deje de hablar con él.

Ebba dejó que el hombre se la llevara. A mitad de camino de su carruaje, se giró y tuvo la decencia de articular «lo siento». Merritt lo recibió como una pared de piedra. Vio cómo se metía en el carruaje. Vio cómo los coches se iban hasta que la calle estuvo vacía. Vio cómo el ayuntamiento quedó a oscuras.

Le recordaba extrañamente a cuando estuvo en la bodega. Se quedó ahí de pie, mirando a la nada hasta que sus dedos se durmieron. Deseó que su corazón y sus sentimientos hicieran lo mismo.

En vez de adormecerse, ardieron con fuerza como una gran hoguera en una calle oscura de Pensilvania que consumía a Merritt en solitario.

Capítulo 29

15 de octubre de 1846. Blaugdone Island, Rhode Island.

Merritt llegó agotado a casa a la mañana siguiente. La noche anterior había conseguido encontrar una cama en un albergue sobre las once, que tuvo que compartir con dos hombres que roncaban como cañones. Luego vació su cartera para volver a Blaugdone Island. Tenía el cuerpo dolorido, los ojos secos y el resto… tenso y seguía tensándose. Necesitaba… No estaba seguro. A lo mejor correr hasta que no pudiera mover ni un músculo para dormir durante una semana y obligar a su mente a que gestionara esas revelaciones en sus sueños. Eso estaría bien.

«Bastardo». ¿Podría ser verdad? ¿Qué razón tendría para mentir sobre eso? Funcionó cuando ocurrieron las diferentes situaciones, pero…

«Entiérralo, entiérralo, entiérralo».

Por ahora tendría que contentarse con quedarse mirando hacia una pared. A lo mejor Hulda sabía de algún té o alguna otra bebida para tranquilizarlo lo suficiente para poder descansar. Si fuese tan simple como dormir y que se pasase.

Después de todo ella se había llevado el bote así que contrató a alguien para que lo llevase por la bahía. Una vez entregó sus últimas monedas, se dio cuenta de que había un nuevo bote a unos doscientos pies, más grande que el suyo, lo suficientemente grande para unas ocho personas. Lo miró fijamente un rato, hasta que el patrón del bote en el que estaba le habló.

—Eh. ¿Podría bajarse?

Merritt obligó a sus pies a meterse en los veinte centímetros de agua, con los ojos todavía fijos en aquella embarcación desconocida. ¿Quién había venido de visita? Fletcher no era…

Merritt se dio unos toquecitos en la cara para obligarse a despertarse y caminó por la hierba salvaje hacia la casa. Como mínimo, tenía un lugar tranquilo en el que refugiarse. Al menos podía envolverse en la normalidad mientras reordenaba la historia de su vida y decidía qué hacer después. Al menos podía depender de Beth y Baptiste para que los días avanzaran, y Hulda…

Todavía necesitaba hablar con ella. Quería hacerlo en cuanto asimilara todo esto —bastardo— y lo guardara en un rincón como hacía siempre. Le costaría tiempo y lágrimas, y unos cuantos árboles desafortunados en los que ubicaría la diana y donde se desahogaría con sus puños, pero acabaría reconstruyéndose y hablarían. Todavía podría haber un rayo de luz en este desastre que era su vida. Ojalá, Dios le diera un rayo de luz.

Esa esperanza lo mantenía a flote. El porche gruñó bajo su peso, Owein estaba contento de verlo o nervioso por algo. ¿A lo mejor por el bote? Merritt aceleró sus pasos preocupados y abrió la puerta de la entrada.

Se tropezó con un baúl que había justo detrás.

El baúl de Hulda.

—¿Pero qué…? —Dejó la puerta abierta y pasó por encima del baúl. Había una maleta a su lado. La cogió del asa y la levantó. Estaba llena.

¿Qué estaba pasando?

Dos hombres bajaron por las escaleras en ese momento, completos desconocidos con ropa de trabajo. o saludaron con un gesto de la cabeza antes de pasar junto a él para coger cada lado del baúl y sacarlo fuera…

Beth salió del salón y se lo quedó mirando.

—¡Señor Fernsby! ¿Está usted…? —lo miró, sin duda tenía mal aspecto, y terminó con suavidad— ¿… bien?

—Para nada. —Levantó la maleta—. ¿Qué es todo esto?

Beth se mordió el labio inferior.

Hulda bajó por las escaleras y no lo vio hasta que llegó a los últimos tres escalones. Se quedó paralizada. El bolso que era demasiado grande y parecía estar hasta arriba, se deslizó por su brazo. Se puso pálida al verlo.

—¿Qué narices está pasando? —dijo agitando la maleta. La fachada que había puesto se agrietó, era como si volviese a estar en el ayuntamiento de Mánchester.

Hulda bajó los últimos escalones con altivez. Pensó que su labio había temblado un segundo, pero la duda desapareció en cuanto habló.

—Como ya sabe, señor Fernsby, el ICLEB me ha estado pidiendo que vuelva a Boston.

Él la miró incrédulo. Beth retrocedió para salir del cuarto.

—¿ICLEB? —Su tono era más duro de lo que pretendía—. Pensaba que ya había hablado con ellos. Que se iba a quedar.

—Está mal informado. —Se aclaró la garganta y se puso todavía más recta—. Lo que es un fallo por mi parte. Sin embargo, como estaba usted fuera de la casa...

—Con una piedra de llamada que no ha utilizado —le contestó.

—He decidido gestionar yo el asunto —insistió—. Me voy hoy, pero se le asignará una nueva ama de llaves en dos semanas si decide contratar a una sustituta.

Él la miró boquiabierto. Dejó la maleta en el suelo, cerró la puerta de una patada y se giró hacia ella.

—¿Así que se muda sin siquiera dejar una nota? —«Sin nota. Ni una palabra. Ni rastro». Algo afilado y duro se formó en su pecho—. Dijo que se quedaba.

Hulda resopló.

—Lo que dijera es irrelevante. Soy una empleada del ICLEB, no suya...

Su corazón sangraba ácido.

—Esto es por la maldita Sociedad Genealógica, ¿verdad?

Ella parecía sorprendida.

—¿Qué quiere decir?

«Mentiras, y más mentiras». ¿Por qué todo el mundo le mentía?

—Sabe exactamente a lo que me refiero. —Se acercó aún más a ella y Beth se fue—. Sé que se ha estado reuniendo con ellos. No me mienta. Se va porque esta casa está domada y yo no soy un brujo elegante. Ya no hay nada divertido en su aburrida vida, así que lo deja.

Los ojos de Hulda se abrieron y sus mejillas enrojecieron.

—¡¡Cómo se atreve a hacer unas suposiciones tan estúpidas!? ¡¡Y cómo se atreve a juzgarme cuando se ha tirado treinta y seis horas persiguiendo a una pelandrusca por Nueva Inglaterra!?

—¿Pelandrusca? ¿¡Pelandrusca!? —El ácido se convirtió en fuego que derretía las puntas de sus dedos y le quitaba el aire—. Si ella es una pelandrusca, ¿entonces qué soy yo?

Hulda se puso todavía más roja. Apretó los labios hasta que formaron una línea fina.

—¿Eh, Hulda? —la presionó—. Porque yo soy tan culpable como ella.

Hulda agarró el asa de su bolso, pasó por su lado y levantó su maleta.

—No tengo por qué escuchar esto. No tengo ningún contrato con usted.

—¿¡Contrato!? —ladró el—. ¿Por qué no la ayudo con su discurso de mojigata? ¿Eh? ¡También soy un bastardo! Un bastardo sin trabajo, que solo busca sexo y que no tiene magia. Que no es lo suficientemente bueno para un ama de llaves pretenciosa, si se me permite decirlo.

Ella se giró sobre sus talones.

—¡Hombre horrible e insolente! ¡No me cuelgue ni a mí ni a nadie sus defectos! —Dicho eso, se fue hacia la puerta.

—¡Váyase, entonces! —rugió detrás de ella—. ¡Váyase como lo hacen todos!

Ella dio un portazo.

La hoguera ardió y se enfrió. Se sentía como un arma cargada y lista para disparar: necesitaba explotar. Se giró y dio un puñetazo tan fuerte a la pared como para romperla… Un fuerte dolor empezó a subirle por su brazo.

El retrato que tenía detrás soltó un puf, y de pronto la pared se reparó sola.

Merritt se pinzó la nariz y se dejó caer en el primer escalón se hizo un ovillo.

—Como lo hacen todos —susurró cerrando los ojos con tanta fuerza que las lágrimas no podían escapar.

Hulda no podía recordar la última vez que estuvo tan enfadada.

Fue vergonzoso que Merritt, el señor Fernsby más bien, la pillara en su huida, pero ¿por qué tenía que darle explicaciones a nadie? Era cierto que el ICLEB quería que volviese. Myra había insistido más de una vez. ¿Y por qué le importaba? ¡Que Dios nos libre si algo perturbaba su cómoda vida! «Me he acostumbrado a ti», dijo una vez. Una persona no tenía derecho a que le sirvieran solo porque se había acostumbrado a ello.

Y su suposición sobre la Sociedad Genealógica y ella... qué grosero. Merritt sabía que había ido para conseguir información para él. Sus palabras habían sido viles y confusas. ¿Qué le había hecho actuar de una forma tan salvaje? «A lo mejor ese era su verdadero yo».

De una forma extraña, agradecía la discusión. La ira era más fácil que la tristeza, la humillación y el desánimo. Se aferró a su ira.

Para cuando llegó al ICLEB, consiguió reducir su humor a un ligero hervor; la compañía de mudanzas dejaría sus cosas en un apartamento temporal hasta que Myra la enviara a Nueva Escocia. Hulda iba arrastrando su bolso por las escaleras, y se alivió al ver a su amiga en el escritorio de la señorita Steverus. Pues la secretaria estaba fuera en ese momento.

Myra levantó la vista cuando se acercó y saltó de la silla con una sonrisa. Ante su cara sonriente, Hulda no pudo evitar hacer lo mismo. «Oh, el aprecio». Era un bálsamo frío para su alma herida.

—¡Has vuelto! —Miró su bolso—. ¿Te quedas?

Hulda asintió y eso le dio mucha satisfacción.

—Te alegrará saber que he pensado en lo que dijiste y he decidido que tenías razón. Estoy lista para cualquier destino para el que me necesites, incluso para archivar. —Cualquier cosa que la mantuviera ocupada.

Myra dio una palmada antes de abrazarla.

—Me alegra mucho oírte decir eso. Oh, será genial tenerte por aquí, aunque sea poco tiempo. En cualquier momento me llegarán noticias de Londres. —Se quedó quieta—. ¿Estás bien? Estoy leyendo...

—Por favor, no. —Hulda levantó la mano mientras escondía sus pensamientos, encerrando aquellos que eran dolorosos para cambiarlos por una descripción meticulosa de la oficina—. Sé que no puedes evitar ver los pensamientos fuertes, pero por favor... Te lo explicaré más tarde.

Myra frunció el ceño.

—Claro, si es lo que quieres.

El alivio le hizo cosquillas en la piel.

—Sí.

Myra cogió el archivo.

—Necesito comparar esto con unos hallazgos. Debería ser solo un minuto. ¿Te importa esperar?

—Desharé las maletas. —Hulda dio una palmada en su bolso.

—Claro. Iré a buscarte después. —Myra le apretó un poco el brazo. Su cara reflejaba compasión, algo a lo que Hulda estaba demasiado acostumbrada a ver en mucha gente. Myra se metió en su oficina y se llevó su pena con ella.

Se cambió su pesado bolso al otro hombro. Llevar la pata de cabra entre muchas otras cosas a través del estado le estaba pasando factura y fue hacia las escaleras intentando ignorar el dolor frustrante en su diafragma. Solo necesitaba centrarse en su trabajo, mantenerse ocupada. Rezaba por tener muchas cosas que archivar...

—¡Señora Larkin! —La señorita Steverus atravesó el pasillo contiguo con rapidez—. ¡Qué suerte! Iba a correr para mandarle este telegrama, pero ¡aquí esta!

Hulda se detuvo, confusa.

—¿Un telegrama sobre qué?

—Su informe. —Se movió para que Hulda la siguiera y luego se metió detrás de su escritorio para buscar entre un montón de papeles hasta que sacó la carta que Hulda mandó por paloma mensajera—. Es solo que estaba copiando esto y, bueno, estudié geología metafísica durante un tiempo antes de conseguir este trabajo. —Miró a través de sus pestañas tímidamente—. Y mencionó la turmalina y pensé... bueno, fui a buscarlo para estar segura y no creo... o sea, no soy quién para corregirla...

Hulda no tenía paciencia para ser indulgente, hoy no.

—Simplemente dilo, Sadie.

—Cierto, cierto. —Dejó los papeles—. Es solo que la turmalina no puede mantener la carga mágica durante más de una semana antes de que se disperse.

Hulda se tomó unos segundos para pensarlo.

—¿Estás segura?

La señorita Steverus asintió.

—Pero eso no tiene sentido. —Se recolocó el bolso—. Lo único que podría recargar una turmalina es el espíritu del mago y él no tiene habilidades de protección. Nunca las ha manifestado y sus archivos genealógicos no lo tienen registrado.

La señorita Steverus se encogió de hombros.

—Puedo enseñarle la investigación si quiere verla, pero si la turmalina está produciendo magia, la está sacando de otra fuente.

Hulda sacudió la cabeza.

—Sí, me gustaría verla.

—Un minuto. —La secretaria volvió a recorrer el pasillo del que había salido.

Hulda dio golpecitos con las uñas en la superficie del escritorio. No tenía sentido. A lo mejor se le había pasado algo o los registros de los Mansel estaban incompletos, o...

Un recuerdo apareció en su mente. El escudo protector desapareció cuando Merritt lo golpeó. Antes le estaba hablando de Silas Hogwood y la protección es una disciplina defensiva, si Merritt sintió la necesidad de protegerla...

«Me señaló la dirección correcta... Dijo "ella" como si se refiriera a una mujer. A usted... Supongo que señaló, pero sin realmente hacerlo».

El cuerpo de Hulda se aflojó de repente y se le cayó el bolso al suelo.

No podía ser... «Merritt»... ¿verdad?

Tenía que averiguarlo. La necesidad de saberlo la quemaba por dentro como si un herrero hubiera clavado muelles en sus pulmones y le hubiese metido hierro fundido por la garganta. Hulda se colgó el bolso y corrió por las escaleras tropezándose con sus pies por las prisas.

Sadie Steverus la llamó, no obstante Hulda necesitaba hacer su propia investigación.

El señor Gifford se levantó de su escritorio cuando Hulda entró en la oficina de la Sociedad Genealógica para el Avance de la Magia cerrando la puerta con tanta prisa que casi se pilló la falda.

—¡Señorita Larkin! ¿Cómo está ust...?

—Es imprescindible que vea sus registros inmediatamente. No es necesario que me acompañe. Se trata de un asunto del ICLEB. ¿Debo rellenar algo antes de bajar?

El hombre se atragantó con sus palabras.

—N-no, deje que apunte su nombre...

Pasó por su lado deprisa, cogió un farol, empezó a bajar por los escalones serpenteantes hasta la biblioteca del sótano, y consiguió encenderlo antes de llegar al piso principal. El olor a moho y a papel viejo le arroyó como la marea. Zigzagueó por las estanterías hasta que encontró los registros del apellido Fernsby. Los cogió, fue a la misma mesa en la que solía trabajar y se puso manos a la obra.

El archivo era más grande que el de los Mansel y después de extenderlo por la mesa, necesitó cinco minutos para encontrar su nombre. Merritt Fernsby, listado como el segundo hijo de Peter Fernsby y Rose Fernsby. Tenía dos hermanas, una mayor llamada Scarlet y una más pequeña, Beatrice. Le dio una punzada en el corazón cuando leyó los nombres de la familia que lo había dejado atrás, pero la confusión tomó el control cuando analizó la genealogía familiar.

No había notas mágicas. Ni estimaciones ni marcas de magia de ningún tipo.

Se reclinó confusa. Si no era Merritt, entonces, ¿qué...?

«¿Por qué no la ayudo con su discurso de mojigata? ¿Eh? ¡También soy un bastardo! Un bastardo sin trabajo, que solo busca sexo y sin habilidades mágicas».

—Bastardo —repitió. La punzada le golpeó con más fuerza, esta vez cuando la ira autocrítica de Merritt se puso al frente de sus recuerdos, todavía fresca, todavía punzante. Si Merritt era un bastardo, entonces su linaje no era el correcto…

Se quedó quieta. Todavía no había deshecho las maletas. Bajó la mano y buscó a tientas por su bolso hasta que encontró el archivo del ICLEB sobre Whimbrel House. El archivo incluía la corta lista de inquilinos.

Lo extendió. Encontró el nombre de la anterior propietaria, Anita Nichols, la abuela por parte de madre de Merritt, si no recordaba mal. Al parecer había ganado la casa y la tierra en un juego de azar al señor Nelson Sutcliffe, que la había heredado de su padre, que a su vez la había recibido de su hermano. Ninguno de ellos residió en la casa.

Hulda casi tiró la silla al levantarse tan deprisa para ir a las estanterías, recuperar el archivo de los Mansel y ponerlo sobre el archivo de los Fernsby. Encontró a Horace y Evelyn y a sus hijas, las hermanas de Owein. Rastreó sus linajes hasta…

«¡Ahí!». Había una Mary Mansel en el linaje de Crisly, que se casó con un Johnson ¡y su tercera hija se casó con un Sutcliff! Las familias *estaban* conectadas.

Se mordió el labio. Pensó. Cogió el farol y subió escaleras arriba.

—Señor Gifford —dijo al empleado exhausto—, ¿hay alguna forma de buscar registros genealógicos por localización?

—Um. Sí, hay que… Permítame. —Dejó unos cuantos papeles y la acompañó de nuevo abajo con su propio farol. La llevó a lo más profundo del sótano, hacia otro grupo de estanterías—. Estos están clasificados por localización. ¿Sabe lo que está buscando?

Hulda chasqueó los dedos para intentar recordarlo. El lugar de nacimiento de Merritt no estaba en el archivo de Whimbrel House, pero el señor Portendorfer lo había mencionado antes.

—Nueva York. Nueva York… Cielos, no, eso no es. Cattle no sé qué…

—¿Cattlecorn? —Continuó el señor Gifford.

—¡Sí! Sí, Cattlecorn.

Pasó por delante de unas cuantas estanterías y luego se tomó su tiempo para estudiar los distintos archivos, así que

Hulda tuvo que obligarse a ser paciente. Cuando al final sacó un contenedor, se lo quitó de golpe, se lo agradeció con prisas y lo puso sobre su mesa.

Abrió los archivos hasta sus entradas más recientes.

—Sutcliffe —murmuró bajando el dedo—. Sutcliffe, Sutcliffe...

«Sutcliffe, Nelson». Sin marcadores mágicos, aunque su abuelo tenía escrito P10 en su nombre y su tío abuelo tenía Ll12. Había una pizca de otros marcadores mágicos según subía la línea.

Así que Nelson Sutcliffe vivía en Cattlecorn y tenía los marcadores mágicos que Hulda estaba buscando... Si este hombre era el padre biológico de Merritt, entonces era Merritt el que causaba esos hechizos. ¡Debió utilizar la llamada para encontrarla la noche que la atacaron! Se rio incrédula. Todo este tiempo Merritt había estado sumando sus propios encantamientos...

Y no lo sabía. «No lo sabía».

—Oh vaya. —Sacó su piedra de llamada.

—¿Señorita Larkin?

Ella se sobresaltó.

—Oh, señor Gifford. Se me olvidaba que estaba aquí.

Él miró el desastre que tenía montado en la mesa.

—¿Puedo ayudarla con algo?

—Yo... No. Pero necesito hacer unas copias. Por favor.

Él asintió.

—Le traeré papel y lápiz.

Esperó a que Gifford y su farol desaparecieran por las escaleras y luego activó la selenita.

—¿Merritt? —preguntó—. Merritt, he averiguado algo muy importante.

Se quedó en silencio con la pesada piedra en las manos. Si todo esto era cierto... Merritt y Owein estaban emparentados.

No hubo respuesta.

—Merritt, soy Hulda. Sé que está enfadado, pero ¡necesito hablar con usted! Es sobre la casa. Sobre Owein y sobre usted.

No hubo respuesta.

—Hombre impertinente —murmuró. Haría las copias y lo volvería a intentar. Si todavía no contestaba, bueno... tendría que volver a Blaugdone Island ella misma y obligarlo.

No le vendría mal el ejercicio de todas formas.

Merritt se sentó a la cabeza de la mesa del comedor; la sala estaba levemente iluminada con velas, las cortinas cerradas contra el crepúsculo. Arrastró su silla y se sujetó la frente con la palma. Tenía los codos firmemente apoyados en la mesa, pero esta era su casa. Podía poner sus articulaciones donde le diera la gana.

Notó cómo Beth y Baptiste lo miraban mientras movía un guisante con su tenedor, una y otra, vez hasta que pareció una ostra seca y luego pasó a jugar con otro. No había conseguido echarse esa siesta. Notaba el cuerpo pesado y vacío a la vez, su cerebro estaba confuso y sus entrañas entumecidas. Pero el entumecimiento era bueno. Intentó con fuerza no pensar en nada, porque los pensamientos interrumpían su apatía. Además, estaba harto de pensar. A lo mejor si no volvía a dormir, no volvería a pensar. Eso sería algo, ¿verdad?

Estaba empezando a arrepentirse de que no hubiera licor en la casa.

—Me llevaré su plato —murmuró Beth.

Merritt levantó la vista, aunque estaba hablando con Baptiste. Tanto él como la criada se habían terminado la cena. La de Merritt se estaba enfriando y empezaba a ser masacrada por insectos.

Suspiró y dejó el arma.

—Lo siento, Baptiste. No es por nada que hayas hecho. La verdad es que el pastel de carne es mi plato favorito.

Baptiste frunció el ceño.

—Lo sé.

Merritt sonrió un poco.

—¿Lo sabes? —No recordaba haberlo mencionado.

El cocinero intercambió una mirada preocupada con Beth.

—Eh… El menú era tarea de la señora Larkin. Ella lo eligió.

Merritt se desanimó.

—Oh. —Pues la apatía ha durado poco. Un sacacorchos de amargura empezó a retorcer sus entrañas. Se quedó mirando a la masa dorada que tenía delante. Entonces cogió el tenedor y la atacó, pero no fue capaz de comer.

A lo mejor mañana Baptiste podría hacer una sopa para que Merritt se ahogara en ella. Aunque debería comer algo. Si no lo hacía se sentiría todavía peor. Se llevó un pequeño trozo a los labios y lo masticó, pero apenas notó el sabor.

—Tengo algo de infusión de camomila si le apetece —dijo Beth, quien se estaba limpiando las manos en el delantal.

Ah, camomila. La calmante y somnífera camomila.

—Hágala todo lo fuerte que pueda, por favor. Gracias.

Beth asintió y caminó hacia la cocina, pero cuando dio tres pasos se detuvo de repente. Se giró hacia Merritt, no, hacia la ventana.

Merritt se incorporó.

—¿Qué ocurre?

Beth frunció los labios.

—Siento algo. Algo malo…

El cristal explotó haciendo que llovieran trozos sobre la cabeza y cuello de Merritt, y apagó la mitad de las velas.

Beth gritó.

—¡Al suelo! —chilló Merritt, quien se tiró rápidamente de la silla y se escondió debajo de la mesa. ¿Era un terremoto? Pero el suelo no temblaba…

La mesa se sacudió, oyó algo pesado que golpeaba contra la pared y un gruñido grave. Con el corazón en la garganta, Merritt se arrastró por debajo de la mesa y vio a Baptiste tirado contra la pared de enfrente, con un reguero de sangre saliendo de su cabeza.

—¡Baptiste! —Merritt intentó llegar hasta él, pero antes una mano enorme e invisible lo agarró y le dio la vuelta.

Una figura sombría estaba de pie en el comedor, con una capa negra que ondulaba tras él y un cuello alto y blanco que le presionaba la cara. Era un hombre corpulento, con los hombros anchos y el pelo oscuro peinado hacia un lado. Tenía las mejillas enmarcadas con grandes patillas.

Y había un perro, como un *terrier*, atado con una correa a su lado, que gimoteaba.

—Señor Fernsby, no nos han presentado como es debido —dijo con acento inglés.

—Es Silas Hogwood —soltó Beth mientras se levantaba del suelo.

El estómago de Merritt se hundió.

El hombre inglés gruñó.

—Y usted un dolor de muelas.

El hechizo que lo sujetaba liberó a Merritt y lo dejó caer desde un metro y algo. Aterrizó con el pie doblado, lo que le envió un dolor afilado por la pierna cuando cayó sobre el parqué. El mismo hechizo agarró a Beth y la inmovilizó en el techo.

La casa se sacudió y la pared de enfrente cobró vida, sobresalió y golpeó a Silas en la espalda hasta casi tirarlo contra el suelo. Soltó al perro, que salió disparado hacia el pasillo de la entrada con el rabo entre las piernas.

—Oh, no te preocupes. —Silas frunció el ceño y puso la mano en la pared—. Tengo planes para ti.

Algo chisporroteó, Merritt lo notó en la lengua, y la casa se quedó quieta.

—¿Qué quiere? —Merritt se obligó a si mismo a levantarse, cargando el peso en la pierna derecha. Miró a Baptiste que tenía la cabeza colgando de un lado. Su pecho se movía, gracias a Dios—. ¡Hulda no está aquí!

—Soy consciente. —Una ráfaga de viento golpeó la espalda de Merritt y lo arrastró hacia el hombre. Pero cuando Silas se dirigió hacia él, su mano se dio con una pared invisible y el viento se cortó.

Un hechizo de protección de nuevo. ¿La turmalina?

Merritt se echó hacia atrás y se apoyó en una silla para mantener el equilibrio. Su corazón latía rápido en su pecho, con la fuerza de un huracán. Buscó un cuchillo frenéticamente. Baptiste volvió a gemir, una buena señal.

Silas se rio mientras daba golpecitos contra el escudo.

—Muy ingenioso. Sentí su magia cuando vine a por ella. Un dos por uno. Qué generoso.

Eso hizo que Merritt parara.

—¿Magia? —Él no tenía magia. Lo que necesitaba era ayuda, todas sus armas estaban arriba. Las pestañas de Baptiste aletearon. Se estiró hacia el hombre para intentar ayudarlo a levantarse.

—¿Sabe cuál es otro hechizo de protección, señor Fernsby? —preguntó Silas—. La regresión de hechizos.

Agitó la mano y el escudo desapareció. Con cuatro grandes zancadas, el inglés llegó hasta Merritt y lo cogió de la garganta. Sintió como si un rayo lo atravesara por todo su ser. Su cuerpo se agitó. Sus pulmones se quedaron sin aire.

—Siempre aprendo de mis errores. —Los ojos oscuros de Silas llegaron hasta Beth, todavía pegada al techo—. Y no me gustan los chivatos. —Levantó la otra mano.

—¡No! —gritó Merritt.

Beth abrió la boca como si le hubiera dado un puñetazo en la tripa. El hechizo que la sujetaba desapareció y cayó con fuerza sobre el suelo, sin moverse.

—¡No! —Merritt cogió del brazo a Silas y casi consiguió liberarse, pero el maldito hechizo de antes pudo con él y lo mantuvo quieto en su sitio. A penas podía parpadear y menos pelear.

—Tampoco me gustan las cargas ruidosas. —Hizo una mueca al ver el brillo distante del faro que se reflejaba en la ventana.

El cerebro de Merritt se llenó de ruido, miles de sonidos diferentes que se sobreponían y llenaban sus pensamientos bloqueando todo lo demás. Cayó inerte al suelo y apenas oyó los gemidos del perro.

Al final se durmió.

Capítulo 30

15 de octubre de 1846. Blaugdone Island, Rhode Island.

Hulda no llegó a Blaugdone Island hasta que oscureció, pero se estaba acostumbrando a sus sombras y no le importaban. Le dio una buena propina al patrón del bote, se llevó un farol y se apresuró por el camino desde la embarcación encantada de Merritt hasta la casa. La luz brillaba desde la ventana del comedor y se concentró en ella, sin darse cuenta hasta que llegó al porche de que el cristal estaba destrozado y la puerta entreabierta.

El pánico se apoderó de ella y un impulso espinoso recorrió su cabeza. Se remangó la falda, se apresuró a entrar en la casa y vio primero al señor Babineaux desplomado sobre una silla con un trapo sujeto a la nuca. La señorita Taylor, que estaba en el suelo, se sujetaba el torso con una mano y con la otra bebía agua con cuidado. Sus ojos se abrieron cuando vio a Hulda.

—¡Señora Larkin! —Intentó levantarse, pero hizo una mueca de dolor y se cayó de rodillas.

—Por Dios, pero ¿qué ha pasado? —Se apresuró hacia la señorita Taylor y la revisó.

La mujer hizo un gesto de dolor y apartó las manos.

—C-costillas rotas, una o dos —gruñó.

Hulda se giró hacia el señor Babineaux.

—Solo es un poco de sangre —murmuró él.

Sujetó la cara del hombre con las manos y acercó una vela para ver sus pupilas.

—Se ha dado en la cabeza ¿verdad? Tiene una conmoción.

—Se llevó al señor Fernsby —jadeó la señorita Taylor.

El esqueleto de Hulda pareció convertirse en gelatina y dejó de sujetarla. El corazón se le cayó hasta el ombligo.

—¿Q-qué? ¿Quién?

—Silas Hogwood.

La gelatina se convirtió en hielo. «Lucha y verdad». ¿Era esto lo que había visto?

—Lo he sentido como lo hice la otra vez. —La señorita Taylor se apoyó contra la pared sujetándose el torso—. Se fue hace… quince minutos.

—Puede que media hora —gruñó el señor Babineaux—. Intenté seguirlos pero… mucho mareo. —Se desplomó en el suelo.

Los ojos de Hulda ardían. Le temblaban las extremidades como si hubiese venido corriendo desde Boston.

—¿S-se ha ido? —Una púa atravesó el centro de su pecho.

La señorita Taylor asintió y su cara se agitó como si estuviese conteniendo las lágrimas.

—Me salvó la vida. Hogwood… pretendía matarme. Pero noté que el hechizo del señor Fernsby me tocaba primero. Un escudo como antes.

Un escalofrío recorrió los brazos de Hulda.

—Entonces sabe que es él. Él es la segunda fuente de magia.

—Eso es lo que el señor Hogwood dijo. —Respiró con cuidado.

El pánico le cerró la garganta. Así que Silas Hogwood también lo sabía. ¿Eso era lo que quería decir cuando dijo que ella sería la primera? ¿Ya había planeado llevarse a Merritt también?

—Vale. Vale. —Respiró hondo. «Dentro, fuera. Dentro, fuera»—. ¿Por dónde se fue?

La señorita Taylor hizo una mueca de dolor.

—No lo sé.

—Que Dios se apiade de nosotros. —Hulda se levantó rápido con dirección hacia la ventana para mirar a la noche—. ¡Owein! Owein, ¿lo has visto? ¿Sabes algo?

La casa no respondió.

Hulda llamó en la pared.

—¡Owein!

Nada.

«¡Piensa, Hulda!». El señor Hogwood no seguiría en la isla. La transferencia llevaba mucho tiempo, o eso es lo que decía el informe policial de Gorse End, además de que su propia experiencia la llevaba a esa conclusión. Utilizar tanta magia sin duda dejaría débil a un hombre. Vulnerable. El señor Hogwood no se arriesgaría a que lo capturaran otra vez como le pasó con Hulda, así que debía de haber dejado la isla. También quería evitar testigos, por lo que no iría a una habitación de hotel ni nada en una gran ciudad. ¿Entonces a dónde? ¡Había más sitios remotos en los Estados Unidos de los que podía pensar!

Agitó las manos para intentar calmar los nervios que le picaban como picaduras de bichos. Buscó por la habitación y sus ojos se fijaron en los cristales rotos. Los miró con fuerza e intentó conectar patrones…, pero no consiguió nada. O los hechizos del señor Hogwood ya habían afectado a su adivinación antes o su futuro era demasiado enrevesado como para que su magia lo viera.

—Tengo que ir a al ICLEB. —No sabía a quién más recurrir. No tenían vecinos en la isla, ni en las islas de los alrededores, y no sabía dónde vivía el jefe de Policía de Portsmouth ni si estaba disponible—. Tengo que ir al ICLEB y pedir ayuda a Myra. Si conoce a alguien con hechizo de llamada, las plantas y los pájaros podrían decirnos dónde está. —Pero ¿tardaría mucho?

«No importa. ¡Tengo que hacer algo!». Y pensar en cómo habían dejado las cosas Merritt y ella…

Se giró hacia la señorita Taylor y el señor Babineaux y cogió su farol.

—Enviaré un doctor ahora mismo. ¿Pueden aguantar un poco más?

La señorita Taylor asintió. El señor Babineaux solamente gruñó.

«Eso es suficiente». Hulda recogió su falda, salió de la casa y corrió por el camino sujetando el farol delante de ella para poder evitar las madrigueras de los conejos y las raíces de los árboles que sobresalían. Apenas sintió el esfuerzo de correr, el pánico era así de poderoso. Era un buen combustible.

—Aguanta, Merritt. —Puso el farol en el bote y lo metió en el agua sin importarle que sus calcetines se mojasen en el proceso.

Activó el hechizo cinético del bote y le suplicó.

—Tan rápido como puedas.

El bote aceleró hacia la noche.

Hulda utilizó su llave para abrir la puerta de la entrada del hotel Bright Bay en Boston sin preocuparse por el ruido que hacían sus pasos al recorrer las oficinas del ICLEB en dirección a la habitación de la directora. Abrió la puerta de golpe y Myra se incorporó en la cama con una bocanada.

—¿Quién...? ¡Hulda! —Se frotó los ojos. Se levantó de golpe y la falda de su camisón rozó tobillos—. ¿Qué haces aquí a estas horas?

—¡Silas Hogwood ha atacado Whimbrel House! —Hulda dejó el farol en una pequeña repisa—. Ha capturado a Merritt Fernsby. ¡No sé cómo rastrearlos!

Myra la miró boquiabierta durante varios segundos y negó con la cabeza; su pelo suelto se balanceó por sus hombros.

—Eso no... Eso no es posible. —Se volvió a tumbar en la cama como si estar de pie fuese demasiado esfuerzo.

—No puedes seguir negándolo. —Hulda se acercó y agarró el poste de la cama—. ¡Casi mata a la señorita Taylor y a nuestro chef! La señorita Taylor ha confirmado su identidad.

—No habría dejado testigos.

—¡El señor Fernsby es brujo, Myra!

La mujer se quedó sin respiración.

—Sí —insistió Hulda—. Lo he descubierto yo misma. Por eso me fui. La segunda fuente de magia no era la turmalina, ¡era el señor Fernsby! Por parte paterna. —Se agachó para ver mejor la cara de Myra—. El señor Hogwood debió de averiguarlo..., puede que tenga hechizos de psicometría. A lo mejor lo sintió cuando me atacó. —Se encogió al pensar que el señor Fernsby estuviera inmovilizado y sufriendo el mismo destino; o no, peor. Se estaban quedando sin tiempo—. Al menos el señor Fernsby tiene hechizos de llamada y de protección en la sangre. Protegió a la señorita Taylor.

Myra negó con la cabeza otra vez.

—Es muy pronto. Así no.

—¿Así no qué, Myra?

Myra se levantó y Hulda tuvo que hacer lo mismo para que no la pisara.

—Maurice nunca…

—¿Maurice? —Repitió Hulda—. Myra, ¿estás despierta? ¡Te estoy hablando de Silas Hogwood!

Pero entonces se dio cuenta. Conocía ese nombre. Maurice. Maurice Watson.

Recordó a Merritt con esa carta en la mano. «Un tal Watson se ofrece a comprar la casa».

La señorita Taylor resonó en su cabeza: «me da mala espina. No puedo explicar por qué, pero… no me da buenas sensaciones».

Y también estaba la interrupción de la señorita Steverus del otro día: «Acabo de recibir noticias del señor Maurice Watson. Quiere una cita para hoy».

Hulda había tenido premoniciones sobre un lobo en Blaugdone Island y en el ICLEB. Y con un hechizo de alteración, cualquier brujo podría transformarse en un animal.

Hulda había estado hablando de Silas Hogwood, pero Myra también.

Merritt… Merritt siempre había sido el objetivo.

Hulda retrocedió.

—Lo sabías. —Se llevó la mano al pecho—. Todo este tiempo sabías que Silas Hogwood estaba vivo. Que estaba aquí. Por eso intentaste asegurarme de que no era así.

Myra palideció.

—No es lo que crees…

—¿Cómo que no? —Ahora Hulda estaba gritando—. Eres… ¡Eres una traidora!

Myra fue corriendo hacia la puerta y la cerró.

—Baja la voz.

El tono de Hulda se oscureció tanto como las sombras.

—Dame una razón para que lo haga.

—No tuve nada que ver con tu ataque —siseó, pero la energía desapareció, su cara se entristeció y sus hombros se bajaron—. Estaba enferma, Hulda.

Hulda se quedó con la boca abierta.

—¿Qué quieres decir...? —Se quedó quieta—. Eso fue hace años, Myra.

Myra asintió.

—Lo sé. Pero no era una enfermedad pasajera. No quería contártelo, ni a Sadie ni a nadie. —Entrelazó las manos—. Pero estaba enferma y el señor Hogwood es un nigromante poderoso.

Hulda contuvo la respiración.

—Él te curó.

Myra asintió.

—Negocié con él. Lo ayudaría a escapar de la prisión, de Inglaterra, a cambio de la cura.

—Lo ayudaste. —Se sintió mareada—. Utilizaste tus poderes... al ICLEB... para falsificar esos informes.

Myra le restó importancia a la acusación.

—Sabía que cumpliría su palabra. Leí sus pensamientos. Podía confiar en él.

Hulda se acercó a ella y cogió a Myra por los hombros.

—¡Es un asesino!

Myra se soltó.

—Sobreviví por él y también el ICLEB. —Apartó la mirada. Se frotó los hombros por el frío.

—Cuéntamelo todo. —Presionó Hulda—. No puedo leerte la mente, Myra. Cuéntamelo. Si no...

—No. —Cortó la amenaza—. No. —Myra se frotó las sienes y empezó a dar vueltas por la habitación.

Hulda dio un pisotón.

—No tengo tiempo para esto. Merritt está en peligro. Nunca te lo perdonaré si él mure. Nunca...

—Necesité más favores —gimió Myra—. Mi hermana también se puso enferma. El marido de una amiga mía era un borracho..., necesitaba protegerse de él. Sabía que Maurice, Silas, podría hacerlo todo. Sabía que siempre cumpliría con su parte del trato. Es un hombre de palabra.

Hulda se burló.

—Así que volví a verle unas cuantas veces más. Siempre a cambio de algo. Una nueva identidad, nueva documentación…, y el ICLEB estaba al borde de la ruina.

Hulda se quitó las gafas y se frotó los ojos.

—Nunca dijiste nada.

—Estábamos perdiendo dinero. Las casas mágicas son cada vez más raras, sobre todo en los Estados Unidos. Silas accedió a ir a residencias con gran potencial para darles magia y que así pudiéramos seguir funcionando. Para que tú te pudieras quedar aquí.

Hulda volvió a ponerse las gafas.

—No finjas que hacías esto por mí.

Myra se encogió.

—Para su próximo pago quería Whimbrel House. No sé cómo se enteró de que existía. Debió de leer mi mente o seguramente se metió en nuestros registros.

Ahora Hulda era la que caminaba.

—¿Por qué?

—Quiere la magia que la habita.

Se giró hacia la directora.

—Así que sabías que había vuelto a hacerlo. Sabías que estaba robando magia.

—¡De una casa, Hulda!

—¡De Merritt! —contestó—. ¡De mí!

—¡Se suponía que te ibas! —gritó Myra y su voz resonó. Ambas se quedaron quietas tras el arrebato. Myra recuperó la compostura—. ¿Por qué crees que intenté sacarte de esa casa con tanto empeño? ¡Me negué a dársela antes de saber que tu estabas a salvo! ¡Incluso intentó comprarla!

—¡Y menudo trabajo hiciste! ¡Por muy de confianza que creas que es… ese criminal es un hombre egoísta y horrible y lo has desatado contra nosotros!

Los ojos de Myra se llenaron de lágrimas. Se hundió en la cama.

—Lo sé —susurró llorando—. Lo sé. Lo siento.

—Dime dónde está. Me lo debes.

—Te matará.

—Dime dónde está —presionó—. Seguro que no fuiste tan ingenua como para ayudarlo sin obtener esa información.

Myra se acunó la cabeza. Se sonó.

Hulda se agachó frente a ella.

—Myra. Me estoy quedando sin tiempo.

—Marshfield —susurró—. Está en las afueras de Marshfiel, en una casa en ruinas con un tejado abuhardillado.

Una imagen apareció en la mente de Hulda, una imagen que sin duda Myra le había robado al señor Hogwood. Hulda vio la casa de tres plantas en mal estado con claridad, el gran olmo que había fuera y los campos que la rodeaban.

Podía encontrarla.

—Si te importa mi vida lo más mínimo, despertarás a la Policía de la ciudad y los mandarás hasta allí. Porque voy a ir. Y me llevo tu caballo.

Hulda se levantó, cogió el farol y salió apresuradamente de la habitación sin dejar ni una pizca de gratitud tras ella.

Capítulo 31

15 de octubre de 1846. Marshfield, Massachusetts.

Cuanto más se alejaba Hulda de la ciudad, más denso se volvía el bosque. Los cedros, los abedules y los olmos se apiñaban. A la luz del día, sus copas otoñales habrían sido preciosas, relajantes. Pero en la oscuridad creaban sombras, muros y obstáculos que asustaban a Hulda y a la dulce yegua de Myra.

Hulda nunca habría encontrado este sitio si Myra no hubiese implantado esas imágenes en su mente. Unas imágenes que Myra nunca tendría que haber visto, pero Hulda dejaría su indignación para más tarde. Iba a contrarreloj. Con suerte podría ganar algo de ventaja al no llevar un rehén con ella.

El pobre caballo estaba agotado cuando se acercaron a la casa. Era un edificio de principios de 1700 en mal estado y que apenas se veía desde el camino de tierra que llevaba hasta su puerta. Sus paredes eran oscuras y estaban ligeramente arqueadas hacia dentro, no había luz en sus ventanas y el tejado tenía pinta de estar cayéndose, como si una nevada fuerte pudiera hacer que todo se derrumbara. Dejó a la yegua en el camino más alejado de la casa porque no quería que la oyeran, aunque el pequeño canal que corría cerca ayudaba a amortiguar sus pasos. Le susurró una disculpa a la yegua por poder cuidar de ella todavía, se recogió la falda con las manos y caminó sigilosamente hacia la casa.

Parecía estar abandonada. No se oían personas, solo el leve borboteo de las aguas del canal. La amargura empezó a crecer en su estómago. ¿Y si Myra la había mandado a donde no era? Seguro que no se había descarrilado tanto del camino del bien… y seguro que Hulda no había llegado al escondite del señor Hogwood antes que él.

Entonces su pie chocó con algo que parecía una piedra muy firme, pero en realidad era una pared de protección, como la que Merritt hizo sin querer aquel día en Whimbrel House.

Hulda apretó los labios y pasó la mano por el hechizo. Parecía que rodeaba toda la casa. Algo tan grande solo podría proyectarlo un mago muy poderoso, lo que indicaba que al menos estaba en el sitio correcto. Con cuidado fue andando junto a la barrera para ver si se iba acercando más a la casa. Conectaba con el canal y se estrechaba desde ahí. La luz de la luna se reflejaba en el agua.

Un perro ladró a lo lejos. Hulda se tensó, escuchó y buscó en su bolso algo con lo que defenderse. Un segundo ladrido la hizo parar. No estaba lejos, sino que se oía como amortiguado. Luego un tercer ladrido y un cuarto. Hulda se arrodilló y puso la oreja en la tierra justo cuando oyó un ladridito y el animal se calló.

«Está bajo tierra», pensó. El señor Hogwood había construido su guarida bajo tierra para que no lo descubrieran. Justo como en Gorse End. Con todos los hechizos que habrá robado, seguro que ha podido cavarla rápidamente.

La seguridad retumbaba en sus huesos. Pero sería difícil encontrar la entrada en plena oscuridad y no tenía tiempo. Eso y que, si Hogwood tenía otras protecciones más letales que las paredes invisibles, podría estar en un buen lío.

«Piensa, Hulda». Metió la mano en el bolso. No tenía armas de fuego, apenas sabía cómo utilizarlas y desde luego no iba buscar una por las calles de Boston en medio de la noche. Los únicos objetos con los que se podría defender eran un abrecartas y su pata de cabra, que no serían muy útiles. Al menos tenía unos dados, si pudiera leer su futuro, a lo mejor podría ver cómo entraba en la casa y eso le ahorraría unos valiosos minutos. Se movió lentamente bajo la luz de la luna y fue a sacar los dados cuando volvió a mirar hacia el canal.

Y la rejilla en un lado que llevaba a la casa.

Tragó saliva. Era muy poco probable que esa fuese la puerta principal, pero... Hogwood era una persona ordenada. Querría poder deshacerse de la suciedad... o, al menos, una segunda salida para evitar que lo acorralaran, como le pasó hacía once años en su propia casa.

Hulda echó una nube de aire que revolvió su pelo hasta dejarlo hecho un desastre. Después de sacar los amuletos que había colgado por Whimbrel House para evitar que la pared de protección la encerrara, se puso el bolso hacia la espalda y se agachó para entrar en el canal, apretó los dientes cuando el agua fría subió por sus gemelos, rodillas y se quedó a mitad del muslo. Su vestido flotaba en la superficie y se convirtió en un balón por el aire de debajo de sus faldas. La rejilla no estaba atornillada, pero el camino era estrecho, húmedo y apestaba. No podría ir con este vestido. Incluso si conseguía llegar hasta el final, gotearía demasiada agua cuando entrara y la ropa podía cuadriplicar su peso, lo que la entorpecería todavía más.

Miró hacia la casa. Podría buscar por ahí y encontrar una puerta de verdad..., pero Hogwood oiría el crujido de la madera bajo sus pies. ¿Había acaso una puerta ahí o en otro lado?

Miró la rejilla y suspiró.

—Ya te ha visto en ropa interior, así que no importa. —Aun así cuando se quitó deprisa el vestido y lo tiró a un lado del canal para que no flotara río abajo, su coraje disminuyó. Esto era un trabajo para los policías de la ciudad, a los que con suerte Myra habría llamado. ¿Qué esperaba conseguir?

Entonces pensó en los cuerpos ennegrecidos y secos de Gorse End. No podría dejar que eso le pasara a Merritt. Simplemente no podía. Así que quitó la rejilla, se aferró el bolso al pecho para que con suerte no se mojase y se arrastró por la tubería larga y mugrienta. Intentó no pensar en qué era esa cosa pegajosa que tenía en las manos y rodillas.

Se arrastró durante un rato, sus rodillas y hombros le dolían, aunque se acostumbró al olor antes de llegar a la segunda rejilla.

Esta tenía una bisagra, gracias a Dios, así que no hizo tanto ruido cuando se deslizó hacia la bodega oscura de piedra. No podía ver nada, pero con las manos tocó carne colgada de hilos, jarras y botellas de vino. Alimentos. ¿Comprados o robados? No importaba mucho.

Arropada por la oscuridad, Hulda intentó escurrir sus pololos para no ir dejando un rastro de agua por donde fuera. Se movió palpando la pared, pasó por una estantería y un montón de sacos de arpillera, y golpeó con las uñas contra un farol. Lo descolgó de la pared, retrocedió y chocó con el trasero contra otro estante. Rebuscó en su bolso hasta que encontró una cerilla con la que encenderlo.

La suave luz le quemó los ojos. Delante de ella había una puerta hecha con dos trozos de madera unidos con cuero. Si ella no podía ver luz dentro, seguro que Hogwood no podía ver luz fuera.

«Muy bien, Hulda. Usa lo que tienes». Fue otra vez a por los dados y se quedó quieta. Tenía otras armas aparte de la inestable adivinación. Conocía a Silas Hogwood. Vivió con él dos años. Dirigió su personal, su cocina, su casa.

¿Y eso qué le decía?

Dio golpecitos en uno de los adoquines del suelo. Hogwood odiaba la suciedad. Era una persona impoluta. La mayoría del poco personal en Gorse End eran criadas, y la limpieza hizo imposible que Hulda viera su futuro cuando empezó a tener sospechas. Esta guarida estaba escondida y olvidada, seguramente lo que pretendía, pero aun así quería minimizar la suciedad. Este lugar probablemente estaba asegurado con rocas y madera por todos lados solo para protegerle de la tierra. Lo que podía significar que no era muy grande, ya que además Hogwood no era un gran fan del trabajo manual. A menos no del trabajo manual que tuviese que hacer él, con o sin magia. Además de ser un mago, un asesino y un convicto, también era un aristócrata.

Hogwood no era el tipo de persona al que le gustaría vivir como un vagabundo en ninguna parte, ni siquiera en prisión. Así que Hulda supuso que su guarida sería, como mínimo, del tamaño de Whimbrel House.

«¿Qué más...?». Revisó los recuerdos de Gorse End. ¡Oh! Dormiría y pasaría el tiempo en las zonas más alejadas de la entrada, donde quiera que fuera eso. Era una persona muy privada. No le gustaba que nadie, a parte de su mayordomo, entrara en su ala y odiaba a los invitados inesperados.

«Pero ¿dónde está la puerta?». Con cuidado levantó el farol y le redujo la intensidad hasta donde pudo sin apagarlo, Hulda se arrastró hacia la salida de la bodega y la abrió. Una suave luz fluyó por un pasillo bajo pero largo que se extendía hacia delante. Inmediatamente a su derecha había otro pasillo y a su izquierda, unas escaleras que llevaban a una puerta.

«Parte delantera de la casa», determinó. Esperó que el perro volviese a ladrar, aunque solo fuese como distracción.

Estaba andando fuera de la bodega cuando notó huellas de botas de barro en los adoquines improvisados que iban hacia el corredor. Todavía estaban frescas, eran recientes. Hogwood solo habría dejado barro en su guarida si hubiese ido con prisas. Debió llevarse a Merritt en esa dirección, ella pensaba que era... norte.

Un pulso de miedo golpeó su pecho. Tragó saliva.

«Hogwood no querría que lo acorralaran. No después de haber perdido su libertad previamente». Tenía que haber una segunda salida, que podría ser la del canal, aunque a Hogwood le costaría utilizarla con forma humana, o puede que fuera por otro lado.

Levantó el farol y miró por el camino corto a la derecha, que estaba totalmente oscuro. Iluminó un grupo de huellas de perro mezcladas con huellas de botas. Parecía ser un perro de tamaño medio. ¿Podría Hulda contra un perro de tamaño medio si era necesario?

«Sin una falda de por medio, desde luego».

Sus mejillas se calentaron cuando cerró la puerta de la bodega tras ella. Se deslizó por el pasadizo. Paró y volvió a prestar atención al barro.

Cogió un puñado y lo lanzó, lo que hizo que saltaran unas motas.

En su mente vio a Merritt volando por los aires y golpeándose contra el suelo de piedra.

Estaba temblando y se limpió la mano en el corsé, intentó concentrarse para mantener el olvido a raya. No podía cambiar el futuro. Sus visiones lo tenían todo en cuenta, incluidos los intentos de cambiarlo. Lo que había visto es lo que pasaría. Aun así tenía que darse prisa.

Oyó pasos en el largo pasillo que iba hacia el norte. Hulda anduvo rápido sin hacer ruido hacia el este, hacia la siguiente esquina, y dejó que las sombras la envolvieran. Escuchó quieta por si los pasos se acercaban. No lo hicieron.

Por el pasillo, el perro dio un ladrido.

Hulda movió una articulación cada vez para arrastrarse por la piedra. No tuvo que ir muy lejos para encontrar otra habitación que era más bien un cuchitril grande con una sábana en vez de puerta.

Movió un poco la sábana y se quedó sin respiración.

—Merritt.

El espacio apenas era lo suficientemente grande para que un hombre pudiera tumbarse y desde luego no era tan alto como para mantenerse de pie. Merritt estaba medio tumbado en el centro y atado con tanta cuerda como para parar a un toro. Tenía sentido que Hogwood no utilizara la magia cuando una cuerda podía hacer el trabajo. Los hechizos tenían un precio. Pero ¿por qué estaba esperando?

Hulda tembló mientras se apresuraba para darle la vuelta. Él solo pudo parpadear. Uno de sus ojos estaba hinchado. No había nada más en la habitación a parte de un perro en la esquina.

—¿Hulda? —carraspeó.

—Shh. —Pasó las manos por sus ataduras para intentar encontrar el final de la cuerda. De todas las cosas útiles de su bolso, ninguna tenía filo.

Él la miró y parpadeó confuso.

—¿También la ha capturado?

—No. Calle. —El miedo empezaba a llegar a sus manos e hizo que le temblaran los dedos. Tiró de él para encontrar sus muñecas. Merritt suspiró aliviado cuando aflojó el nudo experto que las ataba.

—¿Cómo me ha encontrado? —susurró.

—Una premonición. —Era bastante cierto.

Hubo una pausa.

—¿Él no tenía también de eso?

—No lo sé. —Si era así ¿habría visto la llegada de Hulda? ¿Estaba esperándola? Su corazón latió más deprisa, lo que le dio más temblores. Aun así, consiguió deshacer el primer nudo. Merritt dobló las manos y siseó entre dientes.

Hulda siguió la cuerda hacia el segundo nudo y estiró. Merritt se quedó quieto para ayudarla a trabajar, pero estarse callado no era una de sus cualidades.

—Tengo que disculparme...

—Más tarde, Merritt. —Tiró de otro trozo de cuerda e hizo que se tumbara sobre su espalda para ocuparse del nudo de su estómago.

Unos cuantos segundos pasaron.

—Está en ropa interior.

Ella le dedicó una mirada mordaz.

Él echó la cabeza hacia atrás.

—Tengo que... ¡Au!

Hulda paró.

—¿Qué?

—Me ha dado ahí.

La compasión calmó su irritación. Tiró del nudo con un poco más de cuidado.

—Tengo que disculparme.

Ella negó con la cabeza.

—Hablaremos cuando no estemos en peligro de ser asesinados.

—Exacto. ¿Y si uno de los dos muere aquí abajo y nunca puedo hacerlo?

Hulda deshizo el tercer nudo. Merritt se sentó con un gruñido contenido, liberó sus brazos y la ayudó a liberar sus piernas y pies.

—Fui muy... desagradable... en la casa —dijo sin mirarla—. No lo entendía. Debí haber pedido una explicación.

Hulda odiaba tener que discutir eso precisamente ahora.

—La verdad es que no me importa, Merritt. Tenemos que darnos prisa.

—Me estoy dando prisa. —Sacó más cuerda de los muslos—. Acababa de enterarme de que mi padre sobornó a Ebba para seducirme y que así pudiera desheredarme...

Las manos de Hulda se quedaron rígidas.

—¿Qué? —Soltó lo más parecido a un grito que podía hacer alguien sin utilizar la voz.

—Fue todo muy dramático. —Sus palabras pretendían ser graciosas, pero tuvieron el efecto contrario—. Puede que eso sí que debamos hablarlo cuando y si sobrevivimos —siguió mientras Hulda le liberaba los pies. Él tiró del resto de la cuerda—. Pero lo siento. Vi cómo se marchaba… Iba a dejarme igual que lo hizo ella, sin decir ni una palabra, ni una carta…

Hulda tenía la cara roja, oculta por la oscuridad.

—Me iba porque no quería estar ahí cuando volviera con otra mujer. —«Lucha y verdad». Esa había sido, sin duda, la premonición más importante e inútil que había tenido.

Él la miró.

—No tenía la menor intención de declararme a Ebba. Me… me he encariñado bastante *contigo*, Hulda.

La sangre empezó a correr por su cuello y pecho, sin embargo, solo se le ocurrió decir una cosa.

—Oh.

Intentó levantarse con las rodillas temblando, así que Hulda le cogió el brazo y lo ayudó a ponerse derecho.

—Merritt, *tú* eres la segunda fuente de magia de Whimbrel House —dijo cuando intentaba coger el farol.

Él se frotó las muñecas.

—Sí, me he percatado, teniendo en cuenta mi secuestro por parte de un mago asesino.

—Sí, claro. Y… creo que sé quién es tu padre. Tu padre biológico, claro.

Él se quedó quieto.

—Bueno, eso me lo puedes contar luego. Todavía estoy intentando resolver lo del secuestro.

—Hay un canal por ahí —susurró ella le cogía de la mano—. Voy a apagar esto. No hables…

Él la llevó tras la sábana.

—No podemos irnos sin Owein.

Ella se quedó sin respiración.

—¿Perdón?

—Owein. Tiene a Owein.

Se lo quedó mirando confusa.

—Él... lo tiene de alguna forma —intentó explicarlo—. Sacó su espíritu de la casa y lo metió en un perro.

Sus labios se abrieron. «Los ladridos. Las huellas». La casa tampoco le había respondido. ¿La nigromancia de Hogwood era tan poderosa que podía mover espíritus? No se había hecho algo así desde los tiempos de Eduardo III...

El perro había gemido hacía unos momentos. ¿Estaba Hogwood haciendo daño a Owein? ¿Ya había empezado?

—Tenemos que darnos prisa. —Merritt le quitó el farol—. Beth y Baptiste...

—Están bien. Un médico debería estar ya con ellos. —Ella sacudió la cabeza al ver su mirada esperanzada—. Más tarde. ¿Dónde está Owein?

Señaló al norte.

—Por ahí, creo. —Paró e inclinó la cabeza—. Hay... otros. Oigo voces. —Se dobló de dolor y sacudió la cabeza—. No lo entiendo, yo...

Sus labios se movieron, pero su voz se cortó.

Hulda puso el pulgar contra sus labios. En cualquier otro momento, ese gesto habría hecho que se pusiera roja, pero sus nervios estaban bastante ocupados con la situación actual.

—Estás utilizando la llamada. —Apenas usó aire para decirlo, tenía que aprovechar que lo mantenía callado. El efecto secundario de utilizar la llamada era quedarse mudo, debe de haber estado utilizando el hechizo con fuerza si ya lo sufría, aunque tan solo debería durar unos segundos.

Se formaron unas líneas entre sus cejas, pero se quitó los zapatos y fue hacia el pasillo en total silencio, protegiendo la luz del farol con su cuerpo. Hulda no debería haberse sorprendido por su actitud, esto parecía sacado de una de sus novelas. Si tendrían un final feliz aún estaba por ver.

Hulda se mordía la mejilla y se abrazaba a sí misma para mantener el miedo en su sitio y seguirle.

Conforme se acercaban al final del pasillo, vieron la misma luz que Hulda había visto. Notó que los latidos de su corazón se movían hacia la nuca, advirtiéndola. Si era ella contra Hogwood... cualquiera de los dos contra Hogwood... perderían.

Merritt le pasó el farol y metió la cabeza en la habitación contigua. Hulda contuvo la respiración e intentó mirar por encima de su brazo.

El espacio era relativamente grande, como el tamaño del salón de Whimbrel House y medio más. Había estanterías con cuerdas, cadenas y todo tipo de bebidas, pociones y vendas que cubrían las paredes. Había dos barriles en la esquina junto a una rejilla de hierro que…

«Oh Dios». El estómago de Hulda se tensó. Detrás estaban sus víctimas, secas y deformadas…, pero no tuvo tiempo de estudiarlas porque sus ojos se fueron directos a un banco que había en el centro de la habitación. El *terrier* de color oscuro se agitaba en silencio mientras el señor Hogwood ponía las dos manos sobre él, utilizando hechizos con movimientos lentos que le quitarían el poder al animal, a Owein, y le convertirían en una de las muñecas secas que atormentaron a Hulda en sueños durante once años.

Pero el señor Hogwood todavía no los había visto.

Hulda agarró a Merritt del codo —¿qué plan tenían?—, pero Merritt no se movió. Estaba ahí, rígido como el granito con los ojos fijos no en el señor Hogwood o en Owein, sino en las barras de hierro.

Y tembló.

Gemidos. Llantos. Gritos.

Se filtraron por la mente de Merritt como un suave viento de invierno. Notaba un sufrimiento muy lejano, pero aun así presente, proveniente de esa esquina, donde esas cosas que parecían cactus viejos y deshidratados estaban en las repisas tras las barras. Que Dios lo ayudase: ¿estaban todavía vivos? Estaban vivos, sufriendo, suplicando morir…

Owein gimió.

La magia se cortó de golpe y dejó a Merritt en bendito silencio. Parpadeó para intentar reorientarse…

Una pared de fuego cobró vida detrás de él y de Hulda.

Silas Hogwood se había levantado y había dejado de realizar sus macabros hechizos. Miró a Merritt y a Hulda con ojos oscuros y furiosos. Extendió hacia ellos los dedos, las puntas estaban... ¿congeladas? Owein lloró, pero giró la cabeza para mirarlo. Todavía estaba bien. Todavía estaba vivo.

Pero Merritt tenía la sensación de que Hulda y él pronto no lo estarían.

—¿Creéis que podéis impedírmelo? —La mirada oscura de Silas fue de Merritt a Hulda. El fuego detrás de ellos ardía cada vez más y los empujaba hacia el asqueroso laboratorio—. Nadie podrá tener poder sobre mí. Ni la familia, ni el ICLEB, ni siquiera la Liga de la Reina.

Miró a Hulda de arriba abajo con desprecio y luego movió la mano para mandarla volando al otro lado de la habitación. Merritt se movió, pero no lo suficientemente rápido como para cogerla. Se golpeó contra las estanterías en la pared contraria a los muñecos mutados, y rompió una tabla de madera y una media docena de botellas, que se hicieron añicos al caer al suelo de piedra. Merritt se lanzó a su lado para protegerla. La sangre de varios cortes superficiales le cubrió los dedos.

La ira y el miedo se enfrentaron en su interior.

—No queremos tener poder sobre ti —escupió—. No queremos tener nada que ver contigo. Solo deja que nos vayamos.

Silas esbozó una sonrisa horrible y dejó salir una risita.

—¿Dejaros ir? No. La caomática tiene unos encantamientos preciosos y los he deseado desde hace mucho. Es lo que de verdad podría hacerme intocable. —Sus labios se curvaron—. Hasta de la familia real. Y vosotros dos estáis llenos.

Merritt palideció. ¿Dos? ¿Owein y... él? ¿Caomática?

—Estás loco. —Todavía le costaba creer que tenía algo de magia en su sangre, aunque lo hubiera visto con sus propios ojos. Pero ¿caomática?

Hulda se enderezó. Sus ojos miraron a los muñecos.

La mirada de Merritt la siguió, pero no se quedó ahí. Los muñecos. Eran importantes. ¿No dijo Hulda que Silas conseguía su magia de la gente a la que le hizo eso? Así que si podían destruirlos...

Hulda se levantó; Merritt se puso junto a ella. Owein se retorció, sus cuerdas se convertían lentamente en cristal... un hechizo de caomática perezoso para liberarse. Merritt mantuvo la mirada en Silas para no delatar al perro.

—Señor Hogwood, por favor —suplicó Hulda—. Sé que puede ser razonable. Déjeme hacer un trato con usted, como hizo Myra...

—No te pongas tan histérica. —Movió los dedos.

Hulda se chocó con Merritt y se dobló temblando. Su piel se volvió fría y sudorosa bajo su toque.

—¡Hulda!

¿Qué era esto? ¿Otro hechizo? ¿Histeria?

Merritt la cogió de los hombros para intentar liberarla...

El sonido del cristales cayendo al suelo sonó antes de que un gruñido llenase el aire. Owein, libre, corrió hacia Silas y saltó para clavar sus dientes en el antebrazo del hombre. Hulda gritó cuando Silas levantó a Owein del suelo y movió el brazo hacia arriba para mandar al perro hacia el fuego.

—¡No! —Merritt corrió hacia el animal.

Owein se golpeó contra una pared invisible que se levantó frente a las llamas. Soltó un aullido y cayó sobre la piedra.

Merritt se maravilló un segundo por el escudo que había conseguido proyectar. Entonces se giró y fue hacia el inglés él mismo.

Hulda, todavía intentando quitarse el efecto del hechizo de miedo, fue hacia los muñecos y cogió un trozo de cristal por el camino. Merritt gritó. Hulda hizo un gesto de dolor. Corrió. Se golpeó con las barras.

Y clavó el afilado cristal en el centro del muñeco más cercano.

Hogwood rugió y se arqueó como una gárgola que cobraba vida, consiguió quitarse a Merritt de encima. El fuego se apagó, pero Hulda no estaba segura de si era porque había perdido el control de ese hechizo o lo había perdido para siempre porque había apuñalado a la muñeca que le había dado ese poder.

Levantó el brazo y apuñaló al siguiente muñeco...

Una fuerza invisible la golpeó contra la pared, quitándole el aire de los pulmones y el trozo de cristal de la mano. Hogwood se movía rígido por el efecto secundario del hechizo cinético, se giró encorvado hacia Merritt y lo cogió del suelo con el mismo hechizo para lanzarlo hacia la tabla con las correas de cuero clavadas.

—Puedo oírlos —dijo Merritt al mismo momento que sus escápulas recibieron el golpe.

Hogwood dudó.

—Tus muñecos —Merritt dijo con voz ronca, notando como los dedos de Hogwood se clavaban en su garganta—. Puedo oírlos gritar.

Una roca golpeó a Hogwood, justo debajo del cuello. Merritt cayó.

Owein ladró cuando su magia arrancó otra piedra del suelo. La lanzó contra Hogwood, quien utilizó el hechizo de viento para cambiar la dirección de la piedra y luego de otra, y otra, todas lejos de él. El hechizo lo dejaba sin aire. Su mano se torció y el aire tronó como un rayo que cayó del techo y golpeó al perro.

—¡Owein! —gritó Hulda cuando intentaba levantarse. Pero Merritt, que estaba recuperado, fue más rápido y se dirigió al lado del perro.

Hogwood se transformó en un lobo y corrió hacia él. El pánico inundó a Hulda. Corrió. El lobo mordió la parte de atrás de los pantalones de Merritt y lo lanzó hacia el suelo destrozado. Pero mientras Hogwood se volvía a lanzar, Merritt retrocedió y levantó un hechizo de protección que mandó al lobo hacia otra pared invisible.

Merritt hizo una mueca de dolor y siseó entre dientes. El efecto secundario de la protección era la debilidad física, notaría los cardenales intensamente.

Hulda buscó un arma. Fue hacia otro trozo de cristal.

Su sangre goteó en la piedra y la tierra, formando un patrón que hizo que aparecieran imágenes en su mente. Era ella. Corría hacia la jaula de los muñecos. Hogwood le mandaba un hechizo cinético para golpearla…

El futuro.

Hulda dejó el cristal y se giró para ir hacia los muñecos.

Oyó un golpe al mismo tiempo que Hogwood se transformaba en hombre. El hechizo estaba por venir. Casi había llegado a la jaula...

Hulda se cayó sobre su estómago, se golpeó las rodillas y las caderas, casi se rompió la nariz contra el suelo. El hechizo cinético que había previsto pasó por encima de ella y golpeó la vitrina, con tanta fuerza que las barras de hierro rugieron y se derrumbaron. Dos de los muñecos cayeron al suelo.

—¡No! —gritó Hogwood. Se arrastró por la piedra hacia ellos. El *shock* de perder más magia estaba reverberando por su cuerpo.

Owein ladró y para el horror de Hulda, los muñecos empezaron a saltar de las estanterías, botando sobre sus cuerpos mutados y bulbosos como si intentaran escapar. Hulda gritó y retrocedió antes de que alguno pudiera tocarla.

Owein gritó y agitó la cabeza. «¡Claro!». Había utilizado un hechizo como el de los libros que bailaban en la biblioteca de Whimbrel House. Los hechizos de caomática provocaban confusión, Owein no estaría acostumbrado a sufrir los efectos secundarios después de lanzar hechizos sin coste durante doscientos años.

Con los muñecos desperdigándose, Hogwood no podía protegerlos a todos al mismo tiempo.

—¡Los muñecos, Merritt! —Hulda se giró sobre su cadera y aplastó uno con el pie y lo lanzó contra la pared.

—¡Te mataré! —Hogwood se puso en pie de un salto. Movió la mano. No pasó nada.

El hechizo que pretendía usar ya no estaba.

Estaba funcionando.

Movió la otra mano. El corsé de Hulda empezó a apretarla, su tamaño disminuía con el hechizo de alteración que amenazaba con romperle las costillas.

Merritt saltó sobre la espalda de Hogwood. Su corsé se soltó, pero el hechizo cinético salió del cuerpo de Hogwood y los golpeó a los tres. A Merritt el que más. Salió disparado hacia una viga estrecha de la pared. No se movía.

—¡Merritt! —Oh Dios, ¿y si no conseguían salir de esta?

Owein, cojeando, aplastó uno de los viles muñecos con su boca y lo agitó hasta que algo se partió.

Hogwood vaciló. Otro rayo golpeó la pierna trasera de Owein. El perro ladró y se cayó.

Hogwood se giró y centró su mirada furiosa en Hulda. Se movió hacia ella con las piernas rígidas, su hechizo cinético le había quitado la movilidad en las rodillas y la cadera. Levantó un brazo igual de rígido y acercó la mano hacia ella. Una gran mano invisible la cogió e inmovilizó sus rodillas y pegó sus brazos a los costados. Una descarga atravesó la parte de atrás de su cuello y se clavó en sus tobillos. Su cuerpo se agitó por el dolor. Una segunda ráfaga la atravesó e hizo que sus miembros ardieran y que se congelaran las puntas del pelo de Hogwood.

—Me encantaría hacerte sufrir, pequeño canario, pero tengo trabajo que hacer. —La apretó más. Se deslizó hacia ella gruñendo por los muñecos desperdigados que ya no bailaban—. Dale recuerdos a esa pequeña criada tuya cuando llegues al otro lado.

Sus dedos se cerraron, cortándole el aire. La sangre se acumulaba en su cara. Su cabeza parecía un globo que se hinchaba cada vez más. Sus huesos se doblaron y...

Un fuerte ¡pum! resonó en la habitación. La cara de Hogwood se relajó. Hulda cayó, aterrizando sobre sus pies para después quedar de rodillas. Tosió. Intentó coger aire. Levantó la mirada y vio a Hogwood balancearse y caer sobre un montón de piedras.

Detrás de él estaba Merritt con los hombros agitados, el pelo despeinado cubriendo su cara.

Y en las manos tenía su pata de cabra.

Se quedaron quietos unos segundos. Cuando Hogwood no se movió, Merritt se puso recto poco a poco. Se apartó el pelo de un soplido. Miró su arma.

—Esto es útil. —Giró la vara de metal.

Una dolorosa risa sonó en la garganta de Hulda, pero murió en sus labios.

—Owein.

Merritt soltó la pata de cabra y corrió hacia el perro. Se arrodilló junto a él.

—Está bien. Respira. —Acarició el pelo del perro—. Eh, chico, ¿puedes oírme?

Hulda cogió una botella rota y se levantó temblorosa para acercarse a Hogwood. Pisó una muñeca deforme y el pecho de Hogwood se movió ligeramente por su respiración. Se arrodilló junto a su cabeza y acercó el cristal a su pecho por si se daba el caso de que despertara.

Silas Hogwood respiró levemente por última vez.

Su cuerpo dejó de moverse.

Hulda se quedó sin respiración. Muerto. «Muerto». Estaba demasiado herido como para curarse... No podía asimilarlo. Como si su cerebro hubiera desconectado de su cuerpo y estuviera en uno de esos tarros en las estanterías.

Su torturador... se había ido. Y toda su magia con él.

Se oyeron sonidos provenientes de arriba, pasos que hacían crujir la madera y unos gritos.

Merritt se levantó con Owein en sus brazos y miró hacia lo alto.

—Por favor, dime que esos no son sus cómplices.

Hulda inclinó la cabeza para escuchar.

—Creo que es la Policía local.

—Ah. —Miró el cuerpo de Silas Hogwood y luego a ella. Levantó un poco al perro—. ¿Quieres cogerlo?

Hulda le lanzó una mirada curiosa.

Merritt la miró con la cabeza inclinada. Hulda bajó los ojos... hacia su ropa interior.

Suspiró y extendió los brazos.

—Sí, por favor.

Al menos el animal le daría una sensación de pudor cuando la patrulla llegara abajo.

Capítulo 32

16 de octubre de 1846. Blaugdone Island, Rhode Island.

El ICLEB tenía más poder del que Merritt creía.

La Policía entró en el extraño tugurio del sótano que Silas se había construido como cualquier buen villano y poco después llegó una tal señora Myra Haigh, una mujer atractiva de más de cuarenta años. Los investigadores separaron a Merritt y Hulda, ella aún con Owein como protector de su pudor, y los interrogaron cuidadosamente, lo que no era un problema porque Merritt no tenía nada que ocultar. Al final la señora Haigh tomó el mando y se ocupó de todo, ayudó a las fuerzas de la ley, limpió el desastre, se deshizo del... cuerpo. Al amanecer, después de la noche más extraña y peligrosa de sus vidas, Merritt y Hulda pudieron irse.

Así fue cómo Merritt acabó en Boston a media mañana, conteniendo un bostezo, apoyado en la pared blanca de ladrillo del hotel Bright Bay, donde se suponía que el ICLEB tenía sus oficinas secretas. Se tocó sin querer la venda de su antebrazo, donde Silas lo había quemado con un rayo de sus manos. Owein bailaba nervioso alrededor de sus pies, mirando la ciudad, olfateando a la gente que pasaba. Se preguntaba qué porcentaje correspondía al perro y cuál al niño. Desde luego se recuperaba rápido.

Owein se giró con las orejas levantadas. Merritt se dio la vuelta justo a tiempo para ver a Hulda salir por la puerta de atrás con su fiel bolso al hombro y un modesto vestido de cuello alto cubriéndole los vendajes. A pesar de la ardua y larga noche, se las apañó para no parecer demasiado cansada, aunque iba peinada como si alguien se la hubiera llevado a la cama de una forma muy apasionada. Merritt contuvo una sonrisita y decidió no compartir el pensamiento.

Cuando llegó hasta él le dio un archivo.

—Toma.

Se puso recto y cogió los papeles. Le dio la vuelta al primero.

—¿Qué es esto?

Hulda se frotó los labios.

—La información de tu padre. Bueno, de quien creo que es tu padre.

Merritt bajó los papeles sin leerlos.

—Entiendo.

—Cuando estés listo. —Se frotó las manos como si llevara unos guantes que no le quedaban bien—. Si tengo razón, entonces Owein es tu tatara-tatara-tatara-tatara-tatara-tatara-tatara-tatara-tío. Más o menos.

Los papeles parecían sábanas de hierro en su mano. Miró al perro que ladraba junto a él moviendo la cola.

—Gracias. —Sin saber bien qué hacer se metió el archivo bajo el brazo. Se quedó quieto y frunció el ceño.

—¿Estás bien? —preguntó Hulda.

Él agitó la cabeza.

—¿Alguno de nosotros lo está? —Hulda se encogió de hombros y Merritt añadió—: Me debería sentir mal por ello ¿verdad?

Hulda lo observó.

—¿Porqué?

—Por matarlo —dijo con más suavidad—. Anoche maté a un hombre. Pero yo... no me siento mal. ¿No debería sentirme mal? O a lo mejor ¿culpable?

Hulda respiró hondo.

—El señor Hogwood no era un buen hombre. Hiciste lo que tenías que hacer. —Sus hombros se relajaron. Levantó una

338

mano hacia él pero luego la bajó—. Me salvaste. Nadie podría echarte la culpa.

—Creo que me salvaste *tú a mí*.

Sus labios temblaron.

—No importa, es lo mismo.

Él asintió despacio y dejó que la absolución lo recorriera.

—Muy bien entonces. ¿Nos vamos?

Dio un paso hacia la calle, pero cuando Hulda no lo siguió se detuvo.

Ella suspiró.

—No lo sé, Merritt. Mi lugar en el ICLEB es... inestable. —Le había contado la implicación de la señora Haigh en todo el asunto cuando estaban en la parte de atrás del coche de la Policía—. No sé si aún tengo un trabajo... y todas mis pertenencias están aquí. Pero no me quiero quedar.

Merritt se encogió de hombros y la esperanza creció dentro de él.

—Podrías preparar una maleta y hacer que te envíen el resto.

Una pequeña sonrisa apareció en su boca.

—No estoy segura de si eso sería... apropiado, dadas las circunstancias.

Merritt se desinfló.

—Claro. —Miró al hotel—. Entonces, ¿a dónde irás?

—Supongo que a casa de mi hermana —dijo mientras se frotaba la parte de atrás del cuello—. No vive demasiado lejos de aquí. Al menos hasta que todo se... aclare.

Cambió el peso a la otra pierna.

—¿Y cuándo se aclarará?

Jugueteó con el bajo.

—No estoy segura.

Un carruaje abierto pasó por delante.

—¿Todavía tienes la piedra de llamada? —preguntó Merritt.

Hulda dio unos golpecitos en su bolso.

—Por supuesto.

Él asintió sin saber qué más decir o qué hacer con sus manos.

—Entonces bien.

Ella se puso recta.

—Debería… organizarlo todo antes de que Myra vuelva.

—Seguramente sea buena idea.

—Pero dejaré una nota.

Él sonrió.

—También es una buena idea.

Se quedaron ahí incómodos durante un momento antes de que Merritt al final se diera la vuelta y se dirigiese a los muelles. Volvió la vista atrás. Hulda todavía lo observaba.

—«¿No va a volver?» —preguntó una voz juvenil pegada a su cabeza.

Él se quedó mirando. Un hombre a caballo venía hacia él así que rápidamente cruzó la calle con Owein siguiéndole. Tardó un segundo identificar la voz como la del perro.

—Um.

No estaba seguro de qué hacer con su magia. No estaba seguro de creérselo. A lo mejor el contenido del archivo lo convencía… Un archivo que no deseaba leer. Todavía. Pero a pesar de lo extraño que era tener una segunda voz en su cabeza, la melancolía sustituyó a la sorpresa. Volvió a mirar atrás una vez más, pero ya no estaba allí.

—No lo sé, Owein —admitió—. No lo sé.

Merritt tardó unos días en abrir el archivo que Hulda le había legado. La primera parte era un árbol genealógico con el nombre Nelson Sutcliffe subrayado.

Merritt lo miró fijamente. Cattlecorn era un sitio de tamaño considerable, casi había esperado no conocer al hombre. Pero conocía a Sutcliffe. Vamos, al agente Sutcliffe. Tenía mujer y tres hijos más jóvenes que Merritt. Sus… ¿hermanos?

Miró las notas de abajo, le costó un minuto averiguar que eran marcadores mágicos. Si venían de la Sociedad Genealógica para el Avance de la Magia, los marcadores tenían sentido. Sus ojos analizaron las ramas y vio los Cas, Pr, y en una línea Ll. Llamada. Parecía ser lo más común en su linaje. Fue la llamada la que lo llevó a la lápida de Owein. Lo que quería decir..., ¿qué? ¿Qué la hierba y los juncos le hablaban? Tuvo la misma experiencia cuando buscaba a Hulda en la oscuridad. Y luego con esas cosas desfiguradas en el laboratorio de Silas...

Merritt tembló y alejó de su mente esos recuerdos repulsivos, se centró en el pedigrí. Seguro que el linaje paterno de Nelson Sutcliffe llegaba hasta los Mansel, aunque el nombre de Owein no estaba recogido en este documento. Necesitó un momento para asimilarlo.

Los ojos de Merritt volvieron a Nelson Sutcliffe.

—A ver si lo tengo claro —le dijo a la página—. Tuviste una aventura con mi madre, que me concibió a mí y mi padre estaba al corriente. Y esa era la razón por la que fue tan brutal conmigo durante toda mi vida, pero por presión social o algo parecido a la conciencia, esperó hasta que cumplí los dieciocho para sobornar a mi amor para que me sedujera y fingiese un embarazo, pero mientras tanto tú, ¿qué? ¿Buscaste a mi abuela y le diste esta casa para hacer las paces?

Lanzó los papeles y se sentó en su silla. La puerta de su despacho se abrió y el sonido de un olisqueo lo alertó de que era Owein. A no ser que el golpe de Baptiste en la cabeza fuera más fuerte de lo que pensaba.

—Debería escribir unas memorias —le dijo al perro—. Aunque nadie creería que fueran ciertas.

—«¿Qué son unas memorias?»

Todavía no se había acostumbrado a esa voz en su mente. Pasaba con más frecuencia, lo que quería decir que Merritt le estaba cogiendo el tranquillo de alguna forma al hechizo de llamada que corría por su sangre.

—Es una autobiografía, pero con chispa —respondió.

Por lo que Merritt entendió, Owein sería un perro indefinidamente... Hasta que muriera, en cuyo caso podría volver a vivir en la casa siempre que muriera en Blaugdone Island. Tampoco es que Owein estuviese deseando habitar la casa, le gustaba volver a tener un cuerpo, oler cosas, tocarlas, saborearlas y no podía hacer eso desde un marco de madera o un ladrillo. Eso y que el hechizo de llamada de Merritt solo funcionaba con plantas y animales, si Owein volvía a convertirse en la casa, perderían su línea de comunicación.

Merritt se frotó los ojos. Encima del lío de descubrir que era un mago a los treinta y un años, necesitaba volver a Nueva York. Tenía que enfrentarse a Nelson Sutcliffe y a Peter Fernsby. Al menos uno de los dos no estaría feliz de verlo.

Miró la piedra de llamada en la esquina de su escritorio.

—Poco a poco. —Abrió el cajón y sacó el manuscrito que no hacía más que crecer.

Ahora mismo era crucial que terminara el libro.

Había pasado mas o menos una semana desde que Hulda vino a quedarse con su hermana pequeña, que la recibió lo más dignamente posible, teniendo en cuenta que no pudo avisarla con tiempo. Danielle Larkin Tanner vivía en Cambridge, al noroeste de Boston, en una bonita casa con sus dos hijos y su marido de diez años, que era un abogado de una familia tradicionalmente jurista. Lo cual era excelente, porque tenían sitio de sobra para Hulda y sus cosas, y más que espacio suficiente para que deambulara, suspirara melancólicamente y se mostrara indecisa sobre su vida.

No había recibido noticias de Myra. No había recibido noticias de Merritt. La señorita Taylor la había llamado una vez con la piedra, lo que le gustó. También puede ser que alguien más lo intentara, pero Hulda no la oyera. Se había prohibido a sí misma llevarse la piedra a todos lados, porque sabía que eso solo haría que se enfurruñase. Lo cierto es que se pasaba una gran parte del tiempo mirándola. Había intentado reunir valor para activarla, incluso había escrito frases que podría utilizar para empezar una conversación, pero su valor estaba un poco alterado, si lo tenía. La verdad es que cada noche jugaba con una variedad de ideas para contactar con Merritt, pero por la mañana su lado racional, que lo había entrenado mucho, la hacía descartar cada una de ellas.

Ahora con el estómago lleno después de un almuerzo que no había ayudado a preparar, Hulda estaba sentada en el asiento de una ventana de varios paneles y veía a sus sobrinos y su cuñado correr fuera, levantando con los pies hojas de color naranja y rojo. Hacía el frío suficiente para llevar gorro, bufanda y guantes, y los árboles estaban medio desnudos, pero el sol seguía brillando en el cielo. Hulda se colocó las gafas y sonrió al ver la escena, sintiéndose nostálgica de nuevo y un poco triste. Pero eso empezaba a ser su día a día.

—¿Señorita Larkin? —La única criada de su hermana, la señorita Canterbury, se acercó con una escoba bajo el brazo y un paquete de papel marrón en las manos—. Esto acaba de llegar para usted.

Hulda parpadeó.

—¿Para mí? —¿Quién sabía que estaba aquí? Solo Myra tenía esta dirección. ¿Sería algún tipo de disculpa?—. Gracias.

Dejó el paquete, que parecía un libro, en su regazo, y la señorita Canterbury se fue para darle algo de privacidad.

Desenvolvió el paquete y vio que no era un libro, sino un montón de papeles con una letra con la que estaba familiarizada. Había una nota arriba:

Hulda:
    Pensé que a lo mejor querrías saber cómo acaba.
Saludos,
Merritt Fernsby
    P. D.: Sadie Steverus es muy amable y no muy buena con los secretos para ser amiga tuya.

Hulda sonrió, aunque deseaba que la nota fuera más larga. La releyó, esta vez más despacio y la dejó a su lado en el asiento de la ventana. Los papeles en su mano seguían exactamente donde Merritt se había quedado cuando le leía durante su recuperación tras el primer ataque de Silas Hogwood. Se sorprendió de que recordara dónde se quedaron con tanta precisión.

    —Aquí está. —Ella giró la cruz de rubíes engarzados en sus manos a la luz dorada de la vela—. Red Salvation.
    El cura metió las manos en su ancha túnica, poniéndose cómodo. Una sonrisa amable iluminó su rostro, que a Elise le recordaba a su padre.

—Hacía mucho que no oía ese nombre.

Warren se inclinó mientras sujetaba la lupa.

—Pero sabes lo que es, ¿verdad?

La expresión del cura era firme.

—Sí, lo sé. Se me han olvidado muchas cosas, pero eso no.

—Debe de valer una fortuna. —Warren puso la mano y Elise colocó el crucifijo como si fuera un bebé recién nacido—. Creo que veo por qué esto puede darle la felicidad a un hombre.

—Entonces es que no has visto nada. —El padre Chummings chasqueó la lengua—. ¿Sabes latín?

—Yo sí —se ofreció Elise.

Inclinó la cabeza.

—Entonces lee la inscripción de la parte de atrás, pequeña. En voz alta, por el bien de tu compañero.

Hulda dejó la página a un lado con curiosidad. Sin embargo, la historia cambió completamente en la siguiente página.

Érase una vez un viejo granuja solitario (aunque no era tan mayor) que vivía en un apartamento sucio (pero no tan sucio, vamos a ser sinceros, no es un mendigo) en Nueva York. De repente recibió la llamada de un abogado muy educado sobre una casa en el medio de la nada que era suya. Por cierto, la casa estaba encantada. Por suerte, el granuja no creía en los fantasmas en ese momento, así que allí fue igualmente.

Hulda sonrió. Algo cálido y extraño empezó a inflarse en su pecho.

La casa era terrible, como uno podía esperar que fuera una casa encantada. Pero por suerte para el granuja, llegó alguien competente. Competencia dijo que la enviaba una organización especial con un acrónimo horrible, pero en realidad su visita fue orquestada por intervención divina.

La casa (que luego se convertiría en un perro parlante, pero esa historia es para otro día) se fue asentando bajo su mano y también lo hizo el granuja. De hecho, el granuja se dio cuenta de que ya no dormía hasta tarde y hacía pastelitos temprano. Se despertaba (relativamente) a tiempo para ver a Competencia morderse el labio distraída mientras estaba inmersa en un libro o hablando con el personal, o admirando el atardecer cuando pensaba que nadie la miraba.

Su corazón se hinchó. Círculos de calor se formaron alrededor de los ojos de Hulda. Pasó a la siguiente página y cubrió la segunda mitad con la mano, por miedo a adelantarse y arruinarlo todo.

Competencia ayudó al rebelde a escribir lo que seguramente sería una novela horrible, contrató al dos personas que se convertirían en sus amigos y le dio conversación entretenida y profunda. Muy pronto, el granuja se dio cuenta de que no quería nada más que compartir esa casa con ella para siempre, aunque estaba el asunto peliagudo de que ella se negara a llamarlo por su nombre de pila.

Hulda se rio. Una lágrima le cayó por el rabillo del ojo.

El rebelde, claro, era granuja por una razón. Su pasado, algo desagradable, involucraba a un padre cerril (Competencia apreciaría lo rara que es esa palabra) y a una bella embaucadora, que lo dejó con pensamientos tristes y (sobre todo) sin herencia. Además, por desgracia, tanto el rebelde como lady Competencia compartían la cualidad de comunicarse mal cuando se trataba de las cosas importantes e incómodas.

Una segunda lágrima se formó. Hulda se la limpió con el pulgar. Se manchó las gafas, pero no se preocupó de limpiar las lentes.

Así que el granuja se fue a una misión para descubrir la verdad de su pasado laberíntico (ahí tienes otra palabra) cuando tenía intención de decirle a Competencia que se estaba enamorando terriblemente de ella.

Un sollozo se quedó atrapado en su garganta. Hulda se tapó la boca con la mano por miedo a que la señorita Canterbury la escuchara y siguió leyendo a través de sus lentes cada vez más empañados.

Competencia, en consecuencia, decidió pasar página inmediatamente. El granuja esperaba que fuese su forma de lidiar con el dolor. Si era así, eso significaba que Competencia podía estar enamorándose de él también. O que al menos lo toleraba mucho.

Hulda se rio. Una lágrima cayó en el papel y borró la palabra «también». Notaba como sus pulmones se estiraban de la forma más fascinante posible. Su corazón galopaba como si estuviera saltando a la cuerda. Unos agradables pinchazos danzaban por su cráneo.

Y así, después de una tontería con un supernigromante, que apenas es importante para la historia, el granuja decidió decirle a Competencia cómo se sentía con la esperanza de que ella algún día le correspondiera. Decidió que debía hacerlo en una carta escrita de forma extraña ya que siempre fue mejor escribiendo que hablando.

Tómate tu tiempo, Hulda. Llevo la piedra de llamada en mi bolsillo.

Siempre tuyo,

Merritt

Sin palabras, Hulda pasó la página y vio que seguía con la historia de Elise y Warren. Aun así no pudo obligarse a leerla. Ahora no.

Cogió todos los papeles, se los acercó al pecho y se fue corriendo desde el asiento de la ventana hasta el pasillo. Su hermana estaba tocando el pianoforte en la habitación de enfrente, así que corrió sin importarle que seguramente sus ojos estuvieran rojos.

—¡Danielle! —entró de golpe, lo que hizo que su hermana parase a mitad de obra y se girara en su banco—. Danielle, necesito irme inmediatamente. ¿Podrías llevarme a la estación del tranvía?

Hulda no había estado fuera de la isla ni dos semanas y aun así esta parecía totalmente diferente cuando el patrón del bote la dejó. El lugar parecía lleno de color, pinceladas de amarillo, naranja, rojo y marrón. El verde de los juncos y la hierba salvaje empezaba a desaparecer con la promesa del invierno. Las canciones de los pájaros todavía se oían en los árboles medio desnudos. La escarcha brillaba en las ramas que estaban a la sombra.

Hulda respiró hondo y se apretó más el chal cuando se dirigió a Whimbrel House. No había nada en la cuerda de tender, a lo mejor hacía demasiado frío para ello. Nadie estaba cortando leña, aunque el hacha sobresalía del tocón en el jardín. Había un ligero olor a romero y salvia que provenía de la ventana de la cocina, que hizo que el espíritu de Hulda se animara y sus nervios se calmaran. Sabía que la casa había cambiado, pero también lo percibía, de una forma que no podía cuantificar. Como si un sentido a parte de los cinco, o los seis, que tenía se lo susurrara. Y sin embargo, se sentía en casa.

Se paró en la puerta principal y se preguntó si debía llamar. Se planteó si quería tener esta conversación en el umbral de la puerta en vez de en una habitación privada. Recordó que todavía no había finalizado su contrato y creyó apropiado abrir la puerta ella misma y entrar. El retrato de la pared no la miró; la mujer tenía los ojos fijos hacia delante, como la habían creado, sin magia.

Un perro ladró en la planta de arriba. En segundos el medio *terrier* apareció y corrió por las escaleras, aunque se le enredaron las patas cuando las bajaba y acabó en el suelo pulido.

Cayó de culo y eso hizo que Hulda riera, pero el perrito se levantó rápido y fue corriendo hacia ella para poner las patas delanteras en sus rodillas.

—Parece que te estás recuperando bien. —Le acarició las orejas a Owein y le dejó que le lamiera la barbilla—. Me alegra verte. ¿Dónde está el hombre de la casa?

—¡Hulda! —La señorita Taylor salió del comedor y se apresuró hasta ella para abrazarla con gran delicadeza—. ¡Ha vuelto!

—¿Está bien? —Hulda se apartó un poco para ver las heridas de su amiga.

—Mejor cada día. —le aseguró la señorita Taylor—. Pero no puedo levantar nada pesado ni alcanzar sitios altos. El señor Babineaux se ha encargado de limpiar el polvo.

Unos pasos pesados anunciaron que Baptiste venía a ver qué era todo ese ruido. No tuvo una reacción evidente a la presencia de Hulda.

—Parece que está bien —dijo él.

—Sí, gracias. ¿Y usted?

Se encogió de hombros.

—Haciendo pollo.

—Seguro que estará riquísimo. —Volvió a mirar a las escaleras esperando ver a Merritt—. ¿Está trabajando?

—El señor Fernsby se fue a pasear hace media hora —explicó la señorita Taylor y sonrió—. Al oeste. Estoy segura de que lo encontrará. Ha empezado a desgastar el camino.

Hulda asintió y notó cómo los nervios se encendían de nuevo.

—Si puedo dejar mi bolso aquí.

—Sí, claro. Lo pondré en su habitación.

«Su» habitación. Se lo agradeció y volvió a salir. Owein intentó seguirla, pero la señorita Taylor lo llamó y le susurró algo que Hulda no pudo oír. Pensándolo bien, seguramente era mejor que no lo hubiese oído.

En efecto, un sendero estrecho de hierba pisoteada entre juncos serpenteaba detrás de la casa y hacia el oeste. ¿Cuántas veces había caminado Merritt por ese camino desde que ella no estaba? Lo siguió mientras se frotaba las manos, aunque era más por nervios que por el frío. El sol la animó al dejar zonas calientes en su cabeza. Escuchó un zarapito cerca.

Llevaba caminando un cuarto de hora cuando lo vio cerca de un cerezo, mirando hacia Connecticut, con los brazos cruzados y el pelo suelto como siempre, llevaba su abrigo, aunque por cómo le quedaba podía asegurar que estaba desabrochado. La hierba que crujía impidió que se acercara sigilosamente, pero Merritt estaba perdido en sus pensamientos, así que se dio la vuelta cuando solo estaba a seis pasos de él. Sus ojos, azules como las partes más profundas de la bahía, se abrieron ligeramente y su mandíbula se relajó.

—Hulda. Yo... No te esperaba.

Ella paró a cuatro pasos de distancia y lo miró con confianza.

—¿Me invitas a volver y luego dices que no me esperabas?

La esquina de su labio se elevó ligeramente.

—Ahí me has pillado. —Metió la mano en el bolsillo de su chaleco y sacó el reloj para ver la hora—. El correo es más puntual de lo que esperaba. No pensaba que recibirías la invitación hasta dentro de dos días.

Ella se encogió de hombros.

—Estaba en Massachusetts, no en Francia.

—Una vez me comí una manzana y el mordisco se pareció sospechosamente a Francia. —Volvió a mirar su reloj y acortó la distancia entre ellos a dos pasos. Hulda notaba el latido de su corazón en los oídos—. ¿Te... te gustó el libro?

Ella presionó el pulgar en su palma.

—Debo admitir que no lo he terminado todavía.

—¿Ah no?

—Me distraje bastante con una escena que no pegaba nada con la narración.

Merritt bajó la vista y agarró la cadena del reloj con los dedos.

—¿Y qué pensaste de eso?

—Competencia es un nombre muy adecuado. De pequeña lo habría preferido a Hulda.

Volvió a mirarla a los ojos.

—¿En serio?

Ella inclinó la cabeza a un lado.

—Me habría dado algo a lo que aspirar.

La media sonrisa que se formó en su cara era hipnótica.

—Dudo mucho que necesitaras motivación.

Hulda cogió aire despacio.

—Por desgracia, suelo necesitar motivación.

Él dio otro paso. Dejó solo uno entre ellos.

—¿Ah sí?

Ella asintió. Tragó saliva. Miró sus labios.

Cuando Merritt dio otro paso, su pulso resonaba hasta en sus rodillas. Cogió su mano y sintió frío.

—¿Y qué pensaste del resto? —Bajó la voz, casi como un susurro.

Sus mejillas enrojecieron, lo que no la sorprendió en absoluto.

—Me gustó mucho.

Él se inclinó y juntó su frente con la de ella. Hulda cerró los ojos y disfrutó del contacto. Del calor que emanaba, que la envolvía como la primavera cuando estaba rodeada de invierno.

Merritt apretó su mano. Hulda lo oyó decir con una sonrisa.

—¿Necesitas más motivación?

Abrió los ojos y se encontró con su mirada penetrante. Y lo miró unos segundos.

—No.

Inclinó la cabeza y se acercó para acariciar sus labios. Sus nervios explotaron como una bandada de gorriones que se echan a volar. La mano libre de Merritt fue a su mandíbula y la acercó un poco más, lo suficiente para besarla de verdad, con suavidad y felicidad.

En ese momento, a pesar de los patrones de luz que bailaban a su alrededor, rechazó la visión.

No necesitaba magia para ver el brillante y feliz futuro que les esperaba.

Agradecimientos

Bueno, esto ha sido un viaje salvaje.

Y los viajes salvajes suelen venir con barras de seguridad y cinturones, así que tengo que dar las gracias a muchas barras de seguridad y cinturones metafóricos.

Él siempre va primero, así que no te sorprendas, gracias a mi marido y cómplice, Jordan Homberg. Los libros no ocurrirían sin ti. Gracias por apoyarme a mí y a nuestros bebés. Por ser una caja de resonancia, un líder y un entusiasta. Te quiero millones.

Muchas gracias a mi agente, Marlene, aunque me obligó a hacer otra gran revisión de este libro. Ha pasado por muchísimas revisiones, pero es mejor gracias a todo ese proceso. Y gracias a Jeff Wheeler, que me ayudó con la mencionada gran revisión. Eres sabio, listo y amable.

¡Gracias a mis primeras lectoras! Tricia Levenseller, Rachel Maltby y a mi compañera de *podcast*, Caitlyn McFarland. No os dais cuenta de por cuánto fango han tenido que pasar. Y no puedo olvidarme de Whitney Hanks y Leah O'Neil, que son las lectoras de pruebas más rápidas que hay y que analizan que da gusto.

Muchas gracias al equipo que hace que mis manuscritos sean legibles, incluidos Adrienne Procaccini, Angela Polidoro, Karah Nichols, Laura P., Ariel y todos los editores, revisores, correctores, lectores y diseñadores que han seguido ahí año tras año.

Un gran agradecimiento a mis lectores. Sois el aire de mi flotador y la levadura de mi pan. Os debo mucho, chicos.

Por último, hosanna a Dios en el cielo, que me tolera y me guía por mis historias, de forma literal y figurada.

Saludos.

Sigue a Wonderbooks
en www.wonderbooks.es
en nuestras redes sociales
y suscríbete a nuestra *newsletter*.

Acerca tu teléfono móvil a los códigos QR
y empieza a disfrutar de información anti-
cipada sobre nuestras novedades, contenidos y ofertas exclusivas.